KB177903

단델라이언

DANDELION

ⓒ Kanzi Kawai 2014

Edited by KADOKAWA SHOTEN

First published in japan in 2014 by KADOKAWA CORPORATION, Tokyo.

Korean translation rights arranged with KADOKAWA CORPORATION, Tokyo through Eric Yang Agency Inc., Seoul.

가와이 간지
장편소설

단델라이언

ダンデライオン

신유희 옮김

작가
정신

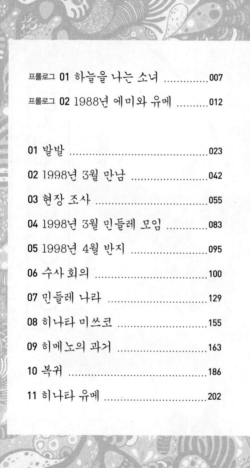

일러두기 _____

* 본문의 주는 모두 옮긴이의 것입니다.

하늘을 나는 소녀

옛날 옛적.

어느 곳에 하늘을 나는 소녀가 살았습니다. 소녀는 단발머리에 붉은 기모노를 입고 하늘을 늘 날아다니곤 했습니다. 소녀는 하늘을 날아다니는 것이 너무 좋았습니다. 하늘에서 내려다보면 세상 풍경이 온통 장난감처럼 귀엽게 보이기 때문입니다. 산도 강도, 숲도 들판도, 집도 사람도……. 소녀는 하늘을 날면서 여러 곳을 여행했습니다.

어느 날, 소녀는 하늘을 날다가 깊고 깊은 산속에 자리한 작은 마을을 발견했습니다. 소녀는 하늘에서 내려와 그 작은 마을로 놀러 갔습니다.

"여기는 무슨 마을인가요?"

소녀가 마을 사람에게 물었습니다.

"이곳은 '행복한 마을'이란다."

"마음에 들면 오래오래 있어도 된단다."

마을 사람들은 너도나도 상냥하게 대답해주었습니다. 그래서 소녀는 이 마을에 잠시 머물러보기로 했습니다.

왜 이 마을이 행복한 마을인지, 소녀도 곧 알게 되었습니다. 마을 주변에는 맛난 것들이 넘치도록 많았거든요.

산에는 나무들마다 달콤한 열매가 주렁주렁 열렸습니다. 온갖 버섯들도 자라고 있었습니다. 골짜기를 흐르는 시냇물에는 물고기와 게와 새우가 가득 헤엄쳤습니다. 가끔은 산에서 사슴이며 토끼며 멧돼지도 잡혔습니다. 어느 것이나 다 둘이 먹다 하나가 죽어도 모를 만큼 맛있는 진수성찬이었습니다.

마을 주위에는 민들레가 잔뜩 피어 있었습니다. 일대가 온통 민들레꽃으로 노랗게 물들어 있었지요. 마을 사람들은 날마다 민들레꽃을 따다 먹었습니다. 민들레는 무척 맛있는 데다 약이 되기도 해서 감기 한번 걸린 사람이 없을 정도로 마을 사람 모두가 건강했습니다.

마을 사람들은 모두 사이좋게 지냈습니다. 다 같이 논밭을 갈고 소와 닭을 길렀습니다. 산에서 나는 초목과 누에고치로 실을 잣고 산에서 나는 풀꽃으로 염색을 하여 다 같이 비슷비슷한 옷을 만들어 입었습니다. 하루치 들일이 끝나면 모두 함께 강변으로 가, 그곳에서 샘솟고 있는 뜨거운 온천에 몸을 담갔습니다.

마을에는 없는 것이 없었습니다. 게다가 무엇을 갖든, 무엇을 먹든, 돈을 낼 필요가 없었습니다. 소녀는 행복한 마을이 마음에 쏙 들어버렸습니다.

소녀가 이 마을에 머문 지도 어느덧 일 년이 다 돼가고 있었습니다. 그러던 어느 날 마을 사람들이 이렇게 말했습니다.

"오늘은 일 년에 한 번 있는 산 축제날이란다. 자, 같이 산에 올라가자."

소녀는 마을 사람들과 함께 마을 뒤편에 있는 산에 올랐습니다. 무척이나 높은 산이었기에 그동안 발로 걸어본 적이 별로 없는 소녀는 완전히 녹초가 되고 말았습니다.

간신히 산꼭대기에 도착했습니다. 그곳은 조망은 무척 좋았지만, 나무도 풀도 자라지 않는 적막한 바위밭이었습니다. 그 바위밭에 도착한 순간, 갑자기 마을 사람들이 소녀를 에워싸더니 밧줄로 꽁꽁 묶어버렸습니다.

"나쁘게 생각 말아라, 얘야. 일 년에 한 명씩, 제물로 바칠 사람이 필요해서란다."

"매년 제비뽑기로 한 사람을 뽑아왔는데, 올해는 네가 와주어서 다행이었어."

마을 사람들은 휘익 하고 손휘파람을 불었습니다. 그러자 바위밭에 시커멓고 커다란 뱀이 나타났습니다. 엄청나게 큰 뱀이었습니다. 굵기로 보나 길이로 보나 산에서 가장 높은 삼나무 정도는 돼 보였습니다. 뱀이 나타나자 마을 사람들은 걸음아 날 살려라 하고 도망쳤습니다.

커다란 검은 뱀은 소녀를 보더니 그 큰 입에서 군침을 흘리며 새빨간 혀를 기쁜 듯이 날름거렸습니다. 소녀를 잡아먹을 작정인 거지요.

"뱀아 뱀아, 나를 먹지 말아주렴."

소녀가 그렇게 말하자 뱀은 머리를 가로저었습니다.

"그렇게는 안 돼. 행복한 마을에 행복을 가져다주는 대신, 일 년에 한 명씩 인간을 먹게 해주기로 약속받았거든."

"그럼, 더 이상 행복은 필요 없으니까 나를 잡아먹지 말아줘."

소녀가 그렇게 말하자 뱀은 깜짝 놀랐습니다.

"정말 그래도 괜찮아? 행복이 필요 없다고?"

"필요 없어. 게다가, 이런 건 행복이 아니야."

뱀은 못내 아쉬워하는 얼굴을 하고서 어디론가 사라져버렸습니다.

소녀가 간신히 밧줄을 풀어냈을 무렵, 마을 사람들이 다시 돌아왔습니다. 마을 사람들은 소녀를 보고 무척 놀라고 당황했습니다.

"아니, 얘야, 어떻게 살아 있는 거니?"

"뱀에게 잡아먹힌 거 아니었니?"

소녀는 대답했습니다.

"이제 행복은 필요 없다고 말했더니 뱀이 사라졌어요."

소녀의 말에 마을 사람들 모두가 힘없이 바위밭에 주저앉았습니다.

"아, 대체 무슨 짓을 한 게냐."

"역시, 누가 됐든 마을 사람을 먹이로 주어야 했어."

"이제 오늘로써 행복은 끝이로구나."

마을 사람들은 힘없이 고개를 떨군 채 산을 내려갔습니다.

별안간 하늘이 뚫린 것처럼 큰비가 쏟아지기 시작했습니다. 소녀는 커다란 바위 그늘에 숨어 비가 그치기만을 하염없이 기다렸습니다. 비는 몇 날 며칠 쉬지 않고 내렸습니다. 산속의 열매도 버섯도 모두 빗물에 휩쓸려 가버렸습니다. 시냇물에 살던 생물들도 죄 쓸려 가버렸습니다. 들짐승도 날짐승도 모두 먼 산으로 도망가버렸습니다.

며칠이 지났을까요, 비가 드디어 그쳤습니다. 하늘을 나는 소녀는 바위

그늘에서 나와, 붉은 기모노의 소맷자락을 펼치고 바위밭에서 골짜기를 향해 뛰어내렸습니다. 그리고 파란 하늘로 날아올라, 높은 하늘 위를 날아다니며 아래를 내려다보았습니다.

행복한 마을은 이제 없었습니다. 큰비에 완전히 쓸려 가버린 것입니다. 마을이 있던 자리에는 기둥 하나 없이, 노랗게 핀 민들레만 가득할 뿐이었습니다.

하늘을 나는 소녀는 하늘 위에서 마을이 있던 자리를 잠시 내려다보다가 이윽고 그대로 어디론가 날아갔습니다.

소녀가 어디로 갔는지는 아무도 모릅니다.

1988년 에미와 유메

지금으로부터 26년 전, 1988년 어느 날.

"있잖아, 유메?"

내가 유메에게 말을 걸면 유메는 꼭 이렇게 대답한다.

"왜에? 에미."

이 대화를 반드시 주고받고 나서야 나는 유메와 이야기를 시작한다.

"여기, 무슨 색깔이 좋을까?"

나는 부엌 식탁 오른편에 앉아 신문 광고지 뒷면에 크레용으로 그림을 그리고 있다.

"여기가 어딘데? 에미."

유메는 같은 식탁의 왼편에 한자 연습장을 펼치고 학교 숙제인 옮겨 쓰기를 하고 있다.

나는 "봐, 여기." 하며 그림 한 곳을 가리켰다.

"이야기에서, 소녀가 산꼭대기에 있는 바위밭에서 하늘로 날아가잖아? 이 바위밭은 회색이 좋을까? 아니면 갈색?"

우리가 앉아 있는 곳은 나와 유메와 엄마가 사는 조그만 집의 부엌. 그리고 지금 내가 그리고 있는 그림은 나와 유메가 유난히 좋아하는 옛날이야기, '하늘을 나는 소녀'의 한 장면이다.

내가 지금까지 색칠한 것은 하늘. 물론 파란색 크레용으로. 그 파란 하늘을 단발머리에 붉은 기모노를 입은 한 소녀가 날고 있다. 소녀 아래에는 녹색 산들이 있고 그 사이를 시냇물이 굽이굽이 흐른다. 그 시냇가에 마을이 있고 조그마한 집이 몇 채 서 있다.

오른쪽 끄트머리에 높다란 산이 있다. 소녀가 올라간 산이다. 그 한가운데에 보이는 가장 높은 봉우리가 바위밭이다. 이곳이 소녀가 큰 뱀을 만나고, 비가 그치기를 기다리고, 마지막에 하늘로 날아올랐던 장소. 그 바위밭을 칠하려다 나는 무슨 색 크레용을 쓸지 망설이던 참이었다.

유메는 곧바로 대답한다.

"회색이 좋지 않을까? 왜냐면, 거기서 소녀가 하늘을 향해 날아오르잖아? 소녀는 항상 붉은색 기모노를 입고 있으니까, 갈색이면 잘 안 보일걸. 그리고 회색 쪽이 더 바위밭 같고."

"그런가! 그렇네!"

나는 고개를 끄덕이고, 녹색으로 칠한 산 위에 아직 연필로 윤곽
선만 그려놓은 바위밭을 회색 크레용으로 메워나간다.

진짜다. 유메 말이 맞었어. 확실히 회색이 소녀의 붉은 기모노도
눈에 잘 띄고 딱 봐도 바위 느낌이 나는 색깔이다.

"역시! 유메, 학교에 다니면 다른가 봐!"

유메는 여덟 살, 초등학교 2학년. 나도 여덟 살, 하지만 난 학교
에 다니지 않는다. 늘 집에 있으면서 유메가 학교에서 돌아오길 기
다린다. 오늘은 6교시 수업이 있는 날이어서 유메가 집에 돌아온
건 오후 4시였다. 지금은 4시 반쯤 됐으려나. 환했던 태양도 기울
어 조금 노래지기 시작했다.

유메가 말한다.

"에미도 원래는 알았잖아? 우리는 함께 태어나고 함께 자랐으니
까, 언제나 둘이서 똑같이 행동하고 똑같이 생각하는걸."

나는 고개를 끄덕인다.

"그래, 맞아. 항상 함께야. 우린 쌍둥이니까."

나 에미와 유메는 쌍둥이, 그것도 일란성 쌍둥이다. 그래서 얼굴
도 모습도 아주 똑같다. 둘이 함께 태어났고, 태어날 때부터 쭉 함
께 있었으며, 놀 때도 공부할 때도 함께다 보니 좋아하는 것도 싫
어하는 것도 똑같고, 하는 생각까지도 똑같았다.

하지만 요즘 들어 성격만은 조금씩 달라지고 있는지도 모르겠
다. 유메는 조용하고 차분하지만, 나 에미는 명랑하고 까불까불하

며 조금 덤벙댄다. 우리끼리는 몰랐는데 엄마에게 듣고 나서야 깨달았다.

"유메랑 에미는 지금껏 성격도 똑같다고 생각했는데, 점점 커가면서 말하는 품이 어쩐지 유메가 좀 더 어른스러워지고 있네. 에미는 뭐랄까, 응석받이 같은 말투야. 생김새도 목소리도 완전히 똑같은데, 역시 제각각이구나."

그건 그렇다. 쌍둥이란 '두 아이'라는 뜻이니까.

하지만 엄마의 그 말을 듣고 나서부터 둘 다 그런 차이를 의식하게 된 건지, 성격이 더욱 뚜렷하게 나눠지고 있는 것 같다. 그리고 그것은 우리 자신에게도 좋은 일이라고 생각한다. 어딘가 한 구석이라도 다른 점이 없이 두 사람의 모든 것이 똑같다면 여러모로 성가시기 때문이다.

예를 들면 얼마 전까지만 해도 엄마는 우리를 낳은 장본인이면서 번번이 누가 누구인지를 알아맞히지 못했다. 유메를 보고 "있잖니, 에미."라고 부르거나, 날 향해 "애, 유메!" 하고 화를 내고, 급기야 "으음, 네가 누구니?" 같은 말을 대놓고 할 정도였다. 하지만 요즘은 그렇게 헷갈리는 일도 줄어들고 있다.

나는 내 오른편에 있는 도자기 머그잔을 들고 안에 든 우유를 한 모금 마신다. 그러자 유메도 자신의 왼편에 있는 유리컵을 들어 올려 오렌지 주스를 한 모금 마신다. 나는 우유를 좋아하고 유메는 주스를 좋아한다. 이것도 요즘 들어 확실해진 일이었다.

"있잖아, 유메?"

바위밭을 회색으로 칠하면서 내가 유메에게 말한다. 유메는 어김없이 이렇게 대답한다.

"왜에? 에미."

"나도 하늘을 날아보고 싶다. 이 소녀처럼. 어떻게 하면 날 수 있을까?"

엄마가 사다 준 『하늘을 나는 소녀』라는 민담 책을 읽고 나서부터 나는 '하늘을 난다'는 것을 동경하게 되었다. 그리고 하늘을 날고 있을 때는 어떤 기분일까 상상하다 보니, 하늘을 날아다니는 꿈을 자주 꾸게 되었다.

꿈속에서 나는 언제나 정신을 차려보면 민담 속에 나오는 바위밭 꼭대기에 있다. 그곳은 엄청 높은 곳이어서 집도 시냇물도 조그맣게 보여 굉장히 무섭지만, 나는 마음을 단단히 먹고 소녀가 그랬듯이 골짜기를 향해 뛰어내린다. 그러면 어느 순간 내 몸이 둥실 뜨면서 하늘을 향해 날아오른다.

하늘 위에서 아래를 내려다보면 눈 아래 풍경이 조그맣게 보여 기분이 무척 좋다. 하지만 날고 있는 동안 고도가 점점 내려가기 시작한다. 나는 필사적으로 개구리헤엄을 치듯 허공에서 팔다리를 허우적거린다. 꿈속에서는 그것이 꿈이라는 것을 모르니 정말 조마조마하다. 그러다 골짜기 바닥으로 떨어지기 직전에 항상 눈을 뜬다.

유메도 나와 같은 말투로 말한다.

"나도 날아보고 싶다. 기분 좋을 텐데."

"어떻게 하면 날 수 있을까?"

그러자 유메가 말한다.

"틀림없이 소녀가 입고 있는 붉은 기모노에 비밀이 있을 거야. 그 기모노가 하늘을 날 수 있는 옷인 거지."

듣고 보니 그럴듯했다. 전래 동화 중에 '엿듣기 두건'이라는 걸 쓰면 동물들의 말을 알아들을 수 있게 된다는 이야기도 읽은 적이 있다. 분명 소녀가 입고 있는 기모노가 하늘을 날게 해주는 옷임에 틀림없다. 하지만 그것이 어떤 기모노인지를 알 길이 없는 것이다.

"어른이 되면 틀림없이 알 수 있을 거야."

내 말에 유메도 고개를 끄덕인다.

"그래. 어른이 되어서, 열심히 공부하면 알 수 있을 거야."

나는 그림에 그려진 마을을 본다. 초가집이 다섯 채 그려져 있다. 민담 책의 삽화를 본떠서, 나는 지붕과 벽을 모두 갈색 크레용으로 칠했다.

"이 '행복한 마을'이란 데는 어디 있을까? 가보고 싶다."

'하늘을 나는 소녀'에 나오는 마을은 산을 몇 개씩이나 넘어야 하는, 봉우리가 세 개 달린 산의 기슭에 있는 것 같다. 그리고 깊은 골짜기에 달아놓은 출렁다리를 건너가야 다다를 수 있는 모양이다. 하지만 그곳이 어느 현의 어디에 있는지, 그건 이야기 속에 나오지 않는다.

"왜?"

유메가 묻는다.

"왜냐면, 그 마을 주변에는 뭐든지 다 있으니까 돈 걱정 같은 건 하지 않아도 되잖아? 나무 열매든 버섯이든 물고기든, 뭐든지 공짜로 가져올 수 있잖아? 그래도 사슴이나 토끼 같은 건 가여워서 못 먹을 것 같고, 멧돼지는 무서우니까 필요 없지만."

우리가 엄마에게 뭔가 갖고 싶다고 하면 엄마는 항상 돈이 없어서 안 된다고 대답한다. 왜 우리는 돈이 없는지 엄마에게 물어보고 싶지만, 우리는 묵묵히 참는다. 그건 아마도 우리 집에 아빠가 없기 때문일 것이다. 그리고 아빠 이야기를 엄마에게 해서는 안 된다는 것도 우리는 알고 있다.

내 말에 유메도 고개를 끄덕인다.

"그렇구나. 돈이 필요 없다니 행복하겠네. 게다가 산속에 살면서 그 주변에서 뭔가 가져와서 먹는 거면 엄청 재밌겠다. 날마다 캠프하는 것 같고."

"그치, 그치! 캠프! 가고 싶다!"

날마다 캠프라는 절묘한 비유에 나는 크게 고개를 끄덕인다. 역시 유메는 쌍둥이 자매답게 내가 하는 생각은 뭐든 잘 안다.

바위밭을 회색으로 마저 다 칠하고, 나는 그 아래에 있는 산을 비리디언viridian*으로 칠하기 시작했다. 빨강은 빨강이고 파랑은 파랑인데 녹색은 왜 외국어인지. 그것도 그린이 아니라 비리디언이라고 한다. 이건 대체 어느 나라 말일까.

---

* 푸른색을 띤 녹색으로, 라틴어에 어원을 두고 있다.

녹색 산을 완성하고 나서 그 기슭에 민들레를 가득 그려 넣으려고 노란색 크레용을 집어 들었다.

그리고 문득, 나는 혼잣말처럼 말했다.

"민들레, 맛있을까? 이야기 속에서는 마을 사람들이 매일 먹는데."

그러자 유메가 대답해주었다.

"아마 쓰지 않을까? 민들레는 약도 된다고 쓰여 있잖아? 약은 전부 쓰니까."

듣고 보니 그랬다. 그래도 난, 한 번이라도 좋으니까 먹어보고 싶었다.

"다음번에 공원에 가면 꺾어 올까. 그럼 엄마가 요리해주지 않을까."

"안 해줄걸."

유메는 허리에 손을 짚고 엄마 흉내를 냈다.

"어디서 또 이런 걸 가져왔니? 이렇게 길에 나 있는 풀은 먹을 수 있는 게 아니야! 먹어도 맛있을 리 없잖니. 개가 오줌을 쌌을지도 모르고, 이런 것보다 밥 먹을 때 채소를 좀 더 많이 먹어야지! 이러고 야단칠걸, 보나 마나."

"그렇긴 하네."

내가 한숨을 쉬자 유메가 말한다.

"있잖아, 에미. 그거 알아?"

"뭘?"

"민들레 씨가 귀에 들어가면, 귀가 안 들리게 된대."

나는 놀랐다.

"거짓말!"

"진짜야! 학교에서 남자애들이 그랬는걸. 민들레의 하얀 솜털이 생겨난 곳을 지날 때는 두 손으로 귀를 꼭 막고 빨리 달려서 지나가야 한대. 안 그러면, 귀에 민들레 씨가 들어가서 귀가 안 들리게 된다고 그랬다니까?"

듣다 보니 점점 무서워져서 나도 오늘부터 조심해야겠다고 생각했다. 귀가 안 들리게 되면 큰일이니까. TV도 못 보고, 아니 못 듣게 된다.

"나도 학교 가고 싶다!"

그렇다. 나, 에미의 현재 소원은 언젠가 학교에 가는 것이다.

"조회 시간에 '히나타 에미' 하고 선생님이 부르는 거야. 그러면 일어나서 '네!' 하고 손을 드는 거지. 그리고 내 책상에 앉아서 교과서를 펼치고, 연필로 공책에 글자를 쓰면서 공부하는 거야."

그러고 나서 나는 후, 하고 작게 한숨을 내쉰다.

"하지만 나는 학교에 갈 수 없어. 난 몸이 약하니까."

그러자 유메가 언니답게 말한다.

"그래. 에미는 몸이 약해서 바로 병이 나기 때문에 학교에 갈 수는 없어. 나는 보통이니까 학교에 가야 하는 거고. 하지만, 학교에 안 가면 아침에 일찍 일어나지 않아도 되고, 숙제도 안 해도 되니까 편하잖아? 나도 할 수만 있으면 바꿔주고 싶을 정도라니까."

"진짜?"

"그래. 학교 다니는 것도 엄청 힘들어."

유메는 잘 안다는 듯이 고개를 끄덕인다.

"하지만, 앞으로 에미 몸이 좋아져서 건강해지면 학교에 갈 수 있게 될지도 모르잖아? 그러면 그때는 내가 집에 있으면서 엄마를 도와드리는 거지. 응, 그렇게 할까!"

"진짜?"

내가 다시 그렇게 말했을 때 현관문 열리는 소리가 나더니 엄마의 커다란 목소리가 들려왔다.

"나 왔다. 유메, 에미, 있니? 둘 다 부엌에 있니?"

파트타임 일을 마치고 이제 막 돌아온 듯하다. 다시 말해 오후 5시 반이 다 돼간다는 뜻이다.

나는 서둘러 대답한다.

"네에! 엄마, 여기 있어요!"

"지금 목소리는 누구? 유메? 아니면 에미?"

신을 벗는 소리와 함께 엄마의 목소리가 들려온다. 내 목소리와 유메의 목소리를 구별하지 못하는 것이다.

갑자기 내 안에서 장난기가 뭉글뭉글 솟아오르고, 나는 엄마에게 거짓말을 한다.

"지금 말하는 사람은 유메예요!"

그러자 이번엔 유메가 터져 나오는 웃음을 참으며 소리친다.

"거짓말이야! 엄마, 방금 말한 건 에미야! 유메는 나야!"

"진짜야! 난 유메야!"

"거짓말이야! 내가 유메야! 방금 건 에미야!"

엄마가 난감하기 그지없는 목소리로 외친다.

"참 나, 둘 다 어지간히 좀 하렴! 방금 그 목소리, 진짜 누구니?"

우리는 너무 우습고 재밌어서 한참 동안 배를 그러안고 웃어댄다.

이것은 우리가…… 에미가 여덟 살, 유메도 여덟 살이던 때의
이야기.

그리고 이제부터 시작되는 것은 나, 히나타 에미의 이야기.

내가 유메와 함께 태어나 유메와 함께 자라고, 그리고 열아홉 살
의 나이로 죽기까지의 이야기다.

01

발발

숨이 막힌다. 캄캄해서 아무것도 보이지 않는다.

몸이 움직이지 않는다. 손을 움직이려 해도 옆구리에 꽁꽁 묶인 양 꼼짝도 하지 않는다. 발가락 끝은 간신히 움직일 수 있지만 무릎을 옴짝달싹할 수가 없다.

대체 어떻게 된 거지? 여기는 어디지?

그때 배 위로 무언가 무거운 것이 턱 하고 얹혔다. 내장이 찌부러지는 듯한 충격에 나도 모르게 윽 하는 소리가 새어 나왔다. 동시에 폐 속에 있던 공기가 입과 코를 타고 단숨에 밀려 나가는 바람에 점점 더 숨이 가빠왔다. 아무래도 나는 등을 바닥에 대고 잠들어 있었던 모양이다.

"너 말야, 건방져."

배 위에서 으스대는 듯한 목소리가 들렸다. 남자아이 목소리다. 좀 전의 그것은 이 아이가 힘을 실어 내 위에 올라탔을 때 받은 충격이었던 것이다.

"공부 좀 잘한다고, 우릴 개무시하고."

이 목소리는 들은 기억이 난다. 같은 반 남자아이다.

남자아이가 체중을 실어 엉덩이를 이리저리 움직인다. 그때마다 배가 뒤틀리고 점점 속이 메스꺼워지기 시작했다. 게다가 얼굴 위로도 강한 압박감이 더해졌다. 남자아이가 두 손으로 누르고 있는 모양이다. 두껍고 단단하고 꺼칠꺼칠한 것에 얼굴이 쓸려 코가 아플 지경이다. 그 코로 희미한 땀 냄새가 스민다.

그런가, 이건 체육 시간에 사용하는 체조용 매트다. 아무래도 내 몸은 체조용 매트로 둘둘 말려 있는 것 같다.

"맞아, 맞아! 맨날 잘난 척이나 하고!"

"학급 임원이라고 눈에 뵈는 게 없지!"

두 명의 또 다른 남자아이들이 덩달아 소리치는 목소리가 들려왔다.

⋯⋯생각났다. 이 세 놈이 나를 체조용 매트로 멍석말이를 했다.

방과 후 집에 가려고 신발장 앞으로 갔을 때 그곳에 한 남자아이가 히쭉히쭉 웃으며 서 있었다.

"무라타 선생님이 불러. 체육관 용구실로 오래."

선생님이 왜 용구실에? 좀 이상하다는 생각이 들었지만, 학급 임원이었던 나는 얼마 남지 않은 운동회에 관한 의논이려니 여기고 곧장 체육관 구석에 있는 용구실로 향했다.

용구실에 들어서자 느닷없이 누군가가 뒤에서 나를 들이받았다. 버티지 못하고 바닥에 쓰러졌는데 거기에는 체조용 매트가 펼쳐져 있었다.

"지금이야!"

누군가가 소리치는가 싶더니 사방에서 여러 개의 손이 뻗어 나와 내 몸뚱이와 다리를 매트 바닥에 밀어붙였다. 내 몸 위로 딱딱한 매트가 덮이고, 눈 깜빡할 사이에 둘둘 말려버렸다.

"야, 힘드냐?"

배 위에서 다시 비웃는 목소리가 났다.

"맨날 우릴 얕보니까 이 꼴이 되는 거야. 선생도 맨날 너랑 우리를 비교하고, 걸핏하면 너희도 보고 배우라느니 지껄이고. 웃기고 있네. 니가 있으면 진짜 민폐거든?"

너희를 무시한 적 없고, 잘난 척한 적도 얕본 적도 없어. 그렇게 말하려고 했지만 소리를 낼 수가 없었다. 소리를 낼 만한 공기가 폐 안에 남아 있지 않았다. 겨우겨우 숨을 쉬는 것이 고작이었다.

별안간 '퍽!' 하는 소리가 나더니 옆구리에 강렬한 통증이 일었다. 옆에 있는 둘 중 하나가 매트 위로 나를 힘껏 걷어찬 것이다. 순간 숨이 멎는 듯했다. 죽을힘을 다해 얼굴을 틀어 턱을 벌리고, 매트와 얼굴 사이의 눈곱만 한 틈으로 결사적으로 공기를 들이마신다.

간신히 아주 조금 폐에 공기가 들어왔다. 하지만 이 자세로는 매트 안에서 얼굴이 일그러져 입이 다물어지지 않는다. 입가로 침이 줄줄 흘러내리기 시작했다. 그래도 질식당하는 것보다는 훨씬 낫다.

"그거 아냐? 이 자식 아빠, 도둑이었다며?"

내 위에 올라탄 남자아이의 말에 다른 아이가 놀란다.

"어? 진짜?"

"진짜지, 그럼. 우리 엄마 아빠가 그랬는걸. 이 자식 아빠는 도둑이랑 한패였는데, 돈을 훔치려다가 한패끼리 싸우는 바람에 죽었대. 그래서 엄마도 심장이 멈춰서 죽었다더라. 그러니까 지금 이 자식이 사는 데는 고모네 집이라는 거지."

"그래? 부모가 없으니까 성격이 이따위구만."

"애비가 도둑이었으니까 그렇지. 유전이야."

"그래? 이 자식, 범죄자의 아들이었던 거야?"

⋯⋯아니야! 우리 아버지는 도둑 같은 거 아니야! 범죄자가 아니야!

반론하려 했지만 목소리가 나오지 않는다. 목소리가 나오기는커녕 고개를 내저을 수조차 없다. 목구멍 깊은 곳에서 고양이처럼 그르르 그르르 신음하는 것이 고작이었다.

"야, 이 자식, 죽여버릴까?"

배 위에서 해맑은 목소리가 들렸다.

"이딴 자식은 없는 게 나아. 어른이 돼봤자 도둑이나 될 게 뻔한데, 지금 사형시켜 버리는 거 어때?"

다른 목소리가 흥분해서 말했다.

"그러고 보니까! 애들은 사람을 죽여도 죄가 안 된대!"

또 다른, 들뜬 목소리가 들렸다.

"진짜? 그럼 죽여버릴까?"

마치 잡은 개구리나 무언가를 가지고 노는 듯한 대화였다. 어린 아이이기에, 죽음이라는 것의 진짜 의미를 모르기에 가능한, 무섭 도록 천진한 잔혹성…….

나도 그랬다. 초등학교에 입학하고 처음 맞은 여름. 곤충채집 때 잡은 장수풍뎅이에 장난감 주사기로 빨강 파랑 독약을 주사하고, 굵은 핀으로 등을 푹 찔러 표본 상자 바닥에 고정시켰다. 장수풍뎅 이는 여섯 개 다리를 공중에서 버둥거리며 꼬박 하루 동안 살아 있 었다. 그 모습을 보면서도 가엾다는 생각은 들지 않았다. 잘 안 죽 네, 빨리 죽으면 좋을 텐데, 라고만 생각했다.

하지만 지금은 그때 그 장수풍뎅이가 얼마나 괴로웠을지 알 수 있다. 장수풍뎅이는 분명 맹렬한 고통과 함께 몸이 부들부들 떨릴 정도의 공포를 느끼고 있었으리라.

지금 내가 느끼고 있는 생생한 죽음의 공포를…….

"죽어버려!"

털썩, 하고 누군가가 또다시 배 위에 뛰어 올라탔다. 그 강한 충 격으로 배 속에서 시큼하고 쓴 물이 역류하더니 입 밖으로 꾸룩 흘 러나왔다. 위액이다.

미안해……. 극심한 고통을 견디며 마음속으로 사과했다.

누구에게? 옛날, 꼬마 시절, 내가 죽였던 장수풍뎅이에게. 이 아 픔은 그 장수풍뎅이의 아픔이다. 이 괴로움은 그 장수풍뎅이의 괴로움인 것이다.

어린아이는 상상을 초월할 만큼 잔혹하다. 인간은 원래 타고나길 파괴 충동을 고스란히 드러내는, 더할 나위 없이 흉악하고 난폭한 생물이다. 남자아이들은 환성을 지르며 곤충과 작은 동물들을 밟아 죽인다. 여자아이들은 미소를 지으며 풀을 잡아 뽑고 꽃을 봉오리째 꺾어버린다.

어린아이는 이윽고 예의범절과 정서 교육에 의해 '가엾다'는 개념을 이식받고, 살아 있는 생물을 죽여서는 안 된다는 것을 깨우친다. 그리하여 금지된 행위에는 심리적인 제동이 걸리고, 함부로 산 생물을 죽이는 짓을 하지 않게 된다.

하지만 죽여선 안 된다는 것은 가르쳐도, '왜 안 되는지'는 가르쳐주지 않는다.

단지 인간의 흉악하고 난폭한 본능이 드러나지 않게 막고 있을 뿐이다. 떨어지면 위험한 깊은 구멍 위에는 뚜껑을 덮어두는 것처럼.

그러나 아무리 감쪽같이 숨겨도 구멍은 늘 그 자리에 존재하고, 누군가가 떨어지길 기다리고 있다. 그리고 어떤 찰나에 뚜껑이 벗겨지면, 그 깊은 구멍은 곧바로 모습을 드러내어 입을 쩍 벌리고 사람을 집어삼킨다.

"죽어버려!"

또 누군가가 매트 위로 난폭하게 올라탔다. 이번엔 가슴 위다. 뚝, 하고 갈비뼈가 소리를 냈다. 콧구멍에서 걸쭉한 액체가 흘러나왔다. 코 안쪽에서 쇠를 핥았을 때 같은 맛이 났다. 이건 위액이 아니다. 피다.

심장이 마구 요동치기 시작했다. 머리가 욱신욱신하고, 웅웅거리는 소리가 들리기 시작했다. 귀울림. 마치 폭풍 속에 있는 것 같다.

휘몰아치는 바람 같은 그 소리 속에서 의식이 멀어져가기 시작했다. 이제 내가 전혀 숨을 쉬고 있지 않다는 것을 알 수 있었다. 그런데도 숨이 막히고 답답한 느낌은 오히려 점점 옅어진다. 이미 괴롭다는 감각조차 사라지고 있는 걸까.

어두운 시야 저편에서 한층 깊은 암흑이 입을 벌리며 다가오고 있었다. 그것은 허무라고밖에는 달리 부를 수 없는 것이었다.

아, 이제 나는 죽는구나…….

허무 속에 머리부터 집어삼켜지면서 그렇게 생각했다.

지잉. 지잉. 지잉. 지잉.

저음 찰현악기와 같은 낮고 분명치 않은 소리가 들린다. 몇 초 동안 울리고는 같은 길이만큼 멈췄다가, 다시 몇 초 동안 울리고는 같은 길이만큼 멈추는……. 낮은 그 소리는 규칙적인 리듬으로 반복되고 있다.

소리가 들리는 것으로 보아 아무래도 나는 살아 있는 모양이다.

그런데 이게 무슨 소리지? 자세히 들어보니 소리 사이의 잠깐 멈춘 몇 초 동안도 완전한 무음은 아니다. 희미하게 쉬익 하고 공기가 빠져나가는 듯한 소리가 들린다.

지잉, 쉬익. 지잉, 쉬익. 지잉…….

개구리 울음소리? 이 낮은 음으로 보아 황소개구리? 배에 울리는 듯한 낮은 소리……. 아니, 이 낮은 음은 진짜 내 배 위에서 들려오는 것 같다. 황소개구리가 내 배 위에서 울고 있다는, 건가……?

히메노 히로미는 천천히 눈을 떴다.

작고, 까맣고, 얼굴이 납작한 개 한 마리가 배 위에서 자고 있었다. 턱을 히메노의 가슴께에 얹고, 눈 감은 얼굴을 들이댄 채, 두 앞발로 히메노의 몸을 감싸 안고서 배를 깔고 찰싹 달라붙어 있다.

쫑긋 솟은 귀. 둥그런 이마와 감은 두 눈과 납작한 코가 동일한 평면에 자리 잡고 있다. 일본인처럼 편평한 얼굴이다. 감은 눈 아래에는 늘어진 피부가 주름을 만들었고, 코 아래로는 윗입술이 양옆으로 늘어져 있다. 블랙브린들 프렌치 불도그다.

숨을 쉴 때마다 작은 몸이 오르락내리락하며 코에서 낮은 코골이 소리가 규칙적으로 새어나온다. 세상모르고 곯아떨어진 듯하다. 황소개구리 소리로 들렸던 것은 아마도 이 코골이 소리였던 모양이다. 별다른 병은 아니고, 불도그나 시추, 퍼그 같은 단두종 개들은 잘 때 코를 고는 경우가 많다.

"간지……."

어이없으면서도 안도한 듯한 목소리로 히메노가 중얼거렸다.

히메노 위에 떡하니 배를 깔고 엎드려 코를 골고 있는 이 녀석은 히메노네 집 반려견, 이제 갓 다섯 살이 된 프렌치 불도그 '간지'였다.

간지는 히메노가 자고 있으면 어느새 배나 등 위로 기어 올라와 자려고 한다. 히메노를 너무 좋아해서 항상 붙어 있고 싶은 것으로도 받아들일 수 있겠지만, 그보다는 아마도 히메노의 체온으로 자기 배가 따뜻해지니까 기분이 좋아서일 것이다. 히메노는 그렇게 의심하고 있다.

이 견종의 표준 체형에 비하면 간지는 상당히 작은 편이지만, 몸이 엄청 튼실해서 몸무게가 8킬로나 나간다. 그러니 배 위에 간지가 올라앉아 있으면 마치 장독의 누름돌을 올려놓은 것 같아서 이만저만 부담스러운 게 아니다.

"아 진짜, 별 괴상한 꿈을 다 꿔버렸잖냐. 니 덕이다."

물론 좀 전의 꿈은 간지 때문에 꾼 건 아니다. 초등학교 시절, 같은 반 남자아이들에게 가지가지로 엄청 괴롭힘을 당했다. 그것은 분명 당시 초등학생이던 자신의 태도 때문이다. 그러니 내 탓인 거다. 그런 무서운 꿈을 꾼 것은.

……꿈?

그건 꿈이었을까. 아니면 되살아난 어린 시절의 기억이었을까. 실제로 그런 사건이 있었는지조차 히메노는 잘 생각이 나지 않았다. 하지만 꿈을 꾸고 있는 동안에는 지금 실제로 일어나고 있는 일이라고밖에 여길 수 없었다. 그 증거로 등이 식은땀으로 흠뻑 젖어 있다.

눈앞에서 자고 있는 작고 까만 개에게로 눈길을 돌린다. 히메노가 일어난 것도 모르고 천하태평으로 코를 쿨쿨 골며 자고 있다. 배로 간지의 체중과 체온이 전해진다. 그 무게와 온기가 히메노의 흐트러진 심장박동을 차분히 가라앉혀 주었다.

히메노는 문득 장난기가 일어 눈앞에 있는 까만 코끝을 쿡쿡 찔러줄까 생각했다. 그리고 오른손을 슥 뻗으려는 순간, 자신의 온몸이 팔까지 낙타털 담요로 둘러싸여 있음을 깨달았다. 그런가, 이 물샐틈없는 무거운 담요 덕택에 체조 매트로 멍석말이당하는 꿈을 꾼 거다.

정신을 차려보니 히메노는 하얀 드레스 셔츠에 넥타이와 양복바지, 요컨대 양복 상의만 벗은 모습으로 갈색 가죽 소파에 드러누워 있었다.

위블로 오토매틱 다이버 시계도 팔에 찬 그대로 검정 실크 양말도 신은 그대로였다. 이탈리아제 가는 줄무늬 상의만 원목 마룻바닥에 놓인 대리석 소파 테이블 위에 고이 개켜져 있었다. 그 옆에 히메노의 스마트폰이 나뒹굴고 있다.

그제야 히메노는 기억이 났다.

오늘은 4월 5일, 토요일. 장장 몇 개월을 끌어온 성가신 일거리를 어제 가까스로 해결한 참이었다. 그간 거의 쉬지를 못한 데다 특히 요 며칠은 철야나 다름없는 날이 이어져 피곤하기 그지없었지만, 상사와 함께 새벽녘까지 보고서를 마무리 지어 간신히 제출했다. 그리고 지하철 첫차에 몸을 싣고 기치조지에 있는 집으로 돌아왔다.

기치조지 역 남쪽 출구로 나와 이노카시라 대로를 건너 주택가 안을 남동쪽으로 나아가다 보면, 이윽고 내리막길이 나오고 작은 개천에 다다른다. 이노카시라 연못에서 시작된 간다^{神田}천 상류다. 개천 북쪽에는 나무들로 에워싸인 산책로가 있고 아침 안개 속에 벌써부터 산책과 조깅을 즐기는 사람들이 보인다. 히메노의 집은 그 산책로를 굽어보는 경사면에 자리한, 대지 면적 약 500제곱미터, 총면적 약 250제곱미터에 달하는 저택이다.

집 주위는 돌담으로 둘러싸여 있고, 입구에는 고풍스러운 철제 대문이 있다. 옆에 달려 있는 키패드에 비밀번호를 입력하여 경비 시스템을 해제하고, 히메노는 무거운 문을 열었다. 납작하게 깔린 돌길을 따라 10미터쯤 걸어 들어가 거대한 쌍바라지 문 앞에 이르러 다시 키패드를 누르고 문을 열었다.

소리 나지 않게 문을 닫고 나서 구두를 벗고 세 평 남짓한 현관 홀에 올라 슬리퍼도 신지 않고 살금살금 걸어 현관 옆의 응접실로 들어갔다. 아무튼 빨리 앉고 싶었고, 응접실의 하얀 소파는 캥거루 가죽이어서 앉으면 편안하다. 상의를 벗어 그 옆에 던져 놓고, 넥타이를 풀며 3인용 소파 한가운데에 털썩 주저앉았다.

그리고 거기서부터 기억이 없다. 주저앉는 순간 곯아떨어진 것이다.

히메노는 몸을 부르르 떨었다. 초여름이라고는 해도 아직 새벽 녘에는 기온이 낮다. 만약 담요를 덮고 있지 않았더라면 감기에 걸렸을지도 모른다. 누군가가 히메노를 갓난아이처럼 담요로 감싸주고 양복 상의를 곱게 접어 테이블 위에 놓아준 것이다. 그게 누구인지는 굳이 생각할 필요도 없는 일이었다.

"일어났니?"

히메노의 머리 뒤편에서 위엄 있는 목소리가 울렸다.

히메노는 저도 모르게 흠칫 놀라 몸이 굳었다. 이윽고 누운 채로 천천히 눈을 치떠 머리 뒤쪽을 보니, 거기에는 거꾸로 보이는 중년 여성의 얼굴이 있었다. 노멘*처럼 무표정한 얼굴로 히메노를 내려다보고 있다.

"자정 너머도 아니고, 해가 뜨고 나서야 집에 오다니. 네가 근무하는 곳은 법을 지키는 것이 일일 텐데 노동기준법은 지키지 않아도 되다니, 희한한 곳이로구나."

히메노의 고모이자 이 집의 주인인 히메노 다에코다. 올해로 딱 예순 살이 된다.

말쑥한 기모노 차림. 은은한 광택을 띤 갈색 오시마쓰무기**에 붓꽃 널다리 문양이 전체적으로 들어간 진보랏빛 전통식 오비를 매고, 흰 버선 위로 가죽 슬리퍼를 신고 있다. 전체적으로 차분한 색조 속에 옷깃만이 명황색. 즉 카나리아 깃털을 닮은 선명한 노란색이다.

"아, 다에코 고모……."

---

* 일본의 전통 연극인 노 공연에 사용되는 가면.
** 가고시마 현 오시마 특산품인, 붓으로 살짝 스친 것 같은 무늬를 넣어 짠 명주.

히메노는 안도한 듯한 목소리를 흘리곤 하품 섞인 말을 중얼거리며 눈을 감았다.

"죄송합니다, 이런 데서 자버려서…… 후우. 하지만, 조금만 더요……."

"아침 인사는? 히로미."

"……예?"

"아침 인사는, 이라고 했다."

히메노는 다시 치뜬 눈으로 다에코를 보며 황급히 고개를 끄덕거렸다.

"네, 네에, 안녕히 주무셨어요."

"잘 잤니."

가볍게 고개를 끄덕이고 나서 다에코는 단숨에 쏟아내기 시작했다.

"우선 뜨거운 물로 샤워를 하려무나. 갈아입을 속옷과 양말은 욕실 탈의실에 놓아두었다. 또 오늘 입을 양복과 와이셔츠와 넥타이와 벨트, 그리고 손수건은 수납실 앞 옷걸이에 준비해두었다. 넥타이핀과 시계는 너 좋을 대로 하려무나. 옷 갈아입고 나면 아침 먹자. 조간신문은 식당 테이블 위에……."

"자, 잠깐만요, 고모."

몸부림친 끝에 히메노는 간신히 담요에서 양손을 빼냈다. 그리고 자고 있는 간지의 옆구리 아래로 두 손을 집어넣어 비행기를 태우듯 들어 올려 왼쪽 가슴께에 안고, 그대로 소파에서 내려섰다.

간지도 그제야 눈을 떴지만 아직 잠에 취한 듯 축 늘어진 채 온몸을 내맡기고 있다.

"오늘은 저한테 몇 달 만에 돌아온 비번 날이거든요? 어제까지 내내 철야하고 오늘 아침에도 동틀 때까지 일하고 가까스로 집에 돌아왔단 말입니다. 아직 한 시간 정도밖에 못 잤거든요? 조금만 더 자게 해주셔도……."

"히로미. 너, 경시청에 들어갈 때 나랑 약속했지?"

다에코가 히메노의 말을 가로막았다.

"나는 네게, 대학을 졸업하면 우리와 거래하는 은행에서 몇 년 정도 일하며 비즈니스를 배우고, 때가 되면 회사를 물려받길 바랐다. 그런데 너는 그것을 완전히 무시하고 아무 말 없이 경시청 채용 시험, 그것도 하필이면 상급직도 아닌 일반직 시험을 떡하니 치르고, 합격하고 나서는 네 멋대로 입사를 결정하고 말았지."

또 그 이야기십니까. 히메노는 속으로 한숨을 쉬었다.

히메노 히로미는 경시청 형사부 수사 1과 제4 강력범 수사·살인범 수사 제13계 소속 형사다. 계급은 순경, 요컨대 한 과 안에서는 가장 말단이다.

"지방공무원 중에서도 특히 경찰직은, 보수는 적은데 정신적으로나 육체적으로나 힘든 직업이며 제대로 쉬지도 못한다는 사실은 나도 알고 있다. 최고학부, 그것도 일본에서 들어가기 제일 어렵다는 대학의 법학부를 졸업한 데다 일 년간 유럽 유학까지 다녀온 네가, 뭣 때문에 굳이 그런 불합리한 직업을 택해 고생해야 하는지.

그렇게 물었더니 너, 뭐라고 했지?"

히메노는 품에 안고 있는 간지의 등을 쓰다듬으며 마지못해 대답했다.

"어……, 일이 아무리 힘들어도 절대 약한 소리는 하지 않겠습니다. 일이 아무리 바빠도 보기 흉한 꼴로 다니지는 않겠습니다. 일 때문에 아무리 늦게 들어오더라도 아침 7시에는 반드시 고모와 함께 아침 식사를 하겠습니다. 이상 세 가지를 약속드릴 테니 경찰관이 되는 것을 허락해주세요…… 그렇게 말씀드렸죠."

"지금은 몇 시지?"

히메노는 벽 앞에 서 있는 앤티크 풍의 대형 괘종시계를 보았다.

"7시 20분 전입니다."

"7시가 되면 너는 뭘 하지?"

한숨을 섞으며 히메노가 대답했다.

"고모와 함께 평소처럼 아침 식사를 합니다."

"좋아."

다에코가 고개를 끄덕였다.

"내 희망을 저버린 이상, 약속은 지켜주어야 한다. 고모 잔소리가 심하다고 생각하겠지만, 나는 돌아가신 네 부모님한테서 너를 맡았으니, 널 어디에 내놓아도 부끄럽지 않게 제 몫을 하는 남자로 키워내야 할 책임이 있어. 그러니 양복이든 소지품이든 반드시 일류만을 사서 쓰라고 늘 말하고 있지만서도, 평소에 싸구려를 쓰게 되면 그러고 다니는 사람까지……."

"아! 이 양복 비싼 거였지! 구겨지지 않게 옷장에 잘 걸어놔야겠다!"

히메노는 급히 간지를 바닥에 내려놓고 테이블 위에 있는 상의와 스마트폰을 움켜쥐고는 응접실 문을 향해 달려 나갔다. 물론 언제 끝날지 모르는 다에코의 잔소리로부터 벗어나기 위해서다.

"아, 히로미."

그 등에 대고 다에코가 말을 걸었다.

"아까 네 휴대전화가 울리기에 내가 받았단다."

"예에?"

히메노는 화들짝 놀라 급브레이크를 걸었다. 그리고 다에코를 돌아보며 슬픈 얼굴로 두 손을 축 늘어뜨렸다.

"고모, 너무하세요! 남의 전화를 마음대로 받으시다니요! 프라이버시 침해예요! 아무리 고모라도, 하셔도 되는 일이 있고……."

"내가 받으면 안 될 일이라도 있는 거니?"

"아, 아뇨, 딱히 그런 건."

"여자 친구가 있다면, 몰래 만나지 말고 당당하게 사귀렴. 너한테 어울리는 여성인지 아닌지는 내가 정확하게 판단해줄 테니."

히메노의 얼굴을 빤히 쳐다보면서 다에코는 태연히 말을 이었다.

"너처럼 세상 물정 모르는 젊은 남자를 농락하는 정도야, 여자에게는 갓난아이 손 비틀기나 마찬가지란다. 고기 감자 조림이니 카레니 그라탕이니, 초등학생도 만들 수 있을 법한 요리를 해서 먹이기만 해도 곧바로 감격해서 홀딱 넘어가버리니까. 히로미 너도 고기 감자 조림 정도는 손수 만들 수 있도록 배워둬야지, 안 그러다 간 변변찮은 아가씨에게……."

"저, 지금은, 그런 여자 없거든요!"

히메노는 서둘러 스마트폰의 통화 목록을 보았다.

"가부라기라는 분이셨다. 직장 선배니? 어쩐지 그다지 출세할 법한 목소리는 아니더라만."

히메노는 저도 모르게 눈을 감고 하늘을 우러렀다.

가부라기 데쓰오는 히메노와 마찬가지로 경시청 형사부 수사 1과 제4 강력범 수사·살인범 수사 제13계 소속 형사다. 계급은 경위, 히메노의 직속 상사다. 결혼한 적은 있는 듯한데 현재는 독신으로, JR주오선 기치조지 다음 역인 니시오기쿠보에서 혼자 살고 있다.

"네게 무슨 급한 볼일이 있다고 하시기에, 지금 히로미에게 나갈 준비를 시키겠지만 조금 시간이 걸릴 듯하니, 그사이 누추하지만 집으로 와주십사 말씀드리고, 모셔 오도록 간자키를 보냈다."

"헉!"

간자키는 다에코가 부리는 운전기사다. 평일에 회사를 오갈 때는 물론, 휴일 쇼핑 등 외출에서부터 손님 마중까지 다에코는 온갖 교통편을 간자키에게 맡기고 있다.

"모셔 오다니, 그 산더미처럼 무식하게 큰 시커먼 롤스로, 말이에요?"

다에코의 차는 영국의 초고급차인 2013년형 롤스로이스 팬텀

시리즈Ⅱ다. 배기량 6,749cc, 12기통 48밸브 직접분사 엔진을 탑재하고, 출력은 무려 대형 트럭을 훨씬 능가하는 460마력. 시속 240킬로까지 달릴 수 있지만, 물론 이 차로 그렇게까지 달릴 사람은 없다. 쇼퍼 드리븐, 다시 말해 운전기사 딸린 차량일 뿐이므로.

"그 차는 안전해. 벤츠든 뭐든 전부 길을 양보해주니까."

"그런 문제가 아니라구요! 지금부터 출동이라는 얘긴데 그런 어마어마한 차로! 만찬 모임에 초대하자는 게 아니잖아요, 진짜!"

답답하다는 듯이 두 손을 휘휘 흔들어대는 히메노 앞에서 다에코가 태연하게 말했다.

"30분만 있으면 가부라기 씨가 이리로 오실 거다. 어떻게 할 거니?"

다에코의 말에 히메노는 체념한 듯 작게 한숨을 내쉬었다.

"……샤워하고 오겠습니다."

히메노가 욕실로 사라진 후에도 다에코는 홀로 응접실에 멈춰 서 있었다.

타타타타 하는 가벼운 발소리와 함께 문 저편에서 작고 까만 개 간지가 종종걸음으로 응접실로 들어왔다. 어느새 응접실 밖으로 나갔었던 모양이다.

간지는 다에코의 발치로 다가오더니 기쁜 듯 입을 크게 벌리고 작은 분홍색 혀를 날름거리면서 부리부리한 까만 눈으로 다에코를 올려다보았다.

"어머나, 간지. 어디 갔었던 거니?"

왜 그런지 득의양양한 표정의 간지를 내려다보던 다에코는 무심코 풋 하고 웃음을 짓고는 천천히 쭈그려 앉았다.

그리고 둥글고 자그마한 머리를 사랑스레 쓰다듬으면서 혼잣말을 중얼거렸다.

"역시, 아직 포기하지 않았나 보구나. 히로미……."

02
1998년 3월 만남

지금으로부터 16년 전, 1998년 3월 25일, 수요일.

봄.

머리 위로 펼쳐진 나뭇가지를 올려다보니, 빽빽이 맺힌 벚꽃 봉오리는 이미 온통 탱탱하게 부풀어 있다. 개화 예정일은 좀 남았지만, 하나같이 손끝으로 톡 건드리기만 해도 펑 소리를 내며 당장이라도 피어날 것만 같다.

하지만 벌써부터 안달할 필요는 없다. 50~60그루쯤 될까, 여기 늘어선 벚나무가 이윽고 자연의 섭리에 따라 일제히 만발하는 것을 나는 느긋하게 기다리면 된다. 어차피 4월 1일부터는 매일 이곳을 자유롭게 활개 치며 걸을 수 있으니까.

얼마 전까지만 해도 낮에도 으스스하니 추웠는데 하루가 다르게 따뜻해지고 있다. 특히 오늘은 날씨가 좋다. 올해 들어 처음으로 맨발에 보트슈즈를 신고, 물 빠진 청바지에 검정 티셔츠, 재킷 대신 체크무늬 셔츠 차림으로, 나 히나타 에미는 고에이 대학 캠퍼스를 두리번거리며 어슬렁어슬렁 걷고 있었다.

늘어선 벗나무. 시계탑. 유리벽 교사校舍. 연락용 벽보. 차가 다니지 않는 길. 경비 아저씨. 한창 봄방학 중일 텐데도 여럿이 통로를 걸으며 혹은 벤치나 잔디밭에 모여 앉아 담소하는 학생들……. 내가 동경하던 대학 캠퍼스. 꿈꾸던 대학 생활.

유감스럽게도 나는 초·중·고등학교 시절을 통틀어 추억이라고 이야기할 만한 것이 아무것도 없다.

어려서부터 병치레가 잦아서 의무교육 기간에도 학교에 거의 다니지 못했다. 선생님이 가정방문을 왔을 때 침대 위에서 이야기를 나누는 것이 전부였던 초등학교 생활. 매년 말에만 학교로 가서 어머니와 선생님과 셋이서 면담을 했던 중학교 생활. 그리고 한 달에 며칠은 학교에 나갔지만, 결국 출석 일수가 모자라서 졸업하지 못했던 고등학교 생활.

그래도 대학에 가고 싶어서 고인高認*을 치른 때가 작년 8월 5일, 합격이 9월 1일. 고에이 대학 문학부 입학시험을 치른 때가 올 2월

---

* 고등학교졸업정도인정시험. 우리의 고졸 검정고시에 해당.

17일, 그리고 합격자 발표가 난 것이 2월 26일. 은둔형 외톨이에서 꽃 같은 여대생으로. 불과 8개월 만에 내 처지가 확 달라졌다.

입학식은 4월 1일이지만, 오늘은 그 전에 문학부의 입학 설명회가 있어서 합격 발표일 이후 오랜만에 도쿄 도 미나토 구 아오야마에 있는 사립 고에이 대학 캠퍼스를 찾았다. 필수과목이 어떻고 선택과목이 어떻고, 그 상세한 내용과 수강 신청 방법, 학생증 발급에 필요한 서류, 학생용 메일 주소 가입 방법, 학생 식당 이용 방법…… 기타 등등.

설명회가 끝난 후, 각각의 매뉴얼이며 규칙 사항을 인쇄한 소책자 한 세트를 받았다. 그것들을 캔버스 재질의 토트백에 던져 넣고 문학부 건물을 나온 나는 하릴없이 캠퍼스를 걷기 시작했다. 서둘러 돌아가야 할 일이 있는 것도 아니어서 산책 삼아 캠퍼스를 잠시 구경하고 갈 생각이었다.

목이 말라서 건물 옆에 서 있는 자판기에서 페트병에 든 생수를 하나 샀다. 그것을 마시면서 걷고 있는데 하얀 폴로셔츠에 하얀 조끼를 입은 남자가 갑자기 말을 걸어왔다.

"저기, 혹시 신입생?"

옆구리에 테니스 라켓을 끼고 왼손에 분홍색 종이 다발을 들고 있다. 네, 그런데요, 라고 대답하자 남자는 치약 광고에 나올 법한 하얀 이를 반짝 드러내며 청산유수로 떠들기 시작했다.

"너 말야, 테니스 좋아해? 아! 안 해봤어도 아무 상관 없어! 우리는 '고에이 대학 테니스 동호회'인데 운동부 소속은 아니지만 동호회실도 마련돼 있고, 연습장도 도내에 있는 하드코트 시설과 계약되어 있어! 매달 정기전도 열리고 해마다 여름에는 가루이자와, 겨울에는 오키나와에서 합숙하고, 회식도 많아서 즐거움은 절대 보장할 수 있거든? 같은 학부 선배가 학업 상담도 해주고 말이지! 괜찮으면 신입생 환영회만이라도 와봐!"

단숨에 그 많은 말을 쏟아내더니 남자는 내게 광고지를 억지로 떠안겼다. 그 자리를 벗어나자 또 다른 갖가지 스포츠 유니폼을 입은 사람들이 잇따라 말을 걸어왔고, 내 손에는 어느새 몇십 장이나 되는 가지각색의 종이가 들려 있었다.

정신을 차려보니 캠퍼스 통행로에는 축제 때처럼 노점들이 죽 늘어서 있었다. 전부 신입생을 노린 동아리나 동호회의 신입생 환영 부스인 듯하다. 테니스 외에도 농구, 축구, 야구, 하키, 라크로스 따위의 스포츠. 문화 계열도 있다. 꽃꽂이, 다도, 문예, 신문, 만화에 애니메이션까지. 그 외에도 뭘 하는 건지 잘 모르겠는 사람들…….

그런가. 나는 그제야 납득이 갔다. 대학교에는 정해진 '학과'와는 별도로 스포츠나 문화 활동—요컨대 놀이라든지 취미나 여가 활동, 이성 친구 찾기 따위가 목적인 '동아리'라는 것이 있고, 모두가 그 어딘가에 소속될 예정인 것이다.

나는 최근 알게 된 친구, 야기 유리카의 말을 떠올렸다.

"어? 에미도 대학에 가는 거야? 좋겠다! 여대생은 즐거울 것 같아. 있잖아, 공부보다 동아리 활동이라든가 미팅만 하면서 맨날 놀지?"

나와 유리카는 3월 초순, 구니타치 역 앞에 있는 패밀리 레스토랑에서 처음 만났다. 널찍한 1인용 테이블에서 저녁을 먹고 있을 때 마침 옆에 앉아 있던 사람이 유리카였다. 깜박 잊고 지갑을 안 가져온 것을 깨닫고 어쩔 줄 몰라 하던 그녀에게 나는 돈을 빌려주었다. 그때 서로 휴대전화 번호를 알려주었고, 이윽고 동갑이라는 것을 알고 친구가 되었다.

나와 유리카는 가끔 그 패밀리 레스토랑에서 만나 수다를 떨게 되었다. 유리카는 이른바 프리터였다. 도시를 동경한 그녀는 바로 얼마 전 지방의 고등학교를 졸업하고 갓 상경한 터라 도쿄에는 아직 친구도 없었다.

유리카의 그 말에 나는 이렇게 반론했다. 그렇게 노는 사람들도 있을지 모르지만, 나는 제대로 하고 싶은 공부가 있고 아르바이트도 해야 하니까 그다지 우아하진 않아.

실제로 동아리에 들어가면 돈도 들고 그만큼 시간도 뺏긴다. 고에이 대학은 사립이라서 그렇잖아도 학비가 비싸다. 장학금을 받을 수는 있겠지만 강의가 없는 시간에는 아르바이트를 해서 생활비를 벌어야 한다. 맘 편히 동아리 활동 따위를 할 처지가 못 된다.

내가 고에이 대학 문학부에 입학한 것은 어머니를 안심시키기 위해서, 그리고 좋아하는 민담을 연구하기 위해서다. 그러니 놀고 있을 시간은 없다.

슬슬 집에 가자, 그렇게 생각하며 교문을 향해 걸어가고 있는데 문득 한 남학생이 눈에 띄었다.

어깨에 닿을 만큼 긴 머리, 마른 체격에 키가 껑충하게 크다. 통이 좁은 청바지에 하얀 운동화. 흰색 면 셔츠 소매를 팔꿈치까지 걷어 올렸다. 그리고 왼손에 커다란 쓰레기봉투를 들고 땅바닥을 내려다보면서 20미터쯤 앞에서 어정거리고 있다.

뭘 하는 걸까 싶어 보고 있는데, 그 남학생이 갑자기 정원수 앞에서 허리를 구부리더니 풀 속에서 무언가를 집어 올렸다. 그것은 빈 페트병이었다. 남학생은 기쁜 듯 빙긋 웃고는 마치 보물이라도 간직하듯 조심스레 쓰레기봉투 안에 넣었다. 봉투 안에는 아마도 그렇게 여기저기서 주워 모았을 빈 페트병이 여러 개 들어 있다.

문득 그 남학생과 눈이 마주쳤다. 그는 한순간 이상하다는 듯이 바라보더니 이내 눈을 가늘게 뜨고 싱긋 웃었다. 그 웃는 얼굴을 본 순간, 내 심장이 쿵 내려앉았다. 아마 나보다 나이가 위일 텐데 마치 사람을 따르는 강아지 같은 웃는 얼굴이었다. 아까 그 테니스남과는 전혀 다른, 작위적인 구석이라곤 없는 자연스러운 미소……

별안간 그가 왼손에 쓰레기봉투를 든 채 나를 향해 달려오기 시작했다. 나는 당황했다. 잠깐만! 이 사람이 왜 나한테 오는 거지? 지금 막 마주쳤을 뿐인데. 아, 점점 가까워지고 있어. 어쩌지? 이런 전개는 예상 못 했는데……. 하지만 심하게 혼란스러운 와중에도 왠지 도망쳐야겠다는 생각은 전혀 들지 않았다.

그 사람은 살짝 숨을 헐떡이며 내 눈앞에 멈춰 섰다. 그는 나보다 머리 하나가 더 컸다. 게다가 무슨 운동이라도 하는지, 먼발치에서 볼 때는 그저 말라 보였는데 가까이서 보니 팔이며 가슴근육이 발달한 꽤 늠름한 체형이었다.

"그거, 다 마신 거니?"

그 눈은 내가 들고 있는 페트병을 보고 있었다. 물이 아직 2센티 정도 남아 있었지만 나는 급히 남은 물을 마저 삼켰다. 그러자 남학생은 쓰레기봉투를 펼쳐 나를 향해 내밀었다. 이 안에 넣으라는 뜻이겠지. 나는 페트병 뚜껑을 닫으려고 했지만 허둥대는 탓에 좀처럼 닫히질 않는다.

"따로 넣어도 상관없어. 어차피 분리해야 하니까."

남학생이 오른손을 내밀기에 나는 본체만 봉투에 떨어뜨리고 나서 파란 플라스틱 뚜껑을 그 손 위에 얹어주었다. 남학생은 파란 뚜껑을 얼굴 앞으로 들어 올려 확인하더니 흠흠 하고 납득한 듯 고개를 끄덕이고는 나를 향해 싱긋 웃었다.

"방금 넌 아프리카의 아이들과 지구의 미래를 구한 거야."

"에?"

이 사람, 대체 무슨 말을 하는 거지……? 어리둥절한 나를 향해 그 남학생은 부드러운 말투로 논리 정연하게 이야기하기 시작했다.

"이 뚜껑은 쓰레기로 버리면 소각되어서 대기 중의 이산화탄소 농도가 높아지고, 그로 인해 지구온난화, 사막화가 점점 심해지게 돼. 하지만 재활용하면 이산화탄소도 발생하지 않고 석유 자원의 신규 소비도 억제되지. 그리고 뚜껑을 팔아서 얻은 이익으로 아프리카의 가난한 아이들에게 백신을 보내줄 수 있어."

전 세계에서 하루에만 약 6,000명에 달하는 어린아이들이 백신 접종을 받지 못해 전염병으로 죽어가고 있다. 그 아이들을 살리고 싶은 것이다. 이 '해피 캡^{Cap} 운동'은 이제 막 시작되었지만 우리는 이 환경보호 활동을 널리 전파함으로써 모두가 행복해질 수 있도록 세상을 변화시켜 나가고 싶은 것이다. 남학생은 그렇게 이야기했다.

몰랐다. 아무 생각 없이 페트병 음료를 마시곤 빈 용기를 버려왔는데 그것이 지구환경을 파괴하는 행위였다니. 게다가 나 자신이나 가족의 삶은 생각했어도 아프리카의 가난한 아이들에게까지 생각이 미친 적은 한 번도 없다. 그런데 페트병 뚜껑을 재활용하는 것만으로 수많은 아이들을 살릴 수 있다니…….

"내 꿈은 이 일본 어딘가에 '유토피아'를 만드는 거야."

"유, 토피아?"

온천 시설*이라도 만들려는 건가 싶었지만 그건 아닌 것 같았다. 유토피아란 '이상향'이라는 의미라고 남학생은 설명했다.

"어딘가 아무도 모르는 깊은 산중에 모두가 자급자족으로 생활하는 마을을 만들고 싶어. 산에 들어가서 들풀이나 산나물, 자연에서 나는 과일과 나무 열매와 버섯을 채집하고, 강에서 물고기 낚시도 하고 게와 새우도 잡고……. 이런 생활 방식이야말로 본래의 인

---

* 일본의 복합 온천 시설 '유-토피아(湯-TOPIA)'를 가리킨다.

간다운 생활 방식이라고 봐. 그렇게 생각하지 않니?"

나는 깜짝 놀랐다. 그것은 흡사 그 마을이 아닌가.

그 '하늘을 나는 소녀' 이야기에 나오는, 어딘가 깊은 산속에 있는 '행복한 마을'. 어려서부터 늘 가보고 싶다고 소원하며 동경했던 마을. 어딘가에 있기를 바라지만, 아마 어디에도 없을 거라 여기고 있던 환상의 마을……. 그런 마을을 이 사람은 실제로 만들겠다고 하고 있는 것이다.

"하지만 지금은 자연환경을 보호하는 것도 생각해야 하니까. 산에 자생하는 식물을 마구잡이로 채집하지 않게 논밭을 개간해서 무농약 작물을 재배할 생각이야. 야생동물을 사냥하는 대신 목장을 만들어서 소나 돼지나 염소를 기르고, 그 젖으로 유제품을 만들어서 팔고, 햄이며 소시지며 베이컨을 만드는 거야."

남학생은 눈을 빛내며 말을 이었다.

꿈을 이야기하는 사람. 그런 존재와 조우한 것은 나로서는 난생처음이었다. 아니, 애초에 남자라는 존재와 단둘이 이토록 친밀하게 이야기한다는 경험 자체가 처음이었다. 그 얼굴은 마치 어린아이처럼 해맑았고, 그야말로 꿈을 꾸는 듯한 표정이었다. 그리고 아마도 나 또한 같은 표정을 하고 있었으리라.

남학생은 오른 손바닥을 청바지 허벅지에 대고 슥슥 닦더니 나를 향해 내밀었다.

"노부세 다다시, 이공학부 4학년이야. 환경보호 활동 동아리 회장을 맡고 있어."

나도 따라서 노부세를 향해 오른손을 내밀었다. 그러자 노부세의 커다란 손이 내 작은 손을 감싸듯이 꽉 움켜쥐었다. 그 따스하고 부드러운 감촉에 내 안의 긴장이 서서히 풀려가는 것이 느껴졌다.

"히나타 에미입니다. ……저어."

노부세의 손을 쥔 채 나는 엉겁결에 질문했다.

"민들레, 먹어본 적 있으세요?"

노부세는 놀란 듯 앵무새처럼 되물었다.

"민들레?"

"네, 민들레요. 어릴 적에 읽었던 민담 중에 민들레를 먹는 장면이 나오는데, 전 먹어보고 싶다고 내내 생각만 해왔지 여태 먹어본 적이 없어요. 노부세 선배는 민들레를 먹어본 적 있으세요?"

노부세는 즐거운 듯 웃음을 터뜨렸다.

"물론이지! 이파리는 데치거나 깨소금을 넣고 무치면 맛있고, 샐러드로 먹거나 파스타 재료로도 쓰고 오믈렛에 넣기도 해. 졸여서 잼으로도 만들고. 꽃은 튀겨 먹으면 머위 줄기처럼 살짝 쓴맛이 도는데 꽤 먹을 만해. 뿌리는 살짝 볶아서 조림으로 만들어 먹기도 하고, 말려서 볶으면 커피 대용으로도 마실 수 있지."

노부세의 입에서 민들레 요리법이 술술 나왔다. 민들레 잼이라고? 민들레 뿌리 커피? 어릴 때부터 동경했던, 하지만 한 번도 먹어본 적 없는 민들레 요리의 맛을 상상하면서 나는 가슴이 설렜다.

"민들레 요리라고 하니까 생각이 나는데, 히나타는 오 헨리의 「Springtime a la Carte」, 우리 말로 하면 「봄날의 메뉴」라는 단편을 알고 있니?"

노부세가 들려준 이야기는 이러했다.

도시에서 타이피스트로 일하고 있는 젊은 여성이 시골에 놀러 갔다가 농가의 청년을 만나 사랑에 빠진다.

두 사람은 결혼 약속을 하고, 청년은 사랑의 증표로서 민들레꽃으로 엮은 화관을 준다. 도시로 돌아오고 나서도 여성은 레스토랑의 메뉴를 타이핑해 주는 일을 하면서 청년과 편지를 주고받는다.

하지만 어느 날부터인가 청년이 보내던 편지가 뚝 끊긴다.

왜 편지를 보내지 않는 걸까. 그런 고민을 하면서 그녀는 그날도 레스토랑 일거리 때문에 타이프를 치고 있었고, 민들레가 들어간 요리를 메뉴에서 발견한다. 민들레라는 이름을 본 여성은 청년을 떠올리고, 사랑하는 사람을 향한 넘치는 마음을 참지 못하고 저도 모르게 눈물을 흘린다.

그러자, 그날 밤, 그녀에게 기적이 일어난다.

그것은 반짝반짝 빛나는 작은 보석 같은, 너무도 멋진 이야기였다. 열여덟 살의 나로 하여금 한동안 넋을 잃게 만들었을 정도로.

"흐음, 저기……."

노부세의 난처해하는 듯한 목소리에 나는 퍼뜩 제정신으로 돌아왔다. 그리고 노부세의 오른손을 내내 움켜쥐고 있었다는 사실을 깨달았다.

황급히 손을 놓고 움츠러든 내게 노부세는 말했다.

"분명히 히나타는 우리 동아리에 들어올 운명인 거야."

"어째서죠?"

내가 묻자 노부세는 미소를 지었다.

"우리 동아리 이름이 '민들레 모임'이거든."

어떻게 이런 우연이 다 있지?

아니, 이건 분명 필연이야. 그의 말을 들었을 때 나는 똑똑히 확신했다. 노부세 말마따나 노부세와 만난 것은 내가 태어나기 전부터 정해져 있던 '운명'이라는 것을.

"그럼 다음에 전부 모아서 '민들레 모임' 활동에 대해 설명해줄게. 들어올지는 그때 듣고 나서 결정하면 돼. ……그런데, 히나타."

"아, 네?"

"내 꿈 중 하나는 아까 말했지? 그 외에도 대학에서 하는 연구라든가 다른 꿈도 아주 많지만. 히나타, 네 꿈은?"

갑작스러운 질문에 나는 초조해졌다. 노부세처럼 구체적인 꿈 같은 건 갖고 있지 않았으니까. 이제 와 생각하면 민담 연구를 하고 싶다는 말이라도 했다면 좋았을 텐데. 하지만 무언가 근사한 꿈을 이야기해야 한다는 중압감에 나는 그만 엉뚱한 소리를 내뱉고 말았다.

"하늘을, 나는 거예요."

"하늘?"

아차 싶어 나는 고개를 숙였다. 어쩌자고 처음 본 사람에게 이런 말을 해버렸을까. 뭐라고 설명해야 이해할는지.

딱히 머리가 이상하거나 뭐 그런 건 아니에요. 어릴 때 늘 읽던 옛날이야기가 있는데, 그건 엄마, 아니 어머니가 사다 준 책에 나온 이야기로, 그 이야기에 '하늘을 나는 소녀'라는 여자애가 나와서, 그래서……. 아아, 제대로 설명할 수 없을 것 같아.

어린애 같은 멍청한 여자라고 생각할 게 뻔해. 노부세는 어이없다는 듯한, 난감한 듯한, 가엾다는 듯한 얼굴로 나를 보고 있을 거야. 나는 흠칫흠칫 고개를 들어 노부세를 보았다.

노부세 다다시는 웃고 있지 않았다. 노부세는 진지한 얼굴 그대로 갑자기 내게 얼굴을 바짝 들이밀고서 속삭이듯 작은 목소리로, 생각지도 못한 말을 꺼냈다.

"실은 나, 하늘을 날 수 있어. 괜찮다면 다음에 함께 날아보지 않을래?"

이 사람, 어쩌면 피터 팬이 아닐까?

밤이 되면 내 방 창문을 두드려, 부드럽게 내 손을 잡고 그대로 바람처럼 날아올라, 동경했던 하늘 위로 데려가주려나?

그 말을 들은 순간, 나는 난생처음 사랑에 빠졌다.

그리고 훗날 나는 알게 되었다. 노부세 다다시가 진짜 피터 팬이었음을.

03
현장 조사

아득한 전방에 보이던 국산 세단 뒤꽁무니가 순식간에 눈앞으로 다가왔다.

히메노 히로미는 우측 백미러로 후방을 힐끗 보더니 6단 자동변속기의 시프트 레버를 수동 모드로 당겨 기어를 낮추면서 동시에 가속페달을 밟는다. 우웅 하고 엔진이 고양잇과 맹수처럼 으르렁거린다. 그사이 왼손 손가락은 핸들 축에서 뻗어 나온 레버를 가볍게 위로 밀어 올린다.

깜빡이가 세 번 점멸하는 사이 검은색 알파로메오 159ti는 우측 추월 차선으로 미끄러지듯 이동한다. 거기서 시프트 레버를 앞으로 미는 순간 검은 차체는 마치 활시위를 떠난 화살처럼 눈 깜빡할 사이에 가속도가 붙으면서 국산 세단을 단숨에 좌측 후방으로 떨쳐버린다.

앞지른 차가 점점 작아져가는 것을 룸미러로 확인하더니, 이번엔 왼쪽 깜빡이를 켜고 천천히 중앙의 주행 차선으로 돌아온다. 군더더기 하나 없이 모든 움직임이 매끄럽다. 일부러 속도계를 보지 않는 한, 동승자라도 실제 속도는 알아채지 못할 것이다.

"드릴 말씀이 없습니다! 그 양말은 물론 드리겠습니다!"

변속기 레버를 자동 모드로 돌려놓고 나서 운전석의 히메노가 조수석을 향해 머리를 숙였다.

"그리고 선배 양말은 세탁해서 나중에 돌려드리겠습니다!"

"아 됐어, 히메! 그런 뜻으로 이 양말을 칭찬한 게 아냐."

조수석의 가부라기 데쓰오가 앉은 채로 가볍게 제자리걸음을 했다.

"과연 비싼 외제가 다르긴 다르네, 발을 감싸듯이 착 달라붙는 게 진짜 착용감이 좋아. 이걸 주겠다면 내 건 버려도 상관없어. 어차피 네 켤레에 1,000엔짜리니까."

히메란, 수사 1과 내에서 회자되는 히메노의 별명이다. 성씨에서 딴 호칭이기는 하지만, 동시에 누구 앞에서든 겁 없이 도도하게 구는 데다 항상 고급품을 걸치고 다닌다는 의미도 숨어 있다.

두 사람이 타고 있는 히메노의 자가용, 검은색 알파로메오 159ti도 고가의 가죽 시트로 내부를 꾸민 이탈리아제 고성능 세단이다. 일본 내에서는 이미 단종된 모델이지만, 이탈리아 경찰이 경찰차로 정식 채택한 차종이라는 이유로 히메노는 차를 바꾸려 들지 않는다. 요컨대 히메노는 경찰이면서 경찰 오타쿠인 셈이다.

"그래도 괜찮으시겠어요? 그럼 바로 버리겠습니다! 실은 돌려 드려야 할지 말지 고민했었거든요! 선배 양말, 발목 밴드가 다 늘어난 데다 엄지발가락 부분에 이따시만 한 구멍이 나 있더라고요! ······그래도 말입니다?"

어지간히 즐거운지 히메노가 계속했다.

"그것 말고는 오늘 가부라기 선배, 꽤 각이 잡혀 있어요! 오늘은 셔츠 소매 단추도 온전히 다 달려 있고, 양복 색깔도 그 정도로 차분하면 절대 두 벌에 29,800엔짜리로는 안 보이고, 바지 주름선도 아직 남아 있고 무릎도 튀어나와 있지 않고요. 이제 남은 건, 그 곰팡이 핀 식빵 같은 무늬의 넥타이만 새로 사면 되겠네요!"

니가 무슨 내 스타일리스트라도 되냐? 가부라기는 어깨를 으쓱하고는 양말 소동의 원인이 된 사건을 떠올리며 다시 얼굴에 미소를 띠었다.

"그나저나 오늘 아침엔 여러 가지로 놀랐다. 우선 너한테 전화했더니 고모님께서 받으셨지. 이어서, 날 데려갈 차가 도착했다기에 아파트에서 나와보니 어마무시한 롤스로이스가 떡하니 서 있지 뭐냐. 게다가 그 차로 너희 집에 처음 갔는데 그냥 집이 아니라 무슨 성처럼 생긴 호화 저택이었어. 그리고 커다란 현관으로 들어가 페르시아 융단 매트 위로 오른발을 내딛었는데, 그만 철퍼덕하고······."

웃음을 참는 가부라기의 오른편에서 히메노는 다시 움츠러들었다.

"그 현관 매트, 페르시아 융단이 아니라 프랑스 고블랭이지만요. 간지 녀석, 어느새 그런 곳에다 실례를……. 정말 죄송했습니다!"

오전 8시 정각.

히메노가 운전하는 알파로메오 159ti는 맑게 갠 주오 자동차도로를 서쪽을 향해 순조롭게 주행하고 있었다.

히메노가 샤워 후에 옷을 갈아입고 고모 다에코와 함께 아침식사를 마친 때가 7시 20분. 그곳에 가부라기가 간자키가 운전하는 롤스로이스로 도착하여, 프렌치 불도그 간지가 일으킨 예기치 못한 사고로 발을 적시고 양말을 갈아 신는 처지가 된 뒤, 히메노의 알파로메오로 갈아타고 출발한 때가 정확히 7시 반.

두 사람이 탄 차는 기치조지 대로에서 렌자쿠 대로로 나온 뒤, 고슈 가도의 초후 나들목에서 주오 자동차도로로 진입하여 조금 전 이나기 나들목을 통과한 참이었다.

"맞다! 가부라기 선배, 고모가 전화 받았을 때 뭔가 실례되는 말을 하진 않았나요?"

히메노가 걱정되는 듯 조수석의 가부라기를 힐끔 보았다.

"이미 아시리라 생각하지만, 고모는 누굴 대하든 웃는 법이 없고, 무슨 말이든 아무렇지 않게 툭툭 말해버리고, 진짜, 실례가 기모노를 입고 눈싸움을 하고 있는 듯한 사람이거든요. 아까도 가부라기 선배 목소리를 두고, 그다지 출세할 법한…… 아, 아니지!"

"내 목소리가 어떻다고?"

의문스러운 표정을 지은 가부라기에게 히메노가 황급히 고개를 내저었다.

"아무것도 아닙니다! 잊어주십시오! 실례될 만한 일이 없었다면 됐습니다!"

그러는 너도, 실례란 놈이 고급 양복을 입고 외제 차를 운전하고 있는 것처럼 보이거든? 피는 못 속인다는 말이 그냥 나왔겠냐. 가부라기는 그렇게 생각하며 쓸쓸하게 웃었다.

"네 고모님은 처음 뵀었지만, 박력 만점에 그야말로 여걸 같으셨어. 게다가 젊은 시절에는 한 미모 하셨을 거야. 뭐, 지금도 충분히 아름다우시지만."

그렇게 말하면서 가부라기는 히메노의 옆얼굴을 보았다. 살짝 웨이브진 머리카락, 하얀 피부, 긴 속눈썹, 곧게 뻗은 콧날. 여성스럽다고 해도 좋을 얼굴로 확실히 고모 다에코와 많이 닮았다.

"제 아버지의 누님이세요."

히메노는 핸들을 쥔 채 평소와 다름없는 어조로 설명했다.

"저의 할아버지는 기치조지에서 부동산업을 하셨답니다. 슬하에 자녀는 둘, 고모와 아버지셨죠. 할아버지가 돌아가셨을 때 원래대로라면 아들인 아버지가 회사를 물려받아야 했겠지만, 어머니와 사랑의 도피를 해버려서……. 어머니와의 결혼을 할아버지께서 끝까지 반대하셨답니다."

"그래서, 고모님이…… 히메 아버님의 누님이 회사를 물려받은 건가."

처음 듣는 이야기였다. 히메노는 고개를 끄덕이고 말을 계속했다.

"원래 고모는 프랑스로 유학 가 그림 공부를 하고 싶으셨던 모양입니다. 하지만 저의 아버지가 도망쳐 행방을 감추는 바람에 그 꿈은 접을 수밖에 없었죠. 20대 후반에 사장 자리에 올라 갖은 고생을 거듭하며 필사적으로 회사를 꾸려나가다 보니 지금껏 독신으로 사시게 된 겁니다."

그리고 히메노가 어릴 적에 부모님이 돌아가시자 히메노를 고모가 거두었다, 거기까지는 가부라기도 들은 적이 있다. 하지만 히메노의 양친이 사망한 경위에 대해서는 전혀 들은 바가 없다. 양친이 사랑의 도피를 했었다는 이야기도 지금 처음 들었을 정도니까.

히메노가 어릴 적, 대체 무슨 일이 있었던 건지……. 히메노가 이야기하고 싶어지면 묻지 않아도 해줄 것이고, 내키지 않으면 안 하겠지. 그렇게 생각하고 가부라기는 구태여 묻지 않는다. 다만, 히메노의 아버지가 경비 회사에서 근무했었다는 이야기는 얼핏 들은 것 같기도 하다.

"간지라고 했던가? 그 까맣고 쪼그만 납작코 멍멍이."

가부라기는 은근슬쩍 화제를 돌렸다.

"좋아하는 네가 외출하는 걸 방해하려고 일부러 현관 매트에 쉬를 해놓다니, 거 귀엽다고 해야 할지 기특하다고 해야 할지, 아무튼 신통한 녀석 아니냐. 게다가 이건 자신의 행동에 대한 결과를 정확하게 예측했다는 거잖아? 머리가 좋은 녀석이야. 분명 히메

널 닮았어."

"글쎄요. 생각하고 한 짓인지 원. 그 녀석, 워낙 소심해서 그저 제가 나갈 것 같으니까 불안한 마음에 그만 싸버렸을 뿐인 것도 같고. ⋯⋯그보다, 가부라기 선배."

대시보드 중앙에 있는 내비게이션의 액정 화면을 히메노가 힐끔 보았다.

"알려주신 목적지 주소를 입력했는데, 히노하라 촌은 도쿄 도에 속해 있군요. 도내에 도서부鳥嶼部 말고 '촌村'이 있다니, 전혀 몰랐습니다."

그렇게 말하고 나서 히메노는 갑자기 뭔가 미심쩍은 표정으로 내비게이션을 보았다.

"어라? 여기는⋯⋯."

"뭐 문제 있냐? 히메."

가부라기의 목소리에 히메노는 고개를 애매하게 흔들었다.

"아뇨, 아무것도 아닙니다. 그보다 선배."

히메노는 다시금 조수석의 가부라기에게로 시선을 옮겼다.

"이런 산간벽촌에 대체 무슨 사건이 일어났다는 겁니까?"

그 말에 가부라기의 표정이 갑자기 진지해졌다.

"오늘 새벽, 히메 네가 퇴근한 직후였다. 수면실에서 자고 있는데 관할인 이쓰카이치 서에서 긴급 수사 협조 요청이 들어왔어. 될 수 있으면 너는 쉬게 해주고 싶었는데, 이야기를 들어보니 도통 영문 모를 사건이라서 말이지. 네 힘이 필요하다고 생각했다."

네 힘이 필요하다…….

그 말을 듣자 히메노는 쌓여 있던 피로가 대번에 날아가고 께느른하던 몸에 금세 활력이 솟는 것을 느꼈다.

"감사합니다, 가부라기 선배."

히메노도 표정이 진지해졌다.

"우리 과로 이야기가 들어온 걸로 봐선, 살인 사건이라는 거죠?"

잠시 뜸을 들이고 나서 가부라기는 신중하게 대답했다.

"살인, 이라고 본다."

"추정하는 겁니까? 그럼 자살이나 사고일 가능성도 있는 겁니까?"

히메노가 의아한 듯 되묻자 가부라기는 고개를 가로저었다.

"아니. 현장 상황을 들은 바로는 자살이나 사고일 수는 없어. 그래서는 그런 시신이 나올 순 없을 테니까. 하지만 살인이라 해도, 그런 시신으로 만들 이유를 도무지 모르겠다는 거다. 사건 현장은 보존되어 있을 테니, 도착하면 네 눈으로 직접 봐야잖겠냐."

"그런 시신이라니…….”

히메노가 마른침을 꿀꺽 삼켰다.

"대체 어떤 시신인 겁니까? 설마 신체 일부를 가져가버렸다거나, 배가 갈라져 있었다거나, 뭐 그런 건 아니죠?"

"날고 있다더군."

"뭐라고요?"

히메노는 반사적으로 되물었다.

시신이 날고 있다…… 가부라기가 그렇게 말한 것 같았다. 하지만 잘못 들은 것이 틀림없다. 설마하니 그런 일이 있을라고.

그러나 가부라기는 무언가를 곰곰이 생각하면서 이렇게 되풀이했다.

"공중을 날고 있어, 시신이."

사일로란 목장에서 볼 수 있는 구조물로, 소 등 가축의 사료작물을 저장하여 발효 사료를 만들기 위한 창고다. 일반적으로 가장 잘 알려져 있는 것은 지상에 세워진 원통형 건물로, 일명 '탑형 사일로'라고 불린다.

예전에는 거의 모든 목장에 높이가 수 미터에서 10여 미터에 달하는 탑형 사일로가 세워져 그 목장의 상징이 되어 있었다. 그러나 근래에는 관리가 용이한 벙커 사일로, 트렌치 사일로가 주류를 이루고, 탑형 사일로는 철거되거나, 남아 있더라도 옛 모습을 간직한 관광시설이 된 사례가 많다.

여기, 도쿄 도 히노하라 촌의 산중에 지금은 사용되지 않는 탑형 사일로가 있었다. 높이 약 7미터, 원통의 바깥지름은 약 3미터. 돔 같이 생긴 빨간 지붕, 유약을 바르지 않은 붉은 벽돌을 단열 효과가 있는 프랑스식 쌓기*로 쌓아올린 벽. 건축 시기는 자재가 콘크

---

* 벽돌의 긴 면과 짧은 면이 번갈아 보이도록 쌓는 방식.

리트나 철제로 바뀌기 전인 1940~1960년대로 추측되었다.

사일로가 남아 있다는 사실에서 알 수 있듯이 옛날 이곳은 목장이었다. 도쿄 도내에서도 몇 안 되는 낙농 목장으로, 저지종이나 헤리퍼드종 따위의 젖소와 염소를 사육하며 우유와 염소젖, 버터, 치즈, 요구르트와 같은 유제품을 생산했다. 그러나 20년 전쯤 폐업한 이래, 이 땅은 매수자가 나서지 않은 채 방치되어 축사도 사일로도 깊은 풀숲에 묻혀버리고 말았다.

'그것'을 맨 처음 발견한 사람은 한 아마추어 사진가였다.

그는 자칭 '폐허 사진가'로 일본의 폐가나 폐시설만을 즐겨 촬영해왔는데 히노하라 촌 산속에 버려진 목장이 있다는 것을 알고 멀리 가나가와 현에서 이곳까지 찾아왔던 것이다.

버스가 다니는 국도 변 주차장에 차를 세워두고, 촬영용 기자재를 짊어진 채 포장되었던 자취가 군데군데 남은 좁은 자갈길로 들어서서 걸은 지 약 한 시간. 정오 즈음에 폐목장에 도착한 그는 들풀과 관목들이 우거진 그 너머에 빨간 지붕의 탑형 사일로가 서 있는 것을 발견했다.

재빨리 몇 컷을 촬영하고 나자 좀 더 가까이에서 찍어보고 싶어졌다. 그는 일안 리플렉스 디지털카메라를 한 손에 들고 교환 렌즈가 가득 든 무거운 카메라 가방을 어깨에 둘러멨다. 그리고 허리까지 오는 참억새와 양미역취를 헤치고, 도중에 있던 나무 울타리를 지나 드디어 사일로에 도착했다.

벽돌을 쌓아 만든 사일로의 맨 아랫부분에는 나무 문이 있었다.

저장된 사료를 퍼내기 위한 것이다. 그 문은 바깥에서 맹꽁이자물쇠로 잠겨 있었다. 문 위쪽에는 안을 들여다볼 수 있도록 두꺼운 유리를 끼운 작은 가로형 창이 나 있었다. 그는 그 유리창 너머로 사일로 내부를 들여다보았지만 유리가 지저분해서 잘 보이지 않았다.

사일로를 바깥에서 어느 정도 촬영한 후, 아무래도 내부를 찍고 싶어진 그는 손도끼를 써서 문에 간신히 드나들 수 있을 만한 크기의 구멍을 내고 살짝 사일로 안으로 숨어들었다.

사일로 안은 어슴푸레하게 밝았다. 물론 조명 같은 건 없고 전기도 가설되어 있지 않지만, 원통형 벽에 지상으로부터 몇 미터 간격으로 두 쌍의 작은 창구멍이 마주 보게 뚫려 있었기 때문이다. 사일로에는 원래 이렇게 작은 창구멍이 나 있는데, 여기에는 사료의 젖산 발효 과정에서 발생하는 가스를 빼내어 질식 사고를 방지한다는 의미가 있었다.

지붕이 부서지지 않아서인지 비가 들이친 흔적도 없고 사일로 안은 적당히 말라 있었다. 바닥에는 아직도 건조된 벼과 식물이 덧쌓여 있고 지푸라기 같은 냄새를 풍겼다. 이 마른 사료의 잔여물과, 구조 전체에 사용된 유약을 입히지 않은 벽돌, 게다가 통기성을 고려한 설계가 내부의 습도를 일정하게 유지시켜 주고 있는 것이리라.

상부 양쪽에 뚫려 있는 두 쌍의 창구멍으로 사일로 내부에 부드러운 빛이 비쳐 들고 있었다. 그 내리쏟아지는 빛에 이끌리듯 그는 카메라를 받쳐 들고 천천히 천장을 겨누었다.

그리고 그는, 애용하는 침동식^{沈胴式} 줌렌즈 속에서 '그것'을 발견한 것이다.

"뭐지, 이거……."
가부라기가 머리 위를 올려다보며 멍하니 중얼거렸다.
"이, 이런……."
히메노 히로미가 입을 벌리고 두 눈을 휘둥그레 뜬 채 천천히 머리를 내저었다.

붉은 벽돌을 쌓아 만든 원통 모양의 탑형 사일로 안. 두 사람은 그 바닥에서 위를 올려다보고 있었다. 둥그렇게 둘러친 붉은 벽이 7미터 높이 천장까지 이어져 있다. 그 중간, 지상 3미터와 5미터 높이에 두 쌍의 작은 창구멍이 마주 보게 나 있고, 그리로 아침 햇살이 두 줄기 띠가 되어 희미하게 비쳐 들고 있다.

그리고 위쪽 창구멍으로 비쳐 드는 빛의 띠가 지상 3미터 정도 높이에서 이상한 물체의 모습을 드러내고 있었다. 그것은 여기에 있을 리 없는 것이고, 또한 절대로 여기에 있어서는 안 될 것이었다.

그것은 공중을 날고 있는 여성의 시신이었다.

'시신이 공중을 날고 있다'는 표현은 물론 올바르지 않다. 시신이 공중을 날 턱이 없고, 만약 살아 있다 하더라도 인간이 공중을 날 수는 없기 때문이다. 그러나 그 시신이 공중을 날고 있다고밖에 표현할 길 없는 상태라는 것 또한 사실이었다.

하얀 셔츠 소매를 팔꿈치까지 걷어 올리고, 그 아래로 검정 티셔츠, 그리고 통이 좁은 청바지. 두 발은 맨발에 밝은 갈색 보트슈즈. 복장으로 보아 젊은 여성으로 짐작되는 시신은 머리를 위로 향하고 똑바로 선 자세로 허공에 정지해 있었다.

머리 모양은 앞머리를 가지런히 자른, 일본 인형 같은 보브컷. 짧은 클레오파트라 스타일이라고 해야 할지, 혹은 옛날 말로 가무로*라 했던가. 아무튼 새까만 단발머리가, 살짝 젖혀진 등 위에서, 작은 창구멍으로 들어오는 미풍에 흔들리고 있다.

두 팔은 몸통 양쪽으로 느슨하게 늘어져 있다. 손바닥은 앞을 향하고, 같은 간격으로 벌어진 손가락은 공기를 움켜쥐려는 양 완만하게 구부러져 있다. 두 다리는 발끝까지 일직선으로 뻗은 상태에서 오므려 발뒤꿈치 부근에서 오른발이 앞으로 오게 교차되어 있다.

그리고 시신의 얼굴은 두 눈을 반쯤 뜨고, 입술을 크게 벌리고, 턱을 들어 올리듯이 하여 곧장 위를 향하고 있었다.

이, 하늘을 향해 날아오르려 하고 있는 듯한 자세 때문일까. 가부라기는 이 여성이 사일로의 천장을 보고 있는 것처럼 느껴지지는 않았다. 그 천장 너머로 펼쳐진 하늘, 원래 자신이 있어야 할, 끝없이 펼쳐진 푸른 하늘을 보고 있는 것처럼만 느껴졌다. 새장 속의 새가 너른 하늘을 그리워하듯, 좁은 벽돌 탑에 갇힌 운명을 슬

---

* 옛날 일본의 유곽 거리에서 유녀가 부리던 어린아이. 또는 그런 어린아이들이 하던 단발머리.

퍼하며 넓은 하늘로 마음을 내달리고 있다…… 그런 상상을 하고 말았던 것이다.

"이런 말 하긴 뭣하지만……."

가부라기와 히메노 뒤에서 남자 목소리가 났다.

마른 사료를 밟는 사박사박한 발소리가 가까워져 왔다. 마른 체격에 짙은 갈색 양복을 입고 있다. 복사뼈가 보일 정도로 짧은 바지, 검은 합성피혁 구두. 게다가 현장을 훼손하지 않도록 그 구두 위로 투명한 비닐 신발 커버를 신고 있다. 가부라기와 동기이자 수사 1과의 동료, 마사키 마사야 경위다.

"뭐랄까, 이렇게 아름다운 모습의 시신은 생전 처음 본다."

눈이 부신 듯 시신을 올려다보면서 마사키는 작은 소리로 중얼거렸다. 가부라기도 무심코 마사키의 시선을 좇고, 그리고 자신도 모르게 몇 번이고 고개를 끄덕였다.

산 사람이 차별받아서는 안 되는 것과 마찬가지로 죽은 자 또한 차별받아서는 안 된다. 시신이 제아무리 아름다운 모습이건, 눈을 돌리고 싶어질 만큼 비참한 상태건, 살해당한 사람의 원통함은 다를 바 없다. 그리고 사람을 죽인 범인의 죄의 무게 또한 한 톨만큼의 차이도 없다.

하지만 마사키 말마따나, 빛의 띠를 받으며 하늘을 날고 있는 것으로밖에 보이지 않는 그 시신은 아름답다고 형용하고 싶어질 만큼 환상적인 모습이었다.

물론 그 시신이 허공에 정지해 있는 것은 마법도 무엇도 아니다.

사일로의 벽, 지상 3미터 정도 높이에 마주 보게 뚫린 두 개의 작은 창구멍이 있었다. 위아래 두 쌍 있는 창구멍 중 아래 쪽 창구멍이다. 그 두 개의 창구멍에 직경 5센티미터, 길이 3미터쯤 되는 쇠파이프가 마치 빨랫대처럼 걸려 있었다.

그리고 시신은 그 쇠파이프에 명치 부근이 꿰여 마치 때까치가 나뭇가지에 꿰어놓은 먹이처럼 허공에 고정되어 있었다. 인간의 무게중심은 골반 안쪽의 엉치뼈 앞 부근에 있다고 한다. 쇠파이프는 시신을 허공에 꼿꼿이 세우기 위해 실로 절묘한 위치를 관통하고 있었다.

"가부, 신원은 아마 곧 밝혀질 거야. 바닥의 사료 더미 속에 학생증이 떨어져 있더라고. 이 시신의 소지품이지."

마사키는 손에 들고 있던 투명한 비닐 봉투를 얼굴 옆으로 들어 올려 보였다. 안에는 붉은 가죽 카드 케이스가 들어 있었다.

"피해자의 물건인지 어떻게 안 거야?"

가부라기가 묻자, 마사키는 가엾다는 듯한 표정으로 시신을 향해 턱짓을 했다.

"사일로 바깥쪽에 비상용 사다리 같은 게 달려 있기에 올라가서 옆에 뚫린 창구멍으로 시신의 얼굴을 들여다봤지. 이 학생증 사진과 많이 닮았어. 머리 모양도 똑같고. 지금 확인하려고 가족과 당시의 동급생이며 학과 교수들을 수소문 중이야."

가부라기는 다시 한 번 시신을 올려다보았다.

시신은 바싹 말라 요컨대 '미라화'되어 있었다.

대개 인간의 몸은 사망과 동시에 부패가 시작되어 몇 개월이면 백골이 된다. 그러나 드물게 몇 가지 조건이 겹치면 부패하지 않고 미라화되는 경우가 있다.

아무리 그래도 이런 시신은 처음이다.

가부라기는 다시금 머리 위에 떠올라 있는 것을 바라보았다. 지금껏 보았던 미라화된 시신은 하나같이 수분이 완전히 빠져나가 마치 말린 대구 같은 모습이었다. 그러나 저 여성의 몸과 팔다리에는 아직 윤기가 돌고, 놀랍게도 젊은 여성 특유의 도톰한 뺨의 윤곽까지 남아 있다. 이 이유에 대해서는 검시관의 검시 결과를 기다리는 수밖에 없다.

마사키가 수첩을 꺼내 들고 읽기 시작했다.

"저어, 학생증에 있는 이름은 히나타 에미日向咲. 미야자키 현 휴가日向 시와 같은 한자를 써서 히나타라고 읽고, 꽃이 핀다고 할 때의 사쿠咲라는 글자를 써서 에미야. 사망 당시 19세, 사립 고에이 대학 문학부 1학년. 발행일은 1998년 4월 1일. 지금으로부터 16년 전이군."

펼친 수첩을 보면서 마사키가 설명했다.

"히나타, 에미……?"

그때까지 말없이 시신을 올려다보고 있던 히메노가 속삭이는 듯한 목소리를 내며 천천히 마사키를 보았다. 그러나 가부라기와 마사키의 귀에는 가 닿지 않은 모양이었다.

가부라기가 침통한 표정으로 중얼거렸다.

"아직 스무 살도 되기 전이었나. 앞으로 하고 싶은 것도 참 많았을 텐데."

"용서 못해."

마사키가 잇새로 삐걱이는 듯한 목소리를 흘렸다.

"저 가엾은 모습을 봐. 자살이나 사고사일 리가 없어. 틀림없이 살인이야. 쇠파이프로 찔러 죽이고 매달아놓았는지, 죽인 후에 쇠파이프로 꿰어 매달아놓았는지 그건 모르겠지만, 아무튼 간에 이런 잔혹한 짓거리는 절대 용서 못해."

"왜 범인은 이런 짓을 저질렀을까?"

가부라기가 눈살을 찌푸리자 마사키가 내뱉었다.

"알 게 뭐야! 머리가 쳐돈 놈 생각을 무슨 수로 알겠냐고."

머리가 돈 놈, 인가······.

아닌 게 아니라 그렇게 보는 것이 가장 보편적인 사고방식일 것이다. 시신을 꿰어 허공에 매달아놓다니, 가부라기로서도 그 이유를 도무지 짐작할 수가 없었다.

다만 가부라기는 아까부터 뭔가 중요한 것을 놓치고 있는 듯한 기분이 들었다. 그것이 무엇인지는 알 수 없었지만, 이 사일로 안에 들어온 후부터 목구멍에 걸린 생선 가시처럼 뭔가 석연치 않은 생각이 줄곧 머리 한구석에 박혀 있었다.

"마사키, 일단 순서를 밟아가며 확인해보고 싶은데."

가부라기는 조심스레 물었다. 마사키는 또 시작이냐는 표정으로 한숨을 쉬고, 진즉에 포기했다는 양 두 손을 가볍게 들어 올렸다.

"예예, 암요. 뭐든 물어보시지요."

"최초 발견자가 아마추어 카메라맨이라고?"

"어. 자칭 폐허 사진가라나 뭐라나. 요컨대 카메라 오타쿠 녀석이지."

"그 사진가는 이번에 처음으로 이 폐목장에 온 거지?"

"그렇게 말했지. 오는 게 아니었다면서 거의 울상이었지만."

"그가 이 사일로에 왔을 때, 문에는 바깥에서 자물쇠가 걸려 있었고?"

"어. 바깥에 맹꽁이자물쇠가 걸려 있었고, 안쪽에도 빗장이 질러져 있었어."

마사키는 팔짱을 끼면서 막막하다는 표정으로 부서진 문을 보았다.

"……안쪽에, 빗장이?"

가부라기는 황급히 커다란 구멍이 뚫린 문으로 다가가 그 앞에 쭈그려 앉았다. 확실히 문과 벽 사이에는 지금도 검은 쇠막대가 질러져 있었다.

가부라기는 아랫입술을 깨물었다. 가부라기 본인도 조금 전 문에 난 커다란 구멍을 통해 사일로로 들어왔지만, 기이한 시신에 정신을 빼앗겨 미처 문을 살펴보지 못했다. 사일로를 안쪽에서 잠글 필요는 없을 것 같고, 아마도 이 빗장은 바람이 강한 날 따위에 문이 열리는 것을 방지하기 위함이리라.

쭈그리고 앉아 있는 가부라기의 등을 향해 마사키가 말을 이었다.

"그렇다니까. 그 카메라 오타쿠 녀석, 가져온 손도끼로 문 한가운데를 깨부수고는 딱 지가 드나들 만큼의 구멍을 내고 들어왔다는 거야. 손도끼는 폐허 마니아에겐 필수품이라더라. 원래대로라면 명백한 주거침입죄, 거기다 기물손괴죄지. 나중에 제대로 뜨끔한 맛을 보여줘야지."

말하면서 마사키는 오른손 주먹으로 왼 손바닥을 퍽 쳤다.

"저기 마사키. 시신의 상황으로 보면, 그러니까……."

가부라기가 일어나 마사키에게 다가가면서 난감한 듯 머리를 긁적였다.

"범인은 피해자를 공중에 매달아놓고 나서, 사일로를 나간 거지?"

"어, 그렇겠지."

"그걸 잘 모르겠단 말이야. 대체 어떻게 문에 빗장을 지르고, 무슨 수로 문을 나갔……."

마사키가 그만 폭발했다.

"미주알고주알 말도 많네, 진짜! 여전히 쪼잔한 거에 목매는 녀석이라니깐. 됐으니까 가부, 귓구멍 파고 잘 들어봐!"

성가시다는 표정으로 마사키가 설명을 시작했다.

"그러니까, 범인이 피해자를 어디서 죽였는지는 아직 몰라. 쇠파이프를 찌른 게 살아 있을 때인지 죽고 나서인지도 아직 몰라. 하지만 범인은 아마 여기서, 이렇게 피해자를 바닥에 놓고, 아마 이렇게…… 아니 아니지, 이건가? 이렇게 해서, 끝이 뾰족한 쇠파이프를 찔러 넣었어."

마사키의 설명은 서서히 열기를 띠고, 범인의 동작을 몸소 재현하기 시작했다.

"그리고, 접사다리 같은 걸 이용해서 이렇게 시신을 들어 올린 다음, 쇠파이프 양 끝을 뚫린 창구멍 사이에 걸어서, 영차 하고 공중에 매달았어. 그러고 나서 얼른 사다리에서 내려와, 착착 접어 샥 집어 들고, 문을 휙 열고, 횡하니 바깥으로 나가서 문을 쾅 닫고, 마지막으로 맹꽁이자물쇠를 짤가닥 채운 거야. 알았냐?"

"그럼, 범인은 언제 문 안쪽에 빗장을 건 거지?"

"엥?"

가부라기의 말에 마사키는 순간 말문이 막혔다. 그러더니 뭔가 중얼중얼하면서 문과 시신을 번갈아 손가락질하고는 팔짱을 끼더니 묘한 얼굴로 고개를 꼬고, 그러다 드디어 싱긋 웃으면서 대답했다.

"아, 미안! 내가 이런 걸 다 놓쳤네그래. 범인은 바깥으로 나가기 전에 안쪽에서 문에 빗장을 질렀어. 그런 다음 문을 열고 바깥으로…… 어라?"

"안쪽에서 빗장을 지른 후라면 문으로 나갈 수가 없지."

"그, 그렇지. 나갈 수가 없지. ……아, 시끄러워! 그 정도는 나도 안다고! 에, 그러니까, 우선 문에 빗장을 지르고, 그러고 나서 빗장을 벗기고, 다시 빗장을 지르고…… 아, 진짜! 뒤죽박죽이 돼 버렸잖아! ……아! 그거다, 알았다!"

마사키는 크게 고개를 끄덕이더니 벽 위쪽 여기저기를 찌르듯이 손가락질했다.

"봐봐, 벽 여기저기에 작은 창구멍이 나 있잖아. 범인은 저기 어딘가로 빠져나간 거 아냐?"

"창구멍은 총 네 개인데 전부 사방 20센티미터의 정방형이야. 머리를 들이미는 게 고작이고, 도저히 사람이 드나들 만한 크기는 아니지."

가부라기의 말에 마사키는 눈을 휘둥그렇게 뜨고는 입을 쩍 벌렸다.

"그, 그럼 말야, 가부. 범인은 대체 어디를 통해 바깥으로 나갔다는 거야?"

가부라기가 시선을 위로 옮겨 천장을 가리켰다.

"천장에 사람이 드나들 만한 크기의 천창이 있는 것 같아."

마사키도 따라서 천장을 보았다. 아닌 게 아니라 첨탑형 지붕에는 유리를 끼운 천창이 비스듬히 설치되어 있었다.

탑형 사일로에는 반드시 천창이 있다. 바깥에서 이 천창으로 기다란 관을 집어넣고, 베어 온 목초를 송풍기로 불어넣어 사일로 안에 쌓아 저장하는 것이다. 그렇게 하지 않으면 높이 7미터에 달하는 사일로를 효과적으로 이용할 수 없다.

"하지만 여기서 봤을 때, 바깥쪽에서 저 천창 전체에 판자를 대고 못질을 해놓은 것 같아. 그렇다면 안에 있는 사람이 저 천창을 통해 바깥으로 나갈 수는 없지."

마사키가 한시름 놓은 듯 입을 열었다.

"그럼 범인은 안쪽에서 빗장을 지른 후에 줄사다리 같은 것을 이용하여 저 천창 밖으로 나간 다음, 바깥에서 천창 전체에 판자를 박아놓은 거 아닐까? 그리고 출입구로 가서 바깥에서 자물쇠를 채운 거지."

"뭣 때문에?"

"엥?"

"뭣 때문에 범인은 그런 번잡하고 성가시기 짝이 없는 짓을 했을까?"

"뭐, 뭣 때문에……. 그야, 그게, 그러니까……."

마사키는 또다시 말문이 막혔다.

난감하기는 가부라기도 마찬가지였다. 단순히 사일로에서 나가기 위해서라면 빗장을 지르지 않고 문을 통해 바깥으로 나가면 된다. 만약 다른 사람이 문을 열지 못하게 하려고 안쪽에서 문에 빗장을 지르고 천창으로 도망쳤다고 치자. 하지만 그렇게 되면 천창을 바깥에서 막아버린 이유를 찾을 수 없다.

천창 너머로 사일로 안의 시신이 들여다보이는 것을 방지하기 위해서일까? 아니, 지상 7미터 높이의 지붕까지 올라가서 천창으로 사일로 내부를 엿볼 사람이 과연 있을까 싶다. 게다가 안을 들여다보지 못하게 하고 싶다면, 사일로의 벽면에도 작은 창구멍이 네 개나 뚫려 있으니 우선 이것부터 막아야 할 것이다. 하지만 네 개의 창구멍에는 덮개도 가리개도 없다. 실제로 마사키가 그리로 안을 들여다보고 시신을 관찰했다.

아니, 애당초 시신을 숨기고 싶었다면 사일로 안에 매달아놓기보다 저기 어디 산속으로 가져가 구덩이를 파고 묻어버리는 편이 낫지 않았을까? 왜 범인은 시신을 굳이 사일로 속 허공에 매달아놓은 거지?

그때, 잠꼬대처럼 억양 없는 목소리가 사일로 안에 울렸다.

"날아서, 도망치지 못하게, 하려고요."

가부라기와 마사키가 돌아서서 목소리의 주인을 보았다.

히메노 히로미였다.

"천창으로, 그녀가 하늘을 날아서, 도망쳐버리지 못하게 하려고요."

히메노의 상태가 심상치 않았다.

가부라기는 무심코 마사키를 보았다. 마사키 또한 여우에 홀린 듯한 얼굴로 가부라기를 보고 있었다.

가부라기가 히메노에게 한 걸음 다가가 말을 걸었다.

"히메?"

가부라기의 목소리가 들리지 않는 양, 히메노는 허공에 떠 있는 시신을 올려다보면서 천천히 말을 이었다.

"그녀는 여기에 갇혀 있었던 거예요. 이 사일로 안에 새장의 새처럼……. 그녀를 가둔 인간은, 그녀가 공중으로 날아올라 저 천창으로 날아서 도망치지 못하게, 바깥에서 천창에 못질을 한 겁니다."

"어, 어이 히메. 너, 지금 무슨 말을 하는 거야?"

마사키의 말 또한 히메노의 귀에는 닿지 않는 것 같았다.

"그리고, 사일로 안을 날아다니는 그녀를 누군가가 사일로 바깥에서 끝이 뾰족한 쇠파이프로 찔러 죽인 다음, 그대로 쇠파이프를 창구멍에 걸쳐놓고 그녀를 허공에 매달아두고 가버린 겁니다."

오싹한 냉기가 가부라기의 등줄기를 타고 흘렀다.

죽은 여성이 사일로 안을 날고 있었다?

요컨대 그 여성은, 하늘을 나는 인간이었다는 건가?

가부라기는 저도 모르게 머리를 내저었다. 인간이 하늘을 날다니, 그런 일이 있을 턱이 없다. 하지만 확실히 그렇게 가정하면, 이 모든 이상한 상황이 완벽하게 설명될 것만 같은 느낌이 들었다. 그렇게 생각한 순간, 가부라기의 뇌는 제멋대로 팽팽 돌아가기 시작했다.

범인이 사일로에 가둔 것은 하늘을 날 수 있는 여성이었다.

그래서 천창으로 날아서 도망치지 못하도록, 범인은 출입문과 천창을 바깥에서 봉쇄했다.

범인이 여성을 죽이러 왔을 때 여성은 문 안쪽에서 빗장을 질렀다.

여성은 문이 부서질 경우에 대비해 사일로 내부의 허공으로 날아올라 도망치려 했다.

그러자 범인은 허공에 떠 있는 여성을, 바깥에서 작은 창구멍으로 쇠파이프를 넣어 찔러 죽였다.

그리고 범인은 시신이 꽂힌 쇠파이프를 뚫린 창과 창 사이에 걸쳐놓고 도망쳤다.

그래, 이거라면 문 안쪽에 빗장이 질러져 있던 것도, 천창이 봉쇄되어 있던 것도 전부 깨끗하게 설명이 된다.

……바보 같으니!

가부라기는 자신의 생각을 단박에 모두 부정했다. 그런 일이 있을 리가 없다. 인간이 하늘을 난다는, 그런 비상식적인 일이 있을 턱이 없는 것이다.

별안간, 서 있던 히메노의 몸이 뒤로 기우뚱 기울었다.

"어, 어이! 히, 히메?"

마사키가 다급히 히메노에게 달려가려 했다. 그보다 한발 먼저 가부라기가 쓰러지는 히메노의 몸을 뒤에서 받쳤다.

"히메! 어이, 정신 차려! 왜 이러는 거냐, 히메!"

등 뒤에서 히메노를 끌어안으며 가부라기는 큰 소리로 외쳤다. 그러나 히메노는 아무 말 없이 반쯤 뜬 얼빠진 눈으로 위를 보고 있었다.

그 시선 끝에는 허공에 꽂힌 여성의 시신이 있었다.

"에미 누나……."

히메노가 중얼거렸다.

"뭐라고?"

가부라기는 다급히 히메노의 입에 귀를 갖다 댔다.

에미 누나? 지금 히메노가 분명히 그렇게 말한 것처럼 들렸다. 그렇다면, 그것은 히나타 에미…… 눈앞에 떠 있는, 시신이 된 여성의 이름이 아닌가?

"에미 누나, 진짜였구나. 하늘을, 날 수 있다는 거……."

잘못 들은 것이 아니었다. 히메노는 틀림없이, 죽은 여성의 이름을 부른 것이다.

"어이! 히메? 너 설마, 저 여성을 아는 거야?"

"사, 사람 불러올게!"

마사키가 허둥지둥 사일로를 나갔다.

가부라기는 극심한 혼란 속에서도 다시금 히메노에게 말을 걸었다.

"히메! 하늘을 날 수 있다는 게 무슨 말이야? 히메!"

그러나 히메노는 아무 대답 없이 눈을 감고, 그대로 정신을 잃었다.

"교장 선생님 훈화가 길었던 것도 아니고. 지가 무슨 운동장 조례 때 쓰러지는 여학생이냐."

마사키가 넌더리가 난다는 듯 혀를 찼다.

"히메 녀석, 갑자기 얼굴이 새파랗게 질려선 피식 쓰러지기나 하고. 사람 이렇게 놀라게 해도 되냐고, 진짜."

가부라기와 마사키는 사일로 앞에 서서 히메노를 태운 경찰차를 배웅하고 있었다. 경찰차는 국도까지 나가서 구급차와 합류, 히메노를 구급차에 옮겨 태우고 가장 가까운 병원으로 후송하기로 되어 있다.

경찰차의 뒷모습을 눈으로 좇으며 가부라기가 아랫입술을 깨물었다.

"역시, 오늘은 히메를 부르는 게 아니었어. 녀석은 지난 사건 때 수사본부가 설치되어 있는 기간 동안, 우리가 퇴근한 후에도 날마다 서에 남아 그날그날 보고서를 쓰고 다음 날 수사를 위한 자료도 작성했어. 피로가 많이 쌓였겠지."

그러자 마사키가 주저하는 듯이 말했다.

"어이, 가부, 너도 들었지? 히메 녀석, 에미 누나 어쩌고……."

"어."

가부라기 또한 조금 전 히메노가 했던 말을 머릿속에서 곱씹고 있었다. 잘못 들은 것이 아니었다. 히메노는 그 시신의 주인을 알고 있는 것이다.

"어떻게 된 거야, 젠장! 영문을 모르겠네!"

애달아하는 마사키에게 가부라기가 말했다.

"나도 뭐가 뭔지 모르겠어. 일단 히메노가 깨어나길 기다려보자고. 아마 과로일 테니까 며칠 내로 이야기를 들을 수 있겠지."

마사키는 그 말에 수긍하면서 괴로운 얼굴로 시선을 떨궜다.

"요즘 들어 부쩍 지독한 사건이 잇달았으니까. 늘 싱글거리면서 원기 왕성한 척 뛰어다니니까, 우리야 지친 줄도 몰랐잖아. 멍청한 녀석!"

마사키는 화풀이 겸 바닥에 퍼져 있는 무언가를 걷어찼다.

하얀 것이 공중으로 둥실 떠올랐다. 작고 하얀 솜털들이 가부라기와 마사키 주위로 날아오르더니 그대로 하늘을 향해 천천히 날아간다.

가부라기는 무심코 오른손을 뻗어 공중을 날아다니는 그 하얀 것을 하나 쥐었다. 그리고 천천히 손바닥을 펼치고 들여다보았다.

"민들레……?"

그것은 민들레 솜털이었다.

미처 몰랐는데 지금 보니 사일로 주변은 온통 민들레 천지였다. 로제트형 이파리…… 장미꽃처럼 방사상으로 펼쳐진 이파리 중앙에서 일제히 고개를 들고, 혹은 작고 귀여운 노란 꽃을 피우고서, 혹은 공 모양의 하얀 갓털을 흔들고 있었다.

바람이 살며시 불어와 가부라기의 오른 손바닥에 있던 솜털을 낚아채 갔다. 그 솜털은 공중을 나는 무수한 솜털들 속으로 녹아들어 가 이내 구분할 수 없게 되었다. 무수한 하얀 솜털은 바람을 타고 경쟁하듯 상승하기 시작했다. 이윽고 솜털 무리는 푸른 하늘로 빨려 들어가듯 사라져갔다.

그 모습을 가부라기는 말없이 바라보고 있었다.

공중을 나는, 헤아릴 수 없이 많은 하얀 민들레 솜털……. 가부라기는 그 모습에서 왜 그런지 아름답다기보다 뭔지 모를 불길한 기운을 느꼈다.

04
1998년 3월 민들레 모임

지금으로부터 16년 전, 1998년 3월 27일, 금요일.

"그렇지! 아직 동아리 이름의 유래를 말 안 했네."

노부세 다다시가 머리를 긁적였다.

"민들레는 말이지, 자연의 상징이야. 민들레꽃을 어디서든 쉽게 볼 수 있는, 아름다운 자연이 언제까지고 남아 있는 사회이기를 바란다. 이 이름에는 그런 뜻이 담겨 있어."

내게 얼굴을 가까이 대려는 것처럼 몸을 내밀고 노부세 다다시는 열정적으로 설명했다.

"게다가 민들레 솜털은 바람에 실려서 아주 멀리, 그것도 이곳저곳으로 날아가잖아? 그런 식으로 우리의 활동도 멀리 전파되어서 여러 곳에 뿌리를 내리고 꽃을 피웠으면 해. 그런 바람에서 이 동아리를 '민들레 모임'이라고 이름 붙였어."

3월 27일 오후 4시.

노부세와 처음 만난 다다음 날, 나는 대학 근처에 있는 작은 카페 2층에 있었다. 오늘은 내가 가입한 환경보호 활동 동아리 '민들레 모임'의 한 달에 한 번 있는 활동 보고회 날이다.

나는 아직 회장인 노부세에게 정식으로 가입하겠다는 대답을 하지 않았다. 마음속으로는 거의 가입 의지를 굳히고 있었지만, 여러 가지로 준비가 필요했기 때문이다. 하지만 그것도 그럭저럭 잘 진행되어 가고 있었다.

석양이 비쳐 드는 창가의 4인용 테이블에는 나와 '민들레 모임' 회장인 노부세 다다시, 그 외 남학생 두 명이 앉아 있었다. 한 명은 부회장인 가와호리 데쓰지, 다른 한 명은 회원인 아마노 와타루. '민들레 모임'의 멤버는 이 세 사람이 전부다.

노부세, 가와호리, 아마노 앞에는 커피, 내 앞에는 카페오레가 놓여 있었다. 나는 어려서부터 우유를 무척 좋아해서 사실은 핫 밀크를 마시고 싶었지만, 대학생이나 되었는데 부끄럽다는 생각이 들어 카페오레로 한 것이다.

그 카페오레를 한 모금 마시고 나서 나는 크게 고개를 끄덕였다.

"매우 좋은 이름이라고 생각합니다. 자연을 소중히 여기는 마음과, 운동을 널리 퍼뜨리고 싶다는 마음, 그 양쪽이 모두 잘 표현되어 있네요."

노부세, 가와호리, 아마노 세 사람은 만족스러운 듯 서로서로 마주 보았다.

'민들레 모임'의 주요 활동은 세 가지였다.

우선 하나는 '종이 팩 운동'. 우유 팩을 회수하여 폐지로 모아 재활용을 촉진하는 운동이다. 종이를 생산하려면 그만큼 삼림 자원의 대량 소비가 뒤따른다. 그러므로 무분별한 종이 소비는 자연 파괴를 초래하는 동시에 이산화탄소를 흡수하고 산소를 내뿜어주는 수목을 감소시킨다. 그것을 조금이라도 막아보자는 것이다.

두 번째가 '라이프 백 운동'. 슈퍼나 편의점에서 물건을 사면 으레 비닐 봉투에 담아주는데, 이것은 귀중한 석유를 소모하여 만든 제품이다. 사용 후에는 타는 쓰레기로 버리는 수밖에 없어 자원 낭비이기도 하며 동시에 이산화탄소까지 발생시킨다. 또한 그만큼 쓰레기의 양도 늘어나고 자연적으로 분해되지 않기 때문에 바다나 하천 오염의 원인이 되기도 한다.

'라이프 백 운동'이란 재사용할 수 있는 천이나 합성섬유 재질의 장바구니를 들고 다니며, 계산대에서 주는 비닐 봉투를 거절하자는 운동이다. 소비자에게 호소해나가는 한편, 비닐 봉투를 배포하고 있는 소매점에도 사용을 줄이기 위한 유료화를 권장한다.

그리고 세 번째가 '해피 캡 운동'. 페트병 뚜껑은 본체와는 다른 소재로 만들어져 있다. 그 때문에 재활용에 품이 들어 현재는 소각 처분되고 있다고 한다. 이대로라면 애써 모은 자원이 헛되이 버려질 뿐만 아니라, 태울 때 이산화탄소를 배출하는 탓에 지구온난화가 점점 심해질 수밖에 없다.

그래서 이 뚜껑만을 모아 본체와는 별도로 재활용하는 운동을 시작하기로 한 것이다. 그렇게 하면 이산화탄소 발생도 억제되고, 자원 절약도 되고, 재활용업자에게 뚜껑을 팔아 벌어들인 돈으로 아프리카의 가난한 아이들에게 백신을 사 보낼 수 있다.

나는 '민들레 모임'의 사상에 깊이 공감했다. 특히 '해피 캡 운동'의 훌륭한 취지에 진심으로 감동을 받았다. 그야말로 일석삼조가 아닐까? 동시에 여태껏 그런 것도 생각 못 하고 무심코 쓰레기를 버려온 내 자신에 대해 깊이 반성했다.

달리 질문은 없고? 그렇게 물은 노부세에게 나는 조심스레 물었다.

"저어, 아프리카 아이들에게 보내는 백신은 어떤 백신인가요? 백신도 여러 가지가 있잖아요?"

"어, 그게…… 아마, 폴리오 백신이었지?"

노부세가 가와호리를 보자 그가 대신 대답했다.

"맞아. 폴리오, 즉 소아마비 백신이야. 일본에서는 1980년 이후 야생 바이러스에 의한 발병은 확인되지 않고 있지만, 아프리카에서는 여전히 많은 아이들이 폴리오로 죽거나 신체 기능을 박탈당하고 있어."

"그렇군요. 사소한 것을 여쭤봐서 죄송합니다. 어떤 공헌을 할 수 있는지 알고 싶었거든요."

나는 다시 한 가지 더 질문했다.

"저어, 회원은 여러분 세 분이 전부죠? 그러니까, 제가 들어가도 전부 합쳐 네 명인 건가요?"

나는 페트병 뚜껑을 잔뜩 모아서 아프리카 아이들에게 폴리오 백신을 많이 보내주고 싶다. 하지만 고작 네 명이서 뚜껑을 그렇게 많이 모으기는 어렵지 않을까. 그런 걱정이 머리를 스쳤던 것이다.

그러자 부회장인 가와호리가 웃으면서 설명했다.

"실은 우리 같은 환경보호 활동 동아리가 다른 대학에도 있거든. 그 동아리들을 하나로 묶는 조직이 있어서 서로 연합해서 활동하고 있어. 그러니까 우리가 적은 인원이라고 해서 아무것도 할 수 없는 건 아니야."

가와호리에 따르면 그 조직의 이름은 '지속 가능성 연구회', 줄여서 '지가연'이라고 한단다. 인류가 문명을 지속해나갈 수 있도록 환경 문제나 에너지 문제를 극복해 나아가자, 라는 것을 연구하는 조직인 듯하다. 그 안에 포함된 '대학 동아리 모임'에는 여러 대학의 동아리들이 참가하고 있다고 한다.

나는 그 말에 납득하고 안심했다. '종이 팩 운동', '라이프 백 운동', '해피 캡 운동'처럼 가치 있는 사회 활동은 일본 전역으로 펼쳐나가는 일이 중요할 것이다. 각 대학의 동아리를 아우르는 조직이 있다면 틀림없이 대규모로 활동할 수 있을 것 같다.

"감사합니다. 덕분에 잘 알았습니다."

"그럼, 히나타 에미, 정식으로 가입하는 걸로 받아들여도 되겠지?"

가와호리가 확인하듯 물었다.

나는 망설이고 있었다. 아르바이트를 하면서 대학에 다니는 것만 해도 큰일인데 거기다 동아리 활동까지 할 수 있을까?

하지만 마음은 이미 가입 쪽으로 크게 기울었다. 장학금을 받고 보조금까지 빌려 쓰는 나라도 사회에 도움이 되는 일을 할 수 있다…… 그 기쁨은 무엇과도 바꾸기 어려울 것 같았다. 실은, 그저 노부세와 함께 있고 싶었을 뿐인지도 모르겠지만.

"네, 잘 부탁드립니다."

나는 세 사람을 향해 머리를 숙였다. 뭔가 방법을 찾으면 된다. 분명히 뭔가 좋은 방법이 있을 거야. 나는 그렇게 결단을 내렸다.

"앗싸! 우리 약소 동아리도 이로써 드디어 네 사람이 됐어. 게다가 신입생이 들어왔으니 나도 제일 말단에서 졸업이다!"

아마노도 기쁜 듯이 목소리를 높였다.

그러자 노부세가 장난스러운 표정으로 모두를 둘러보았다.

"그럼, 정식으로 회원도 됐으니 가능한 한 빠른 시일 내에 에미를 그 장소에 데려가줄까 하는데, 괜찮겠어?"

에미, 라고 갑자기 이름으로 불리게 되어 놀랐지만 동시에 나는 기뻤다. 그런 식으로 친근하게 불린 것은 처음이었기 때문이다.

"상관없지 않아? 이제 정식 회원인데."

가와호리가 아마노를 보았다.

"물론이죠! 동료잖아요!"

아마노도 노부세를 향해 힘주어 고개를 끄덕였다.

"그럼, 어차피 일요일에 짐을 들여놓을 예정이었으니까 내가 차로 안내할게. 에미, 집이 구니타치라고 했지? 딱 좋네, 가는 길이야."

노부세는 그렇게 말하더니 나를 향해 미소 지었다.

그 장소? 대체 거기가 어딜까? 나는 또다시 가슴이 두근거리기 시작하는 것을 느꼈다.

아……. 대학 입학이 결정되고 나서 아직 한 달밖에 지나지 않았는데 내 가슴은 대체 몇 번을 두근거려야 괜찮아질까.

이틀 후 일요일, 3월 29일 오전 11시.

나는 노부세 다다시가 운전하는 차의 조수석에 앉아 있었다. 나는 차에 대해서는 자세히 모르지만 무슨 판다라는 이름의 이탈리아 차인 것 같았다. 이 작은 빨간 차는 도로에 약간의 요철이나 바퀴 자국만 있어도 상하좌우로 덜컹덜컹 흔들렸다. 하지만 그 바람에 몸이 운전석의 노부세 쪽으로 기울었고, 당황하여 힘껏 버티며 자세를 바로잡았지만, 그조차도 나는 기뻤다.

"노부세 선배는 대학에서 어떤 공부를 하고 계세요?"

목적지를 향해 달리는 차 안에서 나는 노부세에게 물었다. 단둘뿐인 차 안에서 침묵이 이어지는 것이 두려웠고 노부세에 대해 좀 더 많이 알고 싶기도 했다.

노부세가 즐거운 듯 대답했다.

"내가 대학에서 연구하고 있는 건, '베르누이의 정리'야."

"베, 베르누이, 라고요?"

"유체역학에 사용되는 에너지보존법칙인데, 그러니까…… 말하자면 '사이펀 현상'의 근원이 되는 이론이지."

노부세는 사이펀 현상에 대해 자상하게 설명해주었다.

높은 곳에 있는 컵의 물을, 낮은 곳에 있는 빈 컵까지 비닐 관으로 옮기려 한다. 이때 비닐 관 안이 물로 가득 채워지면 물은 비닐 관 안을 저절로 타고 올라가 컵의 가장자리를 넘어 아래쪽 컵으로 계속 자동적으로 흐른다…… 이런 불가사의한 현상인 듯하다.

"이 현상은 지금껏 대기압에 의한 것이라고 알려져왔지만, 내 생각엔 그게 아니라 중력 때문이 아닐까 싶어. 왜냐면 사이펀 현상은 물이 아니라 쇠사슬을 써도 일어난다는 사실을 알고 있거든."

높은 곳에 놓여 있는 컵에 긴 쇠사슬을 넣는다. 그것을 낮은 곳에 놓여 있는 컵으로 옮길 경우, 한쪽 사슬 끝을 아래쪽 컵에 넣어두면 그다음부터는 사슬이 저절로 아래쪽 컵을 향해 미끄러져 떨어진다는 것이다.

이따 직접 보여줄게. 노부세는 그렇게 말했다. 지금 가는 곳에 긴 쇠사슬이 놓여 있는 모양이다. 목적지 근처에 계곡이 있는데 그 계곡 옆 벼랑길을 걷기 위해 쇠사슬을 설치할 예정이라고 한다. 말하자면, 바위밭에 쇠사슬을 치고, 그것을 붙잡고 좁은 길을 걷는 것이다. 그 이야기를 듣고서 나는 이제부터 우리가 매우 깊은 산속으로 들어간다는 것을 알았다.

"사이펀 현상이 중력에 의한 것임을 증명할 수 있다면, 아마도 전 세계의 사전과 백과사전을 다시 쓰게 될 거야. 그렇게 되면 재미있을 것 같지 않아?"

노부세는 생각만 해도 신난다는 듯한 얼굴로 나를 보았다.

사전과 백과사전을 다시 쓴다……? 그런 엄청난 일을 할 수 있다니. 노부세가 지금까지 이상으로 한층 더 빛나 보였다.

우리가 탄 차는 점심때가 되어서야 목적지에 도착했다.

그곳은 도쿄 외곽에 있는 작은 목장이었다. 너른 녹색 들판에 옅은 갈색 소 여러 마리가 한가로이 풀을 뜯고 있고, 때때로 길고 긴 울음소리를 내기도 했다. 목장의 가장 안쪽에는 계곡이 흐르고, 그 계곡 가에 빨간 지붕이 얹힌 귀여운 사일로가 서 있었다.

나무 울타리 앞에서 나는 오른편에 선 노부세에게 물었다.

"노부세 선배. 혹시, 여기가……?"

"맞아. 우리들의 '유토피아'가 될 장소야. 처음 만났을 때 말했었지?"

목장을 바라보며 노부세는 만족스레 고개를 끄덕이고 나서, 여기에 이르기까지의 경위를 설명했다.

오쿠타마에 갔다 돌아오는 길에 우연히 이 목장을 발견하곤 일하고 있던 노인에게 이런저런 이야기를 들어보았다. 그런데 노부부 둘이서 꾸리고 있는 목장으로 후계자도 없어서 슬슬 폐업할까 생각 중이라는 거였다. 그래서 '지가연'과도 의논했더니 이곳을 환경보호 활동의 기지로서 다 함께 운영해보지 않겠느냐고 논의가 되었다.

"일단은 아르바이트 형태로 소들과 사료, 도구, 설비 등을 전부 그대로 쓸 수 있게 됐어. 그리고 목장 경영의 노하우를 익힌 후, '해피 캡 운동' 등으로 돈이 모이면 언젠가 차지권借地權을 취득하여 목장을 본격적으로 경영하는 거야. 어때? 굉장하지?"

"정말 굉장해요!"

흥분으로 얼굴이 상기된 채 나는 연거푸 고개를 끄덕였다.

"그리고, 자, 여기 좀 볼래?"

노부세는 발밑의 지면으로 시선을 내렸다. 나는 그제야 내 발치에 신경이 미쳤고, 나도 모르게 환호성을 터뜨렸다.

"민들레! 이렇게나 많이!"

목초가 무성한 울타리 안을 들여다보니, 목장에는 무수히 많은 민들레가 자생하며 귀여운 노란 꽃을 피우고 있었다.

세상에 이렇게 멋진 곳이 다 있다니…….

벌써 몇 번째인지, 나는 또다시 가슴이 거세게 고동치는 것을 느꼈다. 어릴 때부터 '하늘을 나는 소녀' 이야기를 읽고 동경해왔던, 자급자족의 '행복한 마을'. 헤아릴 수 없이 많은 민들레들로 에워싸인 생활이 코앞까지 다가와 있었다. 정말 이대로 가다간 내 심장이 견뎌내지 못하겠다. 나는 그렇게 생각했다.

문득 노부세가 허리를 굽혀 지면에 오른손을 뻗었다. 그리고 민들레 무리 속에서 딱 한 줄기 있던, 꽃받침이 아래쪽으로 완전히 젖혀진 꽃줄기를 거머쥐더니 별안간 뿌리째 쑥 잡아 뺐다. 내 눈에 그것은 노부세답지 않은 난폭한 행위로 보였다.

"그 민들레, 어째서……?"

엉겁결에 묻자 노부세는 나를 보며 싱긋 웃었다.

"이건 토종 민들레가 아니야. 서양민들레야. 이런 외래종은 일본 고유의 순수 혈종에 섞이지 않도록, 보이는 즉시 제거해버려야 해."

그렇게 말하고 노부세는 그 민들레를 손으로 짓이기고 나서 땅바닥에 쓰레기처럼 내던지더니, 다시 신발 바닥으로 뭉그러질 때까지 짓밟았다.

노부세가 서양민들레를 밟아 뭉개는 것을 보면서 나는 문득 의문이 들었다.

다른 곳에서 온 민들레는 여기서 살아서는 안 되는 걸까? 인정받은 종만이 좋은 민들레이고 다른 민들레는 나쁜 민들레인 걸까? 양쪽 다 민들레라는 사실은 변함이 없는데…….

"왜 그래?"

노부세가 말을 걸어와 나는 고개를 들었다.

"아뇨! 아무것도 아니에요."

나는 황급히 웃어 보였다. 그러자 노부세도 안도한 듯 웃는 얼굴을 보였다.

"다행이다! 난 또 어디가 안 좋아진 건가 걱정했네. 에미는 어릴 때 몸이 약했다고 아까 차에서 들었기에."

그 순간, 나는 내가 틀렸음을 깨닫고 부끄러워졌다. 노부세는 진

정 다정한 사람이었다. 이렇게 좋은 사람이 하는 일에 의문을 품다
니…….

"저기, 결정했어?"

노부세가 내 얼굴을 들여다보았다. 나는 순간 멈칫했다.

"네? 뭘요?"

"이런! 드디어 사흘 후면 입학식이잖아? 입학 축하와 '민들레 모
임' 가입 축하를 겸해서 내가 에미에게 뭔가 선물을 하고 싶다고
했잖아. 아주 비싼 건 못 해주겠지만, 뭔가 갖고 싶은 게 있으면 말
해봐."

그랬다. 그것도 조금 전, 여기 오는 길에 차 안에서 들었던 말이
다. 익숙지 않은 차의 조수석에서 긴장하는 바람에 까맣게 잊고 있
었다.

"그러실 것까지……. 전 아무것도 필요 없어요. 여러 가지 배울
수 있는 것만으로 충분한데."

"그런 말 말고. 그냥, 네가 기뻐하는 얼굴이 보고 싶을 뿐이야."

노부세는 다시 어린아이 같은 웃는 낯을 보였다.

이 사람을 따라가자.

이 사람이 하는 일이라면 아무것도 걱정할 게 없어.

그때 나는 그렇게 다짐했다.

05

1998년 4월 반지

지금으로부터 16년 전, 1998년 4월 20일, 월요일.

입학식이 있은 지 20일째.

벚꽃은 이미 다 지고, 캠퍼스 위에 펼쳐진 가지에는 밝은 녹색 잎이 무성하다. 일기예보에서는 최고기온이 24도까지 올라간다고 했는데 그건 틀림없는 듯하다.

햇살을 피하기 위해 나무 그늘에 있는 벤치를 골라 앉은 후, 캔버스 가방에서 학생증을 꺼내 유심히 바라보았다.

고에이 대학 Koei University

문학부 Faculty of Letters

히나타 에미 Hinata Emi

1979년 4월 11일생 11th April 1979

다시 말해 나는 열아홉 살이 된 지 이제 열흘째다. 학생증 사진 속의 나는 싸구려 옷을 입고 있으며, 머리 모양도 어린아이 같은 단발이다. 새로 산 옷으로 한껏 멋을 낸 지금의 나하곤 솔직히 완전 딴판이라고밖에 말할 수가 없다. 하지만 이게 내 학생증이라는 것은 틀림없다.

어찌 됐든 이 4월부터 나는 고에이 대학 문학부 1학년 히나타 에미다. 아, 드디어 나도 대학생이 되었어. 너무 기뻐서 웃음이 히쭉히쭉 비어져 나왔다. 이제부터 시작될 멋진 대학 생활. 꿈에서까지 보았던 캠퍼스 라이프. 어떤 즐거운 일이 나를 기다리고 있을까? 그렇게 생각하자 가슴의 두근거림이 멎질 않았다.

4월 1일에는 교내에 있는 고에이 대학 기념관에서 오전 10시 30분부터 입학식이 열렸다. 그러고 나서 5일까지 오리엔테이션 및 이수 과목 안내, 건강검진 등이 있었고, 7일부터 드디어 1학기 수업이 개시되었다. 하긴 수강 신청 마감일이 16일이라서 아직 본격적으로 문학부 강의가 시작된 건 아니다.

그래도 어학이나 필수 교양과목 강의는 시작되었고, 같은 클래스 신입생 여자애들과는 얼굴을 마주한 지 며칠도 안 돼 친해졌다.

그리고······.

나는 학생증을 가방에 집어넣고, 오른손을 얼굴 앞으로 들어 올려 손바닥이 바깥을 보게 하고 손가락을 쭉 폈다.

오른손 약지에는, 작지만 다이아몬드가 박힌 은색 반지가 빛나고 있다. 그리고 같은 디자인의 다이아몬드 귀걸이가 내 두 귓불에서 빛나고 있다.

대학생이 되면 멋진 연애를 할 수 있을지도……. 그런 생각을 하긴 했지만, 설마 입학하자마자 캠퍼스에서 남자가 말을 걸어올 줄은 몰랐다.

"에미! 뭘 그리 멍하니 있어?"

갑자기 목소리가 들려 나는 얼굴을 들었다. 눈앞에 같은 클래스가 된 여자애들 네다섯 명이 서 있었다.

"저기 에미, 선택과목 벌써 정했니? 지금부터 다 같이 학식에서 점심 먹으면서, 뭘 들을지 의논하지 않을래?"

"가자, 가자!"

나는 벤치에서 일어섰다.

"나도 마침 배가 고프기 시작한 참이었거든. 하지만 선택과목이라면, 난 하나는 결정했어, '민속학 개론'."

"민속하악? 그거 재밌대?"

내가 선택한 과목을 듣더니 여자애들 중 하나가 미심쩍은 표정을 지었다. 하지만 이건 처음부터 정해두었던 과목이다.

"잘은 모르지만, 틀림없이 재미있을 것 같아."

나는 대답하고 나서 오른손으로 짧은 머리를 쓸어 올렸다.

그러자 여자애들이 어느 틈에 내 손가락을 보고는 목소리를 높였다.

"어라? 에미, 반지 너무 귀여운 거 아냐?"

"진짜! 뭔가 보석도 박혀 있는데, 그거 설마, 다이아몬드는 아니겠지? 웬 거야?"

"응, 그냥 좀."

내가 슬쩍 운을 띄우자 여자애들은 더욱 호들갑을 떨기 시작했다.

"뭐야, '그냥 좀'이라니! 진짜, 재수탱이!"

"저기 에미, 그거 남자한테서 받은 선물 아니야?"

"헤에! 좋겠다! 에미, 벌써 남자 친구 생겼어?"

"그거, 꽤 비싸 보이는데?"

"입학 축하? 아니면 생일 선물?"

"설마 약혼반지는 아니지?"

"보여줘, 보여줘!"

나를 중심으로 순식간에 환성의 고리가 생겼다. 나는 어쩔 수 없다는 표정을 짓고, 오른손 손가락을 쭉 펴 좌우로 기울이면서 다이아몬드 반지를 빛냈다.

그러자 그중 한 명의 눈길이 내 귀에 머물고, 아예 비명에 가까운 환성이 터져 나왔다.

"어쩜! 에미, 귀걸이도 비싸 보이는 거 하고 있잖아!"

"반지랑 같은 디자인이지? 그것도 받은 거야?"

"좋겠다! 나도 에미처럼 통 큰 남자 친구 갖고 싶다아!"

"저기, 어떤 사람이야? 언제부터 사귀었어?"

나는 쓴웃음을 지으며 고개를 내저었다.

"그런 거 아냐. 이제 막 알게 된 사이인걸."

"뭐야 그게? 이제 막 알게 된 사이인데 이렇게 비싸 보이는 걸 준다고?"

"거짓말이지? 그런 관계일 리가 없잖아!"

또다시 여자애들이 일제히 한숨 섞인 환성을 터뜨렸다.

하지만 이 반지와 귀걸이를 준 사람은 정말로 남자 친구도 뭐도 아니다. 이 캠퍼스에서 말을 걸어와 알게 되었고 몇 번 둘이 만나 식사를 했을 뿐. 하지만 그렇게 말해봤자 믿어주지 않을 테니까, 나는 친구들이 좋을 대로 생각하게 놔두기로 했다.

"점심 식사 화제는 변경! 선택과목 같은 건 이제 아무래도 상관 없어!"

"맞아, 맞아! 에미 남자 친구에 대해 철저하게 들어봐야지!"

"자, 빨리 가자! 이러다 창가 좋은 자리 다 놓쳐버리겠어!"

한때는 포기했던 적도 있지만 운 좋게 나는 여대생이 될 수 있었다. 이제부터, 지금 내 손가락과 귀에서 빛나는 작은 보석처럼 반짝반짝 빛나는 멋진 나날이 시작되는 것이다.

아주 어렸을 때부터 꿈에 나왔던, 동경해온 대학 생활이……

06

수사 회의

"폐목장의 소유주, 즉 땅 주인은 현재 하치오지 시에 거주하는 72세 남성입니다. 원래 히노하라 촌 출신으로, 집안 소유의 산림이 있어 대대로 임업에 종사해왔다고 합니다."

양복 차림의 젊은 수사관이 배포한 자료를 읽어 내려갔다.

"16년 전인 1998년 8월, 이 땅을 임차했던 낙농가가 경영 부진으로 인해 폐업하고, 땅 주인은 지목을 목장에서 원야^{原野}로 변경했습니다. 이곳은 가파른 구릉지라서 지가가 매우 낮고, 고정자산세도 면세 기준점인 300,000엔에 미달하여 세금이 부과되지 않았습니다. 그 때문에 땅 주인은 이 토지를 그대로 방치했고, 소유하고 있다는 사실조차 거의 잊고 지냈다고 합니다."

4월 8일 화요일, 오전 10시 15분.

시신 발견 사흘 후 아침. 도쿄 도 아키루노 시 히노하라 가도변에 자리한 경시청 이쓰카이치 경찰서, 그 4층에 있는 대회의실에는 경시청 본청과 이쓰카이치 서 합동 '사일로 살인 사건 수사본부'가 소집되어 있었다. 사건의 기이성, 특수성, 잔혹성을 감안한 데다 피해자가 사망 당시 도심의 대학에 소속되어 있었기 때문에 광범위한 수사가 필요하다고 판단되었던 것이다.

가부라기 데쓰오와 마사키 마사야는 늘 그렇듯 회의실 맨 뒷줄, 파이프 의자가 네 개 놓인 긴 테이블에 둘이 앉아 있었다. 오늘 그곳에 히메노 히로미의 모습은 없었다.

히메노는 사흘 전, 시신 발견 현장인 사일로 안에서 갑자기 혼절하는 바람에 가까운 병원을 경유하여 나가노의 도쿄 경찰병원으로 이송되었다. 의사의 진단은 극심한 피로와 수면 부족에 의한 쇠약으로, 링거를 맞고 하룻밤 상태를 지켜본 후 현재는 기치조지의 자택으로 돌아가 요양하고 있다.

히노하라 촌의 폐목장에 있는 사일로에서 시신을 확인한 후, 가부라기는 곧장 경찰청 부속 기관인 과학경찰연구소, 약칭 '과경연'으로 연락했다. 과경연에 소속된 범죄심리분석관 사와다 도키오의 파견을 요청한 것이다.

사와다는 히메노와 같은 스물일곱 살. 과거 두 차례, 난해한 살인 사건 수사에 참여했고, 그 독특한 시점에서 비롯된 분석 능력을 가부라기는 매우 높이 평가하고 있었다. 그리고 이번 사건 또한 지난 두 사건과 우열을 가리기 힘든 괴이한 사건이라고밖에 말할 수 없었다.

사와다로부터는 곧바로 수사 회의에 출석하겠다는 연락이 왔다. 그러나 가부라기는 사와다에게 별도의 임무를 의뢰했다. 그 때문에 회의 자리에는 마사키와 둘이 나오게 된 것이다.

"네, 그럼 이어서, 시신의 상황에 대해 설명하겠습니다."

50명이 넘는 수사관이 앉아 있는 회의실의 조명이 꺼졌다. 전방의 하얀 대형 스크린 위로 프로젝터에 접속한 컴퓨터 화면이 투사되었다.

떠오른 영상은 사흘 전에 히노하라 촌 사일로 안에서 발견된, 반쯤 미라화된 여성의 시신 사진이었다. 설명하는 사람은 짙은 남색 제복을 입은 온화한 풍모의 중년 남성. 경시청 형사부 감식과 주임 다키무라 류이치 경위다.

"검시관의 말에 따르면, 정확한 사후년수死後年數를 판정하기는 매우 어렵지만 시신은 아마도 사후 수 년 이상, 20년 이하가 아닐까 추정됩니다."

"사인은 뭡니까?"

수사관들과 마주 보도록 놓인 긴 테이블 중앙에서 젊은 남자가 질문했다. 무테안경을 쓰고 밝은 회색 양복을 입고 있다.

경시청 형사부 수사 1과 관리관인 사이키 다카시, 34세. 계급은 경정. 국가공무원 상급 시험을 패스한 커리어 출신 엘리트다.

"사인은 실혈사 또는 출혈성 쇼크사입니다. 시신은 직경 5.5센티, 길이 2.7미터의 아연 도금된 고강도 강관─건설업이나 농업에서 사용하는 쇠파이프입니다만—이 흉부를 관통한 상태였습니다. 그 밖의 찰과상이나 가벼운 타박상의 흔적은 있지만 큰 외상은 없습니다. 따라서 이것이 치명상으로 보입니다."

다키무라는 옆의 컴퓨터를 조작하여 스크린에 사일로 바닥 사진을 띄웠다.

"시신 바로 아래 지면에서 피해자와 동일한 혈액형의 혈액이 대량으로 확인되었습니다. 이는 혈액이 순환했던 증거이며, 관통된 직후에도 피해자의 심장이 아직 뛰고 있었다는 것을 의미합니다. 또한 시반과 혈액응고가 하반신 다리 부분에 집중되어 있는 점으로 보아 사망 직후에는 직립 상태가 되었음을 알 수 있습니다."

다키무라는 침통한 표정으로 스크린에서 시선을 떼고 회의실을 둘러보았다.

"따라서 피해자는, 산 채로 공중에서 쇠파이프에 꿰여 그 자세 그대로 과다 출혈에 의해 사망했을 가능성이 높다. 이것이 검시관의 견해입니다."

회의실 안에 웅성거리는 소리가 파도처럼 퍼졌다. 범인의 잔혹하기 이를 데 없는 살해 수법에 대한 수사관들의 분노에 찬 속삭임이었다.

사이키 관리관이 신중하게 확인했다.

"그럼, 본건은 살인 사건이라고 단정 지어도 되는 거겠지요?"

"현재로서는 그렇게 보는 것이 가장 타당할 것 같습니다."

다키무라도 신중하게 답변했다.

프로젝터 화면이 바뀌고, 쇠파이프 끝을 확대하여 촬영한 사진이 떴다.

"흉기로 쓰인 쇠파이프입니다. 한쪽 끝이 대나무를 비스듬히 자른 것과 같은 모양으로 가공되어 있습니다. 각도는 약 38도, 그라인더와 같은 기계로 깎아낸 것으로 보입니다. 절단면이 무척 날카로운 것으로 보아, 아마도 이 쇠파이프는 사람을 위협 또는 살상하기 위한 목적으로 제작된 수제 무기일 거라 생각됩니다."

무기라고? 맨 뒷줄에 앉은 가부라기가 눈살을 찌푸렸다. 범인은 사람을 죽일 목적으로 쇠파이프로 만든 수제 창을 사용했다는 말이다. 상상하기 어려운 범인상이다. 어둑어둑한 회의실 여기저기에서도 수런거리는 속삭임이 들려왔다.

"다키무라, 잠깐 묻고 싶은 게 있는데."

사이키 옆에 앉은 중년의 남성이 깍지 낀 두 손을 테이블 위에 얹은 채 입을 열었다. 풍채 좋은 몸을 진회색 양복으로 감싸고, 연한 갈색빛이 도는 안경을 끼고 있다.

경시청 형사부 수사 1과 과장인 모토하라 요시히코, 57세. 계급은 사이키와 같은 경정이지만, 사이키와는 대조적으로 현장을 뛰던 민완 형사 출신으로 차근차근 잔다리를 밟고 올라온 입지전적인 인물이다. 귀신같이 범인을 찾아내는 형사라고 하여 형사부 안에서는 본명보다 오니하라鬼原라는 별명으로 더 잘 통한다.

"그 시신은 어째서 16년이 지나도록 썩지 않고 형태가 남은 거지?"

그 질문을 예상하고 있었던 듯 다키무라는 곧바로 대답했다.

"예. 우선, 시신은 통상 수개월이면 부패하여 백골화하나, 때로는 어떠한 이유에 의해 몇 년 혹은 몇십 년이 지나도 썩지 않고 시신으로서의 원형을 보존하는 사례가 있습니다. 이것을 '영구시체 tenable corpse'라 부르는데 여기에는 제1영구시체, 제2영구시체, 제3영구시체 등 세 종류가 있습니다."

지극히 사무적인 어조로 다키무라는 설명을 계속했다.

"제1영구시체란 바싹 마른 상태, 즉 미라화된 것입니다. 제2영구시체란 비누화, 말하자면 시랍이 된 것입니다. 그리고 제3영구시체란 수은화합물의 작용에 의해 부패가 억제된 것입니다. 이번 건은 제1영구시체와 제3영구시체가 혼합된 형태이므로, 생생한 시체……라고 표현하는 것도 이상하지만, 그렇게 되었다고 추측됩니다."

"그 말인즉, 미라화와 수은에 의한 부패 억제가 같이 일어났다는 건가?"

모토하라가 확인하자 다키무라는 그렇습니다, 하며 고개를 끄덕였다.

"우선 시신의 미라화에 대해서입니다만, 사막과 같이 건조한 지역일수록 미라화되기 쉬운 것은 당연합니다. 하지만 여러분도 지금까지 듣거나 본 적이 있으시리라 생각되는데 가령 이불 속에서 잠들어 있거나, 마루 아래에 방치되었거나, 혹은 산속에서 쓰러져 죽은 모습의 미라가 발견되는 경우도 실제로 있습니다."

수사관들은 저마다 고개를 끄덕였다.

"다시 말해 아주 건조한 환경이 아니더라도 미라화는 일어날 수 있다는 뜻입니다. 에도 시대의 밀교에서 고승이 가만히 앉은 채 미라가 되는, 즉 등신불이 된 사례가 있는데, 이것도 대다수는 땅을 파서 만든 다습한 굴속에서 굶어 죽은 시체입니다."

인간의 신체 중 가장 부패하기 쉬운 것은 내장이므로, 사후에 내장이 유출된 경우에는 미라화되기 쉬워진다. 내장의 유출이 없더라도 장기간 탈수 상태 및 기아 상태에 놓여 있었던 인간은 사후에 부패하기 어려워진다. 또한 투병 중에 대량의 약품을 투여받은 경우에도 부패가 억제되어 미라화되는 경우가 있다. 다키무라는 그렇게 설명했다.

"검시관에 따르면, 이 피해 여성은 극도의 탈수 상태 및 기아 상태에 놓여 있었던 것 같습니다. 위에는 잔여물이 전혀 없고, 또한 급격한 탈수 증상을 일으켰습니다. 따라서 사망하기 닷새쯤 전부터 식사를 하지 못하고, 물도 거의 마시지 못한 것으로 보입니다."

이때 젊은 수사관이 손을 들었다.

"그건, 피해자가 그 사일로 안에 며칠 동안 갇혀 있었다는 뜻입니까?"

"사일로 바닥 한쪽 가장자리에서 여러 차례에 걸친 배설의 흔적이 확인되었습니다. 피해자의 것이라고 가정하면, 그렇게 되겠지요."

가부라기 옆에 앉아 있는 마사키가 침통한 얼굴을 좌우로 흔들었다.

"아름다운 시신 어쩌고 했더니만, 지독한 꼴을 당했었네. 가엾게도……."

가부라기도 같은 생각이었다. 물 한 모금 주지 않고 몇 날 며칠 사일로에 가둬두고, 쇠파이프를 꽂아 죽이고, 허공에 매단 채 방치했다. 대체 어떤 목적으로 그런 잔인무도한 행위를 저질렀는지, 지금 단계에서는 상상도 되지 않았다.

게다가 다키무라는 사일로가 유약을 바르지 않은 벽돌로 지어져 흡습성이 좋은 데다 바닥에 건조된 사료가 쌓여 있고, 네 개의 작은 창구멍 덕에 통기성이 좋은 사일로 내부에 매달려 있었던 것도 시신이 부패를 면한 원인으로 보인다. 그렇게 덧붙였다.

"이 미라화에 더하여 수은에 의한 부패 억제도 동시에 진행된 셈입니다. 시신의 체내 및 모발에서 평균치를 웃도는 50피피엠의 수은이 검출되었습니다."

다키무라의 이 말에 회의실이 술렁였다.

"그런데 왜 시신에서 수은이?"

"범인이 피해자를 죽이기 위해 수은을 먹인 건가?"

다키무라는 고개를 가로저었다.

"위장이나 인후에 수은이 투여된 흔적은 없습니다. 그리고 수은은 분명 독성이 강한 중금속이기는 하지만, 그대로는 체내에 흡수되기 어렵기 때문에 경구 섭취로 죽음에 이르게 하기란 사실상 어렵습니다."

다키무라는 회의실을 둘러보면서 설명했다.

"수은이 검출된 이유로는 우선 살충제를 들 수 있습니다. 사일로 안에서 유기수은 성분을 함유한 살충제가 검출되었습니다. 아마도 사일로 사용을 중단했을 때 소유주가 해충 발생을 염려하여 대량으로 살포했고, 피해자가 이것을 흡입했을 수 있겠지요. 또 하나, 시신의 치아 여섯 개에서 오래된 아말감 처치 흔적이 발견되었습니다."

"아말감?"

모토하라가 미간을 찌푸렸다.

"아말감이란, 일찍이 충치 치료에 쓰여온 은색 금속을 말합니다. 이 또한 시신에서 수은이 검출된 이유로 보입니다."

수사관들 사이에서 의문의 목소리가 일었다.

"치아 충전물인가?"

"치과 의사가 치료할 때 쓰는 금속이죠? 그렇다면 국가에서도 사용을 인정했다는 뜻인데 수은이라니, 그런 위험한 게 정말로 들어가 있습니까?"

다키무라는 마음이 아픈 듯 고개를 흔들었다.

"그런데 이 아말감의 정식 명칭은 '치과용 수은 아말감'이고, 성분의 약 50퍼센트가 수은입니다. 나머지 성분은 약 35퍼센트가 은, 그리고 주석, 동, 아연 등입니다."

가부라기는 무심코 귀 밑 언저리를 눌렀다. 분명 내 어금니에도 은색 충전물이 들어가 있는데, 설마 이것도 아말감일까……. 가부라기는 갑자기 불안해졌다.

"성형 가공하기 쉬운 부드러운 합금이기 때문에 음식물을 씹거나 이를 갈 때 수은 가스가 발생합니다. 타액이 전해질이 되어 부식되고 산성 음료에도 용해됩니다. 그렇기 때문에 사용한 지 10년 후면 약 7할 정도가 감소된다고 합니다. 이것이 인체로 흡수되어 신장, 간장, 뇌 등에 축적되는 셈이죠. 최근에는 거의 사용하지 않는다고 합니다만……."

"그런 건 아무래도 상관없지 않습니까?"

갑자기 사이키 관리관이 옆자리의 모토하라를 향해 냉랭하게 말했다. 회의실 안에 찬물을 끼얹은 듯 정적이 흘렀다.

가부라기도 본의 아니게 등골이 서늘해지는 것을 느꼈다. 오니하라라 불리는 수사 1과 과장 모토하라 요시히코에게 이런 식으로 발언할 수 있는 사람은 아마도 사이키뿐일 것이다.

"허어."

모토하라가 천천히 사이키를 보았다.

"살인 사건 회의 자리에서, 피해자 시신의 특징이, 아무래도 상관없다?"

"예. 시신이 백골이든 미라든, 혹은 생생하든, 살인 사건으로 단정 지어진 이상 본질에는 변함이 없습니다. 무엇보다 우선 확인해야 할 것은, 이 살인 사건이 언제 일어났는지, 요컨대 공소시효가 도래한 사건인지 여부입니다. 시효가 완료되었다면 수사본부는 즉각 해산입니다. 이것 말고도 1과에는 중요한 사건들이 산적해 있으니까요."

회의실은 얼어붙은 듯 고요했다. 모두가 모토하라의 반응을 살피고 있었다.

"알겠네."

모토하라가 낮은 목소리로 말했다.

"이 수사본부의 담당 관리관은 자네야. 좋을 대로 하게."

"감사합니다. 그럼, 조명을 다시 켜주시죠."

천장 등이 깜빡거리며 켜지고, 회의실 여기저기서 안도의 한숨이 새어 나왔다.

가부라기와 마사키도 눈을 깜박거리면서 후우 하고 숨을 토했다. 모토하라와 사이키의 칼날 같은 응수를 어둠 속에서 들어야 하는 건 심장에 아주 좋지 않았다.

사이키 관리관이 밝아진 회의실 안을 바라보며 질문했다.

"학생증이 발견되었는데, 피해자의 신원은 확인됐습니까?"

중년의 수사관이 벌떡 일어섰다.

"네! 그 학생증은 역시 피해자의 것이었습니다. 피해자의 신원은 전 사립 고에이 대학 문학부 1학년 히나타 에미, 여성, 사망 연도는 16년 전인 1998년, 사망 당시 나이는 19세가 틀림없습니다."

부랴부랴 꺼낸 수첩에 눈길을 주면서 수사관은 설명했다. 고에이 대학은 미나토 구 아오야마에 캠퍼스가 있으며 주로 부유층 자녀들이 진학하는 사립대학으로 알려져 있다.

"히나타 에미는 같은 해 8월에 행방불명되었고, 모친이 가출 신고를 한 것으로 확인되었습니다. 또한 당시 대학 동기였던 여학생

세 명 및 당시 담임 교수였던 동대학의 조교수에게 확인한 결과, 전원이 확실히 히나타 에미가 맞다고 증언했습니다. 피해자의 신체적 특징과 착용하고 있던 의복과 소지품이 그 근거가 되었습니다."

"근거라면?"

사이키가 재촉했다.

"네. 우선 학생증인데, 고에이 대학 측이 발행한 것이 틀림없습니다. 1998년도 입학시험 합격자 명부 및 재학생 명부에도 히나타 에미의 이름이 실려 있었습니다. 같은 해 8월에 모친으로부터 실종 신고가 있었고 휴학 처리가 되었으나, 2년 후인 2000년 3월 말일을 기해 학비 미납을 이유로 결국 제적 처리 되었습니다."

수사관은 수첩을 넘기며 설명을 계속했다.

"시신은 양쪽 귀에 각 한 개씩, 도합 두 개의 다이아몬드 귀걸이와, 오른손 약지에 참깨 다이아가 박힌 백금 반지를 착용하고 있었습니다. 히나타 에미는 당시 이것들을 즐겨 착용하며 남자 친구에게서 받았다고 자랑했던 사실을 예전 대학 동기 세 명이 기억하고 있었습니다. 귀걸이와 반지는 동일한 점포에서 판매한 물건으로, 가격은 모두 합쳐 100,000엔 안팎으로 추정됩니다. 현재, 판매한 점포를 찾고 있습니다."

이윽고 보고 내용은 반지에 관한 상세 정보로 옮겨 갔다.

"반지에는 각인이 두 개. 'Pt1000'과 '0125'라는 숫자입니다. 전자는 금속 부분이 백금 100퍼센트임을 표시하는 것이 틀림없습니다. 문제는 후자입니다. 각인 표기에는 법률이나 보석 업계의 규정은 없는 것 같아 무엇을 나타내는 숫자인지 단정할 순 없지만……."

"생일 아닌가?"

한 사람의 질문에 보고 중인 수사관은 고개를 가로저었다.

"학생증에 기재되어 있는 피해자의 생년월일은 1979년 4월 11일이므로 생일이라면 '0411'이 될 겁니다. 보석 전문가에 따르면, 이 숫자는 아마도 다이아몬드 캐럿 수가 아닌가 싶다고 합니다."

'0125'가 캐럿 수라고 한다면 0.125캐럿, 패션 반지로서는 지극히 표준 사이즈다.

"또한 피해자의 등에는 가로세로 약 3센티 크기의 파란색 장미 타투가 새겨져 있었습니다. 이 점에 관해서도 여자 동기들이 함께 테니스를 치러 갔을 때 탈의실에서 보고 놀랐던 것을 기억하고 있었습니다."

"남자 친구한테서 받은 선물이 다이아몬드가 박힌 반지와 귀걸이라. 진짜, 있는 집 자제들이 다니는 대학은 다르군."

가부라기 옆에서 마사키가 재미없다는 듯이 중얼거렸다.

"나 같은 건 삼류 대학 가난뱅이 학생이었으니, 여자한테 선물한다고 해봤자 카세트테이프에 음악이나 골라서 넣어주는 게 고작이었지만. 가부, 너도 그랬지?"

지금 이 자리에 히메노 히로미가 있었다면 보나마나 얄짤없이 마사키를 놀려댔겠군. 가부라기는 쓴웃음을 지으며 그런 생각을 했다. ―마사키 선배, 아무리 그래도 그렇지 너무 고릿적 이야기잖아요! 카세트테이프라니, 대체 어느 시대 애깁니까―?

가부라기가 중얼거렸다.

"조금 자유분방한 여학생이었던 건가. 타투라면 문신을 말하는 거지?"

"그렇지. 옛날엔 그런 애들을 아바즈레*니 즈베코**, 라고 했는데 말야."

마사키도 떨떠름한 얼굴로 고개를 끄덕였다.

도쿄 스카이트리 발치, 서민적인 동네로 불리는 스미다 구 무코지마가 마사키의 출신지다. 어려서부터 지역 어르신들에게 둘러싸여 자란 탓인지 나이치고는 어휘가 꽤 예스럽다.

보고가 끝나자 사이키 관리관이 공표했다.

"본건은 1998년 범행임이 증명되어, 현재도 공소 대상임이 확인되었습니다. 따라서 이대로 수사 회의를 속행합니다."

그 옆에서 모토하라가 어깨를 으쓱했다.

이 사건이 발생한 1998년 당시, 살인죄의 공소시효는 15년이었다. 2004년에 법이 개정되어 25년으로 연장되었으나, 이는 개정 이전의 범죄에는 적용되지 않았다. 따라서 원래대로라면 이 살인 사건은 2013년에 공소시효가 성립되었을 터였다.

그러나 2010년, 새로운 법이 만들어지면서 공소시효가 폐지되

---

* 닳아빠진 여자.
** 불량소녀.

었다. 사람을 사망에 이르게 한 죄로 금고 이상의 형에 해당하는 죄, 또한 2010년 4월 27일까지 공소시효가 성립되지 않은 죄는 현재도 여전히 공소의 대상인 것이다.

만약 범행이 1995년 이전이었다면, 2010년 시점에서 공소시효가 성립되어 수사본부는 즉각 해산되었을 것이다. 이 행운에 보답하려면 어떻게서든 범인을 잡아 피해자의 원통함을 풀어주어야 한다. 가부라기는 마음을 다잡았다.

"그럼 다음으로, 피해자의 이력과 가족 구성을."

사이키의 말에 또 다른 젊은 수사관이 일어섰다.

"피해자 히나타 에미는, 주민등록표에 따르면 실종 당시에는 도쿄 도 다치카와 시에 있는 목조 단층 셋집에 거주하고 있었습니다. 당시 동거했던 가족은 모친인 미쓰코, 언니인 유메 두 명입니다. 부친은 없고 한부모 가정이었습니다. 미쓰코는 1978년에 남편과 이혼했으며, 전남편은 그 후 재혼하여 현재는 사이타마 현 사이타마 시 우라와 구에 살고 있습니다."

수사관은 손에 든 수첩을 넘기며 계속했다.

"모친인 미쓰코는 현재 나이 59세. 조기 치매가 진행되어 지금은 구니타치 시에 위치한 치매 고령자 그룹 홈인 '빌라 델 솔레 구니타치'에 머물고 있습니다. 언니인 유메는 피해자와 같은 1979년생으로 35세. 저어, 여기서 눈치채셨겠지만."

수사관은 회의실 안을 둘러보았다.

"피해자인 히나타 에미와 언니 유메는 쌍둥이, 그것도 일란성 쌍둥이입니다."

회의실에 허, 하는 가벼운 탄성이 일었다.

"피해자 에미는 다치카와 시내의 도립 고등학교에 들어갔으나, 몸이 약해 결석이 잦다 보니 졸업하기에는 출석 일수가 부족해서 고인을 치르고 고에이 대학에 진학했습니다. 한편, 언니 유메는 아르바이트로 살림을 지탱하면서 통신제 고등학교에 다녔고, 졸업과 동시에 도내의 중고 기모노 가게에 취직. 그 후 사업을 일으켜 현재는 기모노 회사를 운영하고 있습니다."

기모노 회사의 여사장이라⋯⋯. 순간, 가부라기는 기모노를 입고 있던 히메노의 고모 다에코를 떠올렸다.

"에미의 시신이 발견되었을 당시, 유메는 미국 지점 자리를 물색하기 위해 로스엔젤레스에 출장 중이었지만, 어젯밤 겨우 연락이 닿아 내일까지는 귀국할 예정입니다. 이상입니다."

젊은 수사관이 자리에 앉자, 사이키 관리관이 회의실을 둘러보며 말했다.

"잘 알았습니다. 그럼, 달리 질문 있으신 분?"

그때 모토하라의 낮은 목소리가 회의실에 울렸다.

"질문이고 뭐고, 모르는 것투성이 아닌가. 이대로 회의를 끝낼 작정인가?"

회의실 안은 다시 물을 끼얹은 듯 고요해졌다.

팔짱을 낀 채 회의실을 둘러보고 나서 모토하라는 계속했다.

"범인은 왜, 그 폐목장의 사일로에 16년간이나 시신을 방치했는

가. 왜, 흉기로 쇠파이프를 사용했는가. 그리고 무엇보다 범인은 왜, 시신을 사일로 안의 허공에 매달아놓고 가버렸는가. 이렇듯 현 상황에서는 알 수 없는 것들이, 역으로 말하면 범인을 검거할 수 있는 단초가 되지. 그렇지 않나?"

가부라기도 모토하라의 말에 동의했다. 질문을 받기 전에 검토 해야 할 문제가 한두 개가 아닐 터였다.

사이키는 동요하는 기색없이 가볍게 어깨를 으쓱했다.

"원래 이 수사본부는 모토하라 과장님의 요청으로 소집되었습 니다만, 제가 본 바로는 이 사건은 수사본부를 설치할 만큼 큰 사 건이 아닙니다. 피해자는 고작 한 사람, 그것도 16년 전에 사망한 시신이죠."

"어째서, 아무것도 모르는 지금 단계에서 수사본부가 필요 없는 사건이라고 단정할 수 있나?"

"그럼 말씀드리겠습니다만."

사이키가 안경테를 다잡으며 옆자리의 모토하라를 힐끔 보았다.

"저는 수사본부 이전에, 이 사건은 형사부가 담당할 안건이 아니 라고 봅니다."

모토하라는 무슨 소리냐는 듯이 옆에 앉은 사이키를 보았다.

"다타리. 자네는 이 사건의 내막을 전부 안다는 건가?"

"다카시입니다. 착오 없으시길."

사이키는 사무적인 어조로 정정했다.

다타리란, 다카시라는 이름의 '祟(숭)'이라는 한자가 재앙, 뒤탈 등을 뜻하는 다타리의 '崇(수)'란 한자와 매우 닮았다는 사실에 착안하여 수사과 형사들이 은밀하게 붙여 부르는 별명이다. 사이키에 대한, 일종의 야유가 담겨 있다는 것은 말할 필요도 없다. 그걸 알고 있으면서 모토하라는 부러 그렇게 부른 것이다.

"본건의 시신 상태가 더없이 괴이하고 이해 불가능하다 해도, 그렇게 된 이유를 이 자리에서 논의하는 것에는 아무런 의미가 없습니다. 왜냐면, 이 시신을 허공에 꿰어놓는다는 행위에는, 단순한 광기나 엽기 취향이 아닌, 우리로서는 이해 불가능한, 사회적인 통념을 초월한 의사가 있다고 판단할 수밖에 없기 때문입니다."

사이키는 모토하라를 보면서 무표정하게 말을 이었다.

"요컨대 본 사건은 '컬트', 즉 광신적인 특수 종교 단체의 범행일 가능성이 농후하다는 겁니다."

"컬트?"

모토하라가 미간을 찌푸렸다. 사이키는 고개를 끄덕였다.

"그렇습니다. 이와 같은 괴이한 시신 처리는 아무리 봐도 우리의 상식과 도덕과 통념과는 동떨어진 행위입니다. 종교적인 동기라도 고려하지 않으면 설명이 되지 않습니다. 그렇다면, 본건은 우리 수사 1과, 아니 경시청 형사부에서 다룰 사건이 아닙니다."

"다타리."

모토하라가 옅은 선글라스 속 눈을 가늘게 떴다.

"자네, 이 사건을 '햄'에 넘기겠다는 건가?"

그 순간 회의실에 큰 소란이 일었다.

"어이, 뭐야. 하필이면 햄에게?"

"아직 범인이 컬트라고 결론이 난 것도 아니잖아?"

"관리관은 이 사건을 미궁에 빠뜨릴 심산인가?"

회의실 여기저기에서 수사관들의 불만에 찬 목소리가 들려왔다.

햄이란 형사들 간의 암호로 공안 경찰, 즉 경시청에서는 '공안부'를 가리킨다. 공안公安의 공公 자를 파자한 것으로,* 가벼운 경멸의 의미가 담겨 있음은 부정할 수 없다.

형사부가 일반적인 형사사건 전반을 담당하는 데 비해 공안부는 위험 사상에 기반을 둔 조직적인 파괴 활동을 조사하는 것이 주된 임무다. 극좌 폭력 집단, 좌익·우익 정치조직, 컬트 집단과 같은 특수 조직, 외국 정부의 공작 활동, 그리고 국제 테러 및 기타 사안에 대하여 일상적으로 정보를 수집한다.

그러나 사건이란 게 그리 엄밀하게 분류되는 것은 아니어서, 하나의 사건을 형사부와 공안부 양측이 쫓는 경우도 많다. 그리고 그 경우, 공안부는—어디까지나 형사부의 말이지만—입수한 정보를 절대 공개하지 않기 때문에 수사의 효율이 무척 떨어지게 된다. 또한 심증을 앞세운 짜맞추기식 수사 등 엉성하고 억지스러운 수사를 감행하는 경향이 있어서 공안부가 앞서 체포하더라도 검찰에 송치하지 못하는 경우가 많다.

게다가 공안부의 임무에는 경찰 내부의 방첩 활동도 포함되어

---

* '公'을 풀어 쓰면 가타가나의 ハム, 즉 '햄'을 뜻하는 글자가 나오는 것에서 생긴 명칭.

있다. 동료인 경찰관이 위법행위를 하지 않는지 일상적으로 감시하는 것이다. 이런 이유들로, 공안부에는 형사부 출신 수사관이 많음에도 불구하고 형사부와는 사이가 무척 안 좋다.

"여러분은 이론이 있을지 모르겠습니다만."

사이키는 태연하게 회의실을 둘러보았다.

"광신적인 종교 집단에 의한 범행일 가능성이 짙은 이상, 본건은 공안부 담당으로 전환하고, 우리는 공안부의 요청이 있으면 보좌하는 형태가 가장 효율적입니다. 본건이 계속 수사되어야 할 살인사건임을 확정한 것, 또한 현 단계에 이르기까지 판명된 수사 정보에 대해서는 여러분의 노고에 감사를 표합니다."

모토하라가 탐색하듯 사이키의 옆얼굴을 지그시 응시했다.

"이해가 안 되는군. 자네, 언제부터 공안 사람이 됐나?"

사이키는 가볍게 한숨을 쉬었다.

"모토하라 과장님, 과장님은 순경 시절부터 오로지 형사부 한길인 분이시지만, 현재는 경정이라는 책임 있는 자리에 앉아 계십니다. 고색창연한 편견의 소산인 세력 다툼 의식은 이제 좀 버려주셔야."

"허어?"

모토하라가 무표정하게 목소리를 냈다. 또다시 회의실에 오싹한 긴장이 감돌았다. 그러나 사이키는 아무 거리낌 없이 태연하게 말을 이었다.

"모토하라 과장님의 장래에 대해서는 추측하기 어렵습니다만,

저는 앞으로 경시감 또는 경시총감이 될 가능성이 있습니다. 그렇게 되면 형사부뿐만 아니라 공안부, 경비부, 지역부, 교통부, 생활안전부, 범죄억제대책본부 등 전 조직을 총괄해야 합니다. 그러니 경시청 안에서 부서 간 내부 항쟁이 있어서는 곤란합니다."

"젠장, 다타리 저 자식……."

가부라기 옆에서 마사키가 이를 드러내며 씩씩거렸다.

"이제 알겠네. 저 자식 속셈. 이런 괴상망측한 사건을 담당했다가 만에 하나 범인을 못 잡고 미궁에 빠지는 날엔 저놈 경력에 흠이 가겠지. 그렇게 되지 않게 아예 처음부터 이 사건을 햄에게 통째로 던져버리겠다는 계산 아냐? 피해자가 쌍둥이라서 그런지."

묵묵부답인 모토하라를 향해 사이키는 거듭 말했다.

"만약 이 사건이 컬트 집단에 의한 범죄이며 그러한 집단이 현재도 존속하고 있다면, 몇 년이 지나든 다시 범행을 반복할 가능성이 있습니다. 이는 명백히 시민의 안전, 나아가 국가의 안전에 대한 위협입니다. 무슨 일이 있더라도 그 조직은 괴멸시켜야 합니다. 그리고 이러한 컬트 집단에 관한 정보를 가장 많이 보유하고 있는 곳은 공안입니다. 따라서 저는."

"저는, 컬트 집단의 소행은 아니라고 봅니다."

회의실 뒤쪽에서 소리가 났다.

사이키 관리관은 말을 멈추고 그 목소리의 주인을 보았다. 모토하라도 눈을 가늘게 뜨고 소리가 난 쪽을 보았다. 그리고 이쓰카이치 서와 경시청 형사부의, 도합 50명이 넘는 수사관 전원이 회의실 맨 뒷줄을 돌아보았다.

그곳에는 가부라기 데쓰오가 오른손을 들고 일어서 있었다.

사이키는 순간 얼굴을 찌푸리더니 보란 듯이 큰 한숨을 내쉬었다.

"또 당신들입니까. 가부라기 경위, 그리고 마사키 경위."

"엥? 나, 나?"

마사키는 후다닥 일어나 오른손을 휘휘 내저었다.

"아, 아니! 그게, 아니라! 나는 딱히 그런 생각은! 이 녀석이 멋대로 느닷없이!"

사이키는 불쾌한 표정으로 두 사람을 보았다.

"두 분 모두, 컬트 집단의 범행이라는 제 견해에 이견이 있으신 겁니까? 대체 무슨 근거로."

"아니, 그러니까 두 분이 아니라 말이죠, 이 녀석 한 분이."

"근거는 뭔가? 가부."

사이키의 말을 가로막듯이 모토하라가 물었다. 사이키는 체념한 듯 오른손을 들어 올렸다가 그대로 입을 다물었다.

가부라기는 모토하라를 보면서 더듬더듬 대답했다.

"그게, 저어, 시신을 관통하고 있던, 그 쇠파이프입니다."

"쇠파이프가 어쨌는데?"

"예에, 말하자면……."

가부라기는 머릿속을 정리하려는 듯 잠시 뜸을 들였다가 설명하기 시작했다.

"그 흉기는 뭐랄까…… 무미건조하달까, 평범하달까, 지극히 실용적이랄까, 어쨌든 신성한 종교의식에는 어울리지 않는 도구처럼 보입니다. 종교 단체라면 좀 더 상징적인 도구, 예를 들면 장식을 한 검이나 나이프 같은 것이겠고, 창이라고 해도 좀 더 종교의식에 걸맞은 것을 쓰지 않을까요?"

사이키는 묵묵히 가부라기의 말을 들었다.

"게다가 종교적인 의식이라고 하면, 호마護摩라든지 불을 피우거나 횃불이나 초를 켜거나, 우상이나 그림을 장식하거나, 주문 또는 마방진魔方陣을 그려놓는 따위의 흔적이 남아 있지 않겠습니까? 하지만 현장에는 그런 흔적은 전혀 없었습니다. 그리고⋯⋯."

마사키는 어깨를 축 늘어뜨린 채 오른손으로 얼굴을 덮으며 작은 소리로 투덜거렸다.

"오늘은 히메도 도키오도 없구나 싶었더니, 가부 녀석이 그 녀석들 몫까지 억지를 늘어놓는구만. 난 불쌍한 놈이야, 진짜."

"그리고 뭔가?"

모토하라가 다음 말을 재촉했다.

"네. 시신의 모습은 기이하지만 복장은 지극히 일상적입니다. 대학 캠퍼스에서 데려온 그대로인 듯한 모습이었습니다. 무언가의 의식이라면, 의식을 위한 특별한 의상을 입히거나, 혹은 나체로 만들거나⋯⋯. 게다가 그런 기괴한 의식을 치른 컬트 집단의 사례가 이전에 있었습니까? 적어도 제 기억엔 없습니다."

회의실에 술렁거림이 일기 시작했다. 그것은 명백히 가부라기의 발언에 동조하는 말의 파도였다.

가부라기는 입술을 핥고 나서 사이키를 향했다.

"저어, 사이키 관리관님."

"뭡니까."

감정이 느껴지지 않는 목소리로 사이키가 대답했다.

"이상의 이유로, 컬트 집단의 범행이라고 예단하는 것은 위험하다고 봅니다. 그러나 공안부에 의한 수사가 반드시 필요하다고 하신다면, 하다못해 저희들만이라도 수사에 참여하도록 해주실 수는 없겠습니까. 부탁드립니다."

그렇게 말하고 나서 가부라기는 사이키의 얼굴을 응시했다.

"이보게 다타리. 아니, 사이키 관리관."

모토하라 과장이 옆에 앉은 사이키 관리관을 바라보았다.

"이 사건의 책임자는 자네야. 자네가 뭔가 생각이 있어서 햄 쪽에 맡기는 게 낫다고 판단했다면, 내가 막을 생각은 없네. 이 수사본부도 일단 해산해도 상관없어. 무려 16년 전 사건인 데다 촌각을 다투는 일도 아닐 테니까."

사이키는 정면을 향한 채 아무 말이 없었다.

"그 대신, 내 권한으로 이 녀석들만 자유롭게 움직이게 해주게. 오해하진 말아, 딱히 햄을 방해하려는 건 아니니까. 뒤에서 수사에 협력하겠다는 뜻이야."

"아니, 그게, 그러니까 말입니다, 이 녀석들이라니요, 저는 도무지……"

마사키가 항의했지만 모토하라의 귀에는 닿지 않는 듯했다.

"그리고 만약 이 사건이 햄의 업무와는 관련이 없거나, 햄이 감당할 수 없다는 사실이 판명되면, 그 시점에서 곧바로 수사본부를 재개하고 우리 수사과를 총동원하여 일제 수사에 들어간다. 그러면 어떤가?"

사이키는 모토하라에게는 가타부타 말없이 자리에서 벌떡 일어섰다.

"본 수사본부는 일단 해산. 앞으로 본건은 공안부 주도로 후속 수사를 진행합니다. 다만, 일부 형사부원에게는 어디까지나 공안부에 협력하는 선에서 수사할 것을 허가합니다. 이상."

그 말을 끝으로 사이키는 순식간에 회의실을 빠져나갔다.

"가부, 마사키."

모토하라 과장이 일어서 있는 두 사람을 보았다. 두 사람은 자동적으로 허리를 바짝 세웠다.

"그렇게 됐다. 공안부 나리들한테 착실하게 협조해드려. 필요한 인원은 빼 써도 상관없다."

"과장님, 감사합니다."

가부라기는 모토하라에게 깊이 고개를 숙였다.

모토하라는 자리에서 일어나 사이키의 뒤를 이어 천천히 회의실을 나갔다. 회의실에 몰려들었던 수사관들도 이윽고 몸을 일으켜 삼삼오오 회의실을 빠져나갔다. 나가면서 가부라기에게 남몰래 엄지를 세워 보이는 수사관도 있었다.

"후우. 난 또, 어떻게 되는가 싶어서 엄청 쫄았네."

마사키는 큰 한숨을 토하고, 옆에 서 있는 가부라기의 어깨를 두드렸다.

"하지만 가부, 너 오늘 다타리를 상대로 느닷없이 들이받은 거아냐. 1과의 얼뜨기가 대체 무슨 바람이 분 거야?"

"이 사건은 절대 놓치고 싶지 않았거든."

가부라기의 그 말에 마사키가 오른손을 불끈 쥐었다.

"그래! 공안부 따위 이놈이고 저놈이고 순 매가리 없는 녀석들뿐이야, 햄은 햄이어도 본레스햄이란 말이지. 그런 놈들에게 맡겨놓았다간 잡을 범인도 못 잡아. 그 가여운 피해자를 위해 반드시우리 손으로 범인을 잡아내야 해!"

물론 경찰관으로서는 그것이 가장 큰 이유였다. 그러나 가부라기에게는 이 사건을 자기 손으로 해결해야만 하는 이유가 두 가지더 있었다.

"잠깐 국수, 아니 덮밥이라도 먹고 올까. 너도 갈 거지?"

"어…… 아니, 난 됐어."

가부라기가 고개를 가로젓자 마사키는 머쓱한 얼굴로 양복 상의를 어깨에 턱 걸치고 회의실을 나갔다.

모두 나가고 아무도 없는 회의실에서 가부라기는 지친 듯 파이프 의자에 걸터앉았다. 그리고 깍지 낀 두 손을 테이블 위에 얹은채 두 가지 사실에 대해 생각을 거듭했다.

첫 번째 문제는 이 살인 사건의 불가사의함이다.

허공에 꽂힌 시신. 안쪽에는 빗장이 질리고 바깥은 자물쇠가 채워진 문. 바깥쪽에서 판자로 막아버린 천창······.

공안부가 이 수수께끼를 풀 수 있을까? 가부라기는 고개를 가로저었다.

가부라기는 범인이 왜, 그리고 어떻게 해서 이러한 상황을 만들었는지 그것을 증명하지 못하는 한 범인을 잡을 수 없을 것 같은 느낌이 들었다. 그리고 가부라기로서는 공안부가 그것을 해내리라곤 도저히 생각할 수 없었다. 능력의 문제가 아니다. 애당초 공안 경찰의 임무는 살인 사건 수사가 아니라 반사회 단체가 일으키려는 사건을 미연에 방지하는 것이다.

그리고······.

또 하나의 문제에 비하면 공안부의 능력 따위는 지극히 사소하고 하찮은 문제라고도 할 수 있었다. 무엇보다도 가부라기에게는 이 사건을 다른 사람에게 맡겨서는 안 될 커다란 이유가 있었다.

그것은 그의 부하, 히메노 히로미다.

에미 누나······.

에미 누나, 진짜였구나. 하늘을, 날 수 있다는 거······.

가부라기의 귀에, 처음 시신을 보았을 때 히메노가 했던 말이 되살아났다.

시신 주인의 이름이 히나타 에미임을 알았을 때 히메노는 분명히 그렇게 중얼거렸고, 그리고 정신을 잃었다. 아마도 과로 때문만은 아닐 것이다. 히나타 에미라는 이름을 들었을 때 히메노는 정신적으로 크나큰 충격을 받은 것이다.

요컨대 히메노는 그 피해 여성과 만난 적이 있다. 아니, 히메노와 그 여성 사이에는 필시 얕지 않은 인연이 있는 것이다. 다시 말해, 형사부 수사 1과의 형사인 히메노 자신이 이 기괴한 살인 사건과 관련이 있다는 것이다.

바로 그 때문에 공안부건 뭐건 다른 사람이 히메노와 사건의 관계를 파헤치기 전에 자신의 손으로 확실히 해두어야만 한다.

그 여성이 살해된 것은 16년 전, 히메노는 당시 열 살 안팎이었다.

히메노, 어린 네게 대체 무슨 일이 있었던 거냐?

아무도 없는 회의실에서 가부라기는 홀로 생각에 생각을 거듭하고 있었다.

그때 가부라기의 휴대전화가 구식 벨소리를 울렸다.

액정 화면을 보니 발신자 표시 제한 전화였다. 가부라기는 고개를 갸우뚱하면서도 통화 버튼을 누르고 휴대전화를 왼쪽 귀에 갖다 댔다.

"여보세요?"

"형사부 수사 1과, 가부라기 경위입니까?"

처음 듣는 목소리였다. 30대 혹은 40대로 추정되는 어쩐지 웅얼거리는 듯한 남자 목소리. 전화기에 손수건을 대고 있는 건가, 아니면 마스크라도 하고 있는 걸까.

"그렇습니다만, 전화 거신 분은?"

"공안부의 다쓰미라고 합니다. 사일로 사건 말인데, 그쪽 반만 수사를 계속한다고 들었습니다."

그 이름은 전혀 짚이는 바가 없었다. 애당초 경시청 공안부뿐만 아니라 공안 경찰의 내부 사정에 대해서는 경찰청·경시청의 여타 부서도 알지 못한다. 일설에는 경찰청 경비국에 1,000명, 외무성 공안조사청에 2,000명, 그리고 경시청 공안부에도 2,000명이 있다고 하는데, 이름은커녕 인원수조차 비공개로 되어 있다.

그리고 이 남자도 공안부 사람이라는 것 외에는 조직도 부서도 계급도 밝힐 생각이 없는 듯했다. 컬트 담당이라면 공안 총무과 사람쯤 되겠지만.

다쓰미라는 남자는 웅얼거리는 듯한 목소리로 말을 이었다.

"잘 부탁드립니다, 라고 해야 하겠지만, 우리 쪽에서 당신들에게 수사 정보를 줄 수는 없습니다. 그리고 당신들이 취득한 정보를 요구할 생각도 없습니다. 괜찮겠습니까?"

임무의 특수성과 비밀 유지를 위해 공안 수사는 기본적으로 공안부가 전담한다. 그리고 여타 부서의 경찰관이 같은 사건을 쫓고 있다 하더라도 공안부에서 정보를 건네는 일은 없다. 그것은 가부라기도 익히 알고 있었다. 다만, 아무리 그렇다 해도 너무나 냉담한 통고였다.

"하지만 다쓰미 씨, 어디서든 꼭 한번 만나서……."

가부라기가 이야기를 채 마치기도 전에 전화는 뚝 끊겼다.

마음대로 하라는 얘긴가. 가부라기는 작게 한숨을 쉬었다.

07

민들레 나라

"그런 게 있을 리 없잖아!"

나의 새된 목소리가 초여름 산에 메아리친다.

투명한 파란 하늘 아래 녹색 들판이 펼쳐져 있다. 그 사이로 가느다란 통나무를 엮어 만든 울타리가 끝없이 이어지고 있다. 나는 그 울타리 꼭대기에 걸터앉아 하얀 운동화를 신은 두 발을 대롱대롱 흔들고 있다.

"어째서 있을 리 없다고 단정하는데?"

젊은 여자가 부루퉁해져서는 되받아친다.

그 여자는 내 오른쪽 옆에서 통나무 울타리에 등을 기댄 채 두 손으로 대학 노트를 펼치고 있다. 앞머리를 가지런히 자른 어깨 길이의 머리. 하얀 셔츠 소매를 팔꿈치까지 걷어 올렸고 옷깃 사이로 검정 티셔츠가 엿보인다. 아래는 물 빠진 청바지, 그리고 밝은 갈색의 가죽 보트슈즈.

"어째서냐니……."

울타리 위에 앉아 있는 나에게는 여자가 내 오른쪽 비스듬히 아래로 보인다. 그 찰랑찰랑한 예쁜 머리를 내려다보면서 나는 말을 잇는다.

"애초에 상식적으로 생각해서, 인간이 하늘을 날 턱이 없잖아? 아무리 실제로 있었던 이야기라고 해도."

한 차례 한숨을 쉬고 나서 나는 놀리는 투로 말한다.

"진짜 그런 사람이 있었다고 생각하는 거야? 에미 누나."

에미 누나는 흥, 하고 콧방귀를 뀌고는 부루퉁한 얼굴로 나와는 반대편 방향의 하늘을 올려다본다.

"어린애들은 몰라."

또 이런다. 나도 모르게 한숨이 나왔다. 나와 토론을 하다 질 것 같다 싶으면 에미 누나가 늘 쓰는 수법.

어른이 어린아이에게 질 것 같을 때 대는 핑계라고나 할까. 아니면 여자 특유의 생떼일까. 어찌 됐든 비겁한 태도라고 생각한다.

"그럼, 어린애도 알 수 있게 설명해봐."

"그럼, 말해두겠는데……."

에미 누나가 나를 올려다보며 반론하려던 바로 그때.

음메에에에.

태평스러운 소 울음소리가 멀리서 바람에 실려 들려온다. 그 맥

빠진 소리가 끝나기를 기다리는 사이 그만 힘이 빠져버렸는지, 에미 누나도 소의 긴 울음소리에 싱크로하듯 하아아아, 하고 긴 한숨을 내쉰다.

나와 에미 누나가 있는 이곳은 산속에 자리한 작은 목장이었다.

함께 놀 친구도 없는 내가 측은해서였을까, 5월의 어느 일요일, 에미 누나는 나에게 드라이브를 시켜주겠다고 했다. 여기서 차로 조금만 가면, 산속에서 굉장한 걸 볼 수 있어. 에미 누나는 그렇게 말했다.

나와 에미 누나는 빨갛고 작고 낡은, 그래도 퍽 귀여운 에미 누나의 차를 타고 집이 있는 고쿠분지에서 서쪽을 향해 달렸다. 이 차는 있지, 이름이 판다야. 중고지만 이탈리아 차다? 에미 누나는 조수석에 앉은 내게 그렇게 자랑했다.

빨간 판다는 끝없이 이어진 시골길을 달리던 중 좁은 산길을 이리 구불 저리 구불 올라간 후에 드디어 목적지에 도착하면서 멈춰 섰다.

차에서 내린 나는 무심결에 커다란 환호성을 터뜨렸다.

파란 하늘 아래 선명한 녹색 초원이 펼쳐져 있었다. 그 위를 서늘하면서도 기분 좋은 바람이 불고 있었다. 나무 울타리가 죽죽 길게 뻗어 있고, 그 안에서 옅은 갈색 소 몇 마리가 한가롭게 풀을 뜯고 있었다. 난생처음 보는 진짜 목장이었다.

좋아해줘서 다행이라고 에미 누나는 만족스레 말했다. 퇴비 냄새가 좀 나긴 했지만 목장이 이토록 예쁜 곳인 줄은 미처 몰랐다. 이렇게 가까이에 목장이 있다는 것도 이날 처음 알았다.

초원 저편에 우사가 있었다. 거기서 조금 떨어진 곳에 빨간 지붕을 쓴 탑이 서 있었다. 그것이 소 사료 저장고인 사일로란 것은 나도 책을 읽어 알고 있었다.

에미 누나는 선 채로 나무 울타리에 등을 기대고, 어깨에 멘 캔버스 가방에서 대학 노트를 꺼냈다. 그리고 내게 소중히 간직해온 이야기를 들려주겠다고 하더니, '하늘을 나는 소녀'라는 옛날이야기를 낭독하기 시작했다.

"확실히 이 이야기는 민간설화, 구비문학, 민담…… 그러니까 쉽게 말해, 옛날이야기야. 하지만 그렇다고 해서 전부 다 거짓이라고 단정할 순 없어."

새롭게 힘을 얻은 듯한 에미 누나는 대학 노트를 덮고 다시 반론하기 시작했다.

"옛날이야기나 신화란, 당시에 일어났던 일의 흔적을 보존하고 있는 경우가 많거든. 예를 들면, 『고지키古事記』나 『니혼쇼키日本書紀』에도 등장하는 아마노 이와토天岩戸* 신화가 그거야. 아마테라스 오미카미가 동굴 속에 숨은 뒤 낮인데도 세상이 깜깜해졌다…… 이건 개기일식에 관한 기록이라고 추정되고 있지. 고대 사람들은 개기

---

* 하늘에 있다는 바위 동굴의 문. 그 신화는, 일본의 태양신인 아마테라스 오미카미가 동생 스사노오의 행패를 견디다 못해 동굴에 은둔하여 세상이 어두워졌는데, 아마테라스를 끌어내기 위해 다른 신들이 동굴 문 앞에서 잔치를 벌이고 춤을 추자, 이 흥겨운 소리를 듣고 의아하게 여긴 아마테라스가 동굴 문 밖으로 스스로 나오게 되었다는 내용이다.

일식을 보고 마치 태양신이 숨어버렸다고 생각했던 거야."

개기일식에 관한 기록은 『성서』에도 등장해, 라고 에미 누나는 덧붙였다. 신약성서의 「누가복음」에는 예수님이 십자가형을 받고 돌아가셨을 때 낮 12시부터 오후 3시까지 태양이 빛을 잃고 천지가 어두워졌다고 쓰여 있는 모양이다. 에미 누나는 대학의 문학부에서 공부하고 있어서 민담이나 신화에 대해 잘 안다.

"좀 더 구체적인 예를 들자면 '트로이의 목마'라는 이야기가 있어. 고대 그리스의 호메로스라는 음유시인이 기원전 8세기에 쓴 세계에서 가장 오래된 서사시 『일리아드』에 나오는 전쟁 이야기인데, 후세 사람들은 다들 호메로스의 창작이라고 생각했었지. 그런데 19세기에 들어서, 독일의 하인리히 슐리만이라는 한 어린아이가, 그 '트로이의 목마' 이야기를 정말로 있었던 일이라고 믿었던 거야. 그리고……."

에미 누나는 꿈을 꾸는 듯한 눈으로 하늘을 우러러본다.

"어른이 되어 열심히 일해서 부자가 된 슐리만은, 트로이라는 도시가 있었던 장소를 문헌에서 추정해내어 자신의 사유재산을 전부 쏟아부어 발굴하기 시작했고, 마침내 트로이 유적을 발견함으로써 이 이야기가 실화였음을 증명했어! 어때? 굉장하지!"

에미 누나는 마치 자신의 친척이라도 자랑하는 듯이 코를 벌름거린다.

"그러니, 어쩌면 있었을지도 모른다니까? 하늘을 날 수 있는 소녀가."

"헤에! 그럼 에미 누나, 그 소녀는 어떻게 해서 하늘을 날았다는 건데?"

"어떻게 해서라니, 그야, 저어, 그게, 으음……."

필사적으로 버텨보려 하나 에미 누나의 열세는 이미 뚜렷하다.

"……초, 초능력?"

"초, 능, 력!"

나는 진심으로 어처구니가 없어져서 두 손을 살짝 들어 올린 채 고개를 설레설레 흔들었다.

"에미 누나, 미안하지만 나, 오컬트에는 흥미 없거든."

나는 울타리에서 지면으로 훌쩍 뛰어내린 후 에미 누나를 돌아본다.

"인간이 하늘을 날았다는 이야기도 있을 수 없지만, 그 이야기에 나오는 커다란 검은 뱀도 이상해. 그렇게 거대한 뱀이 인간과 공존하고 있었을 리 없잖아. 화석으로는 길이 13미터짜리 뱀이 발견되기도 하지만, 6천만 년 전 지층에서 볼 수 있는 거라고 하니까. 뭐, 아마도 용과 관련된 전설에서 파생된 거겠지만."

내 말에 에미 누나는 아무런 반박을 하지 못한다.

"그리고 마을 사람들이 손휘파람으로 뱀을 불렀다는 거 말인데, 뱀한테는 공기의 진동을 느끼는 청각기관이 없어. 요컨대, 소리를 들을 수가 없다고. 지표면의 진동 정도는 느낄지 몰라도. 그러니까 뱀은 애초에 손휘파람 소리를 들을 수 없고, 당연히 소녀의 목소리도 듣지 못하니까 소녀와 대화라는 걸 할 수 없는 거야. 물론 말을 할 리도 만무하고."

"뱀은 소리를 못 들어?"

에미 누나가 놀라서 내 얼굴을 본다.

"거짓말! 인도의 뱀 조련사가 삘릴리삘릴리 하고 피리를 불면 뱀이 좋아라 일어나선 음악에 맞춰 이렇게, 구불구불 춤추잖아!"

에미 누나는 대학 노트를 두 손바닥 사이에 끼우고 합장을 하더니, 그대로 머리 위로 들어 올리고는 두 다리를 모으고 열심히 몸을 비비 꼰다.

그 반론도 예상했던 것이기에 나는 단박에 되받아친다.

"그건, 피리 소리가 들려서도 아니고, 좋아서 하는 것도 아니야. 뱀 조련사는 피리 끝을 눈앞에서 움직여서, 코브라를 애태우는 것뿐이야. 만약 옛날이야기에 나오는 뱀이 소리를 들을 수 있었다 쳐도, 뱀의 뇌로는 소녀가 하는 말을 이해할 수 없단 말야."

나는 선고하듯 에미 누나에게 말한다.

"그 옛날이야기에 사실의 흔적이 있다면, 과거에 마을 하나가 유실될 만큼 큰 홍수가 일어났다는 것뿐이야. 소녀가 하늘을 나는 것도, 시커멓고 엄청나게 큰 뱀도, 다 이 이야기를 길이 전하기 위해 고안된 연출이란 거지. '항상 홍수에 대비하세요'라는 교훈을 오래오래 전하기 위해 하늘을 나는 소녀와 큰 뱀이라는 캐릭터를 덧붙였다. 그런 거 아니겠어?"

에미 누나는 들었던 두 손을 내리고 땅이 꺼져라 한숨을 쉬더니 들릴락 말락 한 목소리로 중얼거린다.

"밉살스런 꼬맹이!"

"뭐라 그랬어?"

내가 묻자 에미 누나는 급히 도리질을 친다.

"으응, 아무것도 아냐."

그리고 에미 누나는 나를 향해 항복한다는 의미의 미소를 보인다.

"그래도 너 정말 머리가 좋구나. 별거 별거 다 알고, 대학생인 나한테도 지지 않으니. 그런데 지금 이야기한 것들, 초등학교에선 배우지 않을 텐데? 어떻게 공부했니?"

"집에 혼자 있는 시간이 많으니까, 도서관에서 날마다 이런저런 책들을 빌려다 읽어. 그보다 에미 누나."

나는 은근슬쩍 화제를 돌린다.

에미 누나는 외로운 나를 동정해서 이렇게 항상 놀아준다. 하지만 동정받는 것은 달갑지 않다. 물론 고맙고 좋은 사람이라는 건 알지만, 동정으로 내 문제가 해결되는 것은 아니니까.

"이 목장에 뭔가 굉장한 게 있다고 하지 않았어? 확실히 예쁜 곳이지만, 굉장하다면, 뭔가 좀 더 엄청난 게 있지 않을까?"

"아! 까먹었다! 미안미안!"

에미 누나는 부랴부랴 대학 노트를 가방에 집어넣고는 두 손을 양옆으로 벌리고 녹색 풀밭 위에—표현이 좀 이상하지만—큰대자 자세로 선다. 그리고 기쁜 표정으로 주위를 바라보며 몸을 빙글 돌린다. 하얀 셔츠 자락이 두둥실 춤춘다.

"봐, 엄청 예쁘지? 이 목장은 우리들의 '유토피아'야! 유토피아는 아니?"

물론 알고 있다. 이야기 속에 나오는 이상향, 그것이 유토피아다. 누구나 있었으면 좋겠다며 동경하는 나라. 하지만 사실은 어디에도 없는 나라.

'우리들'의 유토피아라고 에미 누나는 말한다. 우리들이란 어떤 의미일까? 에미 누나 외에도 이 목장을 좋아하는 사람들이 또 있다는 걸까.

"자, 가자!"

갑자기 에미 누나가 내 왼손을 덥석 잡는다. 그대로 에미 누나는 내 손을 잡아끌면서 달려 나간다.

"이쪽이야! 얼른!"

나도 허둥지둥 에미 누나와 함께 달리기 시작한다.

아래는 온통 발목까지 자란 목초로 덮여 있다. 그 녹색 풀에 발이 걸려 제대로 달릴 수가 없다. 나는 무언가에게 기도하면서 녹색 융단 위를 죽어라 달린다. 부디 넘어지지 않게 해주세요. 에미 누나가 잡아당기는 왼팔이 어깨에서 빠져버리지 않게 해주세요. 에미 누나의 손이 내 손에서 미끄러지지 않게 해주세요…….

문득 정신을 차려보니, 휙휙 오르내리는 시야 끝자락에 무언가 붉은 물체가 흔들리고 있다. 파란 하늘과 녹색 산들을 배경으로 서 있는 그것은 붉은 벽돌로 지어진, 빨간 돔 지붕을 쓴 사일로다. 그 붉은 사일로가 위아래로 흔들리면서 점점 가까워져 온다.

그러자 그 벽돌로 된 원주형 탑 발치에 노랗고 하얀 점들이 잔뜩…… 정말 엄청나게 잔뜩, 그래, 무수히 퍼져 있는 것이 내 눈에 들어온다.

"와……!"

멈춰 선 나는 주위를 천천히 둘러보며 할 말을 잃는다.

내가 있는 곳은 민들레의 바다다. 지면을 빽빽이 메운 녹색 잎. 그 속에서 꽃줄기들이 10센티도 안 되는 간격으로 다닥다닥 뻗어나와, 서로서로 키를 다투듯 하늘을 향해 뻗어 있다. 몇 가지 종류가 섞여서 자라고 있는지, 귀여운 노란 꽃이 피어 있는가 하면, 하얗고 동글동글한 귀여운 갓털을 쓰고 있는 것도 있다.

그리고 나는 마치 미모사 샐러드에 뿌린 크루통처럼 녹색과 노란색과 흰색 속에 얼떨떨한 채로 서 있을 뿐이었다.

갑자기 바람이 솨 하고 분다. 내 주위에서 흔들리고 있던 하얀 솜털들이 마치 신호를 기다리고 있었다는 양 일제히 공중으로 두둥실 날아오른다. 그리고 눈 내리는 장면이 담긴 비디오테이프를 되감기하는 것처럼 무수히 많은 하얀 점들이 천천히 상승하여 하늘로 빨려 들어간다. 그 속에서 나는 여전히 넋을 잃고 서 있을 따름이다.

"어때! 굉장하지!"

에미 누나가 어딘가에서 소리치고 있다. 하지만 하얀 솜털의 세계 속에 있는 나는 에미 누나가 어디에 있는지 알 수 없다.

"이렇게 많은 민들레 본 적 있어? 없지? 그러니까 여기는 '민들레 나라'야!"

'민들레 나라'……. 이곳은 누나 말마따나 그렇게 부를 수밖에 없는, 민들레만의 세상이다.

나는 주위의 지면을 둘러본다. 그토록 많은 솜털들이 날아올라 갔는데도 여전히 수많은 갓털들이 지면 위로 솟아오른 줄기 위에서 하늘거린다.

저 희고 폭신폭신해 보이는 솜털 위를 구르면 어떤 기분이 들까? 나는 더 이상 참지 못하고 눈이 쌓인 듯한 지면을 향해 몸을 날린다. 나는 민들레 위를 데굴데굴 구른다. 그러자 내 몸 주위로 하얀 솜털이 날아오른다. 나는 점점 즐거워지고, 정신을 차려보니 데굴데굴 구르면서 큰 소리로 웃고 있다.

"조심해!"

또 어디선가 에미 누나가 나를 향해 외친다. 어디에 있는 걸까? 오른쪽? 왼쪽? 뒤에? 아니면, 위?

"민들레 솜털이 귀에 들어가면 귀가 안 들리게 돼! 귀에 들어가지 않게 조심해!"

"거짓말!"

웃으면서, 데굴데굴 구르면서, 나는 어딘가에 있을 에미 누나에게 소리친다.

"미신이야! 그딴 거!"

하지만 말은 그렇게 하면서도 나는 갑자기 불안해져서, 구르는 것을 멈추고 내 양쪽 귀를 막는다. 민들레 솜털이 들어가지 않게. 귀가 먹지 않게. 귀뿐만 아니라 두 눈도 꼭 감는다. 눈을 뜨고 있으면 솜털이 자꾸 눈에 날아 들어올 것만 같아서다.

"있잖아!"

캄캄한 어둠 속에서 에미 누나의 목소리가 들려온다.

"지금까지 말 안했는데, 나, 사실은 말야! ……듣고 있니?"

손가락 틈새로 에미 누나의 목소리가 흘러들어 온다. 민들레 속을 구르다 구르다 숨이 차오르기 시작한 나는 큰대자로 벌렁 드러눕는다. 헉헉거리며 가쁜 숨을 몰아쉬자 그 숨결에 입술에 붙어 있던 민들레 솜털이 춤을 춘다.

나는 눈을 감은 채 에미 누나에게 큰 소리로 대답한다.

"듣고 있어! 왜에? 에미 누나!"

"나 있지! 사실은 알고 있어!"

"뭘?"

"하늘을 나는 방법 말이야!"

"거짓말!"

"진짜야!"

"거짓말! 날개도 없는데 어떻게 인간이 하늘을 난다는 거야!"

"어린애들은 몰라!"

에미 누나는 또 그렇게 말하며 내 논리를 슬쩍 피해 간다.

"알아! 날 턱이 없어!"

"그럼, 눈을 뜨고 잘 봐!"

나는 큰대자로 누운 자세 그대로 조심조심 눈을 뜬다.

온 시야에 파란 하늘이 삭 펼쳐진다. 눈에 스며들 것 같은 눈부

심에 절로 눈이 반쯤 감기고, 이윽고 간신히 눈을 뜨는 데에 성공한다.

하늘 멀리 저편 위로 무언가가 떠 있다. 아무래도 그것은 붉은 빛을 띠고 있는 것 같다. 그리고 그 붉은 물체는 파란 하늘 속을 유유히 선회하며 날고 있다.

사람……?

나는 너무 놀라고 어이가 없었다. 그렇다, 그 붉은 물체는 사람의 모습이다.

두 팔을 양옆으로 곧게 뻗고 있다. 그 팔 뒤쪽으로는 커다란 사각형 소매가 달려 있고 바람에 펄럭펄럭 나부끼고 있다. 그 사람이 입고 있는 것은 붉은 기모노다. 맨발의 두 다리를 살짝 벌리고 있다. 기모노 끝자락이 바람에 휘날린다.

붉은 기모노를 입은 사람이 내 머리 위 아득한 곳에서 마치 커다란 새처럼 유유히 파란 하늘을 날고 있다.

"자, 정말이지? 나, 하늘을 날 수 있어!"

붉은 기모노를 입은 사람이 파란 하늘 가운데에서 나를 내려다보며 외치고 있다.

에미 누나다……. 멀어서 얼굴은 잘 보이지 않지만 아무래도 웃고 있는 것 같다. 어느 틈에 옷을 갈아입었을까? 붉은 기모노를 입고 단발머리를 나부끼면서 기분 좋게 하늘을 날고 있는 것은 틀림없는 에미 누나다.

"진짜다……."

나는 민들레 속에서 벌떡 일어나, 하늘을 날고 있는 에미 누나를 향해 있는 힘껏 두 팔을 흔든다.

"에미 누나아!"

나는 감동하고 있다. 감동한 나머지 가슴이 빠개질 것만 같다.

굉장해! 에미 누나, 정말로 하늘을 날 수 있구나!

그렇게 생각하면서 나는 내가 울고 있다는 사실을 깨닫는다. 감동의 눈물은 아니다. 왜인지 너무 슬프다. 에미 누나가 하늘을 날고 있다는 그 사실이 슬퍼서, 너무 슬퍼서, 견딜 수가 없다. 왜 나는 이토록 슬픈 걸까?

에미 누나의 모습이 점점 멀어져가기 시작한다. 위를 향해. 높은, 아주 높은 하늘, 그보다 더 위를 향해.

뚝뚝, 쉴 새 없이 눈에서 눈물이 흘러내린다. 그리고 눈물은 뺨을 타고 턱 끝에서 내 가슴으로 방울져 떨어진다. 에미 누나가 점점 작아져간다. 아, 이젠 겨우 콩알만 하게 보인다.

"에미 누나아! 에미 누나아!"

울면서, 그리고 두 손을 흔들면서, 파란 하늘 속으로 녹아들어 가는 에미 누나를 향해 나는 계속 소리친다.

"누나……."

자신의 목소리에 히메노 히로미는 눈을 떴다.

눈앞에 있는 것은 파란 하늘이 아니라 자신의 방 천장이었다. 히메노는 자기 집 자기 방 침대에 누워 있었다. 낯익은 하얀 깃털 이 불에 감싸인 채.

히메노는 안도하는 한편, 잠에서 갓 깬 머리로 멍하니 생각했다. 내가 왜 내 침대에 누워 있지? 분명히 아까까지 응접실 소파에서 자고 있었던 것 같은데. 본격적으로 자려고 2층에 있는 내 방으로 이동했나?

……이러고 있을 때가 아니야.

갑자기 안절부절못할 정도로 초조감에 휩싸였다.

그래, 지금 당장 일어나서 빨리 가야 해. 한시라도 빨리 어딘가 로 가야 해. 엄청난 일이 일어났어. 누군가가 기다리고 있어. 내 힘 이 필요하다고 말해준 사람이 내가 오기를 기다리고 있어. 그런데 도 나는 왜 내 방 같은 곳에서 한가하게 잠을 자고 있는 거지?

"일어났나, 히메노."

문득 오른쪽 옆에서 조용한 목소리가 났다.

"기분은 어때? 나 알아보겠어?"

히메노는 침대에 누운 채 목소리가 나는 방향으로 시선을 돌 렸다.

마른 체격의 젊은 남자가 휴식용 흔들의자에 살짝 걸터앉아 히 메노를 지그시 보고 있었다. 몸을 살짝 숙인 채 깍지 낀 두 손을 무 릎에 얹고 있다. 짧은 머리, 가느다란 메탈 프레임 안경. 검정 세트 업 슈트 안에 하얀 보트넥 컷앤소를 입고 있다.

"사와, 다……?"

사와다 도키오, 나이는 히메노와 같은 스물일곱 살. 넥타이를 매고 있지 않은 것으로 알 수 있듯이 사와다는 형사부 소속 수사관은 아니다. 과학경찰연구소, 약칭 '과경연' 안에 있는 범죄행동과학부 수사지원연구실의 심리분석관, 즉 프로파일러다.

"사와다, 네가 왜 여기에?"

히메노가 의아한 듯 묻자 사와다는 진지한 얼굴로 대답했다.

"가부라기 선배가 부탁하셨다. 히메노가 쓰러졌으니 좀 가봐달라고."

그랬다. 히메노는 그제야 기억이 났다.

살인 사건 발생 보고를 받고 히메노는 가부라기와 함께 히노하라 촌의 폐목장으로 급히 출동했다. 그리고 시신이 있다는 사일로에 들어가, 허공에 떠 있는 시신을 보았다. 히나타 에미…… 그것이 피해자의 이름이라고, 선배인 마사키 마사야 경위가 말했다. 그이름을 듣는 순간, 어째선지 어딘가로 빨려들어 가듯 정신이 아득해졌고, 다시 정신을 차려보니 자기 방 침대에 누워 있었다.

"아니, 사와다 네가 우리 집에 온 이유는 알겠는데."

히메노는 정신이 돌아오자 답답하다는 듯 베개에서 머리를 들었다.

"내가 묻고 싶은 건, 사와다 네가, 왜 내 방에 있느냐 하는 거야."

사와다는 곤혹스러운 듯 어깨를 으쓱했다.

"나도 네가 일어날 때까지 응접실이나 식당에서 기다릴 생각이었지. 그런데 네 고모님께서, 방해되니까 히로미 방에 가서 기다리도록 해요, 그래야 눈을 떠도 바로 알 수 있으니까, 그렇게 말씀하셨어."

"역시 고모 때문인가. 그건 미안하게 됐다."

사과하는 히메노를 보면서 사와다가 고개를 가로저었다.

"히메노. 고모님은 평정을 가장하고 계시지만, 마음속으론 널 아주 많이 염려하고 계셔. 아마도 본인이 직접 네 곁에 붙어 있고 싶으실 거다. 하지만 동시에 자신의 애정이 너에게 심리적인 부담이 될까 무척 두려워하고 계시지. 그러니까 대신 나라도 붙여두시려고 그렇게 말씀하신 거야."

"어? 그런 건가."

히메노가 고개를 갸우뚱거리자 사와다는 당연하다는 듯이 고개를 끄덕였다.

"우선 고모님은, 오늘은 별다른 일이 없어서 회사를 하루 쉬기로 하셨다고 말씀하셨어. 하지만 한창 고모님과 대화를 하는 중에도 고모님을 찾는 전화가 끊임없이 걸려왔어. 사실은 매우 바쁘신 거지. 그리고 화장으로 감추고 계셨지만 눈 밑에 기미가 생기셨더군. 네가 걱정되어 잠을 못 주무신 게 틀림없어. 그리고……."

사와다는 자신의 왼쪽에 놓여 있는 티테이블을 보았다.

히메노도 따라서 보니, 테이블 위에는 다에코가 좋아하는 독일 명품 자기 마이센의 찻잔과 받침이 놓여 있었다. 중국의 청화 기법을 차용한 블루어니언 패턴에 금색과 붉은색을 더한 '컬러 어니언'

이라 불리는 레어 시리즈다. 옆에는 쿠키를 담은 같은 패턴의 접시
가 놓여 있다. 트리오라 불리는 세 점 세트다.

"이 커피는 벌써 석 잔째야. 전부 손수 가져오셨어. 이걸 구실로
네 얼굴을 들여다보러 오신 거다."

"과연 프로파일러답군."

히메노는 한숨을 내쉬었다.

"고모는 내가 열한 살 때 우리 부모님이 돌아가신 후로, 여자
혼자 몸으로 친어머니처럼 나를 길러주셨어. 진심으로 감사하고
있어."

불현듯 히메노가 다시 사와다의 얼굴을 보았다.

"저어 사와다, 내친김에 묻겠는데."

"뭔데?"

"가부라기 선배가 굳이 널 나한테 보낸 데에는 어떤 의미가 있는
거지? 설마 대신 문병이나 하고 오라고 보낸 건 아닐 테고?"

사와다는 선선히 고개를 끄덕였다.

"너도 알다시피 가부라기 선배는 그런 사람이다. 사건의 범인은
인정사정 안 봐주고 몰아붙이지만, 네 과거나 프라이버시에는 한
발짝 딛기도 어려워하지. 나라면 너랑 나이도 같으니 이야기하기
가 수월할 거라 여기셨을 거다."

히메노는 설핏 쓴웃음을 지었다.

"참 나, 직접 물어보면 되는데. 가부라기 선배도 하여튼……."

사와다가 새롭게 말을 꺼냈다.

"단도직입적으로 물을게. 너와 그 피해 여성은 어떤 관계냐?"

사와다는 누워 있는 히메노의 얼굴을 지그시 내려다보았다.

"가부라기 선배 말씀으로는, 너는 히나타 에미라는 이름을 들었을 때 에미 누나라고 중얼거리더니 정신을 잃었다더군. 넌 히나타 에미를 알고 있었어. 아니, 친했지. 살인 사건의 피해자를 알고 있는 이상, 넌 참고인이야. 가부라기 선배에게는 조사할 권리와 의무가 있어."

히메노는 잠시 침묵하고, 이윽고 어렵게 입을 열었다.

"어째서일까, 까맣게 잊고 있었어. 그 사람을."

그리고 천장으로 시선을 옮기더니, 히메노는 띄엄띄엄 이야기하기 시작했다.

"그 사일로에서, 그 사람의 이름을 들을 때까지는 말이지. 히나타 에미라는 이름을 듣는 순간, 옛날 기억이 단숨에 되살아나면서 마치 커다란 파도에 집어삼켜지는 것처럼 정신이 아득해져 버렸어. 아니, 지금도, 어릴 적 꿈을 꾸고 있는 듯한 기분이 들어. 히나타 에미…… 에미 누나와 보냈던 날들을 말이야."

사와다는 묵묵히 차분하게 히메노의 말에 귀를 기울였다.

"에미 누나는……."

히메노는 천장에 시선을 준 채 말을 이었다.

"에미 누나는, 내가 초등학교 5학년이었을 때 고쿠분지의 같은 연립주택에 살았던 사람이야. 꽤 어른으로 보였는데, 그때 대학교 1학년이었으니 겨우 열아홉 살이었군. 어린아이들을 좋아하고,

요리를 잘하고, 명랑하고, 정 많고, 그리고…… 무척 예쁜 사람이 었어."

히메노는 히나타 에미와 처음 만났던 날을 이야기하기 시작 했다.

5월 어느 날, 히메노 일가가 사는 연립주택에 히나타 에미가 홀 로 이사해 왔다. 이사 온 날 밤, 이웃집에 돌릴 선물로 타월을 들고 히메노 집에 인사하러 온 에미는, 자신은 고에이 대학 문학부에 다 니는 대학생이며 자취는 처음이라 불안하니, 괜찮으시다면 이웃끼 리 사이좋게 지냈으면 좋겠다고 히메노의 부모에게 말했다.

"우리 아버지는 야간 경비원이었고, 어머니는 심장에 병이 있어 서 입원해 계셨어. 학교 끝나고 집에 와도 아버지는 이미 출근한 뒤여서 나는 늘 혼자였지. 그래서 측은해 보였을까, 에미 누나는 매일같이 나와 놀아주었어. 나로 말하자면, 기쁜 한편으로 대학생 은 참 한가하구나 하는 생각을 했었지만."

그리운 듯 히메노는 말을 이었다.

"그 외에도 에미 누나는, 너무 많이 만들었다며 먹어보라고 나한 테 매일같이 저녁밥이며 반찬거리를 가져다줬지. 그래서 우리 부 모님은 에미 누나에게 많이 고마워하고 있었어. 부모님은 에미 누 나를 무척 마음에 들어 하셨고, 나도……."

히메노는 피식 웃음을 지었다.

"말하자면, 첫사랑이었는지도 모르겠네. 에미 누나를 정말 좋아 했어. 그게 이성적인 감정이었느냐고 묻는다면 자신할 수는 없지만."

"히나타 에미는 5월에 이사 온 거야?"

갑자기 사와다가 물었다.

"응. 5월 연휴 즈음이었어."

"아까, 네 부모님께선 평소에는 집에 계시지 않았다고 했는데, 히나타 에미가 인사하러 온 날 밤에는 함께 집에 계셨던 건가?"

사와다가 재우쳐 물었다.

"맞아, 마침 두 분 다 계실 때였어. 그날 어머니는 병원에서 잠시 집으로 돌아와 계셨고, 아버지도 거기에 맞춰 모처럼 휴가를 얻었거든."

사와다가 아무 말도 하지 않자 히메노는 다시 이야기를 시작했다.

"하지만 여름방학이 시작되고 얼마 지나지 않아서, 에미 누나는 다시 이사를 갔어. 그러니까 에미 누나와 지낸 건 석 달 정도이려나. 그 때문인지 지금도, 정말로 존재했던 사람인 건지 아닌지, 에미 누나에 관한 기억은 마치 꿈속에서 일어난 일처럼 모호해. 부모님도 무척 아쉬워하셨던 게 기억나니까 같은 건물에 살았던 건 확실하겠지만."

"다시, 석 달 만에 이사를 갔다······."

사와다가 혼잣말처럼 되풀이했다.

"아, 맞다. '꿈'이라고 하니까 생각났어."

히메노는 기억을 더듬듯 눈을 가늘게 뜨며 말을 이었다.

"어느 일요일, 에미 누나가 나한테 굉장한 것을 보여주겠다면서,

판다라는 빨간 작은 차를 몰고 산속에 있는 목장에 데려가줬어. 지금 와서 생각해보니, 그게 그 시신이 발견된 히노하라 촌의 폐목장이었네."

"그 폐목장에 네가 히나타 에미와 함께 간 적이 있었다고?"

사와다가 놀라서 물었다.

"응. 설마 에미 누나가, 그 목장에서, 그런 몰골로 발견될 줄은……. 어떻게 된 일인지 전혀 짐작이 안 가. 에미 누나는 그 목장을 '우리들의 유토피아'라고 불렀어. 어떤 의미인지는 모르겠지만."

히메노는 감회가 깊은 듯 중얼거렸다.

"이 무슨 얄궂은 운명일까. 에미 누나는 자신이 '유토피아'라고 불렀던 곳에서 죽어 있었어……."

잠시 침묵이 흐르고, 사와다가 물었다.

"히나타 에미가 보여주려 했던 굉장한 것이란 게 뭐였지?"

"민들레야."

"민들레?"

의아한 표정을 짓는 사와다를 보고 히메노는 피식 웃었다.

"노란 꽃과 함께 하얀 갓털을 쓴 꽃줄기가 무수히 올라와 있고, 바람이 불면 하얀 솜털이 일제히 날아올랐어. 봄이 한창인데 꼭 눈보라 속에 서 있는 기분이었지. 엄청나게 환상적이랄까, 마치 꿈속에 있는 듯한 시간이었어. 그리고 에미 누나가, 이곳은 '민들레 나라'야, 하고 말했지."

역시, 아까까지 꿨던 꿈은 그때의 기억이었구나……. 히메노는 새삼 그런 생각이 들었다.

"저기, 사와다."

"뭐지?"

"민들레 솜털이 귀에 들어가면 귀가 들리지 않게 된다는데, 정말일까?"

사와다는 히메노의 얼굴을 응시했다.

"그때 민들레밭을 구르면서, 에미 누나가 그렇게 말하는 걸 들은 것 같아서. 그런 건 미신이라고 부정하면서도, 난 갑자기 겁이 나서 양손으로 귀를 꼭 틀어막았어. 솜털이 귀에 들어가지 않게, 귀가 들리지 않는 일이 없게 해달라며 말이야."

"미신……이라고, 나도 줄곧 그렇게 생각했었는데."

진지한 얼굴로 사와다가 말을 이었다.

"2013년 11월, 중국 베이징에 있는 아동 병원의 이비인후과에서, 여자아이의 귀에 민들레 솜털이 들어가 싹이 터서 2센티 정도 성장한 사례가 확인되었어. 다행히 수술로 무사히 제거했지만, 수술을 담당했던 의사 말이 만약 그대로 성장했더라면 고막을 찢고 뇌로 들어갔을지도 모른다는 거였어. 반드시 미신만은 아닐지도 몰라."

히메노는 말없이 사와다의 말을 듣고 있었으나, 이윽고 입을 열었다.

"옛날이야기나 신화란, 당시에 일어났던 일의 흔적을 보존하고 있는 경우가 많거든."

천천히, 연극조로 히메노는 그렇게 말했다.

"에미 누나가 초등학생이던 내게 했던 말이야. 기억하기론, 고대의 일식이며 트로이와 슐리만 이야기를 들려줬어. 민들레 솜털 이야기도 그런 맥락일지도 모르겠군. 아주 오랜 옛날, 민들레 솜털이 귀에 들어가서 싹이 트는 바람에 귀가 들리지 않게 된 아이가 진짜 있었는지도 모르지. 그렇다면, 어쩌면 '하늘을 나는 소녀'도……."

"뭐라고?"

사와다가 따지듯 물었다.

"방금, 하늘을 나는 소녀, 라고 했어?"

사와다의 뇌리에 가부라기가 메일로 보내준 사진이 떠올랐다. 폐목장의 사일로 안에서 발견된 히나타 에미의 시신 사진. 쇠파이프에 꿰여 지상 3미터 높이에 매달려 있던 시신은 그야말로 하늘을 나는 소녀의 모습을 방불케 했다.

"옛날이야기야."

히메노가 머쓱한 듯 어깨를 으쓱했다.

"에미 누나가 대학 노트에 써두었던 걸 낭독해줬었어. 그 폐목장이 있는 지방에 전해 내려오는 민담 같은데."

"어떤 이야기지?"

히메노는 히나타 에미가 들려주었던 내용을 떠올려가며 가능한 한 정확하게 사와다에게 이야기해 주었다. 사와다는 꼼짝 않고 히메노가 말하는 옛날이야기에 귀를 기울였다.

그것은 기묘한 이야기였다. 하늘을 날 수 있는 불가사의한 소녀가 깊은 산속의 '행복한 마을'에 찾아오지만, 하마터면 큰 뱀의 산제물이 될 뻔하고, 결국 '행복한 마을'은 큰비로 인한 홍수에 흔적도 없이 쓸려 가버린다.

"에미 누나는 이건 진짜 있었던 이야기야, 라며 역설했어. 우습지? 뭐, 내가 어린애였으니까 놀렸던 건지도 모르지만."

"진짜 있었던 이야기…… 그렇게 말했다고? 히나타 에미가."

거듭 확인하는 사와다에게 히메노는 고개를 끄덕였다.

"너도, 그 시신을 사진으로 봤을 테지? 내게는 에미 누나의 시신이 '하늘을 나는 소녀' 그 자체로 보였어. 하늘을 나는 소녀 이야기를 들려주었던 사람이 죽고, 그 시신이 하늘을 나는 소녀와 같은 모습을 하고 있었다…… 이 우연의 일치 덕택에 아마도 나는 심한 충격을 받고 정신을 잃었던 걸 거야. 요즘 엄청나게 피곤했던 탓도 있겠지만."

히메노는 사와다를 보고 싱긋 웃었다.

"하지만 이제 끄떡없어! 사흘이나 푹 쉰 데다 링거도, 온몸의 수분을 링거액으로 갈아버릴 만큼 잔뜩 맞았으니까. 내일부터는 평소대로 출근한다고 가부라기 선배와 마사키 선배에게 전해주지 않겠냐. 쉰 만큼 열심히 뛰어야지!"

사와다는 아래를 내려다보며 잠시 생각에 빠져 있었다. 그리고 이윽고 얼굴을 들었다.

"히메노, 확인하고 싶은 게 있다."

"뭘?"

"넌 아까, 열한 살 때 고모님께서 거둬주셨다고 했지. 그 말은, 네 부모님이 돌아가신 시기도 네가 열한 살 때였다는 거냐?"

"어."

히메노는 절반은 무심해 보이는 표정으로 대답했다.

"내키지 않을지도 모르겠지만, 네 부모님이 돌아가시게 된 경위에 대해 이야기해 주지 않겠냐."

사와다는 과감하게 그렇게 물었다.

잠시 침묵이 흐른 후, 히메노가 조용한 목소리로 말했다.

"아버지는, 살해당했어."

사와다는 그 목소리를 들었을 때, 히메노의 마음속 깊은 곳에서 검푸른 불꽃이 확 타오르는 것을 느꼈다.

08
히나타 미쓰코

"세상에! 여동생분이 돌아가셨던 거예요?"

그렇게 말하고 50대 여성 요양보호사는 비통한 표정으로 두 손을 입에 댔다.

"TV 뉴스에서, 다마 쪽 목장터에서 오래된 시신이 발견되었다는 이야기는 들었지만, 설마 히나타 씨의 따님이었다니."

4월 8일 화요일, 오후 1시.

가부라기와 마사키는 피해자 히나타 에미의 가족에 대한 탐문부터 시작하기로 했다. 에미의 쌍둥이 언니인 유메는 내일 오전 10시에 나리타 공항에 도착할 예정이다. 그래서 가부라기와 마사키는 모친인 히나타 미쓰코를 면회하기 위해 도쿄 도 구니타치 시에 있는 치매 고령자 그룹 홈 '빌라 델 솔레 구니타치'로 향했다.

그들을 맞아준 사람은 이 시설에서 20년 넘게 근무했다는 여성 요양보호사였다. 그룹 홈 소장에 따르면 히나타 미쓰코가 입소한 이래 그간의 사정을 가장 잘 아는 인물이라고 했다.

그 여성 요양보호사가 가부라기와 마사키에게 이야기해준 내용은 다음과 같았다.

히나타 미쓰코가 이 시설에 입소한 때는 기록에 따르면 1998년, 즉 16년 전 2월 12일. 미쓰코는 이미 예전부터 조기 치매 징후가 있었고, 통원 치료를 받으며 자택에서 요양해왔다. 그러나 증상이 급격하게 악화되어 일상생활에도 지장을 주게 되자, 이 이상 가족들이 돌보기는 어렵다고 담당의가 판단했던 것이다.

미쓰코는 남편과는 헤어졌고 가족은 유메와 에미라는 고교생 딸 둘뿐이었다. 입소할 때에는 에미만 따라왔다. 에미는 요양보호사에게 인사를 하더니, 언니는 집안 살림을 꾸리느라 아르바이트를 하고 있어서 오늘은 도저히 쉴 수가 없었다, 시간 나는 대로 인사하러 올 테니 잘 부탁드린다며 머리를 숙였다.

요양보호사는 가부라기와 마사키에게 에미가 작성했다는 입소 서류를 보여주었다. 긴급 연락처란에는 확실히 젊은 여자 글씨체로 유메와 에미의 이름, 에미의 휴대전화 번호, 그리고 세 식구가 당시 살았던 셋집 주소가 적혀 있었다.

입소한 며칠 뒤, 또 다른 딸인 유메가 면회하러 왔을 때 요양보호사는 유메를 보고 깜짝 놀랐다. 유메와 에미가 일란성 쌍둥이라는 이야기는 듣지 못했기 때문이다. 에미가 아무 말 안 하던가요? 동생이 좀 그런 맹한 구석이 있어서요. 유메는 그렇게 말하며 웃었다.

처음엔 유메와 에미가 번갈아 면회를 왔지만 동생인 에미는 언젠가부터 모습이 보이지 않았다. 어느 날 요양보호사가 면회 온 유메에게 동생은 잘 있느냐고 무심코 물어보았다. 그러자 유메는 동생이 지금 해외에 장기 유학을 갔으니, 어머니에게 무슨 일이 있거든 자신에게 연락해달라고 대답했다.

"사실은 동생분이 그때 행방불명되었던 거군요. 해외 유학이 아니라……."

요양보호사는 가엾다는 듯이 말했다.

가부라기도 같은 마음이었다. 그 시기에 언니 유메는 어머니의 이름으로 경찰에 동생 에미의 실종 신고를 냈다. 에미가 실종되었다는 사실을 치매인 어머니가 들어도 인식할 수 있을는지는 모르겠지만, 혹여라도 어머니가 마음 아플까 싶어 시설 직원의 입을 통해 어머니 귀에 들어가는 일은 피하고 싶었던 것이리라.

"미쓰코 씨는 입소 당시 마흔세 살이었지요? 상당히 젊은 나이 같은데."

가부라기가 묻자 요양보호사가 어깨를 으쓱했다.

"예. 하지만 그리 드문 케이스도 아니에요. 조기 치매 환자는 전국에 40,000명 정도 있다고 하니까요. 개중에는 10대 때 발병하는 사람도 있고."

"허, 그렇습니까. 어이 가부, 너도 신경 좀 써라. 그렇잖아도 평소에 멍하니 뭘 잘 잊어먹고 다니니까."

마사키의 조심성 없는 발언에 가부라기가 한마디 하려는데 요양보호사가 말했다.

"미쓰코 씨는 입소 당시에 이미 치매 증세가 많이 진행되어 있었어요. 하긴, 그래서 우리 시설에 들어오셨겠지만요. 유메 씨가 면회하러 와도 에미라고 불렀다가 유메라고 불렀다가, 여하튼 제대로 구별하지 못하는 것 같았고."

"하긴, 두 딸이 일란성 쌍둥이라는 건, 치매를 앓는 사람에게는 가혹한 이야기인지도 모르겠네요."

마사키가 납득한 듯 고개를 끄덕였다.

"히나타 미쓰코 씨를 뵐 수 있을까요?"

가부라기가 묻자 요양보호사가 방으로 안내해주었다.

4인실 안쪽 침대 옆에서 미쓰코는 휠체어에 앉아 말없이 창밖만 멍하니 바라보고 있었다.

"미쓰코 씨, 손님이에요. 미쓰코 씨?"

무릎 담요를 다시 잘 덮어주면서 요양보호사가 말을 걸었지만 미쓰코는 대답이 없었다.

"안녕하세요! 저는 마사키라고 합니다. 오늘은 날씨가 참 좋네요!"

마사키가 휠체어 정면에 쭈그려 앉더니, 험상궂은 얼굴 가득 생글생글한 표정을 띄우며 말을 붙였다. 그러나 미쓰코는 여전히 창밖으로만 시선을 던질 뿐이었다. 가부라기는 그 시선 끝을 따라가 보았으나 딱히 무엇을 보고 있는 것 같지도 않았다.

"상태가 괜찮을 때는 이런저런 이야기도 하시는데."

요양보호사가 딱하다는 듯이 말했다. 그때였다.

"내가, 나빠."

들릴 듯 말 듯 한 목소리로 미쓰코가 중얼거렸다.

"예? 뭐라고요?"

마사키가 쭈그려 앉은 채 미쓰코의 입에 황급히 귀를 갖다 댔다. 가부라기도 몸을 굽히고 마사키의 뒤쪽에서 얼굴을 모로 내밀었다.

"내가 나빠서야. 그 사람이, 나가버린 건, 내가 아무것도 못 하는, 쓸모없는 여자라서, 질려버린 거야. 내 탓이야. 그 사람은, 나쁘지 않아."

아무래도 미쓰코는 무언가를 반추하고 있는 것 같았다. 그리고 띄엄띄엄 중얼거리는 사이, 목소리가 점점 커졌다.

"그러니까 그 애도, 내가 나빠서야. 그 애는, 너무 작고, 연약하고, 울음소리도 가늘고. 내 몸이, 약했으니까. 생활을 제대로, 할 수 없었으니까. 그래서 난, 갓 태어난, 그 아이를 봤을 때, 틀림없이 이대로, 죽어버릴 거라고……."

별안간 미쓰코의 눈에서 눈물이 뚝뚝 떨어지기 시작했다.

"무서웠어. 그 아이가, 이대로, 죽어버릴지도 몰라, 그렇게 생각하니까, 무서워서, 무서워서……. 건강하게 낳아주지 못한, 내가 나쁜 거야. 전부 내 탓이야."

요양보호사가 가부라기와 마사키를 향해 속삭였다.

"에미 씨를 말씀하시는 거예요."

가부라기와 마사키는 침통한 얼굴로 미쓰코를 보았다.

"에미 씨는 태어났을 때 상당히 몸이 약했던 듯, 미쓰코 씨가 걱정을 많이 했던 것 같아요. 입소할 때부터 내내 이 이야기만 하시고."

요양보호사가 미쓰코의 양 어깨를 뒤에서 지그시 눌렀다.

"미쓰코 씨, 괜찮아요. 에미 씨는 훌륭하게 잘 컸잖아요? 미쓰코 씨를 쏙 빼닮아서 예쁘고, 머리도 좋아서 대학도 한 번에 붙었잖아요? 대단해요!"

미쓰코가 갑자기 요양보호사를 돌아보았다.

"에미는 어디 있어?"

요양보호사는 순간 말문이 막혔다.

"오늘은, 에미 안 와? 학교에 갔나?"

느릿느릿 이야기하는 미쓰코에게 요양보호사가 이윽고 고개를 끄덕여 보였다.

"그래요, 학교에 갔어요. 에미 씨는 대학에서 공부하느라 바빠요. 하지만 좀 있으면 에미 씨가 꼭 만나러 올 테니까. 그때까지 잘 기다리고 있을 거죠? 네? 미쓰코 씨."

간신히 그렇게 말하고 나서 요양보호사는 살짝 코를 훌쩍이고 손가락으로 눈구석을 눌렀다.

그런데 미쓰코가 눈앞에 쭈그려 앉은 마사키에게로 시선을 옮기더니 살포시 웃었다.

"에미는 있지, 하늘을 날 수 있다?"

"예…… 네?"

마사키는 엉겁결에 되묻고, 그대로 입을 떡 벌린 채 미쓰코의 얼굴을 보았다.

"에미가, 지난번에 보러 왔을 때, 하늘을 나는 방법을 알았으니까, 엄마한테도 나는 걸 보여주겠다고, 약속했어. 그랬는데 에미가, 한 번도 나는 걸 보여주지 않아. 대체 언제쯤이야, 하늘을 나는 걸 보여줄까. 틀림없이, 다음번에 왔을 때 보여줄 거야. 그치? 빨리 왔으면 좋겠다!"

미쓰코는 마사키를 향해 생긋 웃었다. 그러더니 시선을 덜컥 아래로 떨구곤 완전히 무표정한 얼굴로 입을 다물어버린 채 아무 말도 하지 않았다. 마치 태엽이 완전히 풀려버린 자동인형 같았다.

마사키는 몸을 일으키고 가부라기를 보면서 고개를 가로저었다. 가부라기도 고개를 끄덕였다.

그리고 두 사람은 요양보호사에게 깊이 머리 숙여 인사하고 말없이 방을 나왔다.

"아, 우연이야, 우연!"

시설 앞 도로까지 나오자 마사키는 내뱉듯이 말했다.

"어차피 저 양반은 치매를 앓고 있다고. 조금 엉뚱한 소리를 한다 해도 전혀 이상할 거 없어. ……가자! 가부."

자기 자신을 설득하려는 듯한 어조였다. 마사키는 초조한 듯 잰

걸음으로 역을 향해 걷기 시작했다.

가부라기도 그 뒤를 따라 걸으면서 히나타 미쓰코의 말을 되새겼다.

에미는 있지, 하늘을 날 수 있다?

물론 엄마인 미쓰코는 딸 에미가 시신으로 발견된 사실을 모른다. 그리고, 그 시신이 마치 허공을 날고 있는 듯한 모습이었다는 것도 알지 못한다.

그렇다면, 이 기묘한 부합은 대체 무엇이란 말인가.

발걸음을 옮기면서 가부라기는 어쩐지 싫은 예감이 자신의 등을 스멀스멀 기어 다니는 것을 느꼈다.

09

히메노의 과거

"잘 들어, 도키오! 미리 말해두겠는데."

쓰쿠네* 꼬치를 얼굴 앞에서 흔들며 마사키가 사와다를 째려보았다.

"오늘은 시신 이야기를 할 때 절대 닭꼬치를 갖다 붙이지 말라고! 그렇잖아도 이번에 그건 꼬챙이에 꽂혀 있어서, 초장부터 충분히 그 기분이니까. 알겠냐? 알아들었지?"

말을 마친 마사키는 쓰쿠네를 한입에 넣고 빈 꼬치만 쭉 잡아 빼더니 우물우물 씹으면서 눈앞에 놓인 작은 접시에 던져 넣었다.

"제가, 그런 짓을 했습니까?"

구운 주먹밥을 볼이 미어지게 밀어 넣으며 사와다가 의아하다는

---

* 다진 닭고기를 반죽하여 동그랗게 빚은 것.

듯이 물었다.

마사키는 목이 메는지 가슴을 탕탕 치면서 입 안에 든 것을 꿀떡 삼키고는 사와다의 코앞에 삿대질을 하며 으르렁댔다.

"했잖아! 단숨에 내 식욕을 날려버릴 만한 짓을! 목이 없었을 때도, 배가 갈라져 있을 때도! 히메 녀석이랑 한통속이 돼가지고! 아주 살판난 양!"

……진짜 이 녀석들이. 그렇게 말하면서 마사키는 다다미방 벽에 와이셔츠 입은 등을 털썩 기댔다. 그리고 천장을 올려다보며 한숨을 토했다.

"뭐, 오늘은 히메가 없으니 그리 심할 것 같진 같지만."

그 말에서 어딘가 재미없다는 듯한 울림이 느껴져 가부라기는 쓴웃음을 지었다.

4월 8일 화요일, 오후 11시 30분.

가부라기 데쓰오와 마사키 마사야, 그리고 사와다 도키오는 경시청 근처 단골 꼬치구이 집에 모여 2층의 세 평 남짓한 다다미방에서 꽤 늦은 저녁을 먹고 있었다. 새벽 2시까지 영업하는 집이라, 수사가 길어져 제때 저녁을 챙겨 먹지 못한 날에 소중한 가게다.

"그럼, 어머니인 미쓰코에게서는 아무런 정보를 얻지 못한 거로군요?"

사와다가 묻자 가부라기는 고개를 끄덕였다.

"그렇지. 피해자가 실종되었던 당시의 이야기를 들으려면 언니인 유메가 귀국하기를 기다리는 수밖에 없겠어."

히나타 에미의 쌍둥이 언니 히나타 유메는 업무차 미국에 출장 중이었는데 내일 오전 10시에 나리타 국제공항에 도착하기로 되어 있다.

이번엔 닭 목살 꼬치를 집어 든 마사키가 옆으로 물어 빼내면서 투덜거렸다.

"도대체가 치매 걸린 양반한테서 뭔가 알아내 오라는 것부터가 말이 안 된다고. 다타리 자식, 억지를 써도 정도가 있지."

"……그래서 말인데, 사와다."

가부라기는 손에 들고 있던 맥주잔을 테이블에 내려놓았다.

"히메는 어떻던가? 의사 말로는 과로에 의한 빈혈이라던데."

"네. 이제 완전히 회복했으니 내일은 출근하겠다, 폐를 끼쳐 죄송하다, 그렇게 말했습니다. ……그런데, 가부라기 선배."

사와다는 가부라기의 얼굴을 응시했다.

"묻고 싶으신 건 히메노의 건강 상태만은 아닌 거죠?"

"어, 그래. 미안하다. 거북한 역을 맡겨버렸어."

뒤통수를 만지는 가부라기에게 마사키가 득달같이 말했다.

"어이 가부, 너랑 히메는 지도 기간을 포함하면 벌써 3년도 넘게 콤비잖아! 뭘 조심한답시고 주뼛거리고 있어. 넌 직속 상사니까 뭐든 묻고 싶은 게 있으면 바로바로 물어보라구."

"그렇긴 하지만, 조심한다기보다…… 그, 하고 싶지 않을지도 모르는 이야기를 묻는 게 어쩐지 내키지 않아서. 어쨌거나 상사인 내가 물으면, 저야 싫어도 대답해야 하지 않겠어?"

가부라기의 대답에 마사키는 기가 찬 표정이었다.

"이야기하고 싶지 않다고 누가 그러는데! 어쩌면 히메도 자기 이야기를 하고 싶은데 네가 묻질 않으니까 말을 못 꺼내는 건지도 모르잖냐! 힘든 이야기일수록 당사자가 먼저 주절주절 말하기가 어려운 법이라고! 그 정도는 좀 알아두란 말이야! 진짜, 네가 그 모양이니까 제수씨도 도망간 거라고!"

마사키의 그 말에 가부라기는 한마디도 하지 못했다.

누구에게나, 누군가에게 털어놓고 싶은 이야기가 있지 않은가. 항상 그렇게 생각해온 것은 가부라기 자신이었다. 그러나 직속 부하이자 파트너인 히메노의 일이 되고 보니 막상 그러기가 쉽지 않았다. 그리고 그 이유도 가부라기는 알고 있었다.

히메노의 과거, 특히 죽은 아버지와 관련된 과거사는 건드려선 안 되는 것 아닐까. 그런 생각이 걷히지 않는 것이다.

언젠가 히메노가 자신의 아버지에 대해 이야기한 적이 있다. 어릴 적, 경비원이었던 아버지를 저 혼자 경찰관인 줄로만 알고 있다가, 아니라는 것을 알았을 때 속은 기분이 들었다는 이야기였다. 그 이야기 자체는 미소를 자아내는 이야기로 받아들일 수도 있었지만, 뒤이어 히메노는 "경비원과 경찰관은 다릅니다. 특히, 총을 소지하고 있다는 점에서요."라고 덧붙였다.

그리고 바로 얼마 전의 일이다. 수사 중이었던 깊은 밤, 선잠을 자던 히메노가 잠꼬대로 "아버지, 어째서……"라고 중얼거리는 것을 듣고 말았다. 어째서, 란 어떤 의미일까. 죽은 아버지에게 대체 무엇을, 꿈까지 꿀 만큼 듣고 싶었던 것일까.

히나타 에미라는 피해 여성에 대한 이야기를 듣는다는 행위가, 죽은 아버지에 대한 이야기를 끄집어내는 결과를 불러오지는 않을까. 가부라기는 왠지 자꾸만 그런 예감이 들었다.

"미안하다, 마사키. 히메가 복귀하면 내가 직접 이것저것 물어볼게."

"그래! 찬찬히 물어보라고."

가부라기는 마음속으로 마사키에게 고마움을 느꼈다. 정말 이렇게까지 딱 꼬집어 말해주는 사람은, 자신의 주위에는 마사키 정도밖에 없다.

"그럼, 오늘 히메노에게 들은 이야기를 전해드려도 되겠습니까?"

사와다가 입을 열었다.

"히메노는 열한 살 무렵, 히나타 에미와 같은 연립주택에 살았습니다."

사와다는 가부라기와 마사키에게 히메노한테서 들은 이야기를 전했다. 히메노가 초등학교 5학년이었던 어느 날, 히나타 에미가 같은 연립으로 이사 왔다. 부모님이 늘 부재중이었던 히메노와 자주 놀아주었다. 하지만 석 달 만에 히나타 에미는 다시 이사를 가버렸다.

"그래서 히메는 피해자를 알고 있었던 건가."

한시름 놓은 목소리로 가부라기가 말했다. 어쩌면 히메노가 히나타 에미의 죽음과 무슨 관련이 있는 것은 아닌지, 그런 있을 수 없는 일까지 걱정하고 있던 참이다. 그러나 냉정하게 생각해보면 히나타 에미가 살해당한 것은 16년 전이고, 그때 히메노는 겨우 열한 살이었다.

"뭐야, 고작 그거냐. 사람 놀랬잖아."

마사키도 안도한 듯 한숨을 내쉬며 어깨의 힘을 뺐다.

"한편 생각하면, 이런 우연이란 것도 있기는 있군. 히메가 피해자를 알고 있었다니. 하긴, 히메한테 이야기를 들어봤자, 꼬맹이 적 이야기니 수사에는 아무런 도움도 안 되겠지만."

"저도, 처음에는 그렇게 생각했습니다."

불쑥 사와다가 말했다. 그 말에 가부라기가 재우쳐 물었다.

"무슨 의미지? 사와다."

"히메노의 이야기에는 몇 가지 마음에 걸리는 점이 있습니다."

가부라기는 긴장했다. 사와다는 과경연 소속 심리분석관이다. 그 사와다가 마음에 걸리는 점이 있다고 한 이상, 필시 기분 탓만은 아니리라.

"도키오, 그게 대체 뭔데?"

마사키가 눈을 가늘게 뜨며 낮은 소리로 물었다.

사와다는 혀로 입술을 축이고, 주저하면서도 설명하기 시작했다.

"우선, 히나타 에미가 히메노 일가가 사는 고쿠분지의 연립주택으로 이사 온 시기가, 5월이었다는 점입니다."

"엥? 그 얘기였냐!"

마사키가 김빠진 목소리를 냈다.

"5월에 이사 온 게 뭐가 이상해. 춥지도 덥지도 않고, 장마 전이라서 비도 적고, 이사하기 딱 좋은 계절이잖아?"

고개를 끄덕이면서도 사와다는 의문의 내용을 이야기했다.

"히나타 에미는 당시 대학 1학년이었습니다. 다시 말해 그해 4월에 고에이 대학에 갓 입학한 상태였다는 겁니다. 그런데 왜, 이사할 집을 5월에서야 정했을까요? 보통은 학기가 시작되는 4월까지는 정하지 않습니까?"

"뭐, 대개는 그렇지만⋯⋯."

가부라기는 굳이 사와다에게 반박해보았다.

"모친인 히나타 미쓰코가 그해 2월에 요양 시설에 입소했어. 어쩌면 그 때문에 시간을 내기가 어려워서 5월에 이사하게 되었는지도 모르지. 아니면, 가령 입학식 전에 이사한 집에 문제가 있어서, 한 달 만에 도로 나왔는지도 모르고."

가부라기에게 사와다는 이렇게 반문했다.

"그럴지도 모르죠. 그렇다면 다음으로, 히메노 일가와도 좋은 관계를 쌓고 있던 히나타 에미가, 석 달 만에 히메노가 살던 연립주택을 떠났다. 그 이유는 뭘까요?"

"집세가 비쌌던 게 아닐까? 히메노 일가는 부모에 자식까지 세 식구가 살았으니 원룸은 아니지 않았겠어?"

마사키의 말에 대해 사와다는 고개를 내저었다.

"집세는 이사 오기 전부터 알고 있었을 겁니다. 오히려 단기간에 여러 번 이사하는 쪽이 보증금과 사례금에다가 이사 비용 등을 고려하면 훨씬 비경제적입니다."

이번엔 가부라기가 다른 가능성을 거론했다.

"젊은 여자 혼자 살았던 거잖아. 스토커가 붙었을 가능성은 없을까? 애당초 5월에 이사 온 것도 스토커에게서 벗어나기 위해서였다던가."

사와다는 다시 의문을 제기했다.

"만약 그렇다면, 히메노의 부친에게 상담한다든지 해서 히메노 귀에도 들어가지 않았을까요? 히메노의 부친은 경비 회사에 근무하는 경비 전문가니까요."

"아, 이도 저도 다 그러네. 분명 뭔가 묘한 느낌이 들긴 하는데, 뭔가 사정이 있었을 거라고 하면 그걸로 끝날 이야기 같은 기분도 들고 말이야……."

마사키가 고개를 꼬면서 자신 없는 투로 중얼거렸다.

"아직 더 있습니다. 히나타 에미는 이사 온 날 밤에 히메노 집에 인사를 하러 왔는데, 히메노 부모님이 두 분 다 집에 계셨다고 합니다."

이번에는 가부라기가 무심코 물었다.

"그게 뭐가 이상하다는 거지?"

"그 무렵, 히메노의 어머니는 심장병으로 병원에 입원 중이었고, 그날은 잠시 병원을 나와 모처럼 집에 와 있던 날이라고 합니다. 히메노의 아버지는 야간에 일하는 경비원이어서 평소에는 그 시간대에 집에 있는 날이 거의 없었다는데, 부인이 잠시 퇴원을 하자 거기에 맞춰 모처럼 휴가를 얻었다고 합니다."

"사와다, 요컨대 너는, 그러니까……."

가부라기는 머릿속을 정리하면서 사와다에게 물었다.

"그날은 히메노의 부모님이 두 분 다 집에 있다는 사실을, 히나타 에미가, 이사 오기 전부터 알고 있었다. 그렇게 말하고 싶은 건가?"

"설마! 그럴 리가 있겠어. 당연히 우연이겠지!"

마사키가 어이없다는 듯 오른손을 내저었다.

"그렇잖아, 고작 이사했다는 인사를 다니려고, 누구누구네 집 부부가 언제 다 같이 집에 있는지, 뭐 그딴 걸 일일이 조사하겠어? 아무리 생각해도 이상하잖아."

"실은……."

사와다는 주저되는 듯 말을 머뭇거렸으나, 잠시 뒤 가부라기와 마사키의 얼굴을 번갈아 보면서 말을 이었다.

"제가, 히나타 에미의 이러한 행동에 의문을 품은 데에는 이유가 있습니다."

"이유라니?"

사와다는 옆에 놓아두었던 서류 가방에서 종이 몇 장을 철한 서류를 두 부 꺼내 가부라기와 마사키에게 내밀었다.

"뭐냐? 이게."

"어느 미해결 사건의 수사 기록입니다. 과경연을 경유하여 특명

수사대책실의 허가를 얻어 열람, 복사했습니다."

특명수사대책실이란 경시청 형사부 중에서도 미해결 강력 사건을 담당하는 부서다.

사와다가 가져온 서류는 16년 전에 일어난 강도살인 사건 수사 기록의 복사본이었다. 기록을 작성한 수사관의 소속은 경시청 신주쿠 경찰서, 일자는 헤이세이 10년, 즉 1998년 8월 15일.

가부라기는 서둘러 표지를 넘기고, 사건 내용을 눈으로 훑었다.

1998년 8월 15일(토), 오전 3시 30분, 경시청으로 110 신고가 들어왔다.

신고자는 '주식회사 도쿄 경비 서비스'의 사원 Y(당시 28세).

당 회사는 도쿄 도 신주쿠 구 니시신주쿠 X-X-X OO 빌딩 '도쿄 중공업 주식회사 에너지 제3사업부'의 경비를 하청받았는데, 당사에서 파견한 경비원 히메노 히로시(당시 40세)와의 정시 연락이 닿지 않아 의심스럽게 생각한 Y가 상황을 보러 간 결과, 건물 내에서 피투성이가 되어 쓰러져 있는 동 경비원을 발견하여 곧장 110번으로 신고했다.

15분 후인 오전 3시 45분, 신주쿠 서의 경찰차와 구급차가 도착했지만, 피해자는 이미 사망했음이 확인되었다.

사망 추정 시각은 검시에 따르면 오전 2시 00분에서 오전 2시 30분 사이. 사인은 실혈사 또는 실혈성 쇼크사. 흉기는 칼날 길이 약 20센티미터의 양날 날붙이, 예를 들면 쇠칼이나 아미 나이프 등으로 추정되었다.

"경비원…… 히메노 히로시?"

가부라기는 저도 모르게 피해자 이름을 소리 내 발음했다.

"어, 어이 도키오! 이 피해자 이름, 히메노라니, 설마……."

마사키도 놀라 얼굴을 들었다.

"히메노의 아버지입니다."

침통한 표정으로 사와다가 인정했다. 마사키가 할 말을 잃었다.

가부라기 또한 어안이 벙벙하여 한동안 입을 열지 못했다.

히메노가 어릴 적에 부친이 경비원이었다는 이야기는 히메노 본인에게서 들었다. 그리고 히메노가 어린 시절 양친을 잃고 그 다에 코라는 고모에게 거둬졌다는 이야기도 들었다. 하지만 설마, 범죄 피해자였을 줄은 상상도 하지 못했다.

현장은 무척 어질러진 상태였으며, 범인이 금품을 찾아 뒤진 것임을 파악할 수 있었다.

또한 현장인 빌딩 앞 도로에 플라스틱제 페트병 뚜껑 4개가 흩어져 있는 것이 발견되었다. 전부 식음료 제조업체 A사가 판매하는 생수병 뚜껑으로, 뚜껑 4개에서 저마다 다른 4종류의 지문이 검출되었으나, 4개 모두 범죄 이력이 없어 인물 특정에는 이르지 못했다.

현장에는 방범 카메라가 3대 설치되어 있고, 영상은 자기 테이프로 녹화되어야 했으나, 그날은 오전 2시 13분에 테이프덱 전체가 정지되었으며 이후 녹화된 영상은 없었다.

따라서 피해자 히메노 히로시가 공범이며, 방범 카메라를 정지시켜 범인을 침입시켰을 가능성이 높다고 보여졌으나, 피의자가 사망했기에 그대로 불기소 처리되었다.

"히메 아버지가 강도 사건의 공범이라고?"

마사키의 안색이 바뀌었다.

"그런 터무니없는 일이 있을 리 없잖아! 하필이면 그 열혈 정의 꼬맹이네 아버지가 강도 공범이라니! 더구나 아버지는 경비원이었다며? 뭔가 착오가 있었던 게 틀림없어!"

"마사키, 진정해! 알았다고."

가부라기가 두 손을 들어 마사키를 달랬다.

"신주쿠 서는 범인이 방범 카메라를 정지시킨 방법을 찾지 못한 거야. 그러니까 히메 아버지가 공범이라고 생각했지. 그뿐이야."

마사키의 분노는 전혀 수그러들 기미가 보이지 않았다.

"이건 히메 녀석 아버지의 명예가 걸린 문제라고! 경비원이 강도랑 한패가 돼서 자기가 경비하는 곳에 들이다니, 엄청난 누명을 뒤집어쓴 거잖아? 살아 있으면 항변이라도 해보겠지만, 죽어버렸으니 무슨 수로 결백을 증명해야 하는데?"

단숨에 그렇게 퍼붓고 나자 갑자기 피곤해졌는지 마사키는 벽에 등을 기댔다. 쿵, 하고 머리 부딪히는 소리가 났다.

"살해당한 본인도 원통하겠지만, 한 가정의 가장이 살해당한 마당에 범죄자 취급까지 받았으니. 남겨진 부인과 히메는 얼마나 힘들었을지……."

마사키는 고개를 내저으며 입을 다물었다.

가부라기와 사와다도 한동안 말을 꺼낼 수가 없었다.

침묵을 깬 것은 사와다였다.

"문제는, 히메노의 부친이 살해당한 시점입니다."

사와다는 감정을 억누른 목소리로 냉정하게 설명하기 시작했다.

"히나타 에미가 히메노가 사는 연립주택으로 이사해 온 것은 1998년 5월 초순, 다시 이사 간 것이 7월 하순. 그리고, 그로부터 보름 정도 지난 8월 15일, 당시 경비원이었던 히메노의 아버지가, 근무하던 건물에 침입한 강도에게 살해당했습니다."

"사와다, 너 설마, 히나타 에미가 히메노 부친의 죽음과 관련이 있다는 거냐?"

가부라기의 말에 사와다는 신중하게 말을 고르면서 대답했다.

"히나타 에미의 이사와 관련된 몇 가지 의문은, 두 분께서 말씀하셨듯이 얼마든지 설명이 가능한 일입니다. 또한 히메노 부친의 사망 건에 대해서도, 경비하던 건물에 우연히 강도가 들어와 운 나쁘게 살해당했다고 생각하면 딱히 이상한 사건은 아닙니다. 하지만 이 두 가지 일이 연달아 히메노 주위에서 일어났다는 점을 고려하면, 과연 우연인지……."

"그거다, 도키오! 네 말대로야!"

갑자기 마사키가 기세를 올렸다.

"뭔가 냄새가 나! 무슨 냄새인지는 1밀리도 모르겠지만!"

"알았다, 사와다."

가부라기가 고개를 끄덕였다.

"히메 아버지가 살해당한 사건에 대해서는 내가 직접 히메에게 묻지. 수사 기록에는 나와 있지 않은 이야기도 있을 것이고, 그 녀석 나름으로 이것저것 생각한 것들도 있을 테니까."

가부라기는 각오를 굳혔다. 16년 전에 일어난 히나타 에미 살해 사건, 그 수사를 진행하는 이상, 조금이라도 당시의 정보가 필요하다. 실제로는 무관할지 모르지만 거의 같은 시기에 히메노의 부친이 살해당했다. 이 사건을 피해 갈 수는 없다.

"부탁드립니다."

사와다는 마음이 놓이는지 가부라기를 향해 머리를 숙였다.

가부라기는 문득 생각난 듯 수사 기록 복사본으로 눈을 돌렸다.

도쿄 중공업은 대형 전기기계 메이커 계열의 플랜트 건설 회사다. 특히 원자력발전소 건설로는 국내에서도 톱을 차지한다고 들은 적이 있다. 어째서 도둑은 은행도 귀금속상도 아닌 일반 회사를 노렸을까?

게다가 현장 앞 도로에 떨어져 있었다는 4개의 페트병 뚜껑. 어째서 페트병 본체는 온데간데없고 뚜껑만 발견되었을까? 거기에는 대체 어떤 의미가 담겨 있는 걸까?

네 종류의 지문이 채취되었다니까 범인이 남기고 간 것이라 가정하면 4인조였다는 뜻이 된다. 이 네 종류의 지문은 범죄자 데이터베이스에 등록되었을 테지만, 16년이 경과한 지금까지도 지문이 일치하는 인물은 발견되지 않았다. 범인을 잡을 단서로서는 기대감이 너무 희박하다고 보는 수밖에 없다.

"그래서 말인데, 사와다."

가부라기는 화제를 바꿨다. 사와다에게 아직 묻고 싶은 것이 남아 있었다.

"수사 회의에 참석하지 않은 네게, 히나타 에미의 시신이 발견된 상황에 대한 의견을 새롭게 듣고 싶다."

수사 회의 후에 메일로 배포된 수사 자료는 이미 사와다에게 보냈지만, 가부라기는 다시 한 번 구두로 시신 발견 현장의 상황을 설명했다.

피해자는 사일로에 감금되었던 듯하다는 것. 시신은 쇠파이프에 꽂힌 채 지상 3미터 높이의 허공에 매달려 있었다는 것. 문 안쪽은 빗장, 바깥쪽으로는 자물쇠가 걸려 있었다는 것. 천창이 있지만, 바깥에서 판자로 봉쇄되어 있었다는 것. 문과 천창 외에는 네 개의 작은 환기용 창구멍밖에 없다는 것.

이야기를 마치고 나서 가부라기는 한숨을 내쉬었다.

"하나부터 열까지 죄 이해가 안 되는 것들뿐이야. 범인은 히나타 에미를 왜 죽였는가, 어떻게 죽였는가, 왜 그런 짓을 했는가, 어떤 방법으로 사일로를 나갔는가, 어째서 문과 천창을 바깥에서 봉쇄했는가······."

"게다가, 히메가 시신을 보고 쓰러지기 직전에 묘한 말을 했단 말이지."

마사키가 몹시 기분 나쁘다는 듯이 얼굴을 찌푸렸다.

"히나타 에미는 하늘을 날 수 있으니까, 도망치지 못하게 천창을 막았다. 그래서 히나타 에미가 사일로 안을 팔랑팔랑 날아다니고 있는데, 범인이 바깥에서 환기용 창구멍으로 쇠파이프를 집어넣어 콱 찔러서 죽여버렸다, 이 얘기잖냐."

"역시……."

사와다는 입에 오른손 주먹을 갖다 대고 생각에 잠기는가 싶더니 이윽고 힘주어 고개를 끄덕였다.

"확실히 히메노 말대로 '히나타 에미는 하늘을 날 수 있었다'라는 가설을 세우면, 현장의 여러 상황에 대한 설명이 가능해집니다."

마사키가 당황했다.

"어, 어이, 도키오! 역시는 무슨! 인간이 하늘을 날다니, 그런 엉터리 같은 일이 있을 리 없잖아!"

"사와다, 아무리 그래도 그건 너무 무모한 가설 아닌가?"

황당한 얼굴의 마사키와 난감해하는 가부라기를 번갈아 보며 사와다가 말했다.

"히나타 에미는 하늘을 날 수 있었다. 그래서 범인은 그녀를 유폐하기에 앞서 천창을 봉쇄했고, 범인은 사일로에 들어가지 않고도 지상 3미터 높이의 작은 창구멍 너머로 그녀를 찔러 죽일 수 있었다. '애브덕션'에 따르면, 이 또한 하나의 있을 수 있는 가설이 됩니다."

애브덕션……. 일찍이 사와다 본인에게서 들었던 이 단어를 가부라기는 떠올렸다.

우선, 이해할 수 없는 현상 A가 관찰되었다고 치자. 그런데 어떤 가정 B를 세우면 A는 당연한 귀결이 된다. 그렇다면 가정 B는 옳다고 봐도 되지 않을까?

이것이 바로 논리학자이자 과학철학자인 찰스 샌더스 퍼스가 주장했다는 귀납법도 연역법도 아닌 제3의 추론법, 애브덕션이다. 사와다는 이 애브덕션을 독자적으로 '비약법' 또는 '포획법'이라고 번역했다.

평소 주변인들에게서 '어림짐작꾼'으로 불리는 가부라기의 엉뚱한 추론에 대해 사와다는 "직관이야말로 진실을 포획하는 유일한 방법"이라고 잘라 말했었다. 그리고 그 이론으로서 내세운 것이 이 애브덕션이었다. 자신이 어떤 식으로 발상을 하는지, 가부라기 본인은 한 번도 생각해본 적 없었지만…….

사와다가 계속했다.

"다만, 애브덕션으로 포획하는 가설 중에는 '있을 수 있지만 있어서는 안 되는 가설'이 있습니다. 즉, '아주 특별한 능력을 가진 존재가 있다' 또는 '초현실적인 현상이 일어났다'라고 가정하면 그 어떤 불가사의한 현상도 설명이 가능하게 되어버린다는 말입니다."

가부라기는 처음 애브덕션에 대한 설명을 들었을 때 자신의 머리에 떠올랐던 헛된 문답이 생각났다. 예를 들어 '신이 있다'라는 가설을 세우면, 모든 불가사의한 현상이 당연시되고 마는 것이다.

왜 이 세상은 존재하는가? 그것은 신이 창조했기 때문이다.

왜 인간은 존재하는가? 그것은 신이 창조했기 때문이다.

왜 인간은 죽는가? 그것은 신이 그렇게 창조했기 때문이다.

"이 경우, '히나타 에미는 하늘을 나는 여성이었다'라는 것이 그 '있을 수 있지만 있어서는 안 되는 가설'이라는 거지?"

가부라기의 말에 사와다가 긍정했다.

"그렇습니다. 가설은 증명되지 않으면 정답이 되지 않습니다. 그리고 '신이 있다'거나 '하늘을 나는 인간이 있다' 같은 가설은, 증명하기가 불가능합니다. 이들 가설을 가지고 불가사의한 현상을 모순 없이 설명했다 하더라도, 증명할 수 없는 가설은 부정되어야 합니다. 즉, 정답이 되어야 할 가설은 별도로 존재하는 것입니다."

마사키가 입을 삐죽였다.

"뭐야 그게. 결국 '사람이 날 수 있겠냐, 멍청아!' 그 한마디면 끝나는 거잖아."

"그렇긴 합니다만……."

사와다는 낯빛을 흐렸다.

"히메노는 이렇게 말했습니다. 히나타 에미는 열한 살이었던 히메노에게 '하늘을 나는 소녀'라는 민담을 낭독해주었다. 그리고 이 민담은 정말로 있었던 이야기다. 하늘을 나는 소녀는 진짜 있었다. 그렇게 역설했다고."

"허어."

마사키는 입꼬리를 내린 채 말을 잇지 못했다.

가부라기의 뇌리에 사일로 안에서 보았던 히나타 에미의 시신이 되살아났다. 마사키와 사와다 또한 같은 광경을 뇌리에 떠올리고 있을 터였다. 그리고 그 히나타 에미의 시신은 분명히 하늘을 나는 소녀라고밖에 표현할 수 없는 모습이었다.

"아으! 나까지 거시기한 게 떠올라버렸잖아."

마사키는 오만상을 찌푸리며 오른손으로 위 부근을 눌렀다.

"히나타 에미의 어머니도 그랬었지. 에미는 하늘을 날 수 있다? 라고. 그때야 그저 치매 걸린 양반이 하는 말이니까, 하고 흘려들었는데⋯⋯."

가부라기도 구니타치의 요양 시설에서 휠체어에 앉은 히나타 미쓰코가 그렇게 말하는 소리를 똑똑히 들었다. 그 말을 머릿속에서 곱씹었다.

⋯⋯에미는 있지, 하늘을 날 수 있다?

에미가, 하늘을 나는 방법을 알았으니까, 엄마한테도 나는 걸 보여주겠다고, 약속했어. 그랬는데 에미는 대체 언제쯤에야, 하늘을 나는 걸 보여줄까⋯⋯.

가부라기의 뇌가 회전을 멈추기 시작했다. 필사적으로 회전시키려 해도, 정반대 방향에서 두 개의 강한 힘이 맞물려 어느 쪽으로도 돌아가지 않는 상태가 된 것이다.

증명할 수 없는 가설은 부정되어야 한다, 사와다는 그렇게 말했다. 다시 말해 하늘을 나는 여성이 있다는 가능성은 제외해야 한다는 뜻이다. 그러나 한편으로는, '히나타 에미는 하늘을 나는 여성이었다'라는 가설이 성립되지 않는 한, 이 모든 일은 설명이 불가능할 것 같았다.

왜, 히나타 에미가 갇혀 있던 사일로의 천창은 봉쇄되어 있었는가?

그것은 히나타 에미가 하늘을 날아 도망치지 못하게 하기 위해서다.

왜, 히나타 에미는 사일로 안의 허공에 꽂혀 있었는가?

그것은 히나타 에미가 사일로 안을 날고 있었기 때문이다.

왜, 히나타 에미는 열한 살이던 히메노에게 '하늘을 나는 소녀'가 정말로 있었다고 말했는가?

그것은 히나타 에미가 하늘을 나는 방법을 알고 있었기 때문이다.

왜, 히나타 에미는 어머니 미쓰코에게 자신은 하늘을 날 수 있다고 말했는가?

그것은 히나타 에미가 하늘을 날 수 있었기 때문이다.

"문제를 정리하죠."

사와다가 냉정한 목소리로 말했다. 그 말에 가부라기는 퍼뜩 정신을 차렸다.

"이 사건은 하나의 범행이 아니라, 세 가지 범행이 중첩된 사건입니다."

"세 가지 범행?"

가부라기가 앵무새처럼 되묻자 사와다는 고개를 끄덕였다.

"그렇습니다. 첫 번째는 납치 감금, 두 번째는 살인, 세 번째는 시신 훼손입니다. 이것들을 동시에 풀어내려 들면 혼란만 가중될 뿐이고, 더군다나 아직 정보가 압도적으로 부족합니다. 우선은 피해자 히나타 에미가 납치 감금된 이유에 초점을 맞춰야 하지 않을까요. 살해 방법도, 시신 훼손 이유도, 더 나아가 히나타 에미가 하늘을 날 수 있었는지의 여부도, 차후에 생각할 문제입니다."

"그런가."

가부라기는 사와다의 말을 듣고 나자 눈이 뜨이는 느낌이 들었다. 시신의 기이한 모습 때문이겠지. 어느새부터인가 자신은 사건 수사를 제쳐두고 시신의 수수께끼를 푸는 일에만 급급해 있었다.

그러나 이 사건은 어디까지나 살인 사건이다. 범인은 우선 히나타 에미를 약 닷새 동안이나 납치 감금하고, 살해하고, 시신을 그와 같은 모습으로 방치했다. 그렇다면, 우선은 기본으로 돌아가 기본대로 납치 감금의 동기부터 파헤쳐야 할 것이다.

"응! 그래! 좋았어!"

마사키가 자리에서 벌떡 일어섰다.

"마냥 머리만 쥐어짠다고 답이 나오는 것도 아니고 말이지! 시신이 왜 그런 괴상한 꼴을 하고 있는지, 그건 너희와, 내일부터 합류할 히메까지 세 사람에게 맡긴다! 나는 오늘은 푹 자고, 내일 아침 첫차로 다치카와에 다녀오겠어!"

"다치카와에, 말입니까?"

사와다가 묻자 마사키는 위 문틀에 걸어둔 상의를 집으면서 사와다를 내려다보았다.

"뭘 놀라고 그래! 히나타 에미가 5월에 이사 온 게 이상하다느니, 석 달 만에 다시 나간 게 묘하다느니 하면서 꼬투리를 잡은 게 도키오 너잖아! 16년 전, 히나타 에미가 언제 다치카와 집을 나와, 그 후에 어디로 이사를 갔고, 언제부터 행방불명이 되었는지 뒤를 캐야지! 히나타 에미의 납치 감금에 대해 뭔가 알게 될지도 모르니까!"

피해자 히나타 에미의 행적에 관한 것은 이쓰카이치 서 담당이지만, 일단 안면부터 트고 나서 파고 들어야지, 라고 마사키는 덧붙였다.

"그리고, 피해자가 자랑했다던 귀걸이와 반지 말인데. 이것들을 사준 놈은 당시 피해자와 깊은 관계였을지도 몰라. 어디서 팔았는지 누가 샀는지, 다시 한 번 자세히 알아보자고. 그리고 등에 있던 파란 장미 타투. 관계없을지도 모르지만, 어디서 새겼는지 조사해 본다고 손해날 건 없겠지."

"부탁한다, 마사키."

가부라기도 힘주어 고개를 끄덕이고 일어섰다.

반지와 귀걸이 그리고 타투. 히메노가 사와다에게 해준 이야기를 들은 지금, 가부라기는 뭔가 위화감이 들었다. 히메노가 이야기한 히나타 에미는 남자에게 값비싼 보석을 조르거나 패션으로 몸에 타투를 새길 만한 여성의 이미지가 아니었다. 민담을 사랑하고, 아이들을 좋아하고, 도시보다 깊은 산중의 목장이 어울리는, 들꽃처럼 소박한 여성.

그래, 마치 민들레 같은 여성…….

"맞다, 사와다. 너에게도 부탁이 있어."

가부라기가 사와다를 보았다. 사와다도 서류 가방을 들고 일어섰다.

"뭐죠?"

"히메노에게 히나타 에미가 낭독해줬다는 '하늘을 나는 소녀'라는 옛날이야기 말인데, 어디서 구할 수 없을까? 읽어보고 싶은데."

사와다도 크게 고개를 끄덕였다.

"저도 읽어보고 싶던 참이었습니다. 찾아보죠. 히나타 에미는 히메노에게 도쿄 도 다마 지방에 전해지는 민담이라고 했던 것 같습니다. 구비문학 연구가에게 물어보면 원전을 알 수 있지 않을까요."

하늘을 나는 소녀…….

그것은 날개옷 전설에 등장할 법한 선녀인 걸까? 아니면 덴구*나 가라스텐구** 같은 요괴 부류일까? 가부라기가 아는 한, 하늘을 나는 인물이라고 하면 그 정도밖에 떠오르지 않았다.

가부라기는 뚜렷한 이유도 없이 어쩐지 이 '하늘을 나는 소녀'라는 옛날이야기가 사건의 발단인 듯한 기분이 들었다.

---

* 얼굴이 붉고 코가 높으며, 신통력이 있어 하늘을 자유로이 날면서 깊은 산속에 산다는 상상 속 괴물.
** 덴구의 일종으로 까마귀 부리와 날개를 가졌다.

10

복귀

"아 진짜! 가부라기 선배, 그렇게 걱정스러운 얼굴로 저를 힐끔힐끔 보지 말아주세요!"

검은색 알파로메오 159ti의 운전석에 앉은 히메노 히로미가 어찌 들으면 신이 난 것도 같은 어조로 조수석의 가부라기 데쓰오를 타박했다.

"전 지금 다시 태어난 것처럼 쌩쌩하니까요! 이렇게 느긋하게 쉬어본 게 정말 얼마 만인지. 오히려 체중이 늘었는지도 몰라요. 정말, 다른 분들께는 죄송할 따름입니다!"

보아하니 몸 상태는 별 문제 없어 보이는군. 가부라기는 그렇게 생각하며 마음을 놓았다. 가속페달을 과하게 밟아대는 건 여전하지만 히메노의 매끄러운 운전 솜씨에도 이전과 다른 구석은 전혀 없었다.

4월 9일 수요일.

오전 8시 정각에 히메노는 아끼고 사랑해 마지않는 자신의 차로 니시오기쿠보에 있는 가부라기의 아파트 앞에 당도했다. 가부라기를 태우고 이노카시라 대로를 동쪽으로 달려 방금 다카이도 나들목에서 수도고속도로 4호선 신주쿠선에 오른 참이었다. 계속해서 미야케자카 분기점, 에도바시 분기점, 하코자키·하마초·기요스바시 나들목, 그리고 다쓰미 분기점을 경유하여 이치카와 분기점에서 히가시간토 자동차도로에 진입하면, 거기서부터는 20분 정도만 가면 나리타 국제공항에 도착한다.

가부라기는 손목시계를 보았다. 현재 오전 8시 15분. 오전 10시면 로스앤젤레스 발 아메리칸 항공 AA170편이 나리타에 도착할 예정이다. 이 비행기편에 사일로 살인 사건의 피해자 히나타 에미의 쌍둥이 언니, 히나타 유메가 탑승해 있을 터였다.

마사키 마사야는 지금쯤 다치카와 시청으로 향하고 있을 것이다. 16년 전, 히나타 에미는 어머니와 언니와 셋이서 다치카와 시내에 있는 셋집에서 살았다. 2월에 히나타 에미의 어머니 미쓰코가 요양시설에 입소하고, 5월에는 동생 히나타 에미가 히메노 일가가 살던 고쿠분지의 연립주택으로 이사해 왔고, 다시 7월에 이사를 갔다. 이 무렵의 히나타 에미의 발자취를 추적하러 간 것이다.

애초에 히나타 에미는 히메노가 살던 연립주택에서 석 달밖에 살지 않았기에 주민등록을 옮기지 않았을 가능성도 컸다. 그러나 마사키는 "뭐, 그래도 혹시 모르니까. 겸사겸사 그 집안이 살았던 셋집 근처도 잠깐 돌아보고 올게."라고 했다.

그리고 사와다 도키오는 히나타 에미가 히메노에게 이야기해 주었던 '하늘을 나는 소녀'라는 옛날이야기를, 구비문학 전문가를 찾아 알아보고 있을 터였다.

"그래서, 히메."

가부라기는 아무렇지 않은 척 앞을 향한 채 말했다.

"수사 회의 내용은 받았냐? 수사 기록 담당자가 돌렸을 것 같기는 하다만."

"네! 완전히 암기할 때까지 읽었습니다! 우선 히나타 에미 납치 감금 사건부터 수사해나간다는 것도 이해했습니다!"

어렵게 현장에 복귀한 탓인지 히메노는 기합이 바짝 들어 있었다.

"그렇다 쳐도 역시 사와다네요! 이 감도 잡히지 않는 사건을 세 개로 해체해서 시간 순으로 해결하자는 발상에는 눈이 번쩍 뜨이는 느낌이었습니다! 물론 심리분석관으로서도 굉장히 유능하지만요. 아무튼 제 어릴 적 이야기를, 제가 잊고 있던 일까지 끄집어내 주었으니까요!"

그러더니 히메노는 목소리 톤을 바꿔 조용히 설명하기 시작했다.

"제가 초등학교 5학년, 열한 살 때니까, 무려 16년 전이네요. 5월부터 7월까지 3개월간, 에미 누나…… 히나타 에미는 제가 살던 연립주택에 살았습니다. 그 무렵 매일같이 저랑 놀아주었죠. 다만······."

히메노는 거기서 잠시 머뭇거렸다.

"에미 누나가 항상 다이아몬드 귀걸이와 반지를 하고 있었던 기억은 전혀 나지 않습니다. 특히 반지는, 에미 누나와 손을 맞잡고 달린 적도 있었는데 말이죠. 게다가 등에 타투를 새기다니, 수사회의 기록을 보기 전까지는 전혀 몰랐습니다. 뭐, 어차피 어릴 적 기억이니까요."

히메노의 음성에는 설핏 자조적인 울림이 있었다.

가부라기는 그 이유를 알 것 같은 기분이었다. 반지와 귀걸이, 거기다 타투까지······, 어쩌면 히메노는 히나타 에미에 대해 품고 있던 인상이 완전히 빗나간 것에 일종의 배신감을 느낀 게 아닐까. 히메노의 기억 속 히나타 에미는 사치스러운 액세서리나 퇴폐적인 타투와는 인연이 없는 건강하고 소박한 여성이었던 것이다.

"널 예뻐했다지? 사와다에게 들었는데."

"네. 무척이나요!"

히메노는 어린아이 같은 웃음을 보였다.

"에미 누나가 이사 오기 전까지만 해도 저는 늘 혼자였습니다. 아버지는 야간 경비원이어서 제가 학교에서 돌아오면 대부분 일하러 나가신 후였고, 어머니는 심장이 좋지 않아서 내내 입원해 계셨거든요. 에미 누나는 그런 저의 말동무가 되어주었습니다. 둘이서 집 앞 계단에 앉아 이런저런 이야기를 나누었죠. 내용은 다 잊어버렸지만."

히메노는 차를 운전하면서 히나타 에미에 대한 기억을 계속 풀어냈다. 가부라기는 중간중간 맞장구를 쳐주기만 하면 되는 거여서 솔직히 말해 마음이 놓였다.

"에미 누나가 처음엔 '공부 봐줄까?'라는 말도 했는데, 제 경우엔 그럴 필요는 전혀 없어서 '괜찮은데요.'라고 했더니 뾰로통해졌었죠. 그러더니 이번엔 '자취를 처음 해봐서 그러는데 네가 맛 좀 봐주지 않을래?' 하면서 매일같이 음식을 만들어 와서는 저희 집 부엌에서 함께 먹었습니다."

"히나타 에미는 요리를 잘했나?"

잘했어요, 하고 히메노는 크게 고개를 끄덕였다.

"놀랍게도, 엄청 맛있었어요. 플레인 오믈렛은 폭신폭신하고 가운데를 자르면 살짝 익은 내용물이 사르르 흘러나왔어요. 달걀찜은 푸딩처럼 탱글탱글하고 기포 같은 것도 전혀 없고, 스푼으로 뜨면 안에 여러 가지가 숨겨져 있었죠. 로스트비프도 예쁜 핑크에 부드러운 게 꼭 레스토랑 같은 데서 나오는 고기 같았는데."

히메노는 요리의 맛이 떠올랐는지 넋 나간 표정이 되었다.

"이따금 에미 누나네 집에 가서 누나의 요리하는 모습을 뒤에서 지켜보곤 했는데, 지금 와서 생각해보니 저는 내내 에미 누나의 요리 솜씨에 넋이 나가 있었던 것 같아요. 요리를 갓 시작했다고 했는데 그게 다 겸손이었으려나?"

역시 당사자의 입에선 전해 듣는 것과는 또 다른 구체적인 이야기가 나온다. 어쩌면 듣는 사람에 따라서 다른 이야기가 나오는 걸까. 하기야 피해자가 요리를 잘했다는 사실은 사건과는 무관할 테지만……

가부라기는 다른 화제를 던져보았다.

"그래서 히메, 그 폐목장 말인데."

"정말 놀랐습니다."

히메노가 울적한 듯 미간을 찌푸렸다.

"당시 에미 누나는 작은 빨간색 차를 몰았습니다. 지금 생각해보니 피아트 판다 시리즈 II였네요. 주지아로[Giorgetto Giugiaro]* 가 디자인한 네모난 녀석이죠. 그리고 학교에 안 가는 날엔 당일치기로 여러 곳에 데려가주었어요. 그런 짧은 여행들 중에 그 목장도 있었던 겁니다."

사와다 말대로, 역시 히메노는 그 폐목장에 간 적이 있었다. 그러고 보니 폐목장으로 향하는 차 안에서 이미 히메노의 낌새가 이상했던 것이 떠올랐다.

"에미 누나는 그 목장을 '우리들의 유토피아'라고, 그리고 '민들레 나라'라고 했습니다. 아마 대학 친구들과 함께 늘 그 목장에 갔던 게 아닐까요. 그곳에 저도 데려가주었던 거죠."

가부라기의 심장이 빠르게 뛰기 시작했다. 이건 중요한 증언이었다.

히나타 에미는 생전에 그 폐목장에 갔었다. 아니, 히메노의 이야기에 따르면 당시에는 아직 목장으로서 기능하고 있었겠지만. 그

---

* 조르제토 주지아로. 자동차 디자인의 거장. 히메노가 모는 알파로메오 159도 주지아로가 디자인한 차종이다.

리고 히나타 에미는 그 목장을 '우리들의 유토피아'라고 불렀다.

즉 히나타 에미와 함께 목장을 방문했던 복수의 사람들이 있었다. 그리고 그곳에서 히나타 에미는 살해당했다.

"요컨대 범인은 당시 히나타 에미와 교우 관계가 있던 인물이다, 그렇지?"

"네. 그렇게 생각합니다."

가부라기의 말에 히메노는 전방을 주시한 채 힘주어 고개를 끄덕였다.

"16년 전, 히나타 에미와 친분이 있었던 인물들을 철저하게 파헤쳐보죠. 그중에 반드시, 그녀를 납치 감금하고 죽인 범인이 있을 겁니다. 컬트 집단의 산 제물이라니, 다타리, 아니 사이키 관리관은 대체 무슨 생각을 하는 거죠?"

히메노의 말에 수긍하면서 가부라기는 '유토피아'라는 단어가 묘하게 마음에 걸리는 것을 느꼈다. '우리들의 유토피아', '민들레 나라', 히나타 에미는 그 목장을 그렇게 불렀다. 그리고 몇 달 후, 그 '유토피아'에서 히나타 에미는 누군가에게 살해당했다.

히나타 에미와 그 동료들은 그 목장에서 대체 무엇을 하고 있었다는 건가.

가부라기는 혼잣말처럼 중얼거렸다.

"유토피아란 '이상향'이라는 뜻이었지."

"번역은 그렇게 되어 있지만요."

앞서 달리던 경차를 매끄럽게 앞지르면서 히메노는 눈썹을 찡그렸다.

"유토피아란, 장자가 말한 '무하유향'이나 도연명, 즉 도잠이 시로 노래한 '무릉도원' 같은 아시아적인 개념의 '이상향', 다시 말해 낙원같이 세상과 격리된 장소와는 조금 다릅니다."

"그럼, 원래는 어떤 의미인데?"

"유토피아라는 말은 16세기 영국의 사상가 토머스 모어가 만들어낸 말인데요, 그리스어로 '없다'라는 뜻을 지닌 유^{ou}와 '장소'라는 뜻을 지닌 토포스^{topos}를 조합한 단어입니다. 요컨대 원래는 '어디에도 존재하지 않는 나라', '있을 수 없는 나라'라는 뜻인 거죠."

동양의 '이상향'에 대응하는 서양의 개념은 그리스 신화에 등장하는 '아르카디아'*나 '엘리시온'**, 혹은 구약성서에 등장하는 '에덴동산'이 아니겠느냐고 히메노는 말했다. 토머스 모어 본인은 유토피아의 장소에 대해 '엘리시온에 가까운 곳에 있는 듯하다'며, 이상향과는 다른 것임을 분명히 밝히고 있다고 한다.

"그러니까, 에미 누나가 '여기가 유토피아야.'라고 말한 건 사실 모순이죠. 존재하지 않는 것이 유토피아니까요. 그때 에미 누나가 유토피아의 진짜 의미를 알고 있었는지는 모르겠습니다만."

아마도 당시 열아홉 살이었던 히나타 에미는 단순히 '이상향'이라는 의미로 유토피아라는 단어를 썼을 것이다. 가부라기도 그렇게 상상했다.

---

* 고대 그리스의 펠로폰네소스 오지에 있었다고 하는 목가적인 이상향.
** 신들의 총애를 받은 인간이 죽지 않고 사는 낙원.

"그런데, 토머스 모어의 작품에서 그려지는 유토피아는 하나같이 몰개성적이고, 진보는 멈춰버렸고, 노예제도가 있고, 생활하는 시간 전체를 관리당하고, 다른 나라야 어떻게 되든 상관없다는 식의 이기적인 태도여서 누가 봐도 도저히 이상적인 국가 같은 게 아닙니다. 그게, 한마디로 '허울만 좋은 나라'인 거죠."

"허울만 좋은 나라⋯⋯."

중얼거리는 가부라기를 보며 히메노가 고개를 끄덕였다.

"그렇습니다. 그러니까 유토피아는 오히려 반이상향 작품의 고전이라 일컬어지는 카렐 차페크의 희곡 「로봇 R.U.R.」이나, 프리츠 랑의 영화 〈메트로폴리스〉에서 묘사된 비인간적인 관리사회의, 지배계급의 생활에 더 가깝지 않을까요. 다시 말해 디스토피아야말로 본래의 유토피아라는 거죠."

유토피아란, 사실은 어디에도 존재하지 않는 나라. 이상향이 아니라, 사실은 비인간적인 반이상향, 더구나 지배계급을 위한 나라⋯⋯. 그 말을 듣는 순간, 가부라기는 유토피아라는 단어에서 무언가 불길한 울림을 느끼게 되었다.

"그 시신을 보기 전까지, 왜인지 전 에미 누나를 까맣게 잊고 있었습니다. 왜 그랬는지 계속 생각해봤는데요."

잠시 머뭇거리더니, 히메노는 결심한 듯 말을 이었다.

"아마도 돌아가신 아버지가 떠올라버리기 때문이지 싶어요. 아버지는 에미 누나를 무척 마음에 들어 하셨고, 에미 누나가 사라지고 나서 2주쯤 후에 직장에서 강도에게 살해당하셨으니까. 가부라기 선배, 사와다한테 그 이야기도 들으셨죠?"

"어……. 게다가 미안하지만."

가부라기는 주저하면서도 이렇게 말을 이었다.

"신주쿠 서에서 작성한 그 사건의 수사 기록도 읽어봤어."

"그렇습니까."

히메노는 잠시 침묵하고, 이윽고 입을 열었다.

"모르겠습니다. 그곳에서 대체 무슨 일이 있었는지……."

핸들을 다루면서 히메노는 담담히 말을 이었다.

"아버지는 경비원 일에 긍지를 가지고 계셨습니다. 그리고 무엇보다 아버지는 도리에 어긋나는 일, 부정한 일을 딱 싫어하는, 한마디로 정의감 덩어리 같은 사람이었어요."

가부라기는 충분히 알고도 남았다. 왜냐면 아들인 히메노가 바로 그런 인물이기 때문이다.

"따라서, 아버지가 강도와 공범이었다느니 하는 건 절대로 있을 수 없습니다. 하지만 아버지가 한 게 아니라면, 어떻게 도둑이 침입하기 전에 방범 카메라를 껐으며, 또 그런 일이 가능했는지, 아무리 생각해도 모르겠습니다."

그리고 히메노는 가부라기로서는 뜻밖에 처음 듣는 이야기를 입에 올렸다.

"그날은 원래 아버지가 일을 쉬는 날이었습니다. 하지만 그날 근무를 설 예정이었던 동료가 심한 감기에 걸려 몸져눕는 바람에 대신 아버지가 일하러 나간 겁니다. 그래서 한동안은 그 동료란 사람을 원망했습니다. 그 사람이 감기에 걸리지 않았더라면, 아버지는 죽지 않았을 텐데, 하고. 그 사람은 아무 잘못이 없는데⋯⋯."

그대로 히메노는 입을 다물어버렸다. 조용해진 차 안에 희미한 엔진 소리와 타이어가 도로 위를 미끄러지는 소리, 차체가 바람을 가르는 소리만 흘렀다.

가부라기도 히메노의 심정을 충분히 헤아릴 수 있었다. 엉뚱한 분풀이랄까 원한이기는 하겠지만, 부당하게 부친을 잃어버린 어린 히메노로서는 누군가를 원망하지 않고서는 끓어오르는 분노와 슬픔을 가눌 길이 없었던 것이다.

사와다는 히나타 에미 피살 사건과 히메노 부친의 피살 사건 사이에 어떤 연관성이 있지 않나 추측하고 있었다. 그러나 정작 히메노는 그런 생각은 해본 적도 없는 눈치였다. 사실 히메노의 부친은 비번 날에 우연히 근무하러 나갔다가 살해됐다. 누군가가 계획적으로 히메노의 부친을 노렸다고 생각하기에는 무리가 있다.

아마도 사와다 생각이 지나쳤던 거겠지. 가부라기는 그렇게 결론 내렸다.

그리고 그보다 먼저 가부라기는 히메노에게 물어보고 싶은 것이 있었다.

"저기, 히메."

"네?"

"그 뭐냐, 단도직입적으로 묻겠는데."

"네."

"너의 아버지가, 그, 그렇게 돼버려서."

"네."

"그러니까 너, 저기, 혹시 어떻게든 해보려고, 아니, 그런 생각으로, 형사를……."

"전혀 단도직입적이 아니잖습니까!"

히메노는 어처구니없다는 얼굴로 조수석의 가부라기를 보았다.

"혹시, 제가 형사를 지원한 게 아버지가 강도에게 살해당했기 때문이냐, 그렇게 묻고 싶으신 겁니까?"

"미, 미안. 그래 맞아."

가부라기는 미안한 마음에 자신의 뒤통수를 때렸다.

"……모르겠습니다."

그렇게 말하더니 히메노는 후우 하고 한숨을 토했다.

"어릴 때, 경비원 제복을 입은 아버지를 보고 경찰관이라고 생각해서 동경했던 게 이유인지도 모르겠고, 아버지가 살해당해 흉악 범죄 자체를 증오하게 된 탓인지도 모르겠습니다. 아니면, 혹시 형사가 되면 언젠가 아버지를 죽인 범인을 찾아내서 체포할 수 있을지도 몰라, 그렇게 생각했는지도 모르죠. 그것들 전부인지도 모르겠네요."

그리고 히메노는 다시 쾌활한 어조로 이야기를 매듭지었다.

"그래도 오늘 이렇게 이런저런 이야기를 들어주셔서, 왠지 마음이 조금 편해진 느낌이 듭니다! 가부라기 선배, 정말 감사합니다."

"아니, 나야 뭐 딱히……."

얼버무리듯이 대꾸하면서 가부라기는 어떤 사건을 떠올리고 있었다.

그, 총 여섯 명의 죄 없는 사람들이 차례차례 무참한 모습으로 발견되었던, 꺼림칙한 연쇄 엽기 살인 사건……

그때 히메노는 진범이 있는 장소를 알아내기 위해 경찰관으로서 해서는 안 될 행동에 나섰다. 다행스럽게도 그 폭주라고밖에 할 수 없는 행동 덕택에 사건은 해결되었고, 모든 것은 모토하라 요시히코 수사 1과 과장의 흉중에만 간직되었으며, 히메노는 지금도 경찰일 수가 있었다. 그러나 자칫 잘못됐으면 해고에 그치는 정도가 아니라 히메노 자신이 체포되었을 수도 있는 일이었다.

히메노가 지닌 과도하다 싶을 정도의 진상 규명에 대한 열정, 그리고 범인 체포에 대한 집념. 사건 해결을 위해서라면 수단 방법을 가리지 않는 히메노의 이 '위험한 질주'야말로, 부친이 억울하게 살해당한 과거에서 비롯된 것은 아닌지. 가부라기는 그런 생각을 떨쳐버릴 수가 없었다.

그때 문득 가부라기는 히메노의 이야기 가운데 신경 쓰였던 단어 하나가 떠올랐다.

'민들레 나라.'

그 목장을 히나타 에미는 그렇게 불렀다고 한다. 어린 히메노를 데려갔던 이유도 그 민들레를 보여주고 싶었기 때문이라고, 히나타 에미는 히메노에게 말한 듯하다.

가부라기 본인도 그 사일로 앞에 흐드러지게 피어 있는 무수한 민들레를 보았다. 아닌 게 아니라 그 목장은 '민들레 나라'라고 하기에 걸맞은 땅처럼 보였다. 그러나 왠지 이 단어가 마치 목구멍에 걸린 생선 가시처럼 가부라기의 내면에 꺼림칙한 감촉을 남기고 있었다.

"민들레의 꽃말, 아세요? 가부라기 선배."

갑자기 운전석의 히메노가 물었다.

"아니, 모르는데?"

마치 머릿속을 들여다본 듯한 물음에 가부라기는 놀랐지만, 어쩌면 히메노도 같은 생각을 하고 있었는지도 모를 일이었다.

"다른 꽃들도 그렇지만, 민들레도 꽃말이 여러 가지가 있어요. 이별, 변죽을 울림, 신의 계시, 진실한 사랑, 사랑의 신탁. 어쩐지 전부 연애와 관련된 말들뿐이네요. 그런데 하나 더, 이상한 꽃말이 있습니다."

"이상하다니, 무슨 말인데?"

가부라기가 묻자 히메노는 느릿한 어조로 대답했다.

"풀기 어려운 수수께끼, 라고 하죠."

민들레의 꽃말은 '풀기 어려운 수수께끼'…….

그 말은 가부라기의 마음속에 깊이, 그리고 무겁게 가라앉았다.

오전 10시 30분, 나리타 국제공항 제2터미널.

아메리칸 항공 AA170편은 이미 오전 10시 정각에 착륙, 탑승교로 새틀라이트(부속 건물)에 접속했다. 탑승객은 새틀라이트 3층에 내려 연결 통로를 지나 본관 2층으로 이동, 여기서 검역과 입국 심사를 받는다. 그리고 1층의 도착 로비로 내려가 맡겨두었던 수하물을 받아 들고 세관 검사를 거쳐, 드디어 도착 게이트를 지나 밖으로 나온다.

가부라기는 히메노와 함께 입국 검사대의 승무원 전용 출구 앞에 서 있었다. 나리타 국제공항 경찰서에 협조를 요청, 도착 게이트 내에 진입하는 허가를 받은 것이다. 히나타 유메는 살인 사건 피해자의 가족이라서 특별히 승무원과 같은 루트로 입국 수속을 마치고 이 전용 출구로 나오기로 되어 있었다.

출구의 문이 열렸다. 제복 차림의 여승무원들에 이어 베이지 트렌치코트를 걸친 짧은 머리의 여성이 나타났다. 30대 중반쯤 됐을까. 코트 안에는 회색 재킷에 타이트스커트, 목에는 기하학적인 문양의 숄, 검정 하이힐. 검정 가죽 숄더백을 메고, 모서리에 가죽을 덧댄 오렌지색 여행 가방을 끌고 있다.

인솔하던 여승무원이 트렌치코트를 입은 그 여성에게 작은 소리로 이야기를 건네면서 가부라기와 히메노를 손가락으로 가리켰다. 그 손짓에 이끌리듯 트렌치코트를 입은 여성이 두 사람을 보았다.

여성은 가부라기와 히메노의 모습을 확인하더니 두 사람을 향해 가볍게 목례를 했다. 그리고 딱딱한 표정으로 여행 가방을 끌면서 잰걸음으로 다가와 두 사람 앞에 멈춰 섰다.

"히나타 유메 씨, 되십니까?"

가부라기가 말을 건네자 여성은 굳은 표정으로 긍정했다.

"예. 기다리시게 해서 죄송합니다. 경찰이시죠?"

가부라기는 뒤통수에 손을 대면서 고개를 숙였다.

"출장 중에 갑자기 귀국하시게 해서 대단히 죄송합니다. 경시청 형사부의 가부라기 데쓰오입니다. 에, 이쪽은."

"에미, 누나……."

가부라기의 왼편에서 히메노가 쉰 목소리로 중얼거렸다.

가부라기는 무심코 히메노의 얼굴을 보았다. 히메노는 마치 유령이라도 본 것처럼 창백한 얼굴이었다. 이유는 뻔했다. 히나타 유메는 히메노가 알고 있는 히나타 에미와 일란성 쌍둥이인 것이다.

"네?"

히나타 유메는 고개를 갸웃하며 난감한 듯한 표정을 보였다. 그제야 정신이 돌아왔는지, 히메노는 황급히 고개를 숙였다.

"아, 죄송합니다! 같은 형사부의 히메노 히로미입니다!"

"가부라기 데쓰오 씨와, 히메노 히로미 씨, 이시군요."

히나타 유메는 두 사람의 얼굴을 차례차례 보고 이름을 확인하더니, 우선 가부라기를 향해 가벼운 인사를 건넸다.

"히나타 유메입니다. 가부라기 씨, 이번에 동생 일로 큰 폐를 끼쳤습니다."

그리고 히메노를 바라보고는 무표정에 가까운 얼굴로 이렇게 말했다.

"히나타 유메입니다. 처음 뵙겠습니다, 히메노 씨."

11

히나타 유메

오전 11시 00분.

커다란 유리창 너머로 나리타 국제공항의 광활한 전경이 펼쳐져 있다. 신공항 자동차도로로 나리타 IC를 끼고 우측은 제1터미널 빌딩과 국내 최대를 자랑하는 전장 4,000미터의 A활주로. 좌측은 제2터미널 빌딩과 전장 2,500미터의 B활주로.

가부라기, 히메노, 그리고 히나타 유메 세 사람은 나리타 국제공항에 인접한 항공사 계열 호텔 라운지에 와 있었다. 히나타 유메에게 이야기를 들을 용도로 나리타 국제공항 경찰서에 방 하나를 빌릴 예정이었으나, 모처럼이니 비행기가 보이는 장소가 좋겠다는 히나타 유메의 말에 히메노가 이리로 안내한 것이다.

11층에 자리한 이 라운지는 A활주로를 향해 긴 테이블이 놓여 있고, 그 오른쪽이 소파 석으로 꾸며져 있었다. 둥근 목제 테이블을 중심으로 1인용 가죽 소파가 네 개씩 놓인 소파 석 중 한 곳에 세 사람은 앉아 있었다. 자리당 간격도 충분하고, 여기라면 대화하기에는 문제가 없다.

"그래서, 저어⋯⋯."

명함을 교환하고, 저마다 음료 주문을 마치고 웨이트리스가 물러가자 가부라기가 조심스럽게 입을 열었다.

"히나타 씨, 이렇게 부르면 어머님이나 동생분과 혼동될 것 같아서 유메 씨라고 부르려고 하는데, 괜찮으시겠습니까?"

"네, 상관없습니다."

"이해해주셔서 감사합니다. 유메 씨, 무엇보다 이번 일은 진심으로 애도를 표합니다. 동생분 일로 상심이 크시겠지만, 하루빨리 범인을 잡기 위해서라도 모쪼록 협조 부탁드립니다."

조문의 말을 건네는 가부라기를 보며 히나타 유메는 고개를 가로저었다.

"동생의 시신이 발견되었다는 연락에는 놀랐다고 할까, 충격을 받았고, 그 뒤로 일도 손에 잡히지 않았습니다. 하지만."

잠깐 말을 끊었다가 히나타 유메는 다시 말을 이었다.

"행방불명된 게 벌써 16년 전이고, 내내 아무런 연락도 없었으니까요. 마음 한구석에선 이미 이 세상 사람이 아니려니, 하는 각오를 하고 있었던 것 같습니다."

"그렇습니까."

가부라기는 고개를 끄덕이고 나서 짐짓 아무렇지 않게 질문을 개시했다.

"미쓰코 씨가 계신 요양 시설에서 들었는데, 에미 씨가 대학에 입학한 그해 2월에 미쓰코 씨가 입소하셨다죠? 그 후 5월에 에미 씨는 고쿠분지의 연립주택으로 이사를 갔습니다. 맞습니까?"

히나타 유메는 고개를 끄덕였다.

"네. 어머니가 치매로 시설에 들어갔을 때 의사 선생님께서 이제 집으로 돌아가실 순 없을 거라고 말씀하셨습니다. 그래서 에미와 저는 셋이서 살던 다치카와의 셋집을 나와, 시설이 있는 구니타치에 집을 얻어 이사했습니다. 어머니 가까이에 살면서 바로바로 어머니를 보러 갈 수 있도록 하려고요. 그리고 저는 구니타치의 중고 기모노 가게에서 일하기 시작했습니다."

기억을 되짚듯 히나타 유메는 천천히 이야기를 풀어갔다.

"5월이 되자 에미는 잠시라도 좋으니 혼자 살아보고 싶다며, 고쿠분지에 있는 연립주택으로 이사했습니다. 하지만, 외로워졌겠죠. 석 달 후에는 다시 제가 살던 집으로 돌아왔습니다. 그런데 그로부터 얼마 지나지 않아, 어느 날 학교에 간다며 나가더니 그길로 홀연히 행방을 감춰버린 겁니다."

"그, 행방불명이 된 원인에 대해 뭔가 짚이는 거라도?"

히나타 유메는 아쉬운 듯이 고개를 가로저었다.

"유감스럽지만, 전혀 짚이는 점이 없습니다. 저희는 한부모 가정이라서, 저는 고등학교도 통신제를 다녔고, 집안 살림을 꾸리기 위해 늘 아르바이트를 했지요. 일반 고등학교에 다닌 에미와는 전혀 다른 환경에서 하루하루를 보냈기 때문에 에미와는 공통된 친구도 없었고요. 특히 에미가 대학생이 되어 집을 나가고부터는 대화할 기회도 거의……."

"저, 실례되는 질문인지도 모르겠습니다만."

가부라기가 조심스레 물었다.

"한부모 가정이라서 여러모로 어려움이 많으셨으리라 생각되는데, 그런 가운데서도 에미 씨는 용케 사립대학에 진학할 결심을 하신 거로군요?"

"장학금입니다."

히나타 유메는 선선히 대답했다.

고에이 대학에는 '고에이 대학 스칼라십'이라는 장학금 제도가 있어서 경제적인 지원이 필요한 학생에게는 500,000엔이 반환 의무 없이 지급된다. 그것이 동생이 고에이 대학을 지망한 큰 이유가 아니었을까, 하고 히나타 유메는 말했다.

게다가 당시 거주했던 구니타치 시에도 한부모 가정을 지원하는 '모자복지 자금 대부금' 제도가 있어서 사립대 학생은 한 달에 64,000엔을 무이자로 빌릴 수가 있었다고 한다.

"옳거니. 어려운 가정에는 지자체가 지원하는 제도가 있군요."

"예, 덕분에요. 시에서 빌린 돈은 제가 대신 갚았지요만."

히나타 유메는 애매하게 고개를 끄덕였다. 그 얼굴은 어딘지 모르게 이 화제를 피하고 싶어 하는 것처럼 느껴졌다. 가부라기는 괜한 말을 꺼냈다고 반성했다. 공공의 돈으로 지원을 받았다는 사실은 받는 입장에서는 열등감이 느껴지는 대목일 수도 있다.

"에미가 대학에 가고 싶어 했던 건 민담 연구라는 목적도 있었겠지만, 역시 어릴 때부터 병치레가 잦아서 초·중·고등학교 모두 제대로 다니지 못했기 때문이라고 생각합니다. 그래서 저도, 하다못해 대학교 정도는 보내주고 싶다는 생각에 일을 해서 에미를 원조했는데⋯⋯."

히나타 유메는 괴로운 표정으로 입을 다물었다.

고개를 끄덕이면서 가부라기는 좀 전에 받은 명함을 다시금 보았다.

주식회사 '구레하' 대표이사 히나타 유메

"유메 씨는, 혼자 몸으로 지금의 회사를 일으키신 거죠? 정말 고생이 많으셨겠습니다."

가부라기는 히나타 유메의 마음이 진정될 때까지 일단 화제를 바꾸기로 했다. 그러자 히나타 유메도 입을 열었다.

"예. 하지만 운이 좋았지요. 10년쯤 전, 구니타치에서 작은 점포를 빌려 중고 기모노 가게를 시작했는데, 제가 좋아하는 메이센銘仙을 주로 취급했었습니다."

"메이센요?"

'메이센'이란, 메이지부터 다이쇼 시대에 크게 유행했던 거칠게

짠 비단 직물의 총칭이라고 히나타 유메는 말했다. 당시, 해외에서 들어온 양복 텍스타일의 영향을 받아 모던한 디자인으로 짠 옷감이 생겨났고, 그것을 이용한 기모노가 대량으로 만들어졌다고 한다.

"그러다 어느 시기에 잠깐 '메이센' 붐이 일더군요. 제가 다마 지방의 구가舊家*에서 거의 거저나 다름없이 받아온 '지치부메이센'*이 꽤 비싼 값으로 많이 팔렸습니다. 지금이야 가격이 진정되었지만요. 그 붐 덕택에 자금이 쌓이고 사업을 확장할 수 있었습니다."

지금도 품질이 좋은 '메이센'을 모으는 수집가가 있고, 자투리 천도 가방이나 지갑 같은 소품을 만드는 데 이용되고 있다고 히나타 유메는 설명했다.

"허어, 그렇습니까. 그럼, 이 회사 이름인 '구레하'는 무슨 뜻인가요?"

가부라기가 묻자 히나타 유메는 테이블에 비치된 냅킨 통에서 종이 냅킨을 한 장 빼냈다.

"뭔가 쓰실 것을 빌려드릴까요?"

재빨리 히메노가 양복 안주머니에서 볼펜을 꺼내 내밀었다. 히나타 유메는 감사 인사를 하며 받아 들더니, 종이 냅킨에 글자를 쓰면서 설명을 시작했다.

"吳服(오복), 이라 쓰고 '구레하' 또는 '구레하토리'라고 읽습니다. 간사이 쪽에서는 지명이나 신사 이름에도 쓰이지만, 원래는 3세기 중국 오나라 시대에 일본에 길쌈 기술을 전해주었다는 여성,

---

* 사이타마 현 지치부 시 근방에 전해지는 일본의 전통 직물.

구레하토리를 말합니다. 구레하토리는 '吳服(오원)' 외에 '吳織(오직)'이나 '吳羽(오우)'라고도 쓰는 듯합니다. '吳媛(오원)', '吳織媛(오직원)'이라 쓰고 구레하토리히메라고도 불렸던 것 같고요."

구레하토리는 '오나라(구레)의 길쌈'이라는 말이 짧아진 것일 테고, 구레하토리히메는 '오나라의 길쌈하는 아가씨'라는 의미 아닐까요, 라고 히나타 유메는 덧붙였다.

"기모노 또는 일본 옷을 가리키는 '오복'이라는 호칭은 오나라에서 일본에 전해진 직물 기술에서 비롯되었습니다. 물론 일본에는 그 이전에도 옷감이며 전통 복식이 있었으니, 이때 전해진 것은 어디까지나 새로운 직물 기술이지만요."

가부라기는 납득했다. 요컨대 '구레하'란 오복, 즉 기모노를 말한다. 그렇다면 기모노 회사로서 이 이상 직설적인 이름도 없다.

"가부라기 씨. 헤이안 시대의 '주니히토에'*나 요즘도 미혼 여성들이 입는 '후리소데'**의 소매는 어째서 커다란 장방형인지, 생각해보신 적 있으신가요?"

갑자기 히나타 유메가 물었다.

그런 건 생각해본 적도 없다. 하지만 듣고 보니, 여성용 기모노의 소매가 무엇 때문에 그토록 커다란지 모르겠다. 남성용 기모노에도 사각 소매가 있지만, 기능적으로 필요하단 생각은 들지 않는다. 오히려 거추장스럽게 느껴진다.

---

* 헤이안 시대 여성 귀족의 정장으로 기모노를 겹쳐 입는 것.
** 기모노 중 소맷단이 가장 길고 무늬가 화려하다.

"뭘까요, 장식 같은 것? 움직임을 우아하게 보이도록 한다든가. 아니면…… 이봐 히메, 너 혹시 아냐?"

가부라기는 난처한 나머지 매달리는 눈초리로 히메노를 보았다.

"예?"

가부라기의 시선을 느끼고 나서야 히메노는 제정신으로 돌아온 것 같았다.

"아! 죄, 죄송합니다! 잠시 딴생각을 하느라……."

히메노는 아까부터 꼼짝 않고 히나타 유메의 얼굴을 응시하고 있었다. 아마도 죽은 히나타 에미와 겹쳐 보여서였으리라.

"으음, 글쎄요. 지갑이나 소지품을 넣기 위해서인가요? 주머니 대신에."

히메노를 보고 히나타 유메는 미소를 지었다.

"물건을 넣는 데에 쓰는 경우도 분명 있지요. 그리고 장식을 위해 소매를 넓고 크게 만드는 아이디어는 동서양을 막론하고 있었습니다."

가부라기와 히메노 둘 다 낯이 깎이지 않게 히나타 유메는 양쪽 대답 모두를 긍정했다.

"예를 들면 중세 로마의 블리오나 튜닉, 남유럽에서 플라멩코를 출 때 입는 볼레로, 중동의 벨리댄스 의상인 촐리, 그리고 중국의 전통의상인 한푸는 커다란 소매가 특징입니다. 하지만 이것들은 모두 나팔 모양이랄지 깔때기 모양이랄지, 폭이 오므라졌다가 소맷부리를 향해 펼쳐지는 모양이지요. 일본 옷처럼 장방형 천을 별도로 꿰매는 소매는 아닙니다."

"허어, 그렇습니까."

처음 듣는 이야기에 가부라기는 흥미를 느꼈다.

"예. 그리고 외국의 소매가 넓은 옷은 어디까지나 예식이나 무도
용 의상입니다. 평상복으로는 전 세계 어디든 소맷부리가 좁아지
는 '통소매'이지요. 일본 외에는요."

가부라기가 다시 물었다.

"일본의 기모노 소매가 그렇게 특수한 겁니까? 세계적으로도?"

"예, 그렇게 말해도 무리 없다고 봅니다."

히나타 유메는 고개를 끄덕이고 이야기를 다시 시작했다.

"그럼, 어째서 일본의 기모노에만 커다란 사각 소매가 달려 있을
까요? 물론 수납이나 장식이라는 의미도 크겠죠. 또한 옷감은 귀
한 물건이었으니, 다시 바느질해서 재활용하기 쉽도록 사각형으로
만들었다는 설도 설득력이 있습니다. ……하지만 여러모로 연구
한 결과, 저는 두 가지 꿈이 있는 가설에 도달했습니다."

"꿈이 있는 가설, 이라고요. 그게 대체 뭐죠?"

가부라기는 앞으로 다가앉았다.

"우선 한 가지는, '연인을 부르기 위해서'라는 설입니다."

"허, 혹시 소매를 깃발처럼 흔들어서 연인을 부르는 겁니까? 하
지만 소매를 흔드는 건 이별의 신호 아닌가요? 우리네 말 중에 '소
매처럼 여긴다'*라는 말도 있고."

가부라기의 말에 히나타 유메는 다시 미소를 지었다.

"중국의 고사성어에 '단수지벽斷袖之癖'이라는 말이 있다는 걸 아시나요?"

"아뇨, 죄송합니다, 공부가 부족해서…… 히메, 너라면 알고 있겠지?"

"예? 저, 저라면, 말입니까? 알고는 있지만, 하지만, 저는 딱히 그쪽은……."

히메노가 난처한 듯 우물거리며 도움을 청하는 듯이 히나타 유메를 보았다. 히나타 유메는 미소 지으면서 고개를 끄덕이더니, 히메노 대신 설명을 시작했다.

"한나라의 애제哀帝가 아름다운 연인과 함께 낮잠을 자고 있던 중, 급한 용무가 생겨 자리를 떠야 했지요. 그런데 연인이 자신의 옷소매를 베고 잠이 들어 있었기에 깨우지 않으려 소매를 자르고 자리에서 일어났다, 라는 일화에서 생겨난 말입니다."

감탄한 듯 가부라기는 연거푸 고개를 주억거렸다.

"하아! 좋은 이야기군요! 소매를 잘라서 단수입니까? 과연. 그러면 그게 '사이좋은 연인들'이라는 뜻인가요?"

"'남색 관계'라는 뜻이에요. 이 연인은 아름다운 남성 가신이었거든요."

"남색……."

가부라기는 말문이 막히고, 히나타 유메는 재미있는 양 눈을 가늘게 떴다.

---

* 소매는 언제든 바꿀 수 있다는 것에서 비롯된 말로, '소홀히 하다', '거들떠보지도 않는다'는 의미.

마침 그때, 웨이트리스가 음료를 가져왔다. 가부라기와 히메노는 뜨거운 커피, 히나타 유메는 오렌지 주스. 히나타 유메는 오렌지 주스에 빨대를 꽂아 한 모금 마시더니, 맛있다, 하고 기쁜 듯이 중얼거린 후 이야기를 재개했다.

"연인이 남성이냐 여성이냐는 둘째 치고, 일본에서도 옛날에는 잠잘 때 이불이라는 것을 사용하지 않았던 것 같습니다. 지금도 가이마키搔卷라고 해서 두툼하게 솜을 넣은 기모노 모양의 이불이 있지만, 이것이 등장한 것은 가마쿠라 시대이고 그 이전에는 기모노를 입은 그대로 잠을 잤지요. 이불이 보급되기 시작한 것은 고작해야 에도 시대, 그것도 막부 말기 때부터입니다."

나는 지금도 가끔 이불을 펴지 않고 옷을 입은 채 자버리지. 가부라기는 그런 쓸데없는 생각을 했다.

"예를 들면 국보인 에마키모노絵巻物*『겐지모노가타리 에마키』중에, 중병에 시달리는 히카루 겐지의 생모 기리쓰보노 고이의 모습이 그려져 있는데, 신분이 높은 여성인데도 이불을 덮지 않고 겉옷만 여러 겹 입고 있지요. ……그렇다면, 연인이 한 이부자리에 들 때는 어떻게 잠을 잤을까요? 아마도 서로의 옷소매로 덮어주지 않았을까요."

히나타 유메는 다시 다른 냅킨에 무언가를 슥슥 쓰더니 가부라기와 히메노에게 보여주었다.

---

* 설명이 곁들여진 그림 두루마리.

소매 한쪽을 깔다(袖片敷く)······자신의 옷소매 한쪽을 깔고, 홀로 잠을
자다.

소매를 풀다(袖の別れ)······소매를 포개고 동침한 남녀가 소매를 풀고
이별하는 것.

소매를 맞대다(袖交ふ)······소매를 맞대고 자다. 남녀가 동침을 하다.

소매를 뒤집다(袖返す)······소매를 뒤집어놓다. 이렇게 하고 자면 연인
이 꿈에 나타난다는 속설이 있다.

"이것들은 『만엽집』이나 『겐지 이야기』에 나오는, '소매'라는 단
어가 들어간 표현입니다. 네 번째의 '소매를 뒤집다'는 말로 추측
해보면, 동침할 때에는 소매를 일부러 뒤집어놓았을 수도 있겠네
요. 그렇게 하면 아스카 시대부터 널리 퍼졌다는 분가루나 연지 같
은 화장품이 소매 겉쪽에 묻지 않으니까요."

"허어, 과연 우리 옷의 전문가시네요."

테이블 위의 냅킨을 보면서 가부라기가 멍하니 중얼거렸다.

"요컨대, 왕래혼*이 일반적이었던 시대에, 여성은 커다란 소매
가 달린 기모노를 입음으로써 '우리 집에 오면 따뜻하게 잘 수 있
어요' 하고 사랑하는 사람을 불렀다. 그 후 시대가 변하고 나서도
미혼 여성의 기모노에는 후리소데라는 형태로 그 관습이 남았다.
그런 가설이로군요?"

히나타 유메는 만족스레 고개를 끄덕였다.

---

* 일본 고대의 혼인 방식의 하나. 남녀가 결혼해서 한집에 살지 않고, 남자 또는 여자가 상대방의 집에
왕래하는 혼인 방식.

"예. 저는 그렇게 생각하고 싶습니다. 원래 커다란 소매를 만들어 이불 대신 덮고 자는 건, 어린아이가 잘 때 감기에 걸리지 않게 하려고 시작되었던 것 같고요. '온통 소매뿐인'이라는 말이 고대 수필집 『마쿠라노소시』에 나오는데, 이건 어린아이가 몸집이 작아 소매만 있는 것처럼 보인다는 의미이니까요."

"그럼, 다른 한 가지는 뭡니까?"

이번엔 히메노가 앞으로 다가앉았다.

"기모노 소매가 네모나고 커다란 이유가 뭔지, 또 하나 '꿈이 있는 가설'을 가지고 계시다고 말씀하셨죠? 어떤 가설인지요?"

그러자 웬일인지 히나타 유메가 갑자기 말을 얼버무렸다.

"예에……. 하지만 정말로 꿈같은 가설이라서요. 죄송합니다. 쓸데없는 이야기를 장황하게 늘어놓았네요."

히나타 유메는 히메노에게 볼펜을 돌려주고, 시선을 피하듯 유리창 쪽을 보았다.

마침 A활주로에서 하얀 보잉 787기가 새처럼 날개를 젖힌 채 한 낮의 햇살을 반사하며 하늘을 향해 천천히 날아오르는 참이었다. 정숙도를 높였다고는 하나 롤스로이스 PIC의 트렌트 1000 엔진 두 대는 상당한 굉음을 내고 있을 터였다. 하지만 방음 성능이 뛰어난 유리창 덕분에 이곳에서 그 소리는 전혀 들리지 않는다.

"유메 씨는 비행기도 좋아하십니까?"

가부라기가 조심스레 묻자 히나타 유메는 바깥을 눈부신 듯 바라보며 대답했다.

"예. 요즘엔 업무 때문에 미국에 자주 가는데, 나리타에서 출발하기 전이나 도착한 후에 시간 여유가 있을 때에는 가끔 여기 와서 비행기를 바라보곤 합니다. 우습죠, 어린애처럼."

"저도 비행기를 보는 건 무척 좋아합니다. 높은 곳이 겁나서 타는 건 질색이지만요."

가부라기의 그 말에 풋 하고 웃고 나서야 히나타 유메는 두 사람 쪽으로 시선을 돌렸다.

"저와 에미가 아직 어렸을 때 어머니께서 옛날이야기 책을 사주셨는데, 그 안에 붉은 기모노를 입은 여성이 하늘을 날며 사람들을 구하는 이야기가 있었어요."

"'하늘을 나는 소녀' 말이죠?"

히메노가 끼어들었다. 히나타 유메는 히메노를 보면서 고개를 갸웃거렸다.

"예. 잘 아시네요? 그렇게 유명한 이야기는 아니지 싶은데. ……히메노 씨도 읽어보신 적이?"

"에미 누나…… 히나타 에미 씨가 가르쳐주셨습니다."

"동생이?"

히나타 유메는 눈을 휘둥그레 뜨며 놀란 표정을 보였다.

"네. 전, 초등학생 때 에미 누나가 잠깐 이사 와 살았던 고쿠분지의 연립주택에 살았습니다. 불과 석 달 남짓이었지만, 에미 누나가 자주 놀아주셨습니다."

히메노의 그 말에 히나타 유메는 감개무량한 듯 천천히 고개를 끄덕였다.

"이것도 뭔가 인연이겠지요, 에미가 귀여워했던 히메노 씨가 커서 형사님이 되어 에미 사건의 수사를 담당하시다니."

"저도 그렇게 생각합니다. 그러니."

히메노가 히나타 유메의 얼굴을 지그시 바라보았다.

"에미 누나를 살해한 범인은 제가 잡습니다. 반드시."

"잘 부탁드립니다."

히나타 유메는 히메노에게 깊이 고개를 숙였다. 그리고 가부라기에게로 시선을 옮겼다.

"그 '하늘을 나는 소녀'라는 민담을 둘이서 수도 없이 읽었기 때문일까요. 저는 옛날 기모노에 반하게 되었고, 통신제 고등학교를 졸업하면서 중고 기모노 가게에서 일하기 시작했지요. 한편 에미는 민담 연구를 하고 싶다면서 고에이 대학 문학부에 진학했습니다. 그랬는데, 대학 1학년 때 갑자기 실종돼버리고, 그리고 16년이나……."

그대로 히나타 유메는 침묵했다.

"그, 16년 전의 일로 돌아가서 말입니다만."

조금 있다가 가부라기가 입을 열었다.

"에미 씨는 실종된 게 아니라, 유감스럽게도 그때 이미 사망했던 겁니다. 에미 씨가 끌려가서 목숨을 빼앗긴 장소가 왜 히노하라 촌의 목장이었는지, 혹시 뭐든 짚이는 바가 없으십니까?"

"이것저것 생각해봤는데, 전혀 모르겠습니다."

히나타 유메는 슬픈 듯이 고개를 가로저었다.

"그렇습니까······."

가부라기는 아쉬운 듯 고개를 끄덕인 후, 다시 질문했다.

"저어, 동생이신 에미 씨는 사망 당시 다이아가 박힌 귀걸이와 반지를 하고 계셨는데, 당시 친구분들 이야기에 따르면 친한 남성에게서 받은 선물인 듯합니다. 누가 에미 씨에게 선물했는지, 혹시 아십니까?"

히나타 유메는 고개를 가로저었다.

"그 귀걸이와 반지는 본 기억이 있지만, 누구에게서 받았는지는 모릅니다."

"그렇습니까. 그럼."

가부라기는 계속 질문을 이어갔다.

"에미 씨 주변에 이를테면, 평소 품행이 별로 좋지 않은 친구들이 있었는지, 그런 이야기는 들은 바 없으십니까?"

"무슨 말씀이시죠?"

인상을 찌푸린 히나타 유메에게 가부라기가 서둘러 사과했다.

"아뇨, 아니라면 다행이지만, 에미 씨가 등에 타투를 해 넣었기에. 알고 계셨습니까?"

"예. 알고 있었습니다."

히나타 유메는 한숨을 살짝 내쉬었다.

"아마 친구들 꾐에 넘어가 장난삼아 한 게 아닐까요. 당시에도 이미 패션 타투를 하는 여성들이 있었으니까요."

"그렇습니까, 알고 계셨군요."

가부라기는 화제를 바꿨다.

"실례지만, 어머님과 아버님은 이혼하신 거지요?"

"네. 저와 에미가 어머니 배 속에 있었을 때, 아버지는 어머니를 버리고 집을 나가셨답니다."

가부라기는 고개를 끄덕였다. 협의이혼은 아니었던 거다.

"전, 아버지에게 버림받은 일이 어머니가 조기 치매에 걸린 원인의 하나가 아닐까 생각합니다. 내 어디가 나빴던 걸까, 내 무엇이 문제였던 걸까. 고지식한 어머니는 내내 그렇게 자책하고 계셨던 게 아닐까요. 동생인 에미에 대해서도 늘 그러셨으니까요."

가부라기는 그 말에 의문을 품었다.

"에미 씨에 대해서? 그게 무슨 말씀이시죠?"

"저와 에미는 아시다시피 일란성 쌍둥이인데, 에미만 무척 병약하게 태어났습니다. 그래서 어머니는 본인의 몸에 원인이 있었던 게 아닌가, 아니면 임신 중 생활에 문제가 있었던 것이 아닌가, 그렇게 늘 자책하셨으니까요."

"유메 씨, 제가 아는 에미 누나는."

히메노가 입을 열었다.

"매우 건강해 보였습니다. 무척 밝고, 정 많고, 예쁜 사람이었습니다."

히나타 유메는 물끄러미 히메노를 바라본 후, 대답했다.

"어릴 적에는 병약했지만, 커가면서 몸도 튼튼해졌고, 대학에 입학할 무렵에는 완전히 건강해졌으니까요. 에미가 남들처럼 건강해진 데다 대학에도 진학할 수 있어서 어머니는 그나마 마음의 짐을 좀 내려놓지 않으셨을까요."

그렇게 말하더니 히나타 유메는 가부라기와 히메노를 번갈아 보았다.

"변변한 이야기를 해드리지 못해 정말 죄송합니다. 아무 도움도 못 되어 저도 너무 화가 납니다. 에미를 죽인 범인이 잡히면 조금은 공양이 되겠지만요. 하지만 어렵겠죠, 무려 16년이나 지난 일이니까요."

히나타 유메는 두 사람을 향해 깊이 고개를 숙였다.

"앞으로도 모쪼록 잘 부탁드립니다. 저도 생각나는 일이 있으면 바로 연락드리고, 뭐든 협력할 테니까요."

"아, 저기!"

대화가 마무리되려는 찰나 히메노가 물고 늘어졌다.

"에미 누나가 발견된 히노하라 촌의 폐목장 말인데요. 에미 누나는 그 목장을 '유토피아'나 '민들레 나라'라고 불렀습니다. 그것에 대해 뭔가 짚이는 점은 없으십니까?"

"……아뇨."

히나타 유메는 조용히 고개를 가로저었다.

아무래도 더 이상 히나타 유메에게서 들을 이야기는 없을 듯하다. 그렇게 판단한 가부라기가 작별 인사를 건네려던 그때였다.

"저, 히메노 씨."

갑자기 히나타 유메가 조심스레 히메노에게 말을 걸었다.

"지금 입고 계신 양복, 비쿠냐^{vicuna}지요? 버튼 홀이나 플라워 홀도 수공으로 마무리된 것 같은데, 로로피아나^{Loropiana}인가요?"

비쿠냐란 남아메리카 안데스 지방에 서식하는 우제목 포유류 비쿠냐의 털로 만든 고급 원단이다. 로로피아나는 북이탈리아의 원단 브랜드인데 맞춤 제작도 겸하고 있다. 그리고 아닌 게 아니라 히메노는 비쿠냐를 사용하여 로로피아나에서 제작한 봄철 양복을 입고 있었다.

히메노는 고개를 들더니 놀란 어조로 대답했다.

"예, 맞습니다. 과연 복식 업계 분이시네요."

"뜬금없는 질문을 드려 죄송합니다. 고급 원단으로 맞춤 제작한 양복을 입고 계시기에 형사분들이 의외로 고급 옷을 입으시는구나, 하고 조금 놀랐거든요. 아니면 히메노 씨께서, 유복한 가정이신지?"

대화하는 두 사람을 보면서 가부라기는 내심 고개를 갸웃거렸다. 지금까지 보였던 조심스러운 태도에 비하면 히나타 유메의 이 질문은 다소 무례하게 들렸던 것이다.

그러나 히메노는 딱히 마음에 두는 기색도 없이 머리를 긁적이면서 대답했다.

"하아, 그게……. 이건 저희 고모 취향이라서요."

"고모님?"

"네. 아버지의 누님이시죠."

히나타 유메는 재차 질문했다.

"고모님께서 히메노 씨의 양복을 골라주시나요? 부모님이 아니라?"

"부모님은 안 계십니다. 제가 열한 살 때 아버지가 불의의 사고로 돌아가시고, 뒤따르듯이 어머니도 바로 병으로 돌아가셨습니다."

히메노는 밝게 대답했다.

그 대답을 들은 순간, 히나타 유메는 눈을 휘둥그레 뜨고 두 손으로 입을 가렸다.

"그래서 저는 고모가 거둬주셨는데, 이 고모가 회사를 경영하는 실업가로 평소에 좋은 것을 걸치지 않으면 사람까지 저렴해 보인다는, 곤란한 지론의 소유자라서요. 그래서 어쩔 수 없이 박봉에도 불구하고 무리해서 이런 차림을 하고 다닙니다."

히메노는 두 손으로 양복 깃을 잡아 펼치면서 가볍게 한숨을 쉬었다.

"그래도 그게 고모 나름의 애정이니까요. 고모는 저를 양육하는 이상, 제 부모님에게 강한 책임을 느끼고 계시는 것 같아서, 절 반드시 훌륭한 사람으로 키워내지 않으면 부모님에게 고개를 들 수 없다느니, 죽어도 죽을 수가 없다느니, 혼자 그런 식으로 생각하고 계시죠. 그런 고모 심정도 잘 알기에 무척 고맙게 여기고 있습니다."

"저어."

히나타 유메가 두 손을 무릎에 내려놓으며 히메노의 얼굴을 보았다.

"네?"

"지금은, 행복하세요?"

느닷없이 히나타 유메가 히메노에게 물었다.

"예? 어어……."

히메노는 망설이면서 잠깐 생각에 잠겼으나, 이내 힘주어 고개를 끄덕였다.

"네, 그렇네요! 고모는 저에게 늘 깊은 애정을 쏟아주시고, 일은 무진장 바쁘지만 그만큼 보람도 크고, 직장 사람들도 모두 존경할 만한 분들뿐이고. 저는 지금, 무척 행복합니다!"

히나타 유메는 히메노의 얼굴을 가만히 바라보고는 한숨을 토하면서 말했다.

"그런가요."

동시에 두 눈에서 닭똥 같은 눈물을 툭 떨구었다.

히메노는 놀라고 당황하여 엉거주춤 일어섰다.

"죄, 죄송합니다! 괜한 말씀을 드려서! 동생분께서 돌아가셨다고 이제 막 밝혀진 마당에 제 쪽에서 신경을 써드려야 하는데 오히려 제 걱정까지 더하다니! 아, 여기!"

히메노는 바지 뒷주머니에서 손수건을 꺼내 내밀었다. 히나타 유메는 고개를 들고서 놀란 양 히메노를 말끄러미 보았다.

"사양 마시고! 얼른 쓰세요!"

"고맙, 습니다."

그제야 손수건을 받아들고 히나타 유메는 두 눈을 차례대로 꾹 눌렀다. 그리고 그 손수건을 새로이 손에 쥐더니, 난감한 표정으로 히메노를 보았다.

"마스카라가……. 죄송합니다. 세탁해서 돌려드리고 싶은데, 오늘은 지금부터 에미의 시신을 확인하고 내일은 오전 중에 어머니를 뵈러 갔다가 곧바로 오후 비행기로 로스앤젤레스로 돌아가야 합니다. 공항에서 같은 브랜드 걸로 사서 경시청으로 보내드릴게요."

"아뇨! 그러실 것까지야! 괜찮습니다, 신경 쓰지 마십시오!"

히메노는 손을 뻗어 히나타 에미의 손에서 손수건을 빼내 주머니에 도로 넣었다.

"이게, 고모가 생일날 사준 거라서, 드리기도 뭣하거든요. 여자분께 드렸다고 하면 고모가 또 말도 안 되는 억측을……."

"정말 죄송합니다."

히나타 유메는 깊이 머리를 숙인 후, 조용히 일어섰다. 히메노가 서둘러 계산서를 집어 들자 히나타 유메는 히메노에게 다시 고개를 숙이고, 그리고 작별 인사를 했다.

"그럼, 뭔가 진전이 있으면 알려주세요. 미국에 있어도 명함에 있는 휴대전화 번호로 통화가 되니까."

"아! 유메 씨."

가부라기가 다급히 일어섰다.

"거듭 죄송합니다. 저어, 내일 어머님을 뵈러 가신다고 하셨는데, 한 가지만 더 여쭈어도 될까요?"

"무슨 말씀이신지?"

다소 초조한 기색으로 고개를 갸웃거리는 히나타 유메에게 가부라기가 조심스럽게 말을 이었다.

"그게, 뭐라고 말씀드리기가 어렵습니다만……. 제가 뵈었을 때, 어머님께서 이렇게 말씀하시더군요. '에미는 하늘을 날 수 있다'라고. 너무 이상한 이야기라서 저희도 어떻게 받아들여야 좋을지 모르겠습니다. 이 말이 대체 어떤 의미일까요? 유메 씨께서는 뭔가 짚이는 바가 없으십니까?"

히나타 유메는 표정 변화 없이 가부라기에게 사과했다.

"드릴 말씀이 없습니다. 아무래도 어머니가 치매라서 그런지, 이런저런 뜻 모를 말들을 하시곤 해요. 부디 신경 쓰지 마시기 바랍니다."

이만 먼저 실례하겠습니다. 히나타 유메는 그렇게 말하고, 발길을 돌려 그대로 라운지를 나갔다.

다음 날.

히나타 유메가 15시 55분발 아메리칸 항공 AA170편으로 확실히 로스앤젤레스 국제공항을 향해 날아오른 것을, 가부라기는 나리타 국제공항에 확인했다.

12

큰 뱀

"그래서, 햄 어쩌고 하는 놈한테서는 그 후로 아무 연락 없냐? 가부."

마사키 마사야가 지친 표정으로 찻잔을 입에 가져가면서 물었다.

"다쓰미라는 사람? 아니, 없는데. 우리가 전혀 미덥지 않은 모양이야."

가부라기 데쓰오가 대답하자, 히메노 히로미가 쟁반을 세워 허벅지 위에 올려놓고 분노를 드러냈다.

"도대체가 너무 무례하잖습니까! 수사는 해도 상관없지만 정보는 일절 내놓지 않겠다. 그쪽 정보도 필요 없다, 맘대로 해라, 라니! 도저히 같은 경찰이라고 생각할 수가 없어요! 어째서 사건 해결을 위해 힘을 합치려 들지 않는 거죠?"

4월 10일 심야, 오후 11시 30분.

피해자의 언니 히나타 유메가 나리타 국제공항을 출발한 날 밤.

경시청 본부 청사 6층에 형사부 수사 1과에 할당된 거대한 방이 있다. 그 한구석에 마련된 소파 세트에 가부라기, 마사키, 히메노 세 사람이 모여 있었다. 일과 중에는 손님맞이용이지만, 밤이 되면 과원들이 협의를 하거나 잡담을 나누는 데 쓰이는 공간이다.

"그래서 마사키, 16년 전 히나타 에미의 주소는 확인됐고?"

"어, 어제 확인했지. 딱히 의심 갈 만한 건 없었어."

마사키는 종이 몇 장을 낮은 탁자 위에 던졌다.

"호적등본과 주민등록표 사본이야. 태어나서부터 고등학교를 졸업할 때까지 쭉 다치카와의 셋집에 살았어. 이건 이웃 사람들 말과도 일치하고. 그리고 16년 전인 1998년에 히나타 에미는 세 차례 이사를 했는데, 이사할 때마다 전입신고도 빠짐없이 했고. 성실한 아가씨더군."

마사키는 수사본부가 해산된 이후, 세 가지 수사를 병행하여 진행하고 있었다. 첫 번째는 히나타 에미가 다치카와의 집을 나와 피살될 때까지 거주한 장소 추적. 두 번째는 히나타 에미가 지니고 있던 반지와 귀걸이를 판매한 가게의 소재 파악. 세 번째는 히나타 에미의 등에 있는 타투를 새겨준 가게 또는 인물을 파악하는 일이었다.

물론 혼자서 할 수는 없고, 마사키는 젊은 수사관 몇 명을 끌어들인 모양이었다. 마사키에 따르면, 후배 수사관들도 사건을 가로채

간 공안에게 한 방 먹여주자며 적극적으로 도와주고 있다고 한다.

우선 1998년 2월 12일. 히나타 미쓰코, 유메, 에미 세 사람은 미쓰코가 구니타치에 있는 요양 시설에 입소한 것을 계기로, 그때까지 셋이서 살던 다치카와의 셋집을 떠났다. 주민등록표에 따르면 유메와 에미는 이때 모친이 있는 시설에서 좀 더 가까운 구니타치의 연립주택으로 함께 이사했다. 아마도 어머니 미쓰코를 돌보기에 편리했기 때문이리라.

같은 해 5월 2일. 에미가 이 집에서 나와 히메노가 살고 있던 고쿠분지의 연립주택으로 전입했다.

같은 해 7월 31일. 에미는 다시 유메가 사는 구니타치의 연립주택으로 돌아온다. 그 이유에 대해 언니 유메는 동생이 자취를 하겠다며 이사했지만 외로워져서 다시 돌아온 것 같다고 말했다. 그것은 일단 납득이 가는 이유이기는 했다.

그리고 같은 해 8월 30일. 구니타치 시의 관할인 다치카와 경찰서에 에미의 '가출 신고'가 접수되었다. 이때 이미 히나타 에미는 누군가에게 납치되어 살해당한 것으로 보인다.

"그래서, 오늘은 아침부터 같은 다치카와 시청의 교육총무과에 다녀왔어."

마사키의 말에 히메노가 의아한 표정을 지었다.

"교육총무과요? 거긴 왜 가셨는데요?"

"일단, 히나타 에미가 대학에 입학하기 전까지 다녔던 학교를 알아봤어. 어쩌면 같은 초·중·고등학교 시절을 거쳐 간 사람 중에

이 사건과 연루된 자가 있을지도 모르잖아?"

마사키는 설명하면서 수첩을 꺼내 팔락팔락 넘기기 시작했다.

"그런데 헛수고였던 것 같아. 초등학교, 중학교, 고등학교 등 히나타 에미가 재적했던 다치카와 시내의 학교 측 이야기도 들어봤는데, 히나타 에미는 어릴 때 진짜 병약했던지 학교를 밥 먹듯이 빠진 모양이야. 친구라고 할 만한 동급생도 없었던 것 같아."

마사키의 이야기에 따르면, 히나타 에미가 고에이 대학에 입학하기 이전까지 학력은 이러했다.

초등학교는 언니 유메와 같은 시립 초등학교에 입학. 하지만 워낙 몸이 약해서 담임교사와 정기적으로 면담한 것 외에는 수업에 거의 참여하지 않았다. 중학교 때도 마찬가지였다. 언니 유메와 같은 시립 중학교에 진학했지만, 여기서도 신체적인 이유로 수업에는 거의 나오지 못했다.

그러나 그 후에 진학한 도립 고등학교에서는 한 주에 하루 이틀 정도지만 수업에 출석했다. 아마도 몸 상태가 서서히 회복되기 시작한 것이리라. 그래도 출석일수가 부족해서 3년 안에 졸업하기가 어려웠기 때문에 고인을 치르고 대입 시험 자격을 얻어 고에이 대학에 진학했다.

"덧붙이자면 언니 유메는 에미와 같은 도립 고등학교가 아니라 통신제 고등학교에 진학했어. 유메는 몸이 건강해서 아르바이트를 해가며 살림을 꾸렸잖아? 그리고 통신제 고등학교를 졸업한 후에도 계속 일하며 고생한 끝에 중고 의류 판매점에서부터 시작하여 지금의 기모노 회사를 경영하기에 이르렀다는 이야기지. 정말 대단한 사람이야."

"마사키, 잠깐 가르쳐줬으면 하는 게 있는데."

가부라기가 난감한 얼굴로 마사키를 보았다.

"고등학교를 졸업하지 않은 학생도 고인을 치르고 대입 시험을 볼 수 있다는 건 알고 있어. 하지만 초등학교와 중학교를 거의 다니지 못했는데도 고등학교에 진학할 수 있는 건가? 중학교까지는 의무교육이잖아?"

"어. 나도 이상해서 물어봤어. 그랬더니, 고등학교에 가려는 의지가 있는 학생은, 설령 그때까지 단 하루도 초등학교나 중학교에 나가지 않았다 하더라도, 누구나 고등학교에 진학할 수 있도록 고려한다더라고."

마사키는 수첩을 보면서 설명했다.

모든 진학 연령대의 아동 및 학생에게는 초·중학교에 취학할 의무가 있다. 그러나 부득이한 사정이 있는 경우, 교육위원회의 재량에 따라 취학 의무가 유예 또는 면제된다. 그리고 의무교육을 마치지 않아도 문부과학성이 규정한 '중학교졸업정도인정시험'에 합격하면 고등학교 입시를 치를 수 있다…… 그렇게 정해져 있다는 것이다.

히메노가 감탄의 목소리를 흘렸다.

"와! 향학열이 있는 아이가 학교에서 배제되지 않도록 여러 단계로 구제 조치가 마련되어 있는 거군요. 문부과학성도 꽤 좋은 구석이 있네요?"

"그 제도를 이용해서 히나타 에미도 고등학교와 대학교에 진학할 수 있었던 거군."

가부라기도 고개를 끄덕였다.

"하지만 초등학교고 중학교고 안 다닌 거나 마찬가지인데 용케 중인中認, 고인에 합격했군. 히나타 에미가 몸은 약해도 원래 머리는 좋았던 모양이야."

게다가 같은 나이인 언니 유메가 있으니, 유메가 학교에서 배운 것을 가르쳐주었는지도 모르지. 가부라기는 그런 상상을 했다.

"뭐, 그런 이유로 다치카와 시청에서 온종일 이것저것 알아봤는데, 성과다운 성과는 없었어. 도로아미타불이란 얘기지."

끼이, 하는 소리와 함께 소파 등받이에 몸을 기댄 마사키를 가부라기가 위로했다.

"아니, 그래도 피살되기 전까지의 히나타 에미의 행적과 관련해서는 히메노의 기억과 요양보호사의 이야기, 언니 유메 씨의 이야기 모두 모순이 없다는 사실이 밝혀진 거잖아. 그리고 사망한 히나타 에미의 이미지가 상당히 선명해지기 시작했어. 수고했네."

그러자 히메노가 마사키에게 물었다.

"그런데 시청에 다녀오신 것치고는 많이 늦으셨네요. 업무 시간 이후에 이야기를 듣고 왔다 쳐도, 마사키 선배가 돌아오신 게 밤 11시 다 되어서인데요?"

"지금부터 이야기하려던 참이었어. 실은 다치카와 시청에서 일을 보고 나왔는데 마침 이쓰카이치 서도 거기서 가깝다는 생각이 떠올라서 겸사겸사 잠시 들렀다 왔지."

다치카와 역에서 이쓰카이치 경찰서가 있는 무사시이쓰카이치 역까지는 전철로 30분 거리다.

"폐목장 쪽에 뭔가 새로운 정보가 들어왔나 해서. 왜 있잖아, 수사 기록에는 오르지 않는 자투리 정보. 그랬더니……."

그렇게 말한 후, 마사키가 어째선지 후우 하고 한숨을 쉬었다.

가부라기는 일단 수사에 들어갔을 때 마사키가 보이는 집요함에 새삼 감탄하면서, 동시에 묘한 기색에도 신경이 쓰였다.

"왜 그래? 마사키. 뭔가 있었어?"

그렇게 물은 가부라기에게 마사키가 반대로 되물었다.

"싫은 이야기랑, 엄청나게 싫은 이야기가 있는데, 어느 쪽을 먼저 들을래?"

그 말에 히메노가 입술을 비쭉였다.

"마사키 선배, 그럴 때는 보통 '좋은 이야기랑, 나쁜 이야기가 있는데'라고 하지 않나요?"

"양쪽 다 좋은 이야기가 아니야. 그럼, 보통 수준의 싫은 이야기부터 하지."

마사키는 이야기를 다시 시작했다.

"우선, 그 사일로의 내벽 높이 3미터 부근에 혈액이 흩날린 흔적이 확인됐어. 이제부터 감식에 들어가겠지만, 아마도 피해자의 것일 테지. 다시 말해, 피해자는 허공에서 찔려 죽은 것으로 가닥이 잡혔다는 거야."

검시관의 추정과 일치하는 결과이고, 그건 거의 각오하고 있던 일이었다. 그리고 현 단계에서는 일단 시신에 관한 수수께끼는 제쳐두기로 했다.

"우선은 히나타 에미 납치 감금부터 생각하기로 하지. 그래서 마사키, 또 한 가지 '엄청나게 싫은 이야기'라는 건?"

"뱀이야."

"뱀?"

히메노가 어리둥절해서 쳐다보자 마사키는 떨떠름한 표정으로 고개를 끄덕였다.

"아마 16년 전 여름이었다고 하니까, 히나타 에미가 살해된 딱 그 무렵이지. 가부, 기억나냐. 그 폐목장 사일로, 계곡 근처에 지어졌잖아?"

가부라기는 서둘러 기억을 더듬고 고개를 끄덕였다. 분명히 그 히노하라 촌의 폐목장을 찾았을 때 사일로 뒤쪽으로는 계곡이 있었다.

"그 계곡 건너편에 농로가 있는데, 거길 밤중에 차로 달리던 농가 아저씨가 헤드라이트 불빛 속에 사일로 창구멍에서 시커멓고 커다란 뱀이 스르르 기어 나오는 걸 봤다고 하더라고. 잘못 봤겠지 싶어서 잊어버리고 있었는데, 이번 사건으로 그때 일이 퍼뜩 떠올라서 이쓰카이치 서에 신고했다더라. 참 나, 공연한 짓을 해가지고는."

가부라기와 히메노가 얼굴을 마주 보았다.

커다란 검은 뱀.

듣고 보니 이 이상 싫은 이야기도 쉬이 상상하기 어려웠다. 히메노에게 히나타 에미가 들려주었다는 '하늘을 나는 소녀'에 관한 민담. 그 이야기 속에 등장하는 커다란 검은 뱀을, 가부라기도 히메노도 어쩔 수 없이 떠올리게 되었던 것이다.

마사키 말마따나, 이런 터무니없는 이야기는 무시당하기 십상이라 수사 기록에는 남지 않을 것이다. 실제로 마사키에게 이야기해 준 이쓰카이치 서 사람도 쓴웃음을 지었던 모양이다. 가부라기를 비롯한 네 사람 외에는 '하늘을 나는 소녀'에 관한 민담을 아는 사람이 없는 것이다.

허공에서 찔려 죽은 여성의 시신. 그리고 그 시신이 있던 사일로에서 기어 나온 커다란 검은 뱀. 생각을 멈추려 해도 가부라기의 뇌는 제멋대로 민담과의 불합리한 일치에 대해 계속 생각하고, 공회전을 하고, 쇼트를 일으키려 했다.

그 민담에 대해서는 과경연의 사와다 도키오가 알아보고 있을 터인데 현재로선 아무런 연락이 없다. 찾는 데 애를 먹고 있는 걸까……. 가부라기는 안 좋은 예감이 들었다.

그때였다.

별안간 수사 1과 안에 고함 소리와 함께 전화 수신음이 여기저기서 울려대기 시작했다. 방 안에 있던 수사관들이 저마다 무언가를 외치면서 의자를 박차고 일어나 상의를 잡아채기 무섭게 방 밖으로 달려 나간다.

가부라기, 마사키, 그리고 히메노도 황급히 일어섰다. 중대 사건 발생이다.

"어이! 가부, 마사키, 히메! 갈 수 있나?"

세 사람을 향해 동료 수사관 하나가 멈춰 서서 소리쳤다.

"살인이야? 현장이 어딘데?"

가부라기는 손목시계를 보면서 재빨리 물었다. 현재 시각 0시 45분. 세 사람에게 말을 건 수사관이 문을 나가기 직전에 소리쳤다.

"시오도메! 닭꼬치*인 것 같아! 죽기 직전에 110으로 신고했고! '콩코드 도쿄 옥상'이야!"

'콩코드 도쿄'란 시오도메 해안에 건설된 지상 37층짜리 외국계 고층 호텔이다.

"그러니까, 내가 닭꼬치라고 하지 말랬지! 하여간 이놈이고 저 놈이고! 더군다나 지랄맞게 바쁜 지금, 또 살인 사건이냐고!"

마사키도 자기 자리에서 상의를 거머쥐면서 고함쳤다.

그때, 마사키의 휴대전화가 울렸다. 마사키는 화면을 보더니 다급히 기부라기에게 고함쳤다.

"가부! 히나타 에미의 반지와 귀걸이 쪽으로 움직여주고 있는 젊은 친구한테서 전화다! 뭔가 알아냈는지도 모르겠어! 어, 어쩌지?"

가부라기도 상의를 걸치면서 고함으로 대답했다.

---

* '불에 탄 시신'을 가리키는 일본 경찰의 은어.

"마사키 너는 그쪽으로 가줘! 시오도메는 나랑 히메가 다녀온다!"

"차에 먼저 가 있겠습니다!"

히메노가 한발 앞서 상의와 가방을 안고 달려 나갔다.

"그럼 그렇게 하지! 가부, 나중에 보자고!"

마사키도 전화기를 귀에 대면서 뛰어나갔다.

가부라기도 방을 뛰쳐나와 복도를 달려, 그대로 지하주차장을 향해 계단을 뛰어 내려가기 시작했다. 일단, 히나타 에미 사건은 뒤로 미룬다. 가부라기는 억지로 머리를 전환해 방금 일어난 사건에 집중하려 애썼다.

고층 호텔 옥상이라고? 멍청한 범인이군. 왜 그런 곳에서?

가부라기는 계단을 뛰어 내려가면서 생각했다.

만약 살인이 지금 막 일어났고 범행 현장이 빌딩 옥상이라면, 범인은 독 안에 든 쥐다. 계단이고 엘리베이터고, 통보가 들어오는 동시에 경비원과 연합하여 전부 차단했을 것이다. 그리고 늦어도 10분 안에는 부근을 순찰 중이던 경찰차가 현장에 도착할 것이다. 범인은 절대 호텔을 빠져나갈 수 없을 것이다.

그렇게 생각하면서도 가부라기는 왠지 근거 없는 불안에 휩싸였다.

13

소멸

도쿄 도 미나토 구 도쿄만 연안에 펼쳐진 13개 동의 고층 빌딩으로 이루어진 거대 복합 시설 구역, 그것이 시오도메다. 시오도메라는 명칭은 엄밀히 말하면 지명은 아니다. 원래 있었던 시오도메 초는 1932년 명칭이 변경되면서 소멸했고, 현재는 히가시 신바시 대부분과 가이간 1초메로 구성되는 지역의 통칭이다.

4월 11일 오전 0시 40분, 경시청에 휴대전화를 이용한 수상쩍은 110 신고가 들어왔다. 그 당시 녹음에 따르면 통화 내용은 이러했다.

"도와줘! 날 죽이려고 해! 지금 '콩코드 도쿄' 옥상이야!"

경시청 통신지령센터는 곧바로 발신지를 잡아냈다. 그곳은 분명히 시오도메에 있는 37층 건물인 외국계 호텔 '콩코드 도쿄'였다.

지령센터는 축구 골대 약 일곱 개 크기의 면적을 차지하는 표시 장치로, 부근을 주행 중이던 경찰차 다섯 대를 선별했다. 현장으로 급행하라는 지령을 내리는 동시에 '콩코드 도쿄' 및 해당 건물의 경비 회사에 연락, 옥상에서 아래층에 이르는 경로를 전부 차단하도록 의뢰했다.

경찰관이 최초로 현장에 도착한 시각은 오전 0시 50분. 경찰차로 순찰 중이던 아타고 경찰서 소속 2인이었다. 두 경찰관은 호텔 종업원의 안내로 고객용 엘리베이터를 타고 37층으로 올라갔다. 업무용 공간으로 들어서자 옥상으로 통하는 계단의 문이 있고, 그 문 앞에는 경비 회사 소속 경비원이 네 명 있었다.

경비 회사는 경시청으로부터 연락을 받자마자 업무용 엘리베이터 두 대를 정지시키고, 비상계단으로 향하는 출입구를 전부 차단한 다음, 고객용 엘리베이터로 37층까지 직행하여 계단을 내려오는 자가 없는지 감시하고 있었다.

'아무도 내려오지 않았다는 경비원의 말을 확인한 두 경찰관은 총을 빼 들고 계단을 뛰어 올라가 옥상으로 나갔다. 그곳에는 110 신고를 한 남자와, 그를 죽이려는 범인이 있을 터였다.

그런데 문을 연 순간, 경찰관은 시뻘건 불꽃과 검은 연기가 피어오르는 것을 발견했다. 한 명이 소화기를 가지러 돌아가고, 다른 한 명은 불에 타고 있는 것이 무엇인지 정체를 확인하기 위해 주위를 살피며 접근했다. 바로 곁에까지 다가갔을 때, 자극적인 휘발유

냄새와 살이 타는 악취가 경찰관의 코를 찔렀다.

타고 있는 것은 다름 아닌 인간이었다.

불타고 있는 시신 옆에 역시 불타고 있는 휴대전화가 떨어져 있었다.

그리고 옥상에는 다른 어느 누구의 모습도 없었다.

"이 빌딩은, 비상계단으로도 옥상에 올라갈 수 있죠?"

4월 11일, 오전 1시 15분.

가부라기와 히메노는 정·사복 경찰들로 북적이는 '콩코드 도쿄'의 프런트 앞에 있었다. 프런트는 28층. 1층에서 27층까지는 오피스 공간이다. 프런트 앞 여기저기서 수사관들이 호텔 종업원들을 상대로 사건 당시의 정황을 묻고 있다. 가부라기 일행도 지나가던 한 사람을 붙잡아 이야기를 들어보려는 참이었다.

히메노의 질문에 제복 차림의 호텔 종업원이 파랗게 질린 얼굴로 대답했다.

"확실히 비상계단은 옥상까지 이어져 있고, 모든 객실 플로어에서 비상계단으로 나갈 수 있습니다. 하지만 비상계단으로 통하는 문은 평상시에는 함부로 열려고 하면 경비 회사에 통보가 가고, 경비원이 바로 출동합니다. 그러니 비상계단을 통해 옥상으로 올라가는 건 아무래도 어렵지 싶은데요."

수첩에 메모를 해가며 히메노는 잇따라 질문했다.

"그럼, 피해자와 범인은 어떻게 옥상으로 나간 겁니까?"

"호텔의 백야드, 즉 종업원 전용 공간에 업무용 엘리베이터가 두 대 있습니다. 그것으로 37층까지 올라가서, 전용 계단으로 이어지는 문을 열고 걸어 올라간 것으로 보입니다."

"객실용 엘리베이터가 아닌 이유는?"

"우선 손님들은 1층의 리셉션에서 프런트와 레스토랑이 있는 28층까지 직통 엘리베이터로 이동하십니다. 게스트 룸은 29층부터인데 객실용 엘리베이터는 룸 카드를 대지 않으면 작동하지 않습니다."

"업무용 엘리베이터에는 타려고만 들면 누구든 탈 수 있습니까?"

"물론 종업원 출입구 문은 ID카드가 없으면 열리지 않습니다. 하지만 각 층마다 있는 종업원 전용 공간의 문은 리넨류나 식기 등 짐을 가지고 드나드는 일이 많은 데다 급하게 이동할 때도 많아서 대체로 자물쇠를 채우지 않습니다. 그러니 내부에 있는 업무용 엘리베이터 두 대에는 타려고 마음먹으면 어느 층에서라도……. 어쨌거나 심야 시간대였고요."

"종업원용 공간에는 방범 카메라가 없죠?"

"네. 설치되어 있지 않습니다. 입구의 문도 고객용 엘리베이터 홀이나 객실과는 조금 떨어진 장소에 있어서, 플로어에 설치된 방범 카메라에는 잡히지 않는 것으로 알고 있습니다."

계속해서 가부라기도 질문했다.

"옥상으로 이어지는 계단 입구의 문은 평소에도 개방합니까?"

"물론 잠가두지만, 안쪽에서 잠그는 방식입니다."

"안쪽에서?"

종업원에 따르면, 경시청 생활안전부와 도쿄 소방청 예방부가 '피난계단 또는 옥상으로 통하는 문의 잠금장치에 관한 지도'라는 것을 시행하고 있는 모양이다. 그에 따르면, 옥상을 일시적인 피난 장소로 삼는 건물인 경우 '옥내에서 쉽게 잠금장치를 풀 수 있는 자물쇠'를 설비하도록 지도한다는 것이다. 그렇지 않으면 긴급 상황 시 옥상으로 피난할 수 없기 때문이다.

"열어도 경보는 울리지 않는 거로군요?"

"그렇습니다."

"외벽 청소용 곤돌라를 움직인 흔적은?"

"곤돌라는 없습니다. 외벽 청소는 컴퓨터로 제어하는 기계, 즉 로봇에 의한 고압세정 방식입니다."

"옥상에 방범 카메라는?"

종업원은 슬픈 듯이 고개를 가로저었다.

"없습니다. 저희 호텔 옥상에는 전망대나 헬기 착륙장 같은 시설은 이에 없고, 임시 피난 장소로 쓰이는 공간 외에는 공조 시설 배기구나 강풍용 제어장치, 벽면 청소 기계 설비만 있을 뿐, 본래 외부인이 출입할 일이 전혀 없는 장소인데 설마 이런 일이……."

또한 호텔의 옥상에 대한 방범 의식이 낮았던 것도 책망할 수 없는 일이었다. 옥상에 올라간들 득 될 일이 전혀 없다 보니, 누군가가 침입할 거란 생각은 염두에 두지 않았던 것이다.

결론적으로, 범인은 피해자와 함께 또는 각자 업무용 엘리베이터로 37층까지 이동했고, 사전에 범인이 잠금장치를 풀어둔 문을 열고 직통 계단을 통해 옥상으로 올라간 것으로 추측되었다. 이렇게까지 용의주도하다면, 아마 지문도 남기지 않았을 것이다.

업무용 엘리베이터는 일과 시간 중에는 스태프들이 빈번하게 이용한다. 그러나 범행 시각인 오전 0시 40분이면 룸서비스도 바와 레스토랑의 영업도 전부 종료된 후라 이용하는 사람이 거의 없을 시간대다. 그렇다고는 하나 손님의 급한 요청으로 물품을 배달한다든지 하는 경우도 있으므로 심야에 엘리베이터가 움직인다고 해서 의심할 사람도 없다.

호텔 내 업무용 공간의 구조라든지 업무용 엘리베이터 이용 상황을 아는 자가 아니고선 이렇듯 순조롭게 옥상으로 올라가지는 못할 것이다. 따라서 범인은 이전에 업무상 이 호텔에 드나들었을 가능성이 커 보였다.

하지만 호텔이란 건물은 세상의 온갖 다양한 업종에 종사하는 사람들이 드나드는 곳이다. 연회며 이벤트 준비, 식료품과 음료와 생화 반입, 가구며 비품, 소모품 설치, 청소, 자동판매기, 공조, 전기, 수도, 통신회선 공사……. 2005년 문을 연 이래 9년간 이 호텔에 드나든 모든 업체의 직원과 임시 고용인을 조사해야 한다.

그것은 생각만으로도 정신이 아득해질 만큼 많은 시간과 막대한 인원이 필요한 작업이었다.

"범인은 피해자를 죽이자고, 왜 이 호텔의, 그것도 옥상을 선택했을까요?"

히메노가 미간을 찌푸리면서 중얼거렸다.

"그게 첫 번째. 그리고 다음 문제는, 범인이 어떻게 옥상에서 자취를 감췄는가야."

가부라기도 얼굴에 고민을 드러냈다.

"피해자는 살해되기 직전에 110으로 신고했어. 그래서 본청은 신고를 받자마자 호텔에 연락해서 종업원용 엘리베이터를 정지시키고, 경비 회사의 협력을 얻어 비상계단을 봉쇄했어. 상식적으로 범인이 달아날 방도는 없어. 그런데 순찰차로 달려온 경찰이 옥상에 도착했을 때, 그 자리에는 범인이 없었어."

문득 가부라기는 자신이 한 말에 의문을 품었다. 어떻게 피해자에게 '110 신고'를 할 여유가 있었던 걸까? 필시 범인이 눈앞에 있었을 텐데…….

그때, 히메노가 의견을 내놓는 바람에 가부라기의 생각은 거기서 중단되었다.

"상식적으로 생각해볼 때 옥상에서 몰래 탈출할 수 있는, 아무도 모르는 루트가 있는 거겠죠? 예를 들어, 실은 숨겨진 계단이 있다거나, 환풍구를 통해 밖으로 나갔다거나."

가부라기는 고개를 갸웃했다.

"호텔 종업원도 모르는 루트가? 그건 어렵지 않을까?"

"그러네요."

히메노는 일단 의기소침해졌으나 이내 다시 고개를 들었다.

"그럼 기구氣球, 낙하산, 아니면 행글라이더나 패러글라이더를 이용한 게 아닐까요? 그렇게 공중에 둥실 떠올라서."

가부라기는 고개를 저었다.

"아무리 심야의 오피스 타운이라고는 해도 야근 중인 사람들도 있을 테고, 주위에는 다른 호텔도 있어. 그런 걸로 한가하게 공중을 이동했다면 누구 눈에 띄어도 띄었겠지."

"그럼 손발에 빨판을 붙인 채 벽을 타고 내려갔다든가? 아니면 레인저 부대처럼 와이어로."

"빌딩 아래에는 경찰과 구경꾼들로 북적거리고 있어. 벽면에 붙어서 내려갔다면 발견하지 못할 리가 없지."

그러자 히메노는 뺨을 빵빵하게 부풀렸다.

"그럼, 범인은 실은 초능력자여서, 빌딩 옥상에서 어딘가로 순간이동이라도 했다는 겁니까? 아니면, 하늘을……."

날아서, 도망쳤다.

가부라기는 그렇게 말하려다 간신히 그 말을 삼켰다.

"저어, 가부라기 선배."

히메노가 창백한 얼굴로 말했다.

"이거 혹시, 밀실 살인 아닐까요?"

"엥?"

가부라기는 어리둥절해했다.

"아니 히메, 밀실이란 밀폐된 공간을 말하는 거잖아? 빌딩 옥상은 밀폐는커녕 바닥 외에는 하늘을 향해 온통 다 뚫려 있잖냐."

"하지만 어느 누구도 하늘에서 옥상으로 올 수 없고, 옥상에서 하늘로도 나갈 수 없잖습니까? 아무도 출입할 수 없는 공간이라면, 거기는 사실상 밀실이라고 봐야 하지 않을까요?"

히메노는 진지한 얼굴로 가부라기를 보았다.

"그러니까, 군이 이름을 붙이자면 '개방형 밀실'이 아닐까요. 이 옥상은."

개방형 밀실.

가부라기는 심한 혼란 속에서도 필사적으로 생각했다. 완전히 모순된 표현이지만 히메노 말마따나 시신이 발견된 곳은 완전히 개방된 밀실 안이라고 할 수 있었다.

다만 옥상을 '밀실'이라고 부르려면 딱 한 가지 조건이 필요했다. '만약, 범인이 하늘을 날 수 없다면'이라는 조건이다.

그리고 그 폐목장의 사일로 또한 그렇다. 환기용 창구멍이 네 개 뚫려 있다고는 하나, 지상 3미터 높이의 작디작은 창구멍 바깥에서 사일로 안에 있는 사람을 찔러 죽이고 그 창구멍 너머로 매달아놓는 일은 불가능하다. 그렇다면 사실상 그 사일로도 밀실인 셈이다. 다만 이쪽도, '만약 피해자 히나타 에미가 하늘을 날 수 없다면'이란 조건이 필요하다.

피살된 히나타 에미와 이번 살인범 둘 다 하늘을 날 수 있다는 전제 조건이 있다면, 두 살인 사건 모두 밀실 살인은 아니다. 그러나 둘 다 하늘을 날 수 없다는 전제 조건이 있다면 양쪽 모두 밀실 살인이 되고 만다.

즉, 어느 쪽이 됐든 이 두 사건은 '있을 수 없는 범죄'인 것이다. 가부라기는 이런 자신의 사고에 어처구니가 없어졌고, 도무지 이해할 수 없는 이 상황에 심한 현기증을 느꼈다.

"어라?"

히메노가 주위를 두리번거렸다.

"왜 그래? 히메."

"우리 과 사람들, 먼저 도착했을 텐데 다들 어디 가 있는 거죠?"

가부라기도 그 말을 듣고서야 알았다. 여느 때 같으면 살인 사건 현장에서는 여기저기서 얼굴을 마주치기 마련인데, 어찌 된 셈인지 동료들이 한 사람도 눈에 띄지 않는다. 종업원이나 경비원과 대화하는 사람은 있지만, 가만 보니 전부 낯선 남자들뿐이었다.

"형사부 수사 1과 분들이시죠?"

별안간 등 뒤에서 목소리가 들리고, 가부라기와 히메노는 흠칫하며 돌아봤다.

어느새 다가왔을까, 짧게 쳐올린 머리에 하얀 마스크를 쓴 검은 양복 차림의 키 큰 남자가 등 뒤에 서 있었다. 분위기로 보건대 나이는 마흔 안팎이거나 가부라기보다 몇 살 아래로 보였다. 말씨는 정중하지만 마스크 위로 보이는 눈은 날카로웠다.

"모처럼 건너오셨는데, 이 사건에 대한 수사는 필요 없습니다. 이만 돌아가주시죠."

"네…… 네?"

히메노가 엉겁결에 까뒤집힌 목소리를 냈다.

가부라기가 그 인물에게 질문했다.

"당신은?"

"공안에서 나왔습니다."

"공안?"

살인 사건에 공안이 왜……? 그렇게 생각한 직후, 가부라기는 그 사일로 사건 때도 사이키 관리관이 경시청 공안부에게 수사를 맡긴 것을 떠올렸다.

그러나 눈앞의 남자는 그저 공안에서 나왔다고만 할 뿐 소속을 대지 않는다. 공안이라고 해도 경찰청 경비국, 외무성 공안조사청, 경시청 공안부, 각 도부현 경찰 본부 경비부, 관할 경찰서 경비과 등 종류가 다양하다. 무엇보다, 진짜 공안 사람이 맞기는 한지조차도 알 수 없다.

"실례지만, 신분증 좀 볼 수 있을까요?"

"양해 바랍니다. 직무상 이유가 있어서."

공안 경찰은 정보 수집이 주된 임무다. 조사 대상에게 얼굴이 노출되지 않도록 평소에도 마스크나 선글라스 등을 착용하는 사람이 많고, 그 점은 가부라기도 들어 알고 있었다.

"이 사건의 수사는 저희가 담당하게 되었습니다. 형사부와도 이야기가 됐고, 다른 분들은 이미 돌아가셨습니다. 설명은 이상입니다."

"뭐라고요?"

히메노가 화를 그대로 분출하며 대들었다.

"다른 사람들이야 뭘 어쩌든 우리는 한 발짝도 못 물러납니다!

살인이니까요! 도대체 이름도 안 대고 어쩌자는 겁니까? 게다가 밤중에 민낯으로 편의점에 가는 아가씨도 아니고, 남들과 대화하면서 그렇게 무식하게 큰 마스크를 하고 있는 건 실례 아닙니까! 독감이에요? 꽃가루 알레르기? 아니면 코끝에 뾰루지라도 났습니까?"

그러고도 무슨 말인가 또 퍼부으려는 히메노를 제지하고 가부라기가 남자에게 말을 건넸다.

"바로 최근에도, 우리 형사부가 담당해야 할 살인 사건을 당신들 공안에게 넘기라는 말을 들었습니다. 혹시 이 사건이, 그 히노하라 촌의 사일로 사건과 관련이 있는 거 아닙니까?"

아무 말이 없는 남자에게 가부라기는 차분한 어조로 계속 이야기했다.

"이 시오도메 사건과 관련이 있다면, 히노하라 촌의 사일로 사건은 종교 단체 따위의 범행은 아닌 거요. 그리고 당신들은 진즉에 범인의 윤곽을 파악했어요. 그런데 방금 또다시 살인이 일어났고, 범인을 놓쳐버렸소. 이제 공안이니 형사니 하는 것에 얽매여 있을 때가 아니란 말입니다."

잠시 침묵이 흐른 후, 남자는 가부라기를 보면서 마스크 아래 입을 열었다.

"가부라기 데쓰오, 계급 경위, 47세, 독신, 이혼 경력 있음. 대졸 논커리어. 성격 온후, 무사안일주의, 상승 의지 없음. 별명은 히루안돈昼行燈*. 종합 평가 D."

이어서 남자는 히메노를 보았다.

"히메노 히로미, 계급 순경, 27세, 독신, 대졸 논커리어. 경박, 낭비벽 심함, 상승 의지 없음. 별명은 히메. 종합 평가 C."

가부라기와 히메노는 무심코 얼굴을 마주 보았다.

"아무래도 우리의 조사가 정확하진 않았던 것 같군요. 당신들이 출세하지 못하는 이유는 상승 의지가 없어서가 아니라, 타협이나 양보를 모른다는 데에 있는 것 같습니다."

남자는 혼잣말처럼 중얼거리더니 천천히 하얀 마스크를 벗었다.

"공안부 제1과 제2공안수사 소속 다쓰미 고지입니다."

드러난 얼굴을 보고 가부라기와 히메노는 놀란 숨을 삼켰다. 다쓰미의 얼굴 자체는 야무진 인상의 미남이라고 할 수 있었다. 다만 오른쪽 뺨에서부터 턱에 걸쳐 화상 흔적으로 보이는 검붉은 켈로이드가 퍼져 있었다.

경시청 공안부 제1과 제2공안수사는 '극좌 폭력 집단', 즉 좌익 과격파 담당이다. 아마 다쓰미도 과거에 화약이나 폭탄이 사용된 사건과 조우했을 것이다. 가부라기는 정보전이 주요 임무라 일컬어지는 공안 경찰의 가열찬 일면을 본 듯한 기분이 들었다.

"마스크를 하는 이유 중 하나입니다. 얼굴이 기억되기 쉬운 점도 있지만, 주위에 불쾌감을 주고 싶지 않아서."

"아, 저기, 죄, 죄송합니다. 실례되는 말을 해버려서……."

히메노는 엉겁결에 다쓰미에게 머리를 숙였다.

---

* 낮에 등불을 켜도 제구실을 하지 못한다는 것에서 비롯되어, 얼빠진 사람 또는 쓸모없는 사람을 낮잡아 이르는 말로 사용한다.

다쓰미는 다시 마스크를 쓰고, 양복 안주머니에서 초콜릿색 케이스를 꺼내 펼쳐 경찰 배지를 보여주었다. 파란 테두리선 안에 '경정'이라는 계급과 다쓰미 고지라는 이름 및 그 영문 표기가 보였다. 경위인 가부라기보다 계급이 훨씬 위다. 직책은 관리관이나 이사관 급일까. 나이로 보아 커리어 출신임에는 틀림없다.

가부라기도 정신을 가다듬고 다쓰미에게 말을 걸었다.

"그렇다면 다쓰미 경정님, 여쭙고 싶은 말씀이 있습니다만."

"다쓰미면 됩니다."

"그럼 다쓰미 씨. 공안 1과가 움직인다는 건, 이 사건이나 히노하라 촌의 사일로 사건이나 모두 극좌와 연관이 있다는 의미인 거죠? 어느 단체입니까?"

"말씀드릴 수 없습니다."

다쓰미는 가부라기를 응시한 채 마스크 너머 웅얼거리는 듯한 목소리로 대답했다.

가부라기는 재차 질문을 던졌다.

"그럼, 피해자는 누굽니까? 살해당하기 전에 피해자가 휴대전화로 신고했다면, 걸려온 휴대전화 번호로 신원은 파악됐을 겁니다. 말해도 상관없지 않겠습니까, 어차피 머지않아 발표될 일인데."

마스크에 가려 표정은 알 수 없지만, 다쓰미는 어쩔 수 없다는 투로 대답했다.

"가와호리 데쓰지, 36세. 모토야마 이치로 참의원 의원의 사설 비서입니다."

"모토야마 의원의 비서, 라고요."

가부라기가 고개를 끄덕였다.

모토야마 이치로 참의원 의원, 38세. 지난번 참의원 선거 때 도쿄 구에 무소속으로 처음 입후보했다. 모든 원자력발전소 즉시 폐기, 재생 가능한 에너지 개발 추진, 환경보호, 헌법 개정 반대 등을 부르짖으며 20~30대 젊은 층과 주부들의 지지를 모아 70만 가까이 표를 획득하여 단숨에 당선되었다. 그리고 바로 사흘 전 4월 8일, 보수 제1야당인 민생당에 전격 입당.

가부라기가 가지고 있는 지식은 그게 전부였다.

"더 이상은 말씀드릴 수 없습니다. 이만 실례하겠습니다."

"다쓰미 씨! 잠시만요."

발길을 돌리려는 다쓰미에게 가부라기가 말을 던졌다.

"우리는 가와호리에 대해 아는 정보가 하나도 없습니다. 하지만 아마도 당신들은 뭔가를 알고 있겠지요. 그걸 우리에게도 가르쳐 줄 수 없겠습니까?"

"형사부가 알 필요는 없습니다."

다쓰미는 고개를 천천히 가로저었다.

"달리 질문 있으십니까? 어차피 대답은 다 같습니다만."

그렇게까지 말하는데 가부라기도 더는 아무것도 물을 수가 없었다.

"됐습니까? 수고하셨습니다. 조심해서 들어가십시오."

그 말을 끝으로 다쓰미는 두 사람에게 등을 돌리고 걷기 시작했다.

다쓰미가 가는 방향의 벽 앞에는 새까만 양복 차림의 한 무리가 있었다. 전부 같은 매장에서 사 입었나 싶을 정도로 비슷비슷한 복장에 하나같이 하얀 마스크를 착용하고, 개중에는 한밤중인데도 짙은 선글라스를 낀 자도 있다. 아마도 다쓰미와 같은 공안부 1과 수사관들일 것이다.

다쓰미의 뒷모습을 노려보면서, 울분을 풀 길이 없다는 듯이 히메노가 목소리를 높였다.

"가부라기 선배! 이대로 괜찮은 겁니까? 저 사람들이 무슨 수로 살인 사건 수사를 한답니까? 그것도 두 건 다 부조리하다고 할 만큼 영문을 알 수 없는 사건인데요? 게다가 도대체가 형사부 윗선도 너무합니다! 그 사일로 사건에 이어 또다시 살인 사건을 햄으로 넘기다니, 대체 어쩔 작정이랍니까?"

격분하는 히메노의 어깨에 가부라기가 손을 얹었다. 그리고 자기 자신을 다독이는 듯이 천천히 이야기를 건넸다.

"진정해, 히메. 여기 더 있어봤자 뾰족한 수가 나오는 것도 아니고, 생각하는 건 여기가 아니어도 돼. 일단 본서로 돌아가지 않겠냐. 슬슬 마사키도 돌아올 때가 됐고."

이윽고 히메노도 마음을 다잡은 듯 고개를 끄덕였다.

"그렇네요! 만약 에미 누나에게 반지와 귀걸이를 선물한 사람을 알아냈다면 큰 진전이니까요!"

두 사람은 발길을 돌려 엘리베이터를 향해 총총히 걷기 시작했다. 엘리베이터 옆에는 젊은 남자가 무표정하게 서 있었다. 사람들의 출입을 감시하는 공안 1과 수사관으로 보였지만, 가벼운 인사는커녕 두 사람과 눈을 마주치는 일조차 없었다.

두 사람이 엘리베이터에 올라탔을 때 이미 시계는 오전 1시 반을 지나고 있었다.

하강하는 엘리베이터 안에서 가부라기는 생각에 잠겼다.

히노하라 촌의 사일로 사건과 시오도메 호텔 옥상 사건. 깊은 산중의 폐목장과 해안가의 고층 빌딩가, 라는 전혀 다른 지리적 환경. 사건이 발생한 시간에도 무려 16년이라는 간극이 있다.

하지만 공통된 현상이 한 가지 있었다. 그것은 황당무계하다고밖에 달리 표현할 길이 없지만 '인간이 하늘을 날았을지도 모른다'라는 점이었다.

사일로 사건에서, 피해자인 히나타 에미는 흡사 하늘을 날고 있다가 쇠파이프에 찔린 듯한 모습으로 죽어 있었다. 그리고 이 시오도메 사건에서는, 범인이 마치 하늘로 날아 도망친 것처럼 옥상에서 사라졌다. 바위투성이 산꼭대기에서 하늘을 향해 날아올랐다는, 그 옛날이야기 속의 '하늘을 나는 소녀'처럼.

거기에 더하여 마사키가 듣고 온 '커다란 검은 뱀'을 목격했다는 증언.

……아니야. 가부라기는 고개를 절레절레 흔들었다.

지금은 이 이해 불가능한 현상을 생각할 때가 아니야. 마사키 말마따나 모르는 걸 붙잡고 억지로 머리만 쥐어짠다고 답이 나오는 것도 아니다.

가부라기는 현재까지 입수한 정보를 머릿속에서 정리했다.

16년 전의 히노하라 촌과 이번의 시오도메, 이 두 가지 살인 사건을 두고 공안부 제1과 제2공안수사가 움직이고 있다는 사실을 알았다. 이것은 사건에 '극좌 폭력 집단'이 관련되어 있다는 말에 다름 아니다. 그리고 이번에 피살된 사람은 참의원 의원 모토야마 이치로의 비서 가와호리 데쓰지라는 인물이다.

그렇다면…….

히나타 에미. 그 살인범. 가와호리 데쓰지. 그 살인범. 이 네 사람 사이에 16년 전, '극좌'를 매개로 무언가 관련이 있었다고 봐도 되지 않을까.

그에 더하여 16년 전에 반지와 귀걸이를 히나타 에미에게 선물한 '남자 친구'가 있다. 이 '남자 친구'는 누구일까. 단순한 연인일까. 가와호리일까. 히나타 에미 살해범일까. 가와호리 살해범일까. 아니면, 전혀 별개의 인물일까…….

가부라기는 문득 옆에 서 있는 히메노를 보았다.

신기에 가까운 빠른 손놀림으로 히메노는 휴대전화에 무언가를 계속 쳐 넣고 있었다. 오늘의 수사 기록을 정리하고 있는 것이다.

수첩에 써넣는 게 빠르지 않냐고 물었던 적도 있지만, 수기로는 과경연에 있는 사와다와 공유할 수가 없고, 처음부터 텍스트화해

두지 않으면 손이 두 번 간다며 단칼에 묵살당했다. 그때 일이 생각나 가부라기는 씁쓸하게 웃었다.

히메노의 부친이 살해된 사건은 어떻게 되는 걸까.

온 정신을 휴대전화에 쏟고 있는 히메노를 보면서 가부라기는 가슴이 아팠다.

그날 히메노의 부친은 일을 쉬는 날이었지만 우연히 동료 대신 출근했다가 침입한 도둑에게 살해당했다. 그것도 모자라서 강도와 공범 혐의까지 받는 지경에 이르렀다.

사와다는 히나타 에미와 관련이 있지 않나 의심했지만, 그날 출근한 자체가 우연인 이상, 거기에 계획성은 없어 보인다. 같은 1998년에 일어난 사건이기는 하나, 히나타 에미 피살 사건과는 무관한 일이라고 생각할 수밖에 없다.

사건이 발생한 지 이미 16년이 지났다. 2010년에 살인 사건의 공소시효가 폐지되었으니 신주쿠 경찰서나 본청 특명수사대책실에서 수사를 계속하고 있을 테지만 아무런 진전이 없어 보인다.

사건은 이대로 미궁에 빠져버리고 마는 걸까. 그리고 히메노의 부친은, 강도와 한패였다는 오명을 영원히 씻을 수 없는 것일까.

가부라기는 히메노를 보면서 마음속으로 맹세했다.

이번 두 사건이 마무리되면, 히메노의 부친이 피살된 강도 사건 수사반에 지원하자. 만약 지원이 받아들여지지 않는다면 개인적으로 비는 시간을 이용해서라도 수사를 시작하자.

미안하다, 히메. 하지만 조금만 더 기다려주기 바란다. 반드시, 네 아버지를 죽인 범인을 잡아주마.

가부라기는 마음속으로 히메노에게 약속했다.

14

1998년 4월 의문

지금으로부터 16년 전, 1998년 4월 29일, 수요일.

"저어, 우선 이번 1998년 일사분기, 즉 1월부터 3월까지의 활동에 대해 보고하겠습니다."

아마노 와타루가 자료지—레주메^{resume}라고 부른단다—를 펼치며 설명하기 시작했다.

"'종이 팩 운동'과 '라이프 백 운동'에 관해서는 이번 사분기에도 슈퍼나 편의점을 중심으로 대형 소매업체들의 본사를 찾아가 운동의 취지를 설명했습니다. 그중에는 진지하게 검토해주는 기업도 나오고 있으며, 계속해서 끈기 있게 설명해나가노라면 운동에 대한 참여와 협찬을 이끌어낼 수 있을 것으로 보입니다."

오후 4시.

늘 가는 카페 2층에서 '민들레 모임' 임시 보고회가 열리고 있었다. 모인 사람은 여느 때와 마찬가지로 노부세, 가와호리, 아마노, 그리고 나까지 네 사람이다.

"그럼 이어서, 드디어 '해피 캡 운동'입니다. 바로 어제 4월 28일에 집계 결과가 나왔습니다."

아마노는 종이를 팔락 넘겼다.

"교내에 비치된 자판기 옆과 캠퍼스 통로 등 12곳, 대학 주변의 협력 점포 23곳, 합계 35곳에 설치된 60리터들이 회수 용기로 지난 석 달간 모은 뚜껑이 무려 11,039개, 무게로는 약 210킬로그램이었습니다!"

오오! 노부세 다다시와 가와호리 데쓰지가 동시에 기쁨의 목소리를 높였다.

"4월 초에 택배편으로 '지가연'에 보냈는데, 이 뚜껑을 매각한 수익으로 276엔이 계상되었습니다. 폴리오 백신 단가는 1회분이 약 20엔이므로, 우리는 이 석 달간 가난한 아프리카 아이들 열네 명을 구한 셈입니다!"

"10,000개가 넘을 거라고는 상상도 못 했어, 굉장한데!"

"잘됐네, 열네 명이나! 열심히 모은 보람이 있었어!"

노부세와 가와호리가 박수를 치고, 아마노도 기쁜 듯이 연거푸 고개를 끄덕였다.

"저어."

나는 무심코 입을 열었다.

"응? 왜?"

노부세가 웃는 얼굴로 나를 돌아보았다.

"겨우, 그것뿐인가요?"

나는 주뼛거리며 물었다.

"1월부터 다 같이 석 달이나 노력해서, 10,000개가 넘는 뚜껑을 모아, 아프리카 아이들에게 기부할 수 있는 금액이 겨우 276엔인가요?"

세 사람이 일제히 침묵했다.

"그렇다면 저, 이 카페오레를 시키지 말고 기부할 걸 그랬어요. 여기 카페오레만 해도 한 잔에 300엔이니까."

가와호리가 쓴웃음을 지으며 입을 열었다.

"아니, 그건 의미가 전혀 달라. 원래는 쓰레기가 되었을 것을 모아서 다시 자원으로 만들고, 이산화탄소를 줄이고, 그 성과에 더하여 부수적으로 발생한 276엔이니까. 미팅 때 마시는 커피값과 비교하는 건 잘못이야."

나는 가와호리에게 물었다.

"그 회수 용기는 '지가연'에서 산 거죠? 얼마인가요?"

"60리터들이 한 개가 6,500엔, 안에 씌우는 전용 봉투가 500엔이야. 하지만 35개 중 대부분은 소매점에서 협찬으로 비용을 부담해줬으니까."

가와호리는 진지한 얼굴로 대답했다. 합계 7,000엔. 즉 회수 용기 35개로 합계 245,000엔.

"모은 뚜껑은 택배로 보내죠? 택배비는 얼마나 드나요?"

"한 자루에 430엔이지."

"그럼……."

나는 놀란 숨을 삼켰다.

"저기, 저는 숫자에 약하지만, 어쩌면 276엔을 기부하기 위해서 300,000엔 가까운 비용이 드는 것 아닌가요? 그렇다면 뚜껑 같은 걸 모으지 말고 차라리 그 회수 용기 값이며 비닐 봉투 값, 택배비를 기부하는 편이 나을 것 같은데."

"그 회수 용기는 산 지 한참 됐고, 앞으로도 계속 쓸 수 있고……."

아마노가 작게 중얼거렸다.

"있잖아, 에미."

가와호리가 한숨을 쉬었다.

"너는 우리 운동의 취지를 전혀 이해하지 못하고 있어. 우리는 딱히 돈벌이를 하려고 이러는 게 아니야. 쓰레기로 버려지고 태워지는 페트병 뚜껑을 자원으로 재활용하고, 동시에 이산화탄소의 양을 줄이는 이 활동을 확대해나가는 게 중요한 거 아니겠니."

"가와호리 말대로야."

노부세도 나를 향해 말했다.

"그리고 이 운동을 통해서 재활용에 동참하는 마음을 온 나라에 펼쳐나가는 것이 가장 중요한 일이야. 앞으로는 초·중학교에도 이야기해서 이 마음을 아이들에게도 교육해나갈 생각이야. 이 마음은, 돈으로는 살 수 없는 거야."

노부세와 가와호리의 말을 머리로는 이해할 수 있었다. 분명 훌륭한 활동이라고 생각했다. 하지만 한편으로, 무언가가 잘못되어 있는 듯한 불안감을 떨쳐버릴 수가 없었다.

"저어, 저도 알기 쉽게 가르쳐주실 수 없을까요."

나는 마음을 다져먹고 불안하게 생각되는 내용을 입에 올렸다.

"뚜껑을 '지가연'에 보낼 때 이용하는 트럭이나, '지가연'에서 재활용 업자에게 보낼 때 이용하는 트럭이 소비하는 연료는 고려하지 않아도 괜찮을까요? 가솔린을 소비하고, 이산화탄소도 배출하잖아요?"

세 사람을 차례대로 보면서 나는 물었다.

"원래 뚜껑을 모으는 회수 용기도, 안에 씌우는 전용 비닐 봉투도, 석유를 새로 소비해서 만드는 제품이잖아요? 이 용기를 만든 업체가 여기저기 설치할 장소로 물건을 운송할 때에도 트럭이 가솔린을 소비하여 이산화탄소를 내보내는 거겠죠?"

그렇다, 한 달 전 '민들레 모임'에 가입한 이래 내 안에는 작은 의문들이 하나씩 둘씩 쌓여가기 시작했던 것이다.

"페트병만 해도 그래요. 뚜껑을 벗겨내도 본체에 뚜껑과 같은 소재로 된 링이 남잖아요? 이 링은 떼어내서 회수하지 않아도 괜찮을까요? 지금은 본체와 함께 그대로 재활용으로 배출되는데, 어떤 식으로 처리되고 있나요? 만약 재활용 과정에서 분리할 수 있다면, 굳이 뚜껑만 별도로 모을 필요는 없을 것 같은데요?"

의문점을 일단 입 밖에 내고 보니 좀처럼 말이 멎질 않았다.

"제가 조사해봤는데요. '페트병 재활용 추진협의회'는 올 2월, 뚜껑은 비중 1.0 미만의 플라스틱을 사용한다고 결정했어요. 페트병 본체의 비중은 1.4라고 하더군요. 물에 담그면 쉽게 분리할 수 있게 비중을 달리하는 거죠. 그러니까 링이 남아 있더라도 문제가 없고요. 굳이 따로따로 모으지 않아도 되는 거죠."

"그래도 소재가 다른 이상, 분리해주면 한결 도움이 되고⋯⋯."

아마노의 빈약한 반론에도 나는 굴하지 않았다.

"소재 이야기가 나와서 하는 말인데, 종이 팩도 그래요. 우유 팩만 회수하고 왜 다른 종이 팩은 회수하지 않나요? 커피나 주스, 주류 등에 쓰이는 종이 팩은 어째서 그냥 소각하도록 내버려두나요?"

"몰라서 하는 말이야. 종이 팩 중에는 알루미늄 박이 붙어 있어서 재활용하기 어려운 것도 많고⋯⋯."

그렇게 말하는 가와호리를 향해 나는 고개를 가로저었다.

"그럼 왜, 재활용할 수 없는 종이 팩이 당당하게 유통되고 있는 거죠? 게다가 종이 팩뿐만 아니라 티슈페이퍼며 과자며 화장품이며, 고급 종이를 사용한 근사한 포장용 상자도 아주 많잖아요? 왜 우유 팩만 재활용하고, 그런 종이 상자는 회수하지 않나요?"

나는 지난 한 달간 느꼈던 의문을 남김없이 쏟아냈다.

"슈퍼에서 주는 비닐 봉투도 그래요. 그런 얄팍한 비닐 봉투 한 장은 거절하면서 백화점의 과잉 포장은 왜 아무도 거절하지 않죠? 뭐든 예쁜 종이로 싸서 천이나 종이, 비닐 봉투, 화려한 종이 상자 같은 것들에 담아, 그걸 다시 크고 튼튼한 종이 백에 넣어 들고 오죠. 그런 포장을 한 번 할 때마다 비닐 봉투 몇십 장, 아니 몇백 장 분량의 자원이 쓰이고 있지 않을까요?"

"그것들은 차후의 연구 과제로 삼으면 되지 않을까."

노부세가 달래듯이 나를 향해 미소 지었다.

"에미가 환경보호에 진지한 태도로 임하고 있다는 건 잘 알았어. 그 자세를 앞으로도 유지해준다면 우리 운동도 점점 더……."

"한 가지만 더 가르쳐주셨으면 하는데요."

나는 가장 물어보고 싶었던 것을 입에 올렸다.

"'해피 캡 운동'으로 아프리카 아이들에게 보내는 백신은 어째서 폴리오 백신, 즉 소아마비 백신인 거죠?"

지겹다는 얼굴로 가와호리가 말했다.

"그러니까 전에도 말했을 텐데. 폴리오는 일본에서는 근절되었지만, 아프리카에서는 여전히 어린아이들을 괴롭히는 심각한 전염병이라고."

"하지만, 유니세프 조사에 따르면 5세 미만 아동의 사망 원인은 이렇습니다. 8년 전 통계이기는 하지만요."

나는 캔버스 가방에서 대학 노트를 꺼내 한 페이지를 펼쳐 가와호리 앞에 놓았다. 며칠 전, 유니세프의 자료를 학교 도서관에서 베껴 온 것이다.

1990년도 전 세계 '5세 미만 아동' 사망자 수……1,260만 명

【사망 원인】

출산 시 문제……37%(466만 명)

폐렴(급성호흡기감염증)……19%(239만 명)

설사성 질환……17%(214만 명)

말라리아……8%(100만 명)

홍역……4%(50만 명)

HIV(에이즈 바이러스)……3%(38만 명)

기타……10%(126만 명)

"확실히 소아마비는 무서운 병입니다. 10년 전에는 전 세계를 통틀어 연간 35만 명의 소아마비 감염자가 발생한 것으로 확인되었어요. 하지만 유니세프의 최신 조사에서는, 올해 발병한 소아마비 환자 수는 아프리카 전역에서 2,339명이라고 하더군요. 그리고 10년 후면, 소아마비 상시 발병 국가는 전 세계를 통틀어 파키스탄, 아프가니스탄, 나이지리아 등 세 나라만 남게 되고, 전 세계 발병 환자 수는 100명을 밑돌 것으로 예상된답니다."

"겨우 2,339명이야? 아프리카 전역에서?"

아마노가 노트를 들여다보며 눈을 휘둥그레 떴다.

가와호리는 노트를 힐끔 보는가 싶더니 바로 시선을 돌렸다.

"그런데, 백만 단위로 사망자가 나오는 다른 질병을 제쳐놓고 왜 하필 폴리오 백신일까요? 폐렴구균 백신이나 각종 혼합 백신을 주어야 하지 않을까요? 이 '해피 캡 운동'은 아프리카 아이들에게 정말 필요한 게 무엇인지, 최근의 통계를 제대로 조사하고 나서 하는 활동인가요?"

나는 세 사람을 둘러보면서 정신없이 말을 이었다.

"저의 편견인지도 모르겠지만, 어쩌면 폴리오, 즉 소아마비라는 이름의 병을 내세우면 '어린이를 위한 것이다'라는 이미지가 확실하게 부각되니까 지지나 협찬을 받기 쉬워진다는 이유로……."

그래, 우유 팩 회수도, 마이 백*도, 페트병 뚜껑 회수도, 모든 게 그저 자기만족이고 겉치레 아닐까? 이러다 이 나라는 점점 더 '허울만 좋은 나라'가 되어가는 게 아닐까?

"말이 심하잖아!"

가와호리가 언성을 높였다.

"에미! 너는 사람의 선의를 뭐라고 생각하는 거지? 우리 모두가, 혜택받지 못한 사람들, 특히 가난한 아프리카 아이들을 도우려는 마음으로 작더라도 자기 손으로 할 수 있는 일을 한 사람 한 사람 하고 있는 거잖아! 그 숭고한 마음에 재를 뿌릴 생각이냐?"

노부세도 이 말에 고개를 끄덕이며 내게 말했다.

"소아마비는 무서운 병이야. 자연 발병 사례는 사라졌다 해도 예방접종이 필요하다는 점에는 변함이 없어. 일본도 여전히 예방접종을 하고 있잖아. 아프리카 아이들에게 폴리오 백신이 필요 없다고 말할 수 있겠니?"

나는 황급히 고개를 가로저었다.

---

* 장바구니.

"필요 없다니, 전, 그런 말은 한마디도……."

"뭐 됐어. 실은 말이야."

노부세는 가죽 가방에서 커다란 종이봉투를 꺼냈다.

"솔직히 나도 현재 활동에 대해서는 이것만으로 괜찮은 건지 조바심이 나는 게 사실이야. 에미 말대로 우리에게는 새로운 단계를 밟아나가야 할 때가 온 건지도 몰라. 오늘은 그 이야기도 할 생각이었어. ……우선, 이걸 봐줬으면 해."

노부세는 봉투 안에서 사진을 대여섯 장 꺼내 테이블 위에 놓았다. 그것들은 전부 노란 꽃을 피운 민들레 사진이었다.

"민들레, 인가요?"

내가 묻자 노부세는 고개를 끄덕였다.

"자세히 봐봐."

나는 사진을 손에 들었다. 그 순간, 등골이 오싹해지는 한기를 느꼈다.

그것들은 전부 기형화된 민들레 사진이었다. 어떤 것은 줄기나 잎이 뒤틀리고, 어떤 것은 꽃송이가 여러 개 엉겨 붙어 있고, 줄기의 폭이 5센티는 될 법한 띠 모양으로 퍼져 있기도 하고, 하나같이 무슨 식물인지 알아볼 수 없을 만큼 기괴한 모습을 하고 있었다.

노부세는 우리를 둘러보았다.

"이것들은 전국 각지의 원자력발전소 10킬로 이내에서 촬영된 민들레 사진이야. 원전에서 새어 나오는 방사능이 주위를 오염시키고 있다는 증거지. 방사능이 민들레를 비롯한 식물의 유전자에 이상을 가져와 원전 주위에는 이런 기형 식물들이 자꾸자꾸 생겨 나고 있어. 무서운 일이라고 생각되지 않아?"

"도대체 이게 무슨……."

가와호리가 진지한 표정으로 중얼거렸다.

"원전 방사능이란 게 이렇게 무서운 거였네요."

아마노는 몸을 부르르 떨었다.

나는 충격을 받은 나머지 한동안 입이 떨어지지 않았다. 몰랐다. 내가 그토록 좋아하는 민들레가 원전 방사능 때문에 이런 가여운 모습으로…….

노부세는 조용히 말을 이었다.

"이 나라에는 지금, 사람들이 알지 못하는 곳에서 엄청난 일이 벌어지고 있는 거야. 그걸 깨달은 건, 어쩌면 우리들뿐인지도 모르지. 이 사실을 모두에게 알리고 어떻게 해서든 이 나라에서 원자력 발전소를 없애야만 해. 그러기 위해 우리는 구체적인 행동에 나서야 하는 거지. 아, 왔다 왔어!"

노부세가 몸을 반쯤 일으키며 우리 뒤쪽을 보았다. 돌아보니, 다부진 체격의 동년배로 보이는 남자기 서 있었다.

"'지가연'에서 '대학 동아리회' 간사를 맡고 있는 내 친구야. '민들레 모임' 활동에 대해 제안하고 싶은 것이 있다기에 오늘 이리로 불렀어."

"어이!"

툭 던지듯이 말하고 나서 남자는 변변한 인사도 없이 아마노를 빤히 보았다. 아마노가 황급히 옆 테이블 자리로 이동하자, 남자는 당연하다는 듯이 빈자리에 털썩 앉았다.

'지속 가능성 연구회.' 나는 그 이름을 들을 때마다 왠지 불안한 마음이 끓어오르는 것을 억누를 수가 없었다. 눈앞에 앉은 처음 보는 남자에게도, 그 불손한 태도에 혐오감을 느꼈다. 하지만 어떤 사람인지도 모르면서 그런 생각을 해서는 안 된다고, 나는 필사적으로 얼굴에 미소를 띠우고 있었다.

"이 사람이, 히나타 에미?"

갑자기 남자가 나를 보았다. 나는 순간 가슴이 철렁했다. 뭐라고 말할 새도 없이 노부세가 기쁜 듯이 남자에게 응답했다.

"응. 올해 갓 입학한 신입 회원이지만, 환경보호 활동에 대해 무척 열심히 연구하고 있어. 지금도 우리 활동이 미적지근하다고 몰아붙이고 있던 참이야. 에미라면 분명 적임자이리라고 보는데?"

"그래? 그건 든든하네."

남자가 나를 향해 천천히 몸을 내밀더니, 입가를 끌어올리면서 내 얼굴을 들여다보았다.

"실은 히나타 에미. 네가 아주 중요한 활동을 맡아주었으면 하는데."

믿어도 되는 거죠?

나는 매달리듯이 곁눈질로 노부세 다다시를 보았다. 그리고 마음속으로 물었다.

노부세 선배, 당신을 믿어도 되는 거죠? 우리들은 올바른 일을 하고 있는 거 맞죠?

우리들이 이제부터 하려고 하는 일도 잘못된 게 아니죠?

하지만 당연하게도 노부세는 나의 기도하는 듯한 마음은 알아채지 못했고, 그저 지가연 소속이라는 남자가 내게 열심히 이야기하는 모습만 미소 지으며 보고 있을 뿐이었다.

사회를 위해 무언가를 하고 싶다.

무언가, 우리 손으로 할 수 있는 일을 하고 싶다.

세상이 잘못된 거라면, 세상 그 자체를 바꾸고 싶다.

진정 살아 있음을 느끼고 싶다.

누군가를 위해 도움이 되고 있다는 것을 피부로 느끼고 싶다.

최선을 다해 노력하면, 나 같은 사람도 무언가를 할 수 있을 것이다.

그때, 나는 진심으로 그렇게 생각하고 있었다. 하지만 그건 아마도 열아홉 나이라는 젊음이 불러온, 미래에 대한 아무런 근거 없는 기대이며, 아무 힘도 없는 나 자신에 대한 과신이며, 현실성 없는 허무한 꿈에 지나지 않았다.

그래, 어릴 적 '하늘을 나는 소녀'를 동경하여 언젠가 나도 하늘을 날 수 있을 거라고 믿었던 것과 마찬가지로……

15
민담

4월 11일 금요일. 시오도메 살인 사건이 발생한 지 약 8시간 후.

오전 9시에 출근하자마자 가부라기 데쓰오는 모토하라 요시히코 수사 1과 과장의 책상으로 향했다. 어젯밤 사건의 담당 부서에 대해 확인하기 위해서다.

"공안부에 전적으로 맡겨라, 그게 상부에서 내려온 지시다. 이유는 전혀 알 수 없고."

수사 1과 사무실 가장 안쪽, 한데 모여 있는 수사관들의 책상과는 좀 떨어진 자리에서 모토하라는 불쾌한 듯이 말했다.

"상부라면 형사부장, 아니면 부총감입니까? 설마, 경시총감입니까?"

모토하라는 그 질문에는 직접적인 답을 회피했다.

"보아하니, 어지간히 중대한 공안 사안이 배후에 있는 것 같아. 지시 사항을 공공연하게 무시하고 움직이면, 너뿐만이 아니라 형사부 전체의 책임 문제가 된다."

그러더니 모토하라는 가부라기를 향해 몸을 내밀고는 목소리를 낮췄다.

"움직이지 말라는 게 아니야. 할 거면 모르게 움직이란 소리지. 다만, 들키면 나도 뒷감당은 장담 못 한다. 조심해라."

가부라기는 목례를 하고 과장의 책상에서 물러났다. 수사를 금지당하지 않은 것은 다행이지만, 행동에 상당한 제약이 뒤따를 것은 각오하는 수밖에 없었다.

그보다 신경 쓰이는 것은 모토하라가 말한 '어지간히 중대한 공안 사안'의 내용이었다. 16년 전의 히나타 에미 피살 사건과 어젯밤의 가와호리 데쓰지 피살 사건 모두 아무래도 그 '공안 사안'과 관련이 있어 보인다.

대체 어떤 '공안 사안'일까.

"관련이 있는지는 모르겠다만."

모토하라 과장은 주변을 봐가며 마치 세상 돌아가는 이야기를 하는 투로 말했다.

"가와호리를 비서로 두었던 모토야마 이치로라는 의원 말인데, 이자가 또 예사 인물이 아닌 모양이야."

모토하라가 말하길, 모토야마 이치로는 원래 시민운동 활동가였던 모양이다. 특정 단체에 소속되었던 건 아니지만, 다양한 시민운동 단체의 집회나 시위에 참가하여 주변 네트워크를 착실히 쌓아 나갔다. 그리고 이들 시민 단체의 막대한 표를 등에 업고 무소속으로 참의원 선거에 출마, 부동표까지 쓸어 담기에 성공하면서 멋지게 당선을 이뤄냈다.

하지만 바로 사흘 전, 모토야마는 무소속이라는 입장을 깨끗이 내던지고 보수계 야당인 민생당에 전격 입당했다. 그 때문에 여러 시민 단체들이 모토야마의 보수 전향을 배신행위라며 거세게 비난하고 있다고 한다.

가부라기가 물었다.

"그럼, 가와호리가 살해된 것도 그 때문에?"

"글쎄. 나로서는 활동가 패거리들이 그렇게까지 하리라고는 보지 않는데. 또 모르지, 햄 녀석들은 뭔가 정보를 확보했는지도."

그렇게 말하고 모토하라 과장은 어깨를 으쓱여 보였다.

"아무 데도 없다고?"

가부라기가 놀라서 되묻자 사와다 도키오가 낙담한 기색으로 고개를 저었다.

"네. 그때부터 과경연 법과학 제4부의 도움으로 민속학자, 국문학자, 민간의 민담 연구가, 대학교수, 동화 작가 등 수십 명과 접촉해보았는데 결국 발견하지 못했습니다. 국회도서관과 도쿄 도 내 각지에 있는 모든 민속 자료관에도 수록된 고서가 없었습니다. 물론 모든 전자 네트워크에도 없었고요. 드릴 말씀이 없습니다."

같은 날 오전 10시 00분.

가부라기와 히메노, 그리고 과경연의 사와다 등 세 사람은 경시청 본부 청사 맨 꼭대기 층인 18층에 있는 직원 전용 카페에 와 있었다.

창밖으로 황궁皇居이 한눈에 보이는 이 카페는 1층에 있는 식당과는 달리 일단 경시청 직원 외에는 달리 들어올 사람이 없다. 덧붙여 이 꼭대기 층에는 중앙관제실 외에 유도·검도장, 음악대音樂隊실 등이 배치되어 있다.

마사키는 어젯밤 시오도메 살인 사건이 발생한 바로 그때, 수사에 협조해주고 있는 동료들의 연락을 받고 어딘가의 보석상으로 달려 나간 채 아직 돌아오지 않았다. 그리고 아침, 과경연에 돌아가 있던 사와다에게서 연락이 왔기에 가부라기와 히메노는 사와다를 이리로 불러낸 것이다.

"사와다 네가 사과할 일은 아니야. 내가 이야기의 줄거리를 잘못 기억하고 있었는지도 모르고."

히메노가 위로하듯 말했지만 사와다는 고개를 가로저었다. 어느 민속학자는 '하늘을 나는 소녀'라는 모티프는 처음 들었다. 상당히 특수하므로 세부적인 내용이 다소 다르더라도 비슷한 이야기가 있다면 바로 기억이 났을 것이다. 잘못 들었다거나 기억상의 문제는 아닐 것이다, 라고 코멘트한 모양이다.

"희한하네."

가부라기가 고개를 갸웃했다.

"나도, 히메노의 기억력으로 봤을 때 히나타 에미에게서 들었다는 '하늘을 나는 소녀'라는 옛날이야기의 내용은 상당히 정확하다고 보는데. 대체 어떻게 된 거지?"

사와다가 컵의 물을 한 모금 마시고 나서 이렇게 말했다.

"누군가의 창작은 아닐까요?"

"창작? 그 옛날이야기가? 대체 누가 지었다는 건데?"

가부라기가 의아하다는 얼굴로 묻자, 사와다는 히메노를 보았다.

"히메노. 히나타 에미는 '어머니가 사다 준 책에 실려 있던 이야기'라고 했어. 그리고 이 이야기를 네게 낭독해주었을 때도 대학 노트에 써놓은 것을 읽었어. 그렇지?"

"아, 어어. 분명히 그랬어."

사와다는 고개를 끄덕이고 가부라기를 보았다.

"그렇다면, 가장 가능성이 높은 건 히나타 유메와 에미 자매의 어머니인 히나타 미쓰코입니다. 그러니까 히나타 가족 외에는 아무도 모르고, 출판물에도 수록되어 있지 않은 겁니다."

'하늘을 나는 소녀' 이야기는 히나타 유메와 에미 자매의 어머니가 창작했다……

가부라기는 납득했다. 그렇다면 아는 전문가가 하나도 없다는 것도 수긍이 간다.

"하지만, 그렇다고 하면 그 이야기의 내용에는 다소 이상한 점이 있습니다."

사와다의 말에 히메노가 어깨를 으쓱했다.

"하지만 사와다, 작가도 아닌 일반인이 자신의 두 딸을 위해 지어낸 이야기잖아? 조금 이상한 점이 있더라도 그러려니 해야지."

사와다가 설명을 시작했다.

"우선, 주인공인 '하늘을 나는 소녀'가 한 사람밖에 나오지 않아. 쌍둥이 딸이 함께 읽는다는 전제로 이야기를 지어낸다면, 쌍둥이 여자아이를 주인공으로 삼거나, 그렇지 않더라도 적어도 주인공이 두 사람은 돼야 하지 않을까?"

"그야 그렇지만, 주인공이 두 사람이 되면 이야기가 복잡해지니까."

"뭐, 그럴지도 모르지."

사와다는 히메노를 향해 애매하게 고개를 끄덕였다.

"그럼, 이 이야기가 이런 줄거리인 건 어째서일까? '하늘을 나는 소녀'는 '행복한 마을'을 찾아내지만, 마을 사람들에게 속아 큰 뱀에게 제물로 바쳐져 하마터면 죽을 뻔했지. 그리고 마지막에는 모든 것이 홍수로 사라져버려. 자신의 딸들을 즐겁게 해주기 위해 지어낸 이야기일 텐데, 왜 이렇게 뒷맛이 개운치 않을까?"

"흐음. 그러고 보니 결코 즐거운 이야기라고는 할 수 없군."

히메노도 긍정했다. 사와다는 재차 설명을 이어갔다.

"'행복한 마을'에는 온갖 것들이 갖춰져 있고, 게다가 공짜로 얻을 수 있어. 그야말로 행복한 상태지. 하지만 그건 일 년에 한 번 누군가가 큰 뱀의 먹이가 되어야 한다는 공포스러운 조건 아래 성립된 행복이야. 누군가의 희생 위에 성립된 행복을 과연 참다운 행복이라 부를 수 있는가, 그리고 현실 사회도 마찬가지가 아닌가, 라는 대단히 냉소적인 문제 제기를 하고 있어."

가부라기도 고개를 끄덕였다.

"뭐랄까…… 타인이란 속이는 것이다, 혹은 배반하는 것이다. 그리고 모두가 행복한 상태라는 건 없다, 라는 체념이 느껴지는군."

사와다는 가부라기에게 고개를 끄덕이고 다시 말을 이었다.

"그리고 저는, 이야기 속에 '뱀'이 나온다는 사실에도 주목하고 싶습니다."

"뱀?"

가부라기가 고개를 외로 꼬았다.

"신학의 심층심리학적인 해석에 따르면, 인간은 원래 뱀에 대해 세 가지 이미지를 가지고 있다고 합니다. 그것은 '생명', '죽음', '악', 세 종류입니다."

뱀은 생명력이 강하고, 허물을 벗고 재생한다는 속성에서 '생명의 상징'이라는 인식이 생겨났다. 또한 종류에 따라 독을 품고 있으며 사람을 물어 죽이기도 한다는 점에서 '죽음의 상징'으로도 여겨져왔다. 그리고 야행성으로 은신하는 능력이 뛰어나며 소리 없이 모습을 드러낸다는 점에서 '악의 상징'이 되기도 했다.

꿈의 분석으로 유명한 오스트리아의 정신분석학자 지그문트 프로이트는 '뱀은 남성의 상징'이라고 말했지만, 그것은 겉모습에서 연상한 다소 일차원적인 해석이며 신학적·민속학적인 해석으로는 여성을 상징하는 경우가 훨씬 많다.

사와다는 그렇게 이야기했다.

"아닌 게 아니라 뱀은 아주 오래 전부터 그와 같은 모티프를 만들어내고 있지."

히메노도 납득한 모양이었다.

"꼬리를 입에 문 모습의 '우로보로스의 뱀'은 '영원'의 상징이고, 지팡이에 뱀 한 마리가 휘감겨 있는 '아스클레피오스의 지팡이'는 '의학'의 상징, 술잔에 뱀 한 마리가 휘감겨 있는 '히기에이아의 잔'은 '약학'이지. 그리고 구약성서에 나오는 뱀은 악마니까, 확실히 '죽음'과 '악'의 상징 그 자체라고 할 수 있어."

"어, 그러니까……."

가부라기가 난감한 표정으로 두 사람을 보았다.

"사와다, 그 이야기 속에 뱀이 나오는 건 어떤 의미가 있는 거지?"

"그 '하늘을 나는 소녀'를 창작한 인물은 그 당시 '생명', '죽음', '악' 중 어느 하나, 어쩌면 그 선부와 관련된 문제를 심층심리에 품고 있었던 게 아닐까 싶습니다. 그것이 무의식중에 이야기 속에서 뱀의 형태로 나타난 것이 아닐까 하고."

가부라기가 확인했다.

"요컨대, 히나타 에미의 모친인 히나타 미쓰코가 그런 문제들로 고민했었다고?"

사와다가 고개를 끄덕였다.

"그 이야기를 쓴 사람이 히나타 미쓰코라면, 말이지만요."

히나타 미쓰코가 지었다고 생각되는, 주인공이 단 한 사람이며 비극적인 결말을 맞이하고 타인에 대한 원망이 느껴지는 이야기. 그리고 뱀이 '생명', '죽음', '악'의 상징이라고 한다면, 무슨 연유로 이야기에 등장하게 된 걸까?

가부라기는 머리를 굴려보았지만 아무것도 떠오르지 않았다. 프로파일러인 사와다가 한 말이니 틀림없으련만, 그 이야기가 사건과 관련이 있는지조차도 가부라기로서는 판단하기 어려웠다.

어찌 됐든 '하늘을 나는 소녀'라는 이야기를 조사해보면 뭔가 알 수 있지 않을까, 라는 기대는 빗나갔다. 전국 어디에서도 그런 이야기는 발견할 수 없었다.

그리고 마사키의 수사도 난항을 겪고 있는 모양이었다. 히나타 에미의 시신에서 발견된 반지와 귀걸이를 판매한 가게를 아직 알아내지 못했다. 등에 새긴 타투에 대해서도 아직 아무런 실마리를 찾지 못했다.

원래대로라면 가와호리 데쓰지를 고용했던 참의원 의원 모토야마 이치로를 만나 이야기를 들어봐야 할 터였다. 그러나 의원 경호를 담당하는 경비부는 직무상 공안부와 매우 밀접한 관계가 있다. 모토야마 의원과 접촉하면 가부라기 쪽에서 움직이고 있다는 사실을 공안부에서 눈치챌 우려가 있다.

그렇다면, 지금 가부라기와 히메노가 해야 할 일은 한 가지였다.

다름 아닌 두 사건의 접점을 찾는 것이다. 요컨대 빌딩 옥상 살인 사건의 피해자 가와호리 데쓰지와, 사일로 살인 사건의 피해자 히나타 에미와의 연결고리다.

그리고 뜻밖이라고 해야 할지, 역시라고 해야 할지, 가와호리 데쓰지가 히나타 에미와 같은 고에이 대학의 법학부를 나왔다는 사실은 이미 밝혀진 바 있다.

"고에이 대학에 가보자."

가부라기는 히메노에게 말했다.

"우선 대학에 물어보면 히나타 에미와 가와호리 데쓰지의 접점을 찾아낼 수 있을지도 몰라."

그러자 사와다가 가부라기에게 말했다.

"히나타 에미가 하늘을 날 수 있었다, 가와호리를 살해한 범인이 하늘을 날아서 도망쳤다, 이 두 사건에서는 그런 가설까지도 성립하지만, 현실에서는 그럴 가능성이 전혀 없습니다. 만약 이것이 누군가의 의도에 의해 만들어진 상황이라면, '그 누군가는 왜, 그리고 어떻게 만들어냈는가?'라는 두 가지 문제가 남습니다. 저는 그것을 생각해보려고 합니다."

"알았어! 그럼 가시죠, 가부라기 선배!"

히메노의 목소리가 신호탄인 양, 세 사람은 동시에 일어섰다.

같은 날, 4월 11일 금요일, 오후 1시.

가부라기와 히메노는 도쿄 도 미나토 구 아오야마에 있는 사립 고에이 대학에 와 있었다.

고에이 대학은 문학부 외에 법학부, 경제학부, 교육학부, 이공학부 등 9개 학부 25개 학과를 보유하고 있으며, 학생 수는 약 18,000명. 1950년에 설립된 유서 깊은 기독교 계열 대학이다. 남녀공학이지만, 특히 여학생들이 선호하는 대학으로 알려져 있다.

가부라기와 히메노가 중후한 석조 문을 지나자 왼쪽에 방문객 접수처가 있었다. 그곳에서 학생과에 상담을 하고 싶다는 뜻을 전하고 방문자 명부에 성명과 소속을 기재하자, 목에 거는 방문증을 내주었다. 두 사람은 각자 방문증을 목에 걸고 학생과가 있는 건물까지 캠퍼스를 걸었다.

"히나타 에미 씨에 대해서는 지난번에 다른 형사분께 말씀드렸는데요?"

접수대 너머 학생과의 중년 여직원이 의아한 얼굴을 했다.

고에이 대학의 학생과는 3호관 2층에 있었다. 이곳에는 히나타 에미의 시신과 학생증이 발견된 직후, 다른 수사관이 곧바로 신원을 확인하러 왔다. 그리고 당시 동기들이며 교수의 증언을 통해 시신이 틀림없는 히나타 에미임을 확인했다.

"실은, 오늘은 가와호리 데쓰지라는 분에 대해 여쭈러 왔습니다. 여기 법학부 출신이라고 들었는데, 틀림없습니까?"

"그분이, 어떻게 되셨나요?"

"바로 얼마 전에 어떤 사건으로 돌아가셔서, 정황을 조사 중입니다."

가부라기가 설명하자 여직원은 어머나, 그런가요, 저런저런, 하면서 서둘러 컴퓨터 앞에 앉아 마우스를 놀렸다. 보아하니 대학에 한 번이라도 재적한 적이 있는 사람은 전부 데이터베이스에 등록되어 있는 모양이었다. 그리고 가와호리 데쓰지의 이름은 바로 나타났다.

"분명히 법학부에 재적했었네요. 졸업생 명부에 남아 있어요. 1996년 입학, 2000년 졸업입니다."

히나타 에미는 1998년 입학. 가와호리는 2년 선배지만 분명히 같은 시기에 다녔다.

"동아리 활동은 뭘 했는지 알 수 없을까요?"

히메노가 물었다. 히나타 에미는 문학부, 가와호리 데쓰지는 법학부다. 무언가 접점이 있다면 동아리 활동이라고 보는 것이 가장 자연스러웠다.

여직원은 애매하게 고개를 끄덕였다.

"알 수 있을지도 모르겠네요. 저희 대학에서는 학생 동아리는 학생과에 등록하고 해마다 구성원을 신고하지 않으면 활동을 전혀 인정받지 못하니까요. 저희 대학의 이름을 내세워 이상한 활동을 하게 되면 곤란하니까."

가부라기는 접수대에서 몸을 내밀었다.

"정말입니까? 그럼, 꼭 좀 부탁드립니다."

여직원은 다시 검색해보고는 아쉽다는 듯이 말했다.

"가와호리 씨 이름으로는 아무것도 안 나오는데요."

히메노가 엉겁결에 얼빠진 목소리를 냈다.

"엥? 없어요?"

"예. 저희 학교 서류가 전자화된 건 2004년부터니까, 만약 가와호리 씨가 동아리에 가입했다 하더라도 그 이전에 동아리가 해산된 거겠죠. 지금까지도 남아 있는 동아리라면 검색에 나올 테니까요."

"히나타 에미도 안 나옵니까?"

가부라기가 묻자 여직원은 단박에 부정했다.

"지난번에 다른 분이 오셨을 때, 아무것도 남아 있지 않다고 말씀드렸을 텐데요."

가부라기는 다시 매달렸다.

"종이 형태라도 좋습니다. 16년 전, 그러니까 1998년도 동아리 기록은 남아 있지 않겠습니까? 찾기가 어려우시면 저희가 직접 하겠습니다."

여직원은 고개를 가로저었다.

"데이터화되지 않은 이상, 이미 소각되었을 거예요."

"그렇다면 당시 학생과에 계셨던 분은 안 계십니까? 어쩌면 뭔가 기억하고 계실지도 모르니까요."

"안 될 말이에요. 도대체 저희 학교에 동아리가 몇 개나 되는지, 아시고 하는 말씀이세요?"

급기야 여직원의 목소리가 높아졌다.

"지금 있는 동아리만 해도 450개가 넘거든요? 그리고 매년, 해마다, 몇십 개 단위의 동아리가 생겨났다 사라지길 반복하고 있다고요. 저도 20년 전부터 학생과에 있었지만, 16년 전 동아리 같은 걸 일일이 기억하고 있지는 않아요."

학생과를 나와, 가부라기와 히메노는 벚나무 아래에 있는 벤치에 앉았다. 가부라기는 왼손에 찬 손목시계를 보았다. 이미 오후 3시가 지나 있었다.

"일단 동기 졸업생 명부는 받았어. 전원에게 남몰래 연락을 취해 한 사람씩 지워나가는 수밖에 없겠군."

가부라기는 한숨을 쉬면서 말했다.

"특히 친했던 인물은 가와호리의 장례식에 오겠지만, 공안부가 담당하는 사건인 이상 우리가 장례식장까지 몰려가 얼굴을 들이밀 수는 없어. 오니하라 과장도 들키지 않게 움직이라고 했으니까 말이지."

"그러게요."

히메노는 두 손으로 벤치 바닥을 짚으며 분하다는 듯이 중얼거렸다.

"공안부는 틀림없이 이런 것들을 진즉에 전부 조사해뒀을 거예요. 공안부가 가지고 있는 정보만 풀어주면 이런 헛걸음은 하지 않아도 되는데."

공안부가 가지고 있는 정보만 손에 넣을 수 있다면……

생각해봤자 소용없는 일이었지만 가부라기도 그런 생각을 하지 않을 수가 없었다. 그러나 그 다쓰미 경정의 태도로 봐서는, 그럴 가망은 전혀 없다고 봐야 했다. 공안부는 대체 무엇을 수사하고 있는지. 공안부가 품고 있는 '어지간히 중대한 공안 사안'이란 무엇인지. 그것도 전혀 알 수 없었다.

히메노가 머리 위를 올려다보았다.

"봄엔 벚꽃이 예쁘죠."

머리 위에는 선명한 녹색 잎이 파란 하늘에 빛나고 있었다.

"에미 누나도 입학하고 벚꽃이 만개할 무렵에 여기를 지나다녔겠죠. 어쩌면 이 벤치에도 앉았을지 모르겠네."

가부라기도 따라서 통로 양쪽으로 늘어서 있는 나무들을 바라보았다. 지금은 녹색 잎만 무성하지만, 확실히 나무껍질을 보니 수십 그루의 나무는 전부 왕벚나무인 것 같았다. 그 나무 그늘 여기저기에 벤치가 놓여 있고, 학생들이 나뭇잎 사이로 쏟아지는 햇빛을 받으며 흥겹게 수다를 떨고 있다.

"에미 누나, 원통하겠지. 빨리 범인을 찾아내주고 싶다."

히메노가 감상적인 어조로 중얼거렸다. 그 모습을 가부라기는 말없이 바라보았다.

"가부라기 선배!"

히메노가 벌떡 일어섰다.

"목마르지 않으세요? 가끔은 제가 쏘겠습니다!"

"응? 아. 그럼 미안하지만, 녹차나 뭐 그 비슷한……."

가부라기가 미처 말을 마치기도 전에 이미 히메노는 20미터쯤 떨어진 자동판매기를 향해 달려가고 있었다. 그리고 바로 페트병에 든 음료수 두 개를 들고 돌아왔다.

"뭐냐, 이게?"

가부라기는 히메노가 내민 페트병을 받아 들고 저도 모르게 히메노의 얼굴을 보았다. 페트병 라벨에는 얼굴에 구마도리* 화장을 하고 눈이 가운데로 몰린 인물 일러스트가 그려져 있고, 녹색빛이 도는 검은색 액체가 가득 들어 있다.

"모르세요? 새로 나온 '건강한 중년을 위한 차, 고에몬**'이에요. 검은콩 폴리페놀과 참깨, 영지, 삼백초, 톱야자가 들어간 건강 기능성 차라서, 중성지방을 태우는 동시에 유해 콜레스테롤을 감소시키고 혈압과 혈당치를 낮추고, 노화 방지에 덤으로 미백 효과도 있거든요? 그야말로 가부라기 선배를 위한 기능성 음료죠."

그렇게 말하고 히메노는 자기 몫의 생수를 맛있게 마시기 시작했다.

"난, 평범한 차가 좋은데."

어쩔 수 없이 가부라기가 눈을 질끈 감고 간신히 다 마시자 히메노가 오른손을 내밀었다.

"버리고 오겠습니다! 아, 뚜껑은 다시 안 잠그셔도 괜찮습니다.

---

* 가부키에서 빨강, 파랑, 검정색 등의 선으로 배우의 얼굴 표정을 과장되게 표현하는 화장법.
** 일본 전국시대의 유명한 도둑. 홍길동, 로빈 후드와 비슷한 의적 이미지로 인기가 많아 가부키 등으로도 만들어졌다.

분리해서 버리니까요!"

"어, 고맙다. 잘 마셨어."

히메노는 페트병과 뚜껑을 받아 들고 다시 자동판매기 앞으로 달려갔다. 자동판매기 옆에는 재활용 쓰레기 회수 용기가 놓여 있었다. 히메노는 두 사람분의 페트병과 뚜껑을 각각 다른 투입구에 던져 넣었다.

"뚜껑……?"

자동판매기 옆에서 손을 털고 있는 히메노를 보면서 가부라기가 중얼거렸다.

왜 나는 페트병 뚜껑이 이리 신경 쓰이는 걸까? 가부라기는 생각했다. 그리고 히메노의 부친이 살해당한 강도 사건 때문임을 깨달았다. 그 사건 현장이었던 건물 앞에 페트병 뚜껑 네 개가 떨어져 있었다고 한다.

범인이 남기고 간 것인가, 아니면 아무 관련 없는 쓰레기인가. 그조차도 알 수 없는 뚜껑이 왜 그런지 가부라기는 몹시 신경 쓰였다.

16

전화

"범인이 37층 호텔 옥상에서 사라졌다?"

마사키가 찻잔을 입으로 가져가다가 멈추고 눈을 휘둥그레 뜨면서 입을 쩍 벌렸다.

"그리고 그곳에 다쓰미 햄이 행차하셨다고?"

"본명은 다쓰미 고지, 공안 1과 2수사팀의 경정 나리야. 수사는 그대로 공안부에 배정됐어. 우리 형사부의 윗선과도 이야기가 다 돼 있나 보더라."

가부라기가 께느른한 표정으로 대답했다.

"피해자가 모토야마 이치로라는 참의원 의원의 비서 가와호리 데쓰지야. 공안 1과가 나선 사실로만 봐도, 극좌 관련 사건인 듯해. 다쓰미 경정이 나선 이상 사일로 사건과도 관련이 있어 보이는

데, 여하간 정보를 일절 공개하질 않으니 자세한 건 몰라."

마사키는 부아가 치미는 듯 콧구멍을 부풀렸다.

"젠장, 햄 자식들! 아무 때고 불쑥불쑥 튀어나와 가지고는. 썩은 무 하나도 못 자를 위인들만 모인 주제에 건방이 하늘을 찌른다니깐! 진짜 그놈들, 햄 덩어리가 아니라."

"건방 덩어리야, 어쩌고 하는 썰렁한 농담은 안 하셔도 된다니까요."

히메노에게 선수를 빼앗기자 마사키는 입만 허무하게 뻐끔거렸다.

시오도메 빌딩 옥상에서 살인 사건이 발생한 지 18시간이 다 돼 간다.

4월 11일 금요일, 오후 6시 15분.

가부라기, 마사키, 히메노 세 사람은 어젯밤과 마찬가지로 경시청 본부 청사 6층, 형사부 구석에 마련된 협의용 소파에 모여 있었다.

히메노가 작은 소리로 마사키에게 물었다.

"그보다 마사키 선배, 어젯밤에 반지와 귀걸이 건으로 어디 다녀오시지 않았나요?"

"어, 그랬지! 드디어 알아냈다, 가부, 히메! 타투 쪽은 아직 오리무중이지만, 일단 그 반지와 귀걸이를 판매한 가게를 알아냈어!"

마사키는 분주하게 가방에서 복사 용지 몇 장을 꺼내더니 나무 테이블 위에 바스락거리며 늘어놓았다.

"반지에 각인을 하려면 손으로 직접 새기거나, 각인기로 파내거나, 레이저 마커로 지지는 세 가지 방법이 있는 모양인데, 탐문 과정에서 그 반지에 각인할 때 쓴 게 다이아몬드 팁을 단 각인기라는 걸 알았어. 그래서 다이아몬드 각인기를 사용하는 보석상으로 범위를 좁혀 그 각인을 새긴 기술자를 찾아봤지."

다이아몬드로 새기면 단면이 반짝반짝해서 예쁘다더군, 하고 마사키는 보충 설명을 했다.

"그랬더니, 어느 가게를 퇴직한 기술자 한 사람이, 꽤 오래 전에 반지에 '0125'라는 숫자를 새긴 적이 있다는 걸 기억해냈어. 그때부터 이 몸은 그 가게 창고에 쌓여 있던 16년치 주문 전표 더미와 사투를 벌여야 했지. 밤새 찾다 보니 날이 새고 낮이 되고, 다시 저녁 무렵이 되어서야 마침내 찾아냈다 이 말씀이야."

복사 용지는 반지와 귀걸이 카탈로그 사진, 대금 명세서, 그리고 각인 주문 전표였다. 주문서에는 '0125'라는 숫자의 각인을 지정하는 글귀가 볼펜으로 쓰여 있었다.

"다이아몬드 캐럿 수가 아니었던 거야?"

가부라기가 묻자 마사키는 고개를 가로저었다.

"아닌가 봐. 사 간 녀석이 지정해서 새긴 숫사니까. 게다가 피해자의 생일도 아니야. 히나타 에미의 생일은 4월 11일이니까. 사 간 녀석을 찾아내면 무슨 숫자인지 알 수 있겠지만."

마사키는 종이를 손가락으로 가리키면서 설명을 계속했다.

"브랜드는 '페어리 앤드 컴퍼니', 당시 젊은 여성들 사이에서 인기 있었던 귀금속 브랜드야. 가격대가 비교적 저렴하다지만 반지와 귀걸이 한 세트가 120,000엔, 소비세는 별도. 여대생 신분에는 상당한 사치품이지. 손님은 현금으로 지불했는데, 봐, 여기에 사간 녀석의 이름과 전화번호가 적혀 있어. 연락용으로 적었겠지."

전표의 일자는 1998년 4월 15일. 주문서에 적힌 이름은 '스즈키 다로'. 아무리 봐도 거짓 이름 티가 난다. 그리고 전화번호는 090-××××-××××. 휴대전화 번호다.

히메노가 복사 용지에서 얼굴을 들고 가부라기를 보았다.

"이름은 가짜 티가 나지만, 이 휴대전화 번호는 진짜일지도 모릅니다. 각인이 끝났다는 연락을 받기 위해 가르쳐줬을 테니까요."

"걸어보지."

가부라기는 자신의 휴대전화를 꺼내 들었다.

"히메, 내 전화기, 발신 번호 표시 제한으로 설정해줘."

히메노가 전화기를 받아 들면서 걱정스레 물었다.

"괘, 괜찮겠습니까? 먼저 통신사에 연락해서 번호 주인을 알아보는 게 낫지 않을까요?"

히메노에게서 발신 번호 표시 제한 설정이 된 전화기를 받아 들고 가부라기는 신중하게 버튼을 누르기 시작했다.

"일단 전화가 살아 있는지만 알아보는 거야. 발신자 번호가 뜨지 않으니까 어차피 받지 않을 가능성이 커. 만약 상대가 받으면, 그 순간 상대방의 위치가 통신사에 기록돼. 잘못 건 전화인 척하면서 끊고 재빨리 통신사에 조회해서 추적하면 돼."

"이 녀석이랑 있다 보면, 소심한 건지 간땡이가 부은 건지 통 알 수가 없다니까. 참 나."

마사키가 기가 차다는 듯이 작은 소리로 중얼거렸다.

번호를 전부 누르고 나서 가부라기는 휴대전화를 왼쪽 귀에 갖다 댔다.

통화 연결음이 울리기 시작했다. 다시 말해 이 전화번호는 지금도 사용되고 있다는 뜻이다. 어쩌면 이 전화번호의 주인이 히나타 에미를 살해한 범인인지도 몰랐다.

"가부라기 선배, 역시, 상대방이 받기 전에 끊는 편이⋯⋯."

히메노가 그렇게 말했을 때 벨소리가 멎었다. 가부라기는 긴장했다. 상대방이 전화를 받은 것이다.

"여보세요? 밤중에 죄송합니다. 저어, 들리세요?"

평소에는 내지 않을 법한 밝은 목소리로 가부라기가 말을 건넸다.

그러자 1, 2초 뜸을 들인 후 상대방이 대답했다.

"누구시죠?"

경계하는 남자 목소리였다.

그 순간, 가부라기는 하마터면 전화기를 떨어뜨릴 뻔했다. 그리고 놀란 나머지 말을 잇지 못했다. 가부라기는 이 남자를 알고 있었기 때문이다.

그리고 다음 순간, 가부라기는 반지와 귀걸이에 관한 모든 내막을 이해했다.

16년 전, 이 남자가 히나타 에미에게 반지와 귀걸이를 선물한 데에는 확실한 이유가 있었던 것이다. 히나타 에미와 사귀었기 때문이 아니다. 이 남자에게는 뚜렷한 목적이 있었기에 히나타 에미에게 젊은 여성이 반길 만한 값비싼 선물을 했던 것이다.

마사키가 황급히 두 손을 휘저으며 작은 소리로 가부라기를 다그쳤다.

"어잇! 가부! 뭐얏! 왜 꿀 먹은 벙어린데? 뭔 말을 하든지 끊든지! 그쪽에서 이상하게 생각하잖아!"

간신히 정신을 추스르고 가부라기는 조용히 말했다.

"형사부 수사 1과, 가부라기입니다."

그 말에 히메노와 마사키는 기겁하며 동시에 엉거주춤 일어섰다.

"가, 가부라기 선배?"

"너 지금 뭐라는 거냐? 그 자식이 범인일지도 모른다니까?"

다시 상대방의 목소리가 가부라기의 휴대전화 스피커로 흘러나왔다. 낮고 웅얼거리는 듯한, 마스크 너머로 말하고 있는 듯한 목소리였다.

"어디서, 이 번호를?"

가부라기는 전화기 너머 상대에게 조용히 말을 건넸다.

"의논드리고 싶은 일이 있습니다. 시간 좀 내주실 수 있겠습니까, 다쓰미 씨."

"다쓰……."

말문이 막힌 마사키와 히메노가 어리벙벙한 표정으로 서로를 바라보았다.

전화를 받은 사람은 다름 아닌 공안부 제1과의 다쓰미 고지 경정이었다.

"가부라기 씨."

다쓰미는 불쾌한 듯한 목소리를 냈다.

"저는 당신과 의논할 일이 아무것도 없습니다. 용건은 그것뿐입니까?"

전화를 끊으려는 다쓰미에게 가부라기는 다그쳐 말했다.

"의논이 안 된다면 어쩔 수 없지. 내키지는 않지만, 저와 거래를 하시죠."

"거래?"

다쓰미가 의아해하는 목소리로 되물었다.

"16년 전, 히나타 에미는 공안부의 '협력자'였습니다. 그렇죠? 아니면 연인이었다고 억지라도 쓰시겠습니까?"

다쓰미는 침묵했다. 그 침묵이 가부라기의 추측이 옳다는 것을 증명하고 있었다.

가부라기의 그 말에 히메노가 충격을 드러냈다.

"에미 누나가, 공안부의 협력자!?"

가부라기는 다시 말을 이었다.

"당신은 16년 전, 아마도 어느 극좌 폭력 집단을 감시하고 있었어. 그리고 내부 사정을 알아내기 위해 한 젊은 여성을 공안부의 협력자로 만들었지. 그 사람이 히나타 에미이고. 그리고 16년이 지난 지금에 이르러서야, 히나타 에미가 누군가에게 살해당했다는 사실이 밝혀졌어. 그렇다면, 살해범은 감시 대상이었던 극좌 폭력 집단의 인물일 가능성이 높아."

다쓰미는 여전히 아무 말이 없었다.

"요컨대 공안부는 민간인을 협력자로 끌어들인 결과, 죽게 만들었어. 당신은 이 사실을 숨기기 위해 형사부를 배제하고 공안부가 히나타 에미 피살 사건을 담당하게끔 손을 썼고. 그리고 이번의 가와호리 데쓰지 살해 사건도, 16년 전 히나타 에미 살해 사건과 관련이 있는 것으로 보고 있어. ……그렇죠?"

"그, 그런가……. 그런 거였어?"

마사키가 망연자실한 얼굴로 중얼거렸다.

공안 1과가 움직인다면, 감시 대상은 극좌 폭력 집단이다. 그리고 극좌 그룹을 조사할 때 써먹는 공안의 상투적인 수법 중 하나가 감시 대상 내부 또는 주변에 협력자를 심어놓는 것이다. 그리고 16년 전, 공안부의 다쓰미 경정은 히나타 에미에게 값비싼 보석류를 선물했다. 다시 말해 보석류는 '협력자'에 대한 대가 또는 보수라는 추측이 성립된다.

마사키에게 고개를 끄덕여 보이면서 가부라기는 이야기를 계속했다.

"다쓰미 씨, 당신을 협박하는 것 같아서 진심으로 마음이 괴롭습니다. 하지만 16년 전과 이번, 두 살인 사건을 해결하기 위해서입니다. 부디 양해해주시기 바랍니다. 그리고 저와 거래를 하지 않겠습니까. 형사부도 수사 1과도 아닌, 저라는 개인과 말입니다."

"당신 개인과?"

그제야 다쓰미가 입을 열었다.

"대단히 실례되는 말이지만, 협력자가 감시하던 조직에게 살해당하는 것을 막지 못했다는 건 당신의, 나아가 공안부의 크나큰 실수일 테죠. 저는 이 사실을 덮어두기로 약속하겠습니다. 그 대신, 당신네가 가지고 있는 정보와, 당신네가 현재 떠안고 있는 '사안'이 무엇인지를 저에게 가르쳐주십시오."

다쓰미는 다시 침묵했다. 가부라기는 온힘을 다해 다쓰미를 설득했다.

"16년 전의 히나타 에미 살해 사건, 그리고 이번의 가와호리 데쓰지 살해 사건. 양쪽 모두 기괴하기 이를 데 없는 사건입니다. 아마 당신네도 막다른 골목에 이른 채 여전히 출구가 보이지 않는 상황이라 초조할 겁니다. 당신들 공안부는 정보 분야의 전문가일 테지만, 우리 형사도 강력범죄 수사 분야에선 전문가입니다. 정보만 있으면 반드시 도움이 될 겁니다."

다쓰미는 계속 침묵했다. 분명히 다쓰미는 망설이고 있었다.

"공안부의 '사안'에 대해서는 일절 누설하지 않겠습니다. 그리고 두 사건이 해결된다면, 양쪽 모두 공안부의 공적으로 돌려도 상관없습니다. 저는 그저 두 사건의 진상을 알고 싶을 뿐입니다. 그리고 살인 사건의 범인을 붙잡아 피해자와 유족의 원통함을 풀어주고 싶을 뿐입니다. 부탁드립니다. 거래를 받아들여 주십시오."

"당신은, 풀 수 있습니까?"

다쓰미가 전화기 너머에서 말했다.

"하늘을 날고 있었던 듯한 히나타 에미의 시신. 그리고 하늘을 날아 도망친 듯한 가와호리 데쓰지 살해범. 당신은 이 이해할 수 없는 두 사건의 진상을 밝혀낼 수 있다고 말씀하시는 겁니까? 가부라기 씨."

"할 수 있습니다."

가부라기는 잘라 말했다.

"아니, 저 혼자서는 어려울지 모르지만, 저희들은 할 수 있다고 생각합니다. 저희들이란……."

가부라기는 마른침을 삼키며 자신을 보고 있는 두 남자를 보았다. 그리고 또 한 사람, 의지가 되는 청년의 얼굴을 떠올렸다.

"수사 1과의 저와, 마사키, 히메노, 그리고 과경연의 사와다까지 네 사람입니다. 그 외에는 일절 어느 누구에게도 누설하지 않겠습니다. 모쪼록 저희를 좀 믿어주실 수 없겠습니까, 다쓰미 씨."

17
1998년 5월 에미와 히로미

지금으로부터 16년 전, 1998년 5월 9일, 토요일.

"에미 누나, 맛있어! 엄청 맛있어!"

햄버그스테이크를 볼이 미어져라 입에 넣으면서 히로미는 마주 앉은 내게 신이 나서 외쳤다.

저녁 7시.

부엌 식탁 위에는 내가 집에서 만들어온 햄버그스테이크, 화이트 스튜, 달걀찜, 그리고 크레송과 베이컨을 듬뿍 넣은 감자 샐러드가 놓여 있다. 내가 생각해도 맥락 없는 메뉴지만 온통 히로미가 좋아하는 것들뿐이다.

"그래? 다행이다! 많이 먹어!"

나는 식욕이 왕성한 히로미를 두 손으로 턱을 괴고 바라본다.

히로미의 뺨에 묻은 데미글라스 소스가 문득 눈에 들어온다. 나는 티슈페이퍼를 한 장 빼내 들고 손을 뻗어 히로미의 뺨을 닦아준다. 어린아이 특유의, 말랑말랑한 찹쌀떡 같은 부드러운 감촉이 느껴진다. 어쩐지 내가 엄마라도 된 듯한 기분이 들어 조금 쑥스럽다.

"매번 뭐라 드릴 말씀이 없습니다. 정말 감사합니다."

부엌 안쪽의 다다미방에서 야윈 중년 남성이 넥타이를 매던 손을 멈추고 나를 향해 깊이 머리를 숙였다. 히로미의 아버지, 히메노 히로시 씨다.

히메노 씨는 야간 경비원 일을 하고 있다. 지금부터 신주쿠에 있는 주상복합빌딩 경비 근무를 하러 나가려는 참이다.

"안사람이 입원을 하고부터는 제대로 챙겨 먹이질 못해서 영양은 괜찮은지 늘 걱정이었습니다. 에미 씨가 이웃으로 이사와주어서 정말 큰 도움이 되고 있습니다. 운이 좋았던 거죠."

히로미를 보면서 히메노 씨가 진지하게 말했다.

"무슨 그런 말씀을! 저야말로 아직 연습 중이라 어설프기만 한데 맛있게 먹어주니 오히려 미안하죠."

내가 황급히 두 손을 내젓자 히메노 씨도 같이 두 손을 내저었다.

"천만에요, 늘 레스토랑 요리 같아서 감탄할 따름입니다. 안사람도 덕분에 마음이 놓인다며 무척 기뻐하고 있습니다. 면회 갈 때마다, 처음 이사 온 날 인사한 게 전부라 다음에 꼭 에미 씨를 차분히 만나보고 싶다고 하는걸요."

히메노 씨 부인은 고쿠분지 역 근처 종합병원에 입원해 있다.

내가 고쿠분지에 있는 이 연립주택으로 이사 온 것은 바로 일주일 전, 5월 2일이다.

짐을 다 들인 후, 나는 인사용 선물인 타월을 들고 한 집 건너 옆집인 히메노 씨 댁으로 인사를 갔다. 그날은 모처럼 부인도 상태가 좋아서 잠시 집에 와 있었고, 남편인 히메노 씨도 휴가를 낸 상황이었다. 즉, 그날 히메노 일가는 세 식구가 모두 집에 있었다.

히메노 씨 부부는 나란히 현관 앞까지 나와서 나를 맞아주었다. 내가 긴장한 채로 인사를 하자, "저희야말로 잘 부탁드립니다."라며 고개 숙인 후, "자취 생활이 처음이라 불안할 텐데, 뭐든 물어보세요." 하고 애정 어린 말과 함께 생긋 웃어주었다. 그리고 그 옆에서 함께 고개를 숙였던 남자아이가, 외아들인 초등학교 5학년생 히로미였다.

다음 날, 아르바이트를 마치고 돌아오는데 히로미가 혼자 집 앞계단에 앉아 있었다.

"뭐 하니?"

내가 말을 붙이자 히로미는 경계하는 듯한 시선을 보냈다. 앉아있는 히로미 옆에는 도서관 스티커가 붙은 책이 놓여 있었다.

내가 먹으려고 사 온 슈크림 빵을 한 개 주려는데 "모르는 사람이 주는 걸 받으면 안 돼요." 하고 말했다. 바로 그때, 히로미의 배에서 꼬르륵 소리가 나서 나도 모르게 웃음이 터졌다.

"저기, 난 어제 너희 부모님께 인사도 드렸고, 이제 같은 건물에 사니까 모르는 사람은 아니잖니? 난 히로미의 이웃 사람이야. 그러니까, 이건 사양 말고 먹어도 되거든?"

내가 그렇게 말하자 히로미는 그제야 빵을 받아 들었다. 그리고 한 입 베어 무는가 싶더니 어느새 게 눈 감추듯 먹어치웠다.

그때부터 히로미는 내게 이런저런 이야기들을 해주었다. 아버지가 야간 근무를 서는 경비원이라서 낮에는 잠을 자고 저녁 무렵에 일어나면 바로 출근한다는 것. 그리고 히로미가 학교에 갈 무렵이 돼서야 돌아오시는데 바로 잠들어버린다는 것. 어머니는 심장이 좋지 않아서 입원해 있다는 것. 그래서 히로미는 늘 혼자라는 것.

계단 중간에 나란히 앉아 나는 히로미의 이야기를 들었다.

그 이튿날부터 나는 요리를 해서 히로미에게 가져다주기로 했다. 아무래도 늘 냉동식품이니 레토르트식품만 먹는 눈치였기 때문이다. 오지랖이 넓은 게 아닌가 싶기도 했지만, 부친인 히메노 히로시 씨는 이제야 아들에게 사람다운 것을 먹일 수 있게 되었다며 무척 기뻐해주었다.

그리고 어느새 나는 넉살도 좋게 이것저것 밥반찬을 챙겨가지고 히메노 가에 드나들게 되었으며, 부친인 히메노 씨와도 친근하게 말을 주고받게 되었다.

"그런데 히메노 씨, 힘드시겠어요."
나는 화제를 바꿨다.

"토요일 밤인데 지금부터 근무하러 가셔야 한다니. 경비원 일은 많이 바쁜가요?"

"그리 바쁜 것도 아니지만요."

히메노 씨는 넥타이 매듭을 매만지면서 미소를 지었다.

"야간 근무는 밤 9시부터 아침 7시까지지만, 순찰은 네 번 돕니다. 9시, 12시, 4시, 6시죠. 그 외엔 멍하니 앉아 있는 거나 다름없어서."

"밤새 깨어 계시는 거예요? 중간에 잠깐 자지도 못하나요?"

"2시부터 3시까지 한 시간 수면 시간이 있습니다. 그렇게 하지 않으면 아무래도 집중력이 떨어지거든요."

나는 조심스레 물어보았다.

"그럼, 수면 시간 중에 무슨 일이 있으면 걱정이겠네요?"

양복 상의를 걸치면서 히메노 씨도 고개를 끄덕였다.

"원래 두 사람이 한 조로 경비를 서니까 잠깐씩 교대로 잠을 자는데, 가끔은 사람이 부족해서 혼자일 때도 있지요. 아무튼 불경기라 경비업체도 인원을 줄이고 있어서요."

비밀입니다, 라고 말하며 히메노 씨는 장난스럽게 웃었다.

"그래도, 지금 근무하는 곳은 설비 플랜트 회사의 기술 쪽 부서라서요. 은행이나 귀금속상과 달라서 값나가는 물건이 없으니, 그런 곳에 뭘 훔치러 들어오는 놈들은 없죠."

그럼, 아들을 잘 부탁드립니다, 하며 다시 내게 고개 숙여 인사하고 히메노 씨는 출근했다. 나는 히로미와 함께 현관 앞에서 히메노 씨를 배웅했다.

밤 9시.

히로미와 나는 히메노 가의 부엌 식탁에 앉아 있었다.

히로미는 밥을 다 먹고 나서 설거지를 도와주었다. 그러고 나서 나와 히로미는 냉장고에서 우유를 꺼내 컵에 따라 마셨다. 나는 원래 우유를 무척 좋아하고 히로미에게도 몸에 좋으니까 식후에는 반드시 먹였다.

"그럼, 나 슬슬 가볼게."

나는 히로미를 향해 미소 지었다. 그런데 여느 때 같으면 기운차게 "안녕히 주무세요!"라고 했을 히로미가 그날은 말없이 고개를 숙이고 있었다.

나는 왠지 마음이 쓰여서 히로미의 얼굴을 들여다보았다.

"왜 그래?"

"에미 누나."

히로미가 얼굴을 들고 불쑥 말했다.

"나, 아빠한테 사과해야 할 일이 있어."

"뭔데? 사과해야 할 일이라니."

"나 어릴 때, 아빠 직업이 경찰관이라고 생각했었어. 엄마가 제복 차림으로 경례하는 아빠 사진을 보여줬을 때, 틀림없이 경찰관인 줄 알고 학교에서 그렇게 말하면서 자랑했거든."

히로미는 거기서 잠깐 말을 끊었다.

"그랬는데 선생님이 '히로미, 네 아버지는 경비원이시잖니, 거짓말하면 못써요.'라고 하는 거야. 그때부터 친구들이 다들 거짓말쟁이, 거짓말쟁이 하면서 나를 바보 취급 했어. 그래서 나, 한동안 아빠랑 말을 안 했어. 아빠한테 속은 것 같은 기분이 들어서."

그리고 히로미는 나를 보았다.

"경비원이 훌륭한 직업이라는 건 알고 있었어. 그래도 바보 취급당한 게 분해서, 아빠한테 화풀이를 해버렸어. 그래서, 언젠가 그일을 아빠한테 사과하고 싶은데, 용기가 없어서, 말이 잘 안 나와서. ……있잖아, 만약 내가 사과하면 아빠가 용서해주실까?"

히로미는 당장에라도 울음을 터뜨릴 것처럼 잔뜩 일그러진 얼굴로, 그래도 울지 않으려고 안간힘을 쓰면서 내 얼굴을 말끄러미 보고 있었다.

"괜찮아."

나는 미소를 지어 보였다.

"언젠가 사과하면 돼. 틀림없이…… 아무렴, 반드시 용서해주실 거야. 그런데 말야, 히로미, 꼭 그렇게 서두르지 않아도 돼. 히로미가 어른이 되고 나서 해도 괜찮지 않을까? 언젠가, 그날이 왔을 때 사과하면 돼."

"그럴까. ……응, 그렇겠다!"

히로미는 기운차게 고개를 끄덕였다.

"고마워, 에미 누나. 나, 언젠가 어른이 되면 아빠한테 사과하기로 할게!"

그때 내 눈에서 눈물이 주르르 흘렀다. 히로미는 이토록 내게 마음을 열어주고 있다…… 그런 생각이 들자 마음을 주체할 수가 없었던 것이다.

"왜 그래? 에미 누나."

히로미가 이상한 듯 물었다.

"왜 우는 거야? 나 뭐, 이상한 말 했어?"

그렇게 말하더니 히로미는 급히 바지 뒷주머니로 손을 뻗어 꼬깃꼬깃한 손수건을 꺼내 내게 내밀었다.

"아무것도 아냐. 미안. 고마워."

나는 손수건을 받아 눈물을 닦았다. 그리고 깨끗하게 빨아서 돌려주겠다고 말하고 내 주머니에 넣었다.

"있잖아! 히로미!"

나는 식탁에 팔꿈치를 괴고 히로미를 향해 얼굴을 내밀었다.

"내일 일요일이지? 드라이브 안 갈래?"

"드라이브?"

히로미는 금세 눈을 빛냈다.

"에미 누나, 차 있어?"

"있고말고. 난 대학생인걸. 당연하잖아?"

사실 차 같은 건 없다. 하지만 누군가에게 빌리면 된다.

그래. 노부세 다다시가 작은 빨간색 차를 가지고 있다. 그게 무슨 차였더라, 그걸 빌리자. 물론 면허는 있다. 아르바이트 때문에 아무래도 필요해서 운전면허 학원 새벽반에 다니면서 따두었다.

히로미도 날 향해 몸을 내밀었다.

"가고 싶어! 그런데 어디로 드라이브 가는데?"

"그건 가면 알게 될 거야. 그치만, 엄청 멋진 곳이야. 그러니까 기대하고 있어!"

나는 히로미를 '민들레 나라'에 데려갈 생각이었다. 그곳은 '민들레 모임'이 건설하는 이상향. 우리들의 유토피아가 될 곳. 이 계획은 아무도 모르게 비밀리에 진행해야 한다고, 노부세 다다시는 그렇게 말했었다.

그래서 나도 지금껏 친구에게든 어느 누구에게든 그 목장에 대한 이야기를 한 적이 없다. 그래, 친구인 야기 유리카에게도 말하지 않았다. 하지만 나는 어떡해서든 히로미를 '민들레 나라'에 데려가주고 싶었다. 그 녹색 가득한 들판을, 한가로이 풀을 뜯는 소들을, 빨간 지붕의 사일로를, 바람에 흩날리는 환상적인 민들레 솜털을 보여주고 싶었다.

히로미에게는 그럴 권리가 있다.

나는 그렇게 생각했다.

그리고 그것이 히로미에 대한 최소한의 속죄라고 생각했다.

하지만, 속죄 따위 전혀 되지 못했다.

그 후 얼마 지나지 않아, 히로미는 아버지에게 사과할 기회를 영영 잃어버리게 되었던 것이다.

18

그림자 본부

그곳은 창문 하나 없이 콘크리트로만 둘러쳐진 방이었다.

넓이는 네 평 반쯤 될까. 천장 중앙에 설치된 형광등 아래 긴 철제 책상을 두 개 붙인 테이블. 그 주위에 마찬가지로 철제 파이프 의자가 네 개. 테이블 위에는 500밀리 생수병 세 개. 방에 놓여 있는 물건은 이게 전부였다.

그리고 테이블 안쪽에 공안부 제1과 제2수사팀의 다쓰미 경정, 그 맞은편에 가부라기와 히메노가 앉아 있었다.

"이 건물에 형사부 사람이 들어오는 건 당신들이 처음입니다."

다쓰미가 조용히 입을 열었다.

"이 건물에 관해서는 모쪼록 함구해주시길 부탁드립니다. 괜찮겠습니까?"

다쓰미는 마스크를 하고 있지 않았다. 두 사람을 보는 다쓰미의 눈은 뺨의 화상 자국과 더불어 한층 예리하게 느껴졌다.

"알겠습니다."

가부라기가 말하자, 그 옆에 앉은 히메노도 긴장한 표정으로 고개를 끄덕였다.

4월 12일 토요일, 오전 11시 00분.

가부라기와 히메노가 있는 이곳은 경시청 공안부의 극좌 폭력 단속 본부, 통칭 '그림자 본부' 중 한 건물이었다. 건물이 자리한 곳은 도쿄 도 미나토 구 신바시 6초메. 주상복합건물을 가장한 수수한 외관. 물론 경찰 시설이라는 표시는 어디에도 없다.

다쓰미는 어젯밤, 개인적이라는 조건을 달고 가부라기와 만날 것을 약속했다. 협력자를 죽게 내버려두었다는 불상사를 들킨 데다 이해 불가능한 사건이 잇달아 일어나 공안부가 궁지에 몰려 있다는 점도 작용했을 것이다. 그러나 가부라기는 그보다도 다쓰미에게서 집념을 감지했다. 사건의 진상을 반드시 밝혀내어 죽은 협력자의 원수를 갚고 싶다는……

가부라기와 만나기에 앞서 다쓰미는 이 건물 지하에 있는 한 방을 지정했다. 공안부와 형사부가 비밀리에 만나는 모습을 누구에게든 보여서는 안 된다는 것이리라. 그리고 동석자로는, 이전에도 다쓰미와 만난 적이 있는 히메노만 허가되었다.

"그럼 다쓰미 씨. 거두절미하고, 알려주셨으면 하는 것은 두 가지입니다."

가부라기가 본론으로 바로 들어갔다.

"우선 첫 번째로, 히나타 에미와 가와호리 데쓰지, 두 피해자의 접점입니다. 16년이라는 시간차가 나는 두 살인 사건 모두 발견과 동시에 공안부 담당 안건이 되었고, 두 건 다 당신이 수사하고 있습니다. 그것은 이 두 사람 사이에 무언가 접점이 있기 때문입니다. 그렇지요?"

16년 전, 두 사람 다 고에이 대학에 다녔다는 것까지는 이미 알고 있다. 그러나 그 이상의 정보를 가부라기는 손에 넣지 못했다.

"다른 하나는?"

다쓰미가 재촉했다.

"두 번째로, 당신들이 현재 안고 있다는 공안 사안입니다. 누가 말하길, '어지간히 중대한 공안 사안'이 있으며, 그 때문에 두 살인 사건을 형사부가 아닌 공안부가 담당하게 되었다고 했습니다. 그것이 무엇인지 알고 싶습니다."

다쓰미는 고개를 끄덕이고 나서 말하기 시작했다.

"그럼, 첫 번째 질문에 대해서 말씀드리겠습니다. 1998년 당시, 고에이 대학에 '민들레 모임'이라는 교내 동아리가 있었습니다. 네 명의 회원으로 구성된, 환경보호 활동을 하던 동아리입니다."

"민들레 모임!"

히메노가 얼결에 목소리를 높였다.

"그, 그 '민들레 모임'에 히나타 에미가 소속되어 있었던 거군요?"

"그렇습니다. 그리고 가와호리 데쓰지 또한 이 '민들레 모임'에 소속되어 있었습니다."

다쓰미가 수긍하자 히메노가 맥없이 중얼거렸다.

"그래서 에미 누나는 그 목장을 '민들레 나라'라느니 '우리들의 유토피아'라느니 불렀던 건가……."

다쓰미가 히메노를 의아한 듯 쳐다보았다.

"그 목장이라면, 히나타 에미의 시신이 발견된 히노하라 촌의 목장 맞죠? 당신이 어떻게 그런 일을 알고 있습니까?"

히메노는 자신이 어렸을 적, 히나타 에미가 한때 자신과 같은 고쿠분지의 연립주택에 살았다는 사실을 이야기하고, 함께 그 목장에 간 적이 있다고 설명했다.

"그렇습니까. 어쩐지 우리가 모르는 정보를 가지고 있다 했습니다."

그러더니 다쓰미가 고개를 갸웃거렸다.

"하지만, 히나타 에미는 제가 듣기론 대학에 입학하기 전부터 쭉 구니타치의 연립주택에서 언니 유메와 함께 살고 있다고 했습니다. 고쿠분지로 이사했다는 이야기는 듣지 못했는데……."

"하지만, 마사키 선배가 알아본 바로는 그 기간에 주민등록상의 주소도 고쿠분지로 옮겼다는데요? 뭐, 그래도 석 달 만에 다시 언니와 살던 구니타치 집으로 돌아갔지만요."

다쓰미는 잠시 생각에 잠겼으나 이윽고 포기한 듯 고개를 흔들었다.

"이유는 불분명하지만, 저에게는 고쿠분지로 이사했던 사실을 말하지 않은 거로군요. 여하튼 이로써 내내 의문이었던 히나타 에미와 폐목장과의 연결고리가 확인되었습니다. '민들레 모임'의 활동 거점이었다는 말이로군요."

가부라기는 고개를 끄덕이고 원래 이야기로 돌아갔다.

"그리고 당신은 16년 전, '민들레 모임'의 히나타 에미에게 접촉했습니다. 무슨 이유로, 그런 환경보호 활동을 하는 작은 학생 동아리에 주목한 겁니까?"

"이 '민들레 모임'이 '지속 가능성 연구회', 약칭 '지가연'이라는 환경운동 단체 산하에 있다는 정보를 입수했기 때문입니다."

"지속 가능성, 연구회?"

가부라기가 고개를 갸우뚱했다.

"지속 가능성이란, 인류 문명은 이대로 지속될 가능성이 있는가, 라는 테마를 말합니다. 문명의 지속과 관련된 문제는 전쟁, 재해, 질병, 자원, 식량, 경제 등 여러 갈래로 나뉘지만, 특히 환경 문제와 에너지 문제가 커다란 연구 과제입니다. 그리고……."

다쓰미는 두 사람을 차례대로 보았다.

"이 '지가연'이 바로, 우리 공안부 제1과 제2수사팀이 계속 감시해온 극좌 폭력 집단이었습니다."

가부라기는 납득했다.

극좌 폭력 집단. 이것이 두 살인 사건에 공안부가 나선 이유였다.

"'지가연'과 '민들레 모임'의 관계를 이해하려면, 극좌의 역사에 관한 지식이 필요합니다. 다소 길어지겠지만, 들어주시기 바랍니다."

그렇게 서두를 깔고 다쓰미는 설명을 시작했다.

경찰 용어로 극좌 폭력 집단, 즉 좌익 테러리스트 그룹은 '신좌익'이라 불리는 여러 단체에 뿌리를 두는데, 그 역사는 1955년에 시작된다.

그해 7월, 일본 공산당이 무장투쟁 노선을 버리고 일본 헌법 질서 아래 의회민주주의를 존중하며 그 테두리 안에서 국민의 지지를 획득해 나아가겠다는 방침을 내세웠다. 이 발표는 당시 대학생과 지식인들에게 깊은 실망을 안겼고, 일본 공산당과 일본 사회당을 '기성 좌익'이라 부르며 비판하는 과격한 세력이 생겨났다. 이것이 신좌익이다.

신좌익은 '전 세계의 공산주의화는 역사의 필연'이라는 의식을 가지고 폭력에 의한 공산주의 혁명 실현을 진심으로 지향하고 있었다. 그리고 이를 방해하려 드는 '보수 반동'은 말살해도 상관없다고 여기고, 같은 좌익이라도 공산주의 혁명을 지향하지 않는 자는 '기회주의자'로 몰아 규탄했다.

신좌익의 활동은 대학 자치회를 중심으로 활발해졌으며 1960년대에 들어서면서 '안보 투쟁'의 실패를 둘러싸고 이합집산을 거듭하게 된다. 이윽고 '내부투쟁'이라 불리는 신좌익 사이에서 벌어진 항쟁이 100명이 넘는 사망자를 내기에 이르자 각 파의 중심인물이 잇따라 검거되었고, 과격파 일부는 지하로 숨어들어 가 혁명보다 '테러'에 의한 사회 변동을 꾀하게 된다.

그리고 1974년. 도쿄 마루노우치에 있던 미쓰비시 중공업 도쿄 본사 빌딩이 누군가에 의해 폭탄 테러를 당했다. 사망자 여덟 명, 부상자 376명이 발생한 이 사건의 주범은 '동아시아 반일 무장 전선—늑대'라 밝힌 신좌익 집단이었으며, 이 끔찍한 만행에 '대지의 이빨', '전갈'이라 자칭하는 극좌 그룹이 호응하여 일본 각지에서 폭탄 테러를 실행할 것을 선언했다.

그러나 경시청 공안부를 중심으로 경찰의 위신을 건 수사 끝에 그 폭탄 테러는 대부분 미수에 그쳤고, 핵심 멤버 일곱 명이 검거되었다. 재판부는 주모자 네 명 중 두 명에게 살인죄를 적용하여 사형 판결을 내렸다. 또한 나머지 두 명은 그 후 일본항공 여객기 납치범의 요구에 따라 '초법적 조치'로 풀려나 현재까지 국외 도피 중이다.

그리고 이 사건을 정점으로 신좌익의 반정부 활동은 급속도로 축소되기 시작한다. 신좌익은 테러 그룹, 살인 집단으로 인식되어 가고, 모체가 되었던 대학 자치회는 일반 학생들의 지지를 잃고 대학 측에서도 배제되기에 이르렀다.

1990년대 들어 소비에트 연방 등 사회주의 국가가 붕괴되기 시작하자 신좌익 활동가들은 공산주의 혁명이라는 목표를 잃고 잇따라 대열을 이탈하기 시작했다. 신좌익 활동을 포기하고 '신보수파'

로 '전향'하는 사람도 속속 출현했다.

또한 이때 이미 활동을 개시한 지 20년이 넘었기에 활동가의 고령화도 조직 유지에 어려움을 초래하는 무시할 수 없는 요소가 되었다. 1999년 당시 27,000명의 신좌익 활동가가 존재하는 것을 공안 경찰이 확인했으나, 대학 분쟁의 최전성기였던 1960년대에 20대였던 사람은 이 무렵에 이미 50대, 60대가 되어 있었다.

이 1990년대에 네오 히피 운동이나 뉴에이지 사상, 슬로 라이프 운동 따위의 세계적인 움직임이 일어난다. 그러자 이 영향을 받은 신좌익 세력 안에 소비자 운동, 환경보호 운동, 에콜로지 운동 등으로 노선을 변경하는 흐름이 생겨난다. 이른바 '적색에서 녹색으로'라고 불리는 흐름이다.

이윽고 이 운동은 신좌익의 '마이너스의 역사', 즉 폭탄 테러나 내부투쟁에 의한 살인이라는 피로 물든 과거를 모르는 젊은 세대 또는 주부층을 끌어들이기에 이른다. 1990년대, 환경보호니 반원전 등을 부르짖는 많은 시민 단체가 출현했는데 그중 몇 곳은 신좌익 계파를 모체로 둔 단체였다.

그리고 이런 단체들의 권유로 가입하거나 집회에 참가하는 사람들 중에는 신좌익이라는 단어조차 모르는 사람들도 많다.

"적색에서 녹색으로……. 그럴듯하군. 극좌 활동에서 환경운동으로, 란 말이죠."

연거푸 고개를 끄덕이고 나서 가부라기가 되짚었다.

"요컨대, '지가연'은 단순한 환경운동 단체가 아니었다. 언젠가 녹색에서 적색으로, 다시 극좌 본성을 드러내어 테러 활동을 재개할 가능성이 있다고 공안부는 보고 있었다, 그렇지요?"

"맞습니다."

다쓰미가 수긍했다.

"'지가연'은 시위나 서명 운동 등으로 시민운동을 부추기는 한편, 전국의 대학에 존재하는 자연보호 활동 동아리를 산하에 모아 세대교체를 도모하면서 급속히 세력을 확장하려 했습니다. 그중 하나가 고에이 대학의 '민들레 모임'이었던 겁니다."

"그래서 당신은 '지가연'의 동향을 살피기 위해 '민들레 모임'의 일원인 히나타 에미에게 접근하여 협력자로 만들었다……."

가부라기가 '협력자'라는 말을 입에 올리자 다쓰미는 고개를 가로저었다.

"가부라기 씨. 제 입으로는 히나타 에미와 친구가 되었다고 말해 두겠습니다. 어떠한 이야기든 할 수 있는, 사이좋은 친구라는 뜻입니다."

공안 경찰은 소속된 구성원, 인원수, 수사본부의 위치까지도 같은 경찰의 다른 부서에조차 일절 비공개다. 그 이유는, 원래대로라면 경찰 수사에서는 허용되지 않는 '비합법적인 수사'를 벌이고 있기 때문이라고들 한다.

그 하나가 '도청'이다. 반정부 활동을 벌일 가능성이 있는 조직이나, 경우에 따라서는 간부의 자택에 도청기를 설치하고 평상시부터 감시를 한다. 각 도도부현에 도청 담당 수사관이 배치되어 있으며 정기적으로 소집되어 최신 도청 기술을 지도받는다고도 한다.

그리고 또 하나가 '스파이 행위'다. 감시 대상에 오른 조직의 구성원에게 접근하여 금품을 주고 매수하거나, 때로는 개인적인 약점을 잡아 조직을 등지게 한 다음 협력자라는 이름의 스파이로 키워내는 것이다. 하긴 형사부에서도 속칭 '에스(S)'라 부르는 협력자를 쓰는 경우는 드물지 않지만.

"1998년 4월, 고에이 대학 학생과에 제출된 회원 명부를 입수한 저는, 네 명의 회원 가운데 신입생인 히나타 에미가 가장 친구가 되기 수월할 것이라고 판단했습니다. 대학 캠퍼스에서 말을 걸고, 어느 정도 가까워지고 나서 이야기를 꺼냈는데 그때 히나타 에미가 그 액세서리류를 조르기에 사주었습니다."

이를 테면 협력자로 끌어들이기 가장 쉬워 보이는 히나타 에미에게 접근하여 친해진 다음, 보석류를 사주며 구슬렸다는 말이다.

가부라기가 질문했다.

"그 '0125'라는 각인 말인데, 다쓰미 씨가 보석상에 의뢰한 거지요? 어떤 의미가 있습니까?"

"히나타 에미가 각인을 희망했기에 상점에 주문했습니다. 저도 무슨 숫자인지 물어보았지만, 본인만의 행운의 숫자라기에 그 이상 캐묻지 않았습니다."

"행운의 숫자라고요?"

"예. 공무용 번호는 되도록 알리고 싶지 않아서 보석상에는 개

인용 전화번호를 남겼습니다. 그것을 가부라기 씨가 찾아내셨지만요."

가부라기는 고개를 외로 꼬았다. 보통 행운의 숫자는 3이나 7 같은 한 자릿수거나, 많아도 두 자리가 아닐까? 네 자리는 드물다.

"그러나, 그렇게 해서 친구가 되었지만, 히나타 에미에게선 '지가연'은커녕 '민들레 모임'에 관한 정보조차도 거의 얻을 수 없었습니다. 히노하라 촌 목장에 관한 것도 저에게는 입을 다물었을 정도니까요. 몇 번을 만나도 이렇다 할 정보를 얻을 수가 없었기에 결국 저는 히나타 에미에게 친구로서 가망이 없다고 보고, 관계를 끊었습니다."

다쓰미 경정은 담담하게 이야기를 계속했다.

"그러자 8월, 노부세 다다시가 대학 학생과에 '민들레 모임' 해산 신청서를 제출했습니다. 그리고 저는 고에이 대학에서의 활동을 종료하게 되었던 겁니다."

16년 전 히노하라 촌의 히나타 에미 살해 사건, 이번에 시오도메에서 일어난 가와호리 데쓰지 살해 사건, 이 두 사건에 공안부의 다쓰미 고지가 개입한 이유를 가부라기는 드디어 이해했다.

"그때 이미 히나타 에미는 '민들레 나라', 즉 히노하라 촌의 목장에서 살해당한 후였다. 그리고 당신은 이번에 히나타 에미의 시신이 발견될 때까지 그 사실을 알지 못했다는 거로군요."

가부라기의 말에 다쓰미는 말이 없었다. 그 얼굴도 무표정에 가까웠다.

하지만 가부라기는 다쓰미의 그 고요함 속에서 타는 듯한 격심한 고뇌와 자기 자신에 대한 강한 분노를 감지했다. 16년 전이라면, 현재는 40대로 보이는 다쓰미도 아직 20대의 신출내기였을 것이다. 가부라기 자신도 젊었을 때는 공훈을 갈망해 주위를 돌아보지 않고 내달리다 수많은 실패를 거듭했다. 그리고 다쓰미는 16년이 지난 지금, 지난날 자신이 범했던 중대한 과실을 뼈저리게 느낀 것이다.

가부라기가 다시금 물었다.

"히나타 에미와 가와호리 데쓰지, 이 두 사람을 살해한 범인에 대해 공안부는 각각 어떤 가설을 세우고 있습니까?"

"우선, 히나타 에미 살인 사건입니다만."

다쓰미는 옆의 파이프 의자에 놓여 있던 서류 가방을 집어 들고, 안에서 복사 용지 한 장을 꺼내 가부라기와 히메노에게 내밀었다.

"히나타 에미가 살해당한 이유는 저와의 교우 관계가 발각되어서라고밖에 생각할 수 없습니다. 그리고 히나타 에미의 시신이 발견된 폐목장이 '민들레 모임'의 활동 거점이었다면, 범인은 '민들레 모임'에 소속되어 있던 누군가가 아닐까 하는 추측이 성립됩니다. 이것이 '민들레 모임'의 전체 회원, 네 명의 리스트입니다."

이거야말로 그토록 간절히 바라마지 않던 정보였다. 가부라기와 히메노는 그 종이를 받아 들고 서둘러 읽어 내려갔다.

민들레 모임

노부세 다다시(회장, 고에이 대학 이공학부)⋯⋯1998년 해외 도항 후 행방불명

아마노 와타루(고에이 대학 경제학부)⋯⋯1998년 해외 도항 후 행방불명

가와호리 데쓰지(고에이 대학 법학부)⋯⋯사망(2014년)

히나타 에미(고에이 대학 문학부)⋯⋯사망(1998년)

"이 노부세 다다시와 아마노 와타루 중 하나가, 혹은 둘이서, 16년 전에 에미 누나를⋯⋯."

히메노가 괴로운 표정으로 중얼거렸다. 다쓰미도 고개를 끄덕였다.

"오늘 했던 이야기를 종합하면 그렇게 됩니다."

"그리고 두 사람 다 해외로 도피한 뒤 귀국하지 않은 거로군요?"

가부라기가 확인하자 다쓰미가 긍정했다.

"재입국 기록은 없습니다. 즉, 두 사람은 여전히 해외 도피 중이라는 뜻입니다."

"그렇다면, 가와호리 데쓰지 살해범에 대한 공안부의 생각은?"

"어느 그룹의 범행이라는 의혹이 짙습니다."

가부라기와 히메노는 무심코 얼굴을 마주 보았다.

가부라기가 황급히 물었다.

"이미 점찍은 대상이 있는 겁니까?"

다쓰미가 설명을 시작했다.

"시오도메의 호텔 '콩코드 도쿄'에서 살해당하기 직전, 가와호리는 110으로 신고하여 도움을 요청했습니다. 그때 걸려온 휴대전화 번호로 소유자가 가와호리 데쓰지임을 알았고, 발신 당시 위치 정보도 '콩코드 도쿄'와 일치했습니다. 그리고 고용주인 모토야마 이치로 의원에게 전화해보니, 모토야마 또한 같은 호텔 29층 방에 있었습니다."

히메노가 고개를 갸웃거렸다.

"모토야마 의원의 자택은 세타가야 구잖아요? 왜 굳이 시내 호텔에 투숙했을까요?"

"이 호텔 대연회장에서 민생당의 의원 연수회가 1박 2일 일정으로 진행되고 있어서, 의원은 비서인 가와호리와 함께 투숙했답니다."

다쓰미는 다시 본론으로 돌아갔다.

"공안부는 곧바로 모토야마 이치로의 방을 찾아가 정황을 물었습니다. 그러자 모토야마는 가와호리가 살해당한 사실에 충격을 받으면서도, 짚이는 사람이 있다고 말했습니다."

"짚이는 사람?"

놀란 가부라기에게 고개를 끄덕이고 다쓰미는 서류 가방에서 또 다른 종이를 꺼냈다.

"사건 이틀 전, 즉 모토야마 이치로가 보수정당인 민생당으로 입당한다고 발표한 다음 날인 4월 9일, 모토야마 의원 사무소로 발신인 불명의 메일이 도착했습니다. 해외 소재인 무료 웹 메일을 이용했고 발신인은 메일 발송 직후 계정을 삭제했기 때문에 추적은 불가능했습니다. 메일 내용은 이 한 줄뿐이었습니다."

다쓰미는 메일을 출력한 종이를 두 사람 앞에 놓았다.

배신자에게는 죽음을. '사자獅子의 송곳니.'

"이, 이건, 살해 예고 아닙니까!"

놀라는 히메노에게 다쓰미가 고개를 끄덕여 보였다.

"수신한 당시에는 곧잘 있는 장난 메일쯤으로 여겼던 모양이지만, 혹시 몰라 보관해두었답니다. 현재는 경비부와 합동으로 모토야마 의원을 철저히 경호하고 있습니다."

현직 참의원 의원을 향한 살해 예고.

가부라기는 납득했다. 이것이 바로 모토하라 요시히코 과장이 말했던, 공안부가 안고 있는 '어지간히 중대한 공안 사안'이 틀림없었다.

히메노가 다쓰미에게 물었다.

"이 '사자의 송곳니'라는 것도 극좌 폭력 집단 중 하나인 겁니까? 70년대에 폭탄 테러를 감행한 '늑대'니 '대지의 이빨'이니 '전갈'을 방불케 하는 이름인데요."

다쓰미는 고개를 가로저었다.

"그런데 그게, 아직까지 전혀 알려지지 않은 조직명입니다. 저도 이 명칭은 처음 봤습니다. 경시청 공안부뿐만 아니라 모든 공안 경찰 감시 대상 조직 리스트에도 올라있지 않습니다. 여하간 이 '사자의 송곳니'라는 조직이 모토야마 의원 살해를 기도하고 있는 겁니다."

"'사자의 송곳니'……, 사자의 이빨……."

중얼거리던 히메노가 퍼뜩 떠오르는 것이 있는 듯 가부라기와 다쓰미를 보았다.

"이 '사자의 송곳니'는 '민들레 모임'의 노부세와 아마노가 아닐까요?"

"무슨 말입니까?"

어리둥절해하는 다쓰미에게 히메노가 빠르게 설명했다.

"민들레는 영어로 단델라이언^{dandelion}, '사자의 이빨'이라는 뜻이에요. 그러니까 '사자의 송곳니'라는 명칭은 '민들레 모임'을 의미하는 게 아닐까요? 그렇다면 '사자의 송곳니'는 노부세 다다시와 아마노 와타루인 거죠!"

"그런가."

다쓰미가 흥분을 감추지 못하고 중얼거렸다.

"분명히 귀국한 기록은 없다 해도, 몰래 재입국하는 방법이 없는 건 아니지. 해외에서는 위조 여권도 나돌고 있고."

"아니, 그런데 다쓰미 씨."

가부라기가 이의를 제기했다.

"만약 노부세와 아마노가 몰래 재입국했다고 합시다. 그리고 '민들레 모임'을 비틀어서 '사자의 송곳니'라는 명칭으로 모토야마 의원에게 살해 예고 메일을 보내고, 비서인 가와호리를 먼저 죽였다고 합시다. 하지만, 그 동기는 뭐죠? 16년 전 해산한 동아리에 있던 두 사람이, 왜 이제 와서 가와호리 데쓰지를 살해하고 모토야마 이치로의 목숨을 노립니까?"

가부라기는 거듭 의문점을 거론했다.

"게다가 가와호리 데쓰지 살해 방법 말입니다. 노부세와 아마노가 범인이라면, 어째서 범행 장소로 '콩코드 도쿄'를 골랐을까요? 그리고 왜 굳이 태워 죽이는 성가신 방법을 선택했을까요?"

"그건 아직 모릅니다. 하지만 상황으로 보아, 노부세 다다시와 아마노 와타루가 가장 유력한 용의자라는 사실은 틀림없습니다."

그리고 다쓰미는 가부라기와 히메노를 차례대로 보았다.

"두 분 덕택에 두 살인 사건의 용의자를 확정했습니다. 남은 건 몰래 재입국했을 노부세와 아마노를 찾아내는 것뿐입니다. 이 두 명만 체포하면, 가부라기 씨가 신경 쓰시는 남은 수수께끼들도 모두 풀리게 될 겁니다."

그럴까······.

가부라기는 아직 확신이 서지 않았다. 확실히 이야기는 앞뒤가 맞았다. 하지만 가부라기 안에서 무언가가 거세게 경종을 울리고 있었다. 뭔가 놓치고 있는 건 아닐까. 가부라기는 필사적으로 생각을 계속하고 있었다.

가부라기가 문득 다쓰미에게 물었다.

"이 '민들레 모임'의 네 사람은 학부가 다 다른데 대체 어떤 계기로 알게 된 걸까요?"

다쓰미는 이제 와서 무슨 이야기냐는 얼굴로 대답했다.

"당시 사전 조사에 따르면, 노부세와 아마노 두 사람은 처음부터 아는 사이였고 이 두 사람이 '민들레 모임'을 시작한 듯싶습니다. 가와호리가 가입한 경위는 알 수 없지만 아마 회원 모집에라도 응모한 거겠죠. 히나타 에미는 입학식 전에 노부세에게 권유받았다고 말했습니다."

"노부세와 아마노가 어디서 알게 되었는지는 모르는 거군요?"

"스카이다이빙 클럽입니다."

"스카이다이빙?"

가부라기가 눈살을 찌푸렸다.

"그, 낙하산을 메고 일부러 비행기에서 떨어지는, 그거 말입니까? 하지만, 아무래도 그건……."

다쓰미는 어깨를 으쓱했다.

"예. 그 가와호리 살인과는 관계가 없을 겁니다. 빌딩에서 뛰어내리는 베이스 점핑이라는 것도 있는 모양이지만, 시오도메의 빌딩 옥상에서 낙하산을 펼치고 뛰어내린다면 어떻게 해도 누군가는 목격하게 됩니다. 착지하기 전에 신고당할 테죠."

확실히 그건 가부라기 본인도 이미 한번 검토했고, 부정했던 가능성이었다.

가부라기는 다시 끈질기게 다쓰미에게 질문했다.

"'민들레 모임'은 환경보호 활동 동아리였다는데, 구체적으로는 어떤 활동을 했지요?"

"그게 사건과 무슨 연관이라도 있는지?"

다쓰미는 다소 지겨워진 듯 작게 한숨을 쉬었다.

"재활용 활동입니다. 히나타 에미에 따르면, 종이로 된 우유 팩을 회수하는 '종이 팩 운동', 비닐 봉투를 거부하고 개인 장바구니를 사용하는 '라이프 백 운동', 그리고 페트병 캡을 모으는 '해피 캡 운동', 이 세 가지가 주된 활동이었다고 합니다. 지극히 온건하고 목가적인 활동이라고 할 수 있지요."

"캡?"

가부라기가 엉겁결에 큰 목소리를 냈다.

"캡이라면, 그 페트병 뚜껑 말입니까? 플라스틱으로 된?"

"예? 예에."

다쓰미는 가부라기의 기세에 당황해하면서도 설명했다.

"그 뚜껑을 회수하여 재활용하고 있었던 것 같습니다. 지금은 전국적인 단체 두 곳이 활동 중인데, 소매점 앞 외에도 학교, 직장, 전철역 등 자동판매기가 있는 곳에는 반드시 회수 용기를 놓아두지요. 하지만 이 1998년 시점에 활동하고 있었다는 건, 상당히 이른 움직임이었다고 봅니다."

"뚜껑……"

가부라기가 새파란 얼굴로 중얼거렸다. 히메노도 가부라기의 얼굴을 들여다보았다.

"뚜껑에 무슨 문제라도 있는 겁니까? 가부라기 선배."

이때 가부라기의 머릿속에는 온갖 단어들이 한꺼번에 떠올라 소용돌이치고 있었다. 이윽고 그 단어들은 서서히 하나의 커다란 흐름이 되어 질서 정연하게 늘어서기 시작했다.

페트병 뚜껑.

환경보호 활동 동아리 '민들레 모임'.

극좌 폭력 집단 '지속 가능성 연구회'.

적색에서 녹색으로.

반원전 운동.

히나타 에미의 이사.

히메노 부친의 출근.

도쿄 중공업 강도 사건.

그리고, 현장에 떨어져 있던 페트병 뚜껑 네 개.

가부라기가 의자에서 벌떡 일어섰다. 그리고 두 손으로 히메노의 양 어깨를 붙잡고 앞뒤로 마구 흔들어대기 시작했다.

히메노가 눈을 희번덕거리며 소리쳤다.

"뭐, 뭐하시는 겁니까? 가부라기 선배, 그만하세요! 모, 목 아파요!"

"잘 들어 히메, 진정해. 진정하는 거야. 평정심을 잃으면 안 된다."

밀치락달치락하는 가부라기와 히메노를 다쓰미가 어안이 벙벙하여 바라보았다.

"펴, 평정을 잃은 건 선배라구요! 대체 왜 이러시는 겁니까?"

"뚜껑이다."

가부라기는 히메노의 어깨를 쥔 채 히메노의 얼굴을 코앞에서 응시했다.

"상관없는 게 아니었어. 사와다 말이 맞았어. 히나타 에미가 네가 살던 연립주택으로 이사를 온 건, 우연이 아니었던 거야."

"가부라기 선배, 무, 무슨 말을……."

혼란에 빠진 히메노의 얼굴에 대고 가부라기가 빠르게 말하기 시작했다.

"네 아버지가 살해당한 사건, 강도는 어째서 은행도 귀금속상도 아닌 도쿄 중공업을 습격했을까? 그건 원자력발전소 제조 주력 기업이기 때문 아니겠냐? 그리고 사건 현장인 빌딩 앞에는 플라스틱 뚜껑 네 개가 떨어져 있었어. 그건 페트병 뚜껑 재활용 활동을 벌이던 '민들레 모임'이 떨어뜨리고 간 거라고 생각되지 않냐?"

"미, '민들레 모임'이라니, 그럼 가부라기 선배, 범인은……."

가부라기가 고개를 끄덕였다.

"'민들레 모임'의 네 사람, 즉 노부세 다다시, 아마노 와타루, 가와호리 데쓰지, 그리고 히나타 에미야. 이건 '지가연'의 지시로 이루어진 기업 습격 사건이었어. 그리고 습격 후, 히나타 에미는 공안부와 내통한 것이 발각되어 제거당한 게 아닐까? 물론 '지가연'에게 말이다."

"설마……. 에미 누나가, 아버지를 죽인 강도 중 한 사람……."

히메노는 절망한 표정으로 머리를 설레설레 흔들었다.

"그래. 유감이지만, 그렇게 생각하지 않을 수 없어. 경비원이었던 너의 아버지에게 접근해서 습격할 빌딩의 경비 상황을 캐내기 위해서였어."

가부라기는 결연하게 잘라 말했다.

"그날, 너의 아버지는 원래 쉬실 예정이었지? 그래서 히나타 에미는 그날을 습격일로 고른 거다. 하지만 때마침 동료가 병이 나는 바람에 네 아버지가 대신 출근하고 말았지. 그리고 감시 카메라를 지켜보던 중, 침입하려는 도둑들 가운데 히나타 에미의 모습을 발견했어. 그래서 너의 아버지는 감시 카메라를 끈 거야."

히메노는 새파란 얼굴로 가부라기의 말을 듣고 있었다.

"너의 아버지는 그 네 사람을 경찰에 넘기는 대신, 이런 어리석은 짓을 그만두라며 설득하려고 했어. 너를 예뻐해준 히나타 에미가 죄를 짓는 것을 두고 볼 수 없었던 거야. 그 결과 노부세와 아마노와 가와호리는 눈앞의 경비원이 히나타 에미를 알고 있으며 자신들의 정체도 머지않아 발각되리라는 것을 알았지. 그래서 입을 막기 위해 너의 아버지를……."

"가부라기 선배, 무슨 말씀을 하시는 겁니까!"

히메노가 필사적인 모습으로 반론했다.

"그렇다는, 아무 증거도 없잖습니까! 확실히 그럴듯한 이야기지만 전부 가부라기 선배의 상상이잖아요? 그 사건은 정말로 '지가연'의 파괴 활동이었던 겁니까? 습격 후에 '지가연'은 범행 성명도 내지 않았잖습니까! 그 에미 누나가, 아버지를 죽인 도둑과 한패였다니, 어떻게 그런 일이!"

"그럼, 내 상상을 부정해! 히메!"

가부라기는 다시 히메노의 어깨를 마구 흔들었다.

"네 사람이 도쿄 중공업 습격범이었다는 가설을 부정하려면 어떻게 하면 되지? 그래, 네 개의 뚜껑에서 검출된 네 종류의 지문이다. 이 지문이 네 사람의 지문과 일치하지 않는다면, 내 생각은 아무 근거도 없는 망상이었다는 게 돼. 노부세 다다시, 아마노 와타루, 가와호리 데쓰지, 그리고 히나타 에미의 지문을 어떻게 하면 구할 수 있지?"

히메노는 가부라기를 응시한 채 힘없이 고개를 흔들었다.

"에미 누나의 지문은 시신에서 채취되었습니다. 가와호리의 지문도 자택에서 채취할 수 있겠죠. 하지만 노부세와 아마노의 지문은 무리예요. 지문의 잔존 기간은 기껏해야 몇 개월입니다. 자택이든 대학이든, 16년 전 지문 같은 건 진즉에 소멸됐어요."

"생각해! 히메, 머리를 식혀! 냉정하게 생각하는 거야! 너의 소중한 아버지가 살해당한 사건과, 네가 그렇게 좋아했던 히나타 에미가 살해당한 사건의 진상을 밝혀내고, 네가 전부 백일하에 드러내는 거야! 노부세와 아마노의 지문을 입수할 방법은 없는지. 머리를 식히고 생각해!"

"알겠습니다! 젠장!"

별안간 히메노가 가부라기의 손을 뿌리치더니 테이블 위에 놓인 페트병을 집어 들었다. 그리고 뚜껑을 열더니 생수 500밀리를 자신의 머리 위로 단숨에 콸콸콸 쏟아부었다.

가부라기와 다쓰미는 어안이 벙벙하여 히메노를 보았다. 물은 히메노의 가볍게 웨이브진 머리를 타고 이탈리아제 고급 양복을 흠뻑 적시며 바닥에 뚝뚝 흘러내렸다.

"히, 히메?"

"머리를 식히라고 하셨잖습니까!"

히메노는 빈 페트병을 빠직빠직 우그러뜨리곤 흠뻑 젖은 머리를 좌우로 세차게 흔들어대면서 외쳤다.

"아무리 생각해도 도무지 답이 안 나와요! 이미 이 세상 어디에도 노부세와 아마노의 지문 따위 남아 있을 리가……!"

그때 히메노가 불쑥 얼굴을 들었다. 그리고 천천히 가부라기를 보았다.

"남아 있을지도."

히메노는 헛소리처럼 중얼거렸다.

"광택지에 인화한 은염 사진이라면 남아 있을지도 몰라요. 경찰학교에서 배운 기억이 나요. 옛날 아날로그 사진 인화지에는 젤라틴 유제를 썼기 때문에 땀에 유제가 녹아서 지문이 인화지 표면에 정착되거나 지문 형태로 곰팡이가 피기도 한다고."

"사진! 그거다!"

가부라기가 고개를 끄덕였다. 요즘은 사진이라고 하면 디지털이 주류가 되어 있지만, 16년 전만 해도 은염 사진, 즉 필름을 인화지에 인화한 사진이 일반적이었다. 컬러 필름 매상의 절정기는 2000

년이었다고 한다.

가부라기가 재빨리 구식 폴더폰을 꺼내 분주히 버튼을 누르며 히메노를 향해 고함쳤다.

"마사키와 다키무라 선배에게도 부탁한다! 우선 필요한 건 히나타 에미 시신의 지문이야. 가와호리의 지문은 자택에서 채취한다. 노부세와 아마노의 지문은 본가로 가서 앨범에서 채취해. 만약 지문이 일치하지 않는다면 단지 내 망상이었던 것이 된다. 하지만 만약 일치한다면, 그때는 너도 진실을 받아들일 각오를 해라! 알겠냐! ……어어, 마사키? 미안하지만 부탁이 있어!"

가부라기는 휴대전화를 왼쪽 귀에 대고 마사키에게 말하기 시작했다.

"물……?"

그렇게 히메노가 불쑥 중얼거렸다.

다쓰미가 히메노를 보았다. 히메노는 머리카락에서 물을 뚝뚝 흘리며 자신의 발치에 고인 물을 물끄러미 내려다보고 있었다.

이어서 히메노는 테이블 위를 보았다. 테이블 위에는 아직 개봉하지 않은 생수병이 두 개 놓여 있었다. 히메노는 그중 하나를 손에 들더니, 다시 테이블 위에 세워놓고 옆에서 찬찬히 들여다보았다. 그리고 다시 중얼대기 시작했다.

"그래. 이런 식으로 사일로 안에 물을 채우면 사람이 떠오를 거야. 하지만 어떻게 해야 사일로에 물을 채울 수 있지? 그래! 바깥에서 사일로 안으로 물을 모으고, 그 물 속에서 선헤엄을 치면……."

"히메노 형사, 왜 그러나?"

무심결에 다쓰미가 말을 걸었다. 하지만 그 목소리는 히메노의 귀에 가 닿지 않았다.

"아니, 아니야. 그 사일로는 문도 있고 여기저기 작은 창구멍도 나 있어서 빈틈투성이야. 틈을 막은 흔적은 없었어. 무엇보다 그런 번거로운 짓을 했을 리가 없지. 좀 더 간단한 방법이 있을 거야. 그럼, 어떻게 해서 에미 누나는 사일로 지상 3미터로 떠오른 거지? 뭔가 방법이 있을 거야. 뭔가 생각지도 못한, 어디까지나 물리적인 방법이……."

히메노가 얼굴을 쳐들었다.

"물리?"

그대로 다쓰미를 돌아보았다.

"다쓰미 씨, 노부세 다다시는 고에이 대학 이공학부였죠? 전공은?"

"어? 아아."

당황하면서도 다쓰미는 대답했다.

"'베르누이의 정리'라는 것을 연구하는 세미나에 참여했었다는 건 알고 있는데."

"베르누이의 정리!"

히메노가 눈을 크게 떴다.

"그게 어떤 정리인지는 모르겠지만. 덧붙여서 경제학부인 아마노는."

"아마노는 아무래도 상관없습니다!"

히메노가 딱 잘라 말하자, 다쓰미는 그 기세에 눌려 엉겁결에 입을 다물었다.

히메노가 다시 중얼대기 시작했다.

"'베르누이의 정리'는 완전유체完全流體에 관한 유체역학 정리야. 당연히 사이펀의 원리를 적용했을 테고, 대기압설과 중력설을 비교하기에 앞서 그 모델도 실험했을 거야."

그러더니 히메노가 갑자기 소리쳤다.

"그렇지! 마사키 선배가 듣고 왔잖아. 시커멓고 커다란 뱀이 사일로에서 꿈틀거리며 기어나갔다는 이야기를! 그럼, 그게……."

계속 통화 중인 가부라기 옆에서 히메노도 서둘러 스마트폰을 꺼내더니 엄지 끝으로 숫자를 터치해 왼쪽 귀에 갖다 댔다.

"이쓰카이치 서죠? 본청 수사 1과의 히메노라고 합니다! 그 사일로 사건 담당자를…… 여보세요? 부탁이 있습니다! 다이버를 수배해주세요! 그렇습니다! 잠수하는 다이버요! ……없어요? 없으면 갓파*라도 찾아봐주세요! 사, 산악구조대요? 모처럼 애써주셨는데 이번엔…… 수난水難 사고? 그런 일은 빨리 말씀해주셔야죠!"

그러는 내내 다쓰미는 전화로 고함을 지르는 가부라기와 히메노를 멍하니 보고 있을 뿐이었다.

전화를 끊은 가부라기에게 다쓰미가 말을 걸었다.

---

* 물속에 산다는 상상의 동물.

"가부라기 씨, 대체 당신들 지금 뭘 하는 겁니까? 페트병 뚜껑이라니, 대관절 무슨 일입니까?"

가부라기는 애가 타는 듯이 설명했다.

"16년 전, 도쿄 중공업이라는 기업이 습격당한 사건이 있었습니다. 그 실행범 네 명이 아마도 '민들레 모임'의 그 네 명일 겁니다. 지금 저희는 그것을 증명하려 하고 있는 겁니다."

"도쿄 중공업? 어떻게 당신들이 그런 사건을 알고 있는 거죠?"

그때 가부라기의 휴대전화가 구식 벨소리를 울렸다. 가부라기는 다쓰미와의 대화를 도중에 끊고 즉시 전화를 받았다.

"어, 마사키.……어? 뭐라고? 뭔가 잘못된 거 아냐?"

가부라기는 말문이 막혔다. 전화 저편에서 마사키가 소리치고 있었다.

"그러니까 일치하지 않는다잖아! 그중에 히나타 에미의 지문은 없다고! 뚜껑 네 개에 남아 있던 지문 중 그 어느 것도 사일로 안에서 발견된 히나타 에미의 지문과 일치하는 게 없었단 말이다! ……어이, 가부? 듣고 있냐? 여보세요?"

가부라기는 간신히 정신을 다잡고 전화기 너머 마사키를 향해 빠르게 말했다.

"알았어. 일단 가와호리의 자택과, 노부세와 아마노의 본가에 다녀와줘! 그 세 사람의 지문을 네 개의 뚜껑에서 나온 지문과 대조해주고. 부탁한다!"

가부라기는 전화를 끊는 동시에 진지한 표정으로 중얼대기 시작했다. 다쓰미가 그 자리에 있다는 사실은 아예 머릿속에서 깡그리 사라져버린 듯했다.

"이상해……. 왜 일치하지 않는 거지. 그럴 리가 없어. 히나타에미는 틀림없이 습격범 중 하나였을 텐데. 그럼 왜 지문이 일치하지 않지? 그 뚜껑이 습격범들과는 무관한 거였나? 아냐, 그럴 리가 없어. 4라는 숫자가 우연히 들어맞았다고는 생각하기 어려워. 그럼, 왜지?"

"가부라기 선배!"

히메노도 전화를 끊자마자 가부라기를 향해 소리쳤다.

"저, 그 사일로 시신의 수수께끼를 풀었는지도 모르겠습니다! 아니, 누가 어째서 그런 짓을 했는지는 모르겠지만, 적어도 에미 누나의 시신을 공중에 띄운 장치는 알아냈습니다! 역시 머리를 식히라고 하셔서 물을 뒤집어쓰길 잘했는지도."

거기까지 말하다 히메노는 가부라기가 자신의 이야기를 전혀 듣고 있지 않다는 것을 깨달았다.

"왜, 왜 그러세요? 가부라기 선배."

"내 가설이 올바르려면, 현재로선 한 사람이 많아. 그건 대체 누구지? ……아니, 그게 아니야. 한 사람이 부족한 거야. 이 뚜껑에 지문을 남긴 인물은, 도쿄 중공업 습격에 가담한 인물은 대체 누구지? 또 한 사람. 사건 뒤에 누군가 또 한 사람이 숨어 있어."

가부라기는 여전히 혼잣말을 쉼 없이 중얼대고 있었다.

"한 사람 부족해. 그리고 한 사람 많아. 그건 왜지? 그건……."

가부라기가 눈을 휘둥그레 뜨더니, 천천히 히메노에게로 시선을 움직였다.

"……히메."

"네, 네?"

넋 나간 표정으로 가부라기가 중얼거렸다.

"우리가, 말도 안 되는 일을 놓치고 있었는지도 모르겠다."

19
1998년 8월 습격

·

지금으로부터 16년 전, 1998년 8월 15일, 토요일.

깜깜한 밤.

노부세 다다시와 아마노 와타루와 가와호리 데쓰지, 그리고 나를 태운 작은 빨간 차는 별 하나 보이지 않는 새카만 어둠 속, 신주쿠 구의 한 모퉁이에서 멈췄다.

오늘은 백중날, 더구나 토요일이라서 내일도 휴일이다. 학교도 여름방학 기간이고 대부분의 회사가 백중맞이 휴가에 들어갔다. 때문에 주상복합빌딩이 늘어선 이 일대는 쥐 죽은 듯 고요했다. 그리고 여기서부터 한 블록 떨어진 곳에 우리들이 노리는 도쿄 중공업 주식회사 제3에너지 사업부가 입주한 주상복합 빌딩이 있었다.

"앞으로 10분만 있으면 새벽 2시야."

운전석의 노부세가 손목시계를 보았다.

"2시가 되면 돌입한다. 다들, 준비됐지?"

"오케이."

조수석의 가와호리가 굳은 목소리로 대답했다.

뒷자리에 나란히 앉은 아마노가 당장이라도 울음을 터뜨릴 것 같은 얼굴로 내게 물었다.

"저기, 에미. 진짜 이 시간엔 경비원이 자고 있는 거 맞지?"

그 목소리는 불안으로 떨리고 있었다. 손에 들고 있는 손전등마저 가늘게 흔들렸다.

"틀림없어요. 경비원인 히메노 씨가 그렇게 말했으니까."

그렇게 대답한 내 목소리도 떨렸다.

오늘 밤 히메노 씨는 이 빌딩에 없다. 한 주에 한 번 있는 휴무다. 그래서 나는 노부세에게 이날이 좋겠다는 의견을 냈고, 다행히 그 제안이 받아들여졌다. 이로써 히메노 씨에게 피해가 갈 일은 없을 것이다. 그리고 평소에는 두 사람이 경비를 서는데 오늘은 한 사람뿐이라는 것도 히메노 씨에게 들어 알고 있었다.

오늘 밤뿐이다. 이런 짓은 이번 한 번으로 끝이야.

나는 필사적으로 내 자신을 다독이면서, 이 계획을 처음 들었던 날을 떠올리고 있었다.

"그곳에 강도로 들어간다는 거예요?"

나는 내 귀를 의심했다.

"쉿! 목소리가 커!"

아마노가 황급히 입술 앞에 집게손가락을 세우고 주위를 두리번 두리번 둘러보았다. 그러나 우리들이 와 있는 카페 2층에는 다른 손님은 없었다.

"강도라는 표현은 틀렸어. 이건 경고야."

내 맞은편 자리에 앉은 '지가연' 남자는 성적 나쁜 학생을 가르치는 선생님 같은 투로 말했다.

"잘 들어봐, 히나타. 도쿄 중공업은 원전을 제조하는 기업 중에서도 가장 규모가 커. 정부가 원전을 추진하는 방향으로 돌진하고 있는 이상, 우리가 할 수 있는 일은 원전 기업에 압력을 가해 원전 사업에서 자진 철수토록 하는 것밖에 없어. 이번 일은 어디까지나 그렇게 하기 위한 행동이야."

그렇게 이야기하는 '지가연' 남자의 얼굴에는 범죄에 대한 죄책감 같은 건 털끝만큼도 없었고, 그 뻔뻔스러운 얼굴 위로 무지한 나를 가엾게 여기는 듯한 미소마저 어려 있었다.

원자력발전소 건설 기업을 습격하는 것이 언제부터 우리들 '민들레 모임'의 활동이 되었을까. 나는 단지 쓰레기를 줍고 주운 것을 재활용하자는, 사람을 위해 일하는 동아리라고 생각해서 가입했는데. '민들레 나라'라는 자급자족의 유토피아를 만들자는, 노부세 다다시의 꿈을 함께 추구하고 싶어서였는데.

어째서일까, 어느 사이엔가 나는 범죄자가 되려 하고 있었다.

"에미, 네 힘이 필요해."

내 옆에 앉은 노부세가 평소와 다름없는 부드러운 목소리로 말했다.

"경비 정보를 손에 넣으려면 경비원에게서 알아내는 게 제일 정확해. 그리고 표적이 될 빌딩의 경비원 집 주소는 뒤를 밟아서 알아뒀어. 에미 네가 그 경비원이 살고 있는 고쿠분지의 연립주택으로 이사 가서, 경비 정보를 알아내주었으면 해. 우리가 나서면 의심을 살 테니까. 여대생인 너만이 할 수 있는 일이야."

"아무렴. 이 작전은 너의 활동에 달려 있어."

가와호리가 고개를 끄덕였다.

"하자, 에미."

아마노도 각오를 굳힌 듯 내게 속삭였다.

"나도 힘낼게, 겁나지만. 그러니까 같이 하자, 응? 너만 빠진다는 건 반칙이다?"

노부세는 두 손으로 내 오른손을 꼭 쥐었다.

"에미, 기형이 된 민들레들 사진 봤지? 그런 무시무시한 방사능 오염을 일으키는 원전은 반드시 없애야만 해. 이 나라의 미래를 구하지 않으면 우리들의 '유토피아'도 환상으로 끝나버리고 말 거야. 그렇지?"

그리고 나는 결국, 노부세를 향해 고개를 끄덕이고 말았다.

그때 내 가슴속에 있던 것은 미래에 대한 밝은 희망 따위가 아니었다. 너무나 무겁고, 너무나 괴롭고, 모든 희망을 지워버릴 것 같은, 짓뭉개버릴 것만 같은, 그런 것이 내 온몸에 가득 차 있었다.

그래, 이제 와 생각하면, 그것은 '절망'이라 부르기에 마땅한 것이었다.

한여름 밤, 엔진을 끄고 에어컨도 돌지 않는 작은 차 안은 말도 못하게 더웠다. 그리고 우리들은 긴장감이 극에 달해 급기야 몸의 힘이 빠지고 의식까지 몽롱해질 지경이었다.

바싹 마른 목을 축이려고 페트병에 든 생수를 한 모금 꿀꺽 삼켰다. 새벽 2시가 되기 전 마지막 10분을 남겨두고, 벌써 몇 번째인지, 나는 필사적으로 정신을 집중하고 머릿속으로 행동 계획을 반추했다.

우선 드라이버로 셔터의 자물쇠를 비틀어 연 다음, 가능한 한 소리 나지 않게 살그머니 들어 올리고 빌딩 내부로 침입한다. 도쿄 중공업 사무실은 2층에서 5층까지다. 맨 아래 2층에 총무부가 있고 그 안쪽이 경비원 수면실이다.

잠든 경비원을 세 사람이 결박하고 나서 총무부를 뒤져 소속 사원 명부를 가지고 나온다. 앞으로 원전 관련 기업의 사원 한 사람 한 사람을 설득하여 함께 싸울 것을 촉구하기 위해서다. 다음은 사무실 안을 적당히 어지럽히고 재빨리 퇴각한다.

나는 건물 밖에서 망을 보는 역할. 만약 순찰 중인 경찰이 눈에 띈다든지 하면 건물 창문에다 손전등 불빛으로 신호를 보내고, 나는 재빨리 건물 뒤로 숨는다.

그리고 모든 활동이 종료되면, 다음 날 아침 주요 신문사에 범행 성명문을 보낸다. 성명문은 이미 정해두었다.

배신자에게는 죽음을. '사자의 송곳니.'

언제까지나 건강하게 살고 싶다는 국민의 바람, 그것을 저버리고 원전 건설을 진행하는 모든 기업의 숨통을 끊겠다…… 그런 의미의 예고다.

실제로는 어디까지 가능할지 모르겠지만, 일단 강력한 문구를 사용하지 않으면 경고의 의미가 없다며 노부세가 생각해낸 문장이었다. '지가연' 남자도 그거 재미있는 성명문이라며 반겼다.

'사자의 송곳니'라는 말은 영어로 민들레를 가리키는 'Dandelion'에서 따온 가공의 그룹명이다. 아무래도 '민들레 모임'이라는 이름으로 범행 성명을 내보낼 수는 없으니까. 'Dandelion'은 프랑스어 'dent-de-lion'에서 유래한 단어로 원래는 '사자의 이빨'이라는 의미다. 민들레 이파리의 뾰족뾰족한 모양이 사자의 이빨과 닮았기 때문이란다.

2시 5분 전.

나는 손에 들고 있던 페트병의 물을 다 마시고 뚜껑을 꼭 잠갔다. 정신을 차려보니 노부세와 아마노도 말없이 각자 가지고 있던 페트병 안의 물을 다 비운 참이었다.

"그거, 이리 줘."

옆에 앉은 아마노가 내게 오른손을 내밀었다.

내가 빈 페트병을 건네자, 발치에 비닐봉지를 놔두었었는지 아마노는 뚜껑을 돌돌 돌려 분리하고 본체만 그 안에 넣은 다음, 뚜껑은 재킷 바깥 주머니에 넣었다.

이 사람은 이런 긴박한 순간에도 잊지 않고 '해피 캡 운동'을 실천하는구나.

"감동인데, 아마노."

운전석의 노부세도 빈 페트병을 아마노에게 건넸다. 조수석의 가와호리도 쓴웃음을 지으며 거기에 편승했다. 아마노는 역시 페트병 본체만 발치의 비닐봉지에 던져 넣고, 자기 것까지 합쳐 도합 네 개의 뚜껑을 자신의 주머니에 쑤셔 넣었다.

"그럼, 갈까."

노부세는 편의점이라도 가는 양 가볍게 말했다. 하지만 그것은 긴장을 감추기 위한 혼신의 연기였다. 왜냐면, 노부세는 운전석 문을 열고 바깥으로 나가다 발이 걸려 넘어질 뻔했기 때문이다.

모두 긴장감이 극에 달해 있었다. 난생처음 범죄에 손을 담그려 한다는 사실에 모두가 두려운 나머지 와들와들 떨고 있었다. 그리고 넷이 하나같이, 우리 중 누군가가 '역시 그만두자'라는 말을 꺼내주길 기다리고 있었다. 하지만 아무도 그런 말을 꺼내지 않았다. 아니, 꺼낼 수가 없었다.

어째서일까, 전부 우리 스스로 결정한 일인데 우리는 마치 인질로라도 잡혀 있는 것처럼 발을 멈출 수가 없었다. 현실감이라곤 전혀 없는 세계 속에서 무거운 발을 마지못해 들어 올리며 느릿느릿 걸음을 옮기고 있었다.

앞서 걷는 노부세의 등을 보면서 나는 멍하니 생각했다.

노부세는 역시 피터 팬이었던 것이다. 그것도 그저 높은 하늘을 동경하기만 할 뿐, 하늘을 날지 못하는 피터 팬.

그리고 나는, 날지 못하는 피터 팬을 사랑하여 아무것도 모른 채 그저 손을 잡아끄는 대로 뒤를 따라가는 어리석은 웬디였다.

정신을 차려보니 우리 네 사람은 새카만 어둠 속, 지금부터 침입하려는 빌딩 앞에 서 있었다.

그리고 그때, 감시 카메라라는 것의 존재를 전혀 생각하지 못했다.

애당초 야간 감시 카메라 설비가 보급되기 시작한 것은 적외선 기능이 추가된 2000년대부터다. 양산화로 가격 인하가 진행되기 시작했다지만 1998년 당시에는 야간에도 촬영할 수 있는 것은 수가 적었고, 우리도 거의 볼 기회가 없었다.

이 얼마나 엉성하고 한심하기 짝이 없는 습격 계획인지.

무계획이라는 말을 들어도 할 말이 없는 수준의, 웃음밖에 안 나오는, 어린아이 소꿉장난 같은 범죄 계획.

그리고 나는 미처 몰랐다.

가와호리 데쓰지가 '지가연'에서 우리들을 감시하기 위해 파견한 스파이이며, 등에 짊어진 냅색 안에 아미 나이프를 숨기고 있었다는 것을.

우리 네 사람이 반쯤 정신이 나가 도망칠 때 아마노가 빌딩 앞에서 넘어지는 바람에 주머니에 들어 있던 페트병 뚜껑 네 개가 도로 위에 죄 흩어지고 말았다는 사실을.

20
모토야마 이치로

4월 19일 토요일, 오후 3시.

도쿄 도 미나토 구 아카사카, 아오야마 대로변에 위치한 다목적 회관 '후게쓰^{風月} 홀'은 사람들로 꽉꽉 차 있었다.

가부라기 데쓰오는 어두운 회장 맨 뒤에 서서 무대 위를 보고 있었다. 무대 뒤쪽 벽에는 옆으로 긴 커다란 패널이 걸려 있고, 거기에는 고딕체 활자로 이렇게 쓰여 있었다.

민들레의 경고— 원자력발전소, 방사능 오염의 진실

(주최 | 원전 즉시 폐기를 호소하는 모임)

단상에서 라이트를 받고 있는 이는 핸드 마이크를 손에 쥔 참의원 의원 모토야마 이치로였다.

1976년 도쿄 도 태생, 사립 게이안 대학 법학부 출신, 38세. 작년에 치른 '참의원 의원 통상선거'에 도쿄 도 선거구에서 무소속으로 출마, '원자력발전소 즉시 폐기'를 호소하여 젊은 층과 주부층의 지지를 업고 70여 만 표를 획득하면서 깜짝 당선된 젊은 초선 국회의원이다.

참의원 선거 출마 당시에는 일찍이 정권을 잡은 적도 있는 보수야당 민생당뿐만 아니라 동시에 탈원전을 부르짖는 여러 좌파 정당들로부터도 지원을 받아 흡사 '반원전 대연합'의 상징적인 존재가 되었다.

그리고 요전 날, 모토야마 이치로는 무소속이라는 입장을 버리고 제1야당인 보수 정당 민생당으로의 입당을 발표했다. 좀 더 큰 힘을 발휘할 수 있는 환경 아래 '원전 즉시 폐기'라는 공약을 실행하기 위해서라고 모토야마는 변명했지만, 무소속 당시 그를 지원했던 그룹은 보수로의 '전향'이라며 거세게 비난하고 있다.

모토야마는 현재도 전국 각지에서 열리는 반원전 운동 집회나 시위에 참가하는 외에 TV 등 매스컴에도 적극 출연하여 반원전을 호소하는 활동을 지속하고 있다. 오늘 '원전 즉시 폐기를 호소하는 모임'이 주최한 강연회 또한 그와 같은 운동의 일환이었다.

원전 반대를 주장하는 학자, 문화계 인사, 탤런트 등의 강연이 이어진 이벤트 말미에 모토야마 이치로는 성대한 박수를 받으며 모습을 드러냈다. 그리고 내방객에 대한 감사의 말을 전한 후, 500

명이 넘는 내방객을 향해 핸드 마이크로 이렇게 말했다.

"그럼, 이 자리를 매듭짓는 의미로 제가 여러분에게 보여드리고 싶은 것이 있습니다."

그 목소리를 신호로 모토야마 의원의 오른쪽 뒤에서 커다란 하얀 스크린이 스르르 내려왔다.

"지금부터 보여드릴 것은, 지원해주시는 여러분께서 제게 보내주신 여러 장의 사진입니다. 원전이 얼마나 무서운 것인지 이해하기에 이 이상의 것은 없다고 생각합니다. 그럼, 차분히 봐주시기 바랍니다."

장내에 음울한 분위기의 음악이 흐르기 시작했다. 동시에 스크린 위로 차례차례 사진이 투사되었다. 곧이어 놀라움에 찬 탄식과 함께 회장을 가득 메운 사람들 사이에서 술렁임이 일었다.

스크린에 비친 것은 민들레 사진이었다. 그것도 낯익은 귀여운 민들레가 아니라, 아무리 봐도 기형이라고밖에 생각할 수 없는, 왠지 모르게 기분 나쁜 모양의 민들레였다. 어떤 것은 줄기가 기묘하게 비틀려 있고, 어떤 것은 여러 개의 꽃이 한데 엉켜 붙어 있고, 위에서 눌러 짜부라트린 것처럼 평평한 모습을 한 것도 있었다. 영상을 보고 있던 가부라기도 절로 눈살이 찌푸려졌다.

"아시겠습니까, 이들 민들레는 전국 각지의 원자력발전소 10킬로미터 이내에서 촬영된 것들입니다. 방사능 오염 물질로 인해 유전자에 이상이 생겨난 결과입니다. 이 추하고 기형화된 민들레는 방사능 오염의 무서움을 그 자체로 우리들에게 가르쳐주고 있는 것입니다. 그리고 바로 이것이 우리들 자신의 미래의 모습입니다."

모토야마 이치로가 영상에 심각한 목소리를 실었다.

"이렇게 말하고 있는 지금도, 우리 아이들의 머리 위에 방사성 물질이 내리쏟아지고 있습니다. 임산부가 쬔 방사능이 태아에게 그리고 태어나는 아이들에게 무서운 악영향을 끼치고 있는 것입니다. 한시라도 빨리, 아니 지금 당장 원자력발전소를 완전 폐기하고 나라의 안전을 되찾아야 하지 않겠습니까. 그리하여 모든 들판이 다시 사랑스러운 민들레꽃으로 가득해지도록⋯⋯."

"그만하세요!"

별안간 한 중년 여성이 소리치며 일어섰다.

"당신이 온 데 다니면서 이런 말을 해대니까, 우리 지역에서 나는 쌀이고 채소고 우유고 사 가는 사람이 하나 없고, 근처 바다에서 잡은 생선도 팔리지 않게 됐거든요? 방사능 검사도 제대로 하고 기준치 아래를 밑도는데도!"

여성은 흥분한 모습으로 기염을 토했다.

"말씀해보세요! 이런 기형 식물이, 정말로 전부 원자력발전소 때문입니까? 진짜 과학적인 근거가 있어서 방사능 때문이라고 말씀하시는 거예요? 아이들에게도 같은 위험이 있는 겁니까? 만약 그렇다면 증거를 보여주실 순 없나요?"

"원전 지역에 사시는 분이시군요?"

모토야마 의원은 동정하는 듯한 얼굴로 단상에서 여성을 내려다보았다.

"인정하고 싶지 않은 기분은 이해합니다. 그러나 이 사진들은 정말로 원전 주변에서 촬영된 민들레가 맞습니다. 근거고 뭐고, 일목요연하지 않습니까?"

"당신의 활동은 완전히 역효과예요! 당신이 원전의 위험성을 외치고 다니면 다닐수록 뜬소문으로 인한 피해는 점점 늘고, 결국 원전을 떠안고 있는 지역 주민들만 고통스러울 뿐이라고요!"

여성은 더더욱 필사적으로 부르짖었다.

"도대체가 당신들이 아무리 원전 폐기를 외친들, 원전이 하나라도 없어진답니까? 이런 집회나 시위를 하면 정말로 언젠가 원전이 없어지기는 하는 겁니까? 당신은 진정 원전을 없애고 싶은 마음이 있기는 한가요? 혹시, 인기몰이를 위해 단지 원전을 이용하고 있는 건 아닙니까?"

"매우 감사했습니다. 귀중한 의견에 감사드립니다."

모토야마 의원이 고개를 숙이자 남성 관계자 둘이 그 여성에게로 다가가 양쪽에서 팔짱을 꼈다. 여성은 이미 저항할 기력도 없는 듯 흐느껴 울면서 비틀거리는 걸음으로 퇴장했다.

"여러분! 지금 여성분 이야기 들으셨지요?"

조명이 켜지자 모토야마 의원은 장내를 둘러보면서 목소리를 높였다.

"이만한 증거를 보고도 정상적인 판단을 할 수 없을 정도로 원전 지역 주민들은 정부에 세뇌당하고 속고 있습니다! 지금 당장, 원자력발전소가 없는 사회를 실현해야만 합니다! 이 기형이 되어버린 민들레로부터의 경고, 즉 자연이 주는 경고에 귀를 기울이고, 함께 원전 완전 폐쇄를 위해 행동하지 않으시겠습니까!"

사람들로 가득 찬 장내에 성대한 박수가 끓어올랐다. 단상 위의 모토야마 이치로는 얼굴 가득 미소를 띤 채 오래도록 오른손을 흔들었다.

"이야, 대단히 흥미로운 이야기였습니다."

가부라기가 감탄한 표정으로 말하자, 모토야마 이치로는 만족스레 고개를 끄덕였다.

"호오. 외람된 말씀이지만 경찰 내에도 뭘 좀 아시는 분이 있네요? 여태까지 저는 시위나 집회만 했다 하면 의심의 눈초리로 노려보는 분들만 봐와서."

가부라기는 공손하게 머리를 숙였다.

"드릴 말씀이 없습니다. 여러 가지로 오해받기 쉬운 활동을 하고 계신 점은 잘 알고 있습니다. 저희도 위에서 내리는 명령에 따라 움직이고 있기 때문에 모쪼록 양해 부탁드립니다."

38세의 젊은 국회의원은 확실히 기존의 정치인과는 다른 젊은이다운 어투와 대화법을 구사했다. 이 친근함이랄지 친구 같은 감각이 청년층이며 주부층에게서 인기를 얻은 비결인 걸까. 가부라기는 모토야마의 얼굴을 보면서 그렇게 생각했다.

오후 5시. 두 사람이 와 있는 곳은 후게쓰 홀의 내빈 대기실이었다. 이미 '민들레의 경고'라는 이벤트는 종료되었고 참석한 사람들은 모두 귀갓길에 올랐을 무렵이었다.

모토야마 의원은 손목에 찬 롤렉스 시계를 보았다.

"그래서, 용건이 뭡니까? 제가 이제부터 의원회관으로 돌아가야 해서요. 오시는 손님이 분 단위로 이어지는 탓에. 가능하면 간략하게 부탁드리고 싶습니다만."

"아, 이거 죄송합니다. 실은 말이죠."

양손을 깍지 끼워 무릎 사이에 놓고, 가부라기가 설명하기 시작했다.

"의원님의 비서, 가와호리 데쓰지 씨가 살해당한 사건 말입니다만, 열심히 수사를 진행하고는 있지만 도무지 범인에 대한 가닥이 잡히질 않네요. 그래서 난항을 겪고 있습니다. 뭐든 좋으니, 기억나시는 일이 없으신가 해서요."

"누차 말했지만, '사자의 송곳니'라는 이름의 단체는 전혀 짚이는 바가 없습니다. 그래서 드는 생각인데, 아마도 저의 반원전 활동이 원한을 산 게 아닌가 싶습니다. 가와호리에게는 미안하게 됐지만."

모토야마는 눈살을 찌푸리면서 고개를 저었다.

"반원전 활동을 하다 보면 신변의 위협을 느끼는 일도 많습니다. 전화로 협박당하는 거야 노상 있는 일이지요. 정부 관계자는 물론, 원전 관련 기업 관계자들의 미움을 사는 건 당연하고요. 어쨌거나 원전에는 막대한 예산이 얽혀 있으니까요. 그중에 폭력적인 수단을 쓰려는 사람이 없다고 단정할 수도 없고."

"하아, 그렇습니까."

아쉬운 듯 한숨을 쉬고 나서 가부라기는 화제를 바꿨다.

"그런데 모토야마 의원님. 혹시 노부세 다다시, 그리고 아마노 와타루라는 두 남성을 아십니까?"

모토야마가 의아한 얼굴을 했다.

"노부세 씨와 아마노 씨요?"

"네. 두 사람 다 16년 전, 가와호리 데쓰지 씨와 함께 고에이 대학에서 '민들레 모임'이라는 환경보호 활동 동아리에 있었던 사람들입니다. 모르십니까?"

모토야마는 고개를 갸웃했다.

"글쎄, 모르겠네요."

"그거 이상하군요."

가부라기의 목소리가 낮아졌다.

"의원님은 게이안 대학 재학 당시, '지속 가능성 연구회'라는 극좌 계열 단체에 소속되어 있었지요? '지가연'에는 '대학 동아리회'라는 내부 조직이 있었고, '민들레 모임'도 그 일원이었습니다."

모토야마는 아무 말이 없었다.

"그리고 의원님의 피살된 비서, 가와호리 데쓰지 씨 또한 '지가연' 멤버였지요? 다시 말해 가와호리 씨는 원래 의원님의 동료이며, '민들레 모임'에 잠입했다는 뜻입니다."

"가부라기 씨, 라고 하셨죠."

갑자기 모토야마는 도움을 애걸하는 듯한 표정을 띠었다.

"확실히 저도 대학생 때는 좌익 운동에 잠시 발을 들였던 적이 있었습니다. 하지만 딱히 진심으로 임했던 건 아닙니다."

가부라기의 눈썹이 꿈틀 움직였다.

"진심은, 아니었다?"

"당연하지 않습니까!"

모토야마는 두 손바닥을 위로 쳐들었다.

"까짓 대학생들이 소란 좀 피운다고 정부가 전복되거나 세상이 바뀔 리가 없잖습니까? 그런 걸 진심으로 믿는 사람이 이상한 거죠. 저는 그저, 장차 정치인이 되기 위해, 정치 조직이라는 것이 어떻게 돌아가는지 공부할 셈으로 '지가연'에 들어갔던 것뿐입니다. 그 덕에 사람의 마음을 장악하는 기술은 체득했지만요."

말을 잇는 모토야마 의원의 얼굴을 가부라기는 가만히 응시했다.

"그 보람이 있어서 저도 지금은 국회의원이고, 드디어 보수 제1 야당인 민생당에 막 입당한 참인데 옛날 일을 들추어내시면 여러 가지로 곤란합니다. 가부라기 씨, 그런 저간의 사정을 헤아려주실 수 없겠습니까."

"문제는, 의원님이 극좌 활동을 했다는 게 아닙니다."

가부라기는 모토야마 의원의 얼굴을 응시했다.

"16년 전, 그 '민들레 모임'이라는 동아리가 도쿄 중공업이라는 회사에 강도로 침입한 사실이 발각되었습니다. 그리고 의원님은 '민들레 모임'을 산하에 둔 '지가연'에 계셨지요. 뭔가 짚이는 게 없으십니까?"

모토야마는 어이없다는 표정으로 쓴웃음을 지었다.

"나를 미워하는 누군가가, 있지도 않은 일을 꾸며댔나 보군요? 뭐, 정치를 하다 보면 별 희한한 사람들이 다 꼬이기 마련이니까요. 옛 친구라면서 돈을 뜯으러 오는가 하면, 나한테 속았다며 변상하라는 사람도 있고. 아, 맞다, 아까 회장에서도 히스테릭하게 이상한 말을 외치던 여자분이 있었지요? 이를 테면 그런 사람들이죠."

이벤트 중에 발언한 원전 지역에 거주한다는 여성을 일컫는 듯했다.

"그 여자분은 이상한 사람이 아닙니다."

가부라기는 진지한 얼굴로 고개를 저었다.

"왜냐하면, 의원님이 보여준 사진 속 민들레는 방사능 오염으로 기형이 된 게 아니기 때문이죠. 그건 대화帶化라는 현상을 일으킨 평범한 민들레입니다."

모토야마의 미소가 그대로 어색하게 일그러졌다.

가부라기는 양복 안주머니에 손을 넣었다.

"저도 이런 분야는 자세히 알지 못해서 과경연에 있는 친구에게 배웠습니다. 잠시만 기다려주시죠. ……아, 여기다."

가부라기는 수첩을 꺼내 어느 한 페이지를 펼치고 설명했다.

"대화란 식물이 성장할 때 조직 분열에 이상이 일어나 발생하는 변형, 이라고 한답니다. 줄기나 뿌리, 꽃 등이 편평하게 넓어지기도 하고 여러 개가 유착된 모습을 보이기도 한다는군요. 맨드라미 같은 것들은 대화가 일반적인 모습으로 정착된 꽃이라고 합니다.

즉, 자연계에서 예사로 발견되는 현상이지요. 민들레에서도 이 대화가 곧잘 관찰된다고 합니다."

가부라기가 수첩에서 얼굴을 들었다.

"의원님은 16년 전에도 이 대화 현상이 일어난 민들레 사진을 보여줌으로써 원전에 의한 방사능 오염의 무서움을 설파하고, 대학의 환경보호 활동 동아리들을 차례차례 '지가연' 산하로 끌어들였다지요? 그리고 의원님은 그중 하나인 고에이 대학의 '민들레 모임'에 도쿄 중공업이라는 원전 건설 기업을 습격하도록 지시를 내렸습니다. 그 결과……."

가부라기는 모토야마의 얼굴을 노려보았다.

"그날 밤, 한 경비원이 살해당했습니다. 히메노 히로시 씨라는 남성이지요. 히메노 씨에게는 병든 아내와 열한 살밖에 안 된 어린 아들이 있었습니다."

모토야마는 초조함을 억누를 수 없게 되었다.

"'지가연'에 들어 있었던 건 맞지만, 그 산하의 동아리가 멋대로 저지른 살인까지 내 책임이라고 할 순 없지요. 그 사람들, 반원전 사상에 빠진 나머지 폭주해버린 것 아닙니까? 70년대 학생운동에서도 곧잘 있었던 일 같고요."

"그게 아니지."

가부라기는 힘주어 말하며 고개를 가로저었다.

"당신은 16년 전, 가와호리 데쓰지와 공모하여 '민들레 모임'을 유도해 도쿄 중공업을 습격하도록 만들었고, 결과적으로 멀쩡한 경비원의 목숨을 빼앗았어. 게다가 습격 멤버 중 한 사람이었던 히나타 에미가 공안의 협력자임을 알고 노부세와 아마노에게 살해하도록 명령했지. 그리고……."

가부라기는 분노를 억누르며 말을 이었다.

"올해, 히노하라 촌의 사일로에서 히나타 에미의 시신이 발견되자, 가와호리 데쓰지는 불안한 마음에 당신과 의논했어. 당신은 가와호리의 입에서 16년 전의 비밀이 새어 나갈까 봐 두려웠고, 그 입을 막기 위해 때마침 투숙한 호텔 옥상으로 불러내어 그를 죽인 거야."

모토야마는 자리를 박차고 일어섰다.

"더는 참을 수가 없군! 당신은 소위 경찰이란 사람이 누군가 정신이상자가 하는 말을 곧이곧대로 듣고 나를 살인범 취급할 작정인가? 아무 증거도 없으면서 왜 그렇게 입에서 나오는 대로 말하는 거지? 지금 당장 시정하고 사죄하지 않으면 명예훼손으로 고소하겠어!"

"증거를 보여달라고 말씀하시겠다?"

가부라기도 일어섰다.

"그럼, 가시죠."

모토야마 의원이 당황했다.

"어, 어디로 가자는 건데?"

"무대지요."

가부라기는 모토야마 의원을 가만히 쏘아보면서 왼손으로 방의 출구를 가리켰다.

"아까까지 의원님이 스포트라이트를 받으셨던, 그 무대 말입니다. 아무것도 거리낄 게 없다면, 함께 가시지요?"

후게쓰 홀의 객석에는 아무도 없었다. 하지만 그 휑뎅그렁한 홀의 무대 위에 세 남자가 서 있었다. 모토야마 이치로 의원은 아까 내려온 계단을 딛고 다시 무대 위로 올라갔다.

단상에 서 있는 세 사람은 경시청 형사부 수사 1과의 마사키 마사야 경위, 과경연의 사와다 도키오 심리분석관, 그리고 큼직한 하얀 마스크를 쓴 남자—공안부 제1과의 다쓰미 고지 경정이었다.

모토야마 의원의 뒤를 이어 무대에 오른 가부라기는 그대로 모토야마 의원의 등 뒤에 섰다.

"이런 곳에서 뭘 하겠다는 거지?"

모토야마 이치로는 울분에 찬 얼굴로 눈앞의 세 사람, 그리고 등 뒤에 서 있는 가부라기를 노려보았다. 텅 빈 홀에 모토야마 의원의 목소리가 울려 퍼졌다.

"고맙단 인사 정도는 해줬으면 좋겠는데요, 모토야마 선생. 손님들이 다 돌아가실 때까지 기다렸거든."

마사키가 텅 빈 객석을 향해 턱짓을 했다.

"난 모처럼이니까 만장한 하객 앞에서 하자고 했는데 말입니다. 이쪽 햄 씨로 말하자면 조금 수줍음을 타는 성격이라서요. 사람들 앞에 얼굴을 내밀 수 없다고 해서 말이죠. 자, 그럼, 도키오."

사와다는 고개를 끄덕인 후 손에 들고 있던 리모컨의 버튼을 눌렀다.

그러자 무대를 바라보고 왼쪽 가장자리, 딱 모토야마 의원 뒤편으로 하얀 스크린이 소리 없이 내려왔다. 그리고 그 스크린에 프로젝터가 영상을 투사했다.

멀리 깎아지른 듯한 바위산이 치솟아 있다. 아무래도 산악부 풍경 같다. 게다가 영상 구석에는 하얀 눈을 인 산들이 줄지어 있다.

"뭐야 이건? 등산 관광 비디오인가?"

모토야마 의원이 초조함이 묻어나는 목소리를 냈다. 그러나 네 사람은 아무런 대꾸도 하지 않았다.

카메라가 바위산을 향해 서서히 줌인 해 들어간다. 그러자 바위산 정상에 작은 사람의 모습이 보이기 시작했다.

바위산 위에 서 있는 것은 까만 단발머리의, 붉은 기모노를 입은 여성이었다.

그 여성은 두 팔을 양옆으로 벌리더니, 별안간 절벽에서 다이빙하듯이 뛰어내렸다. 여성은 기모노의 두 팔과 두 다리를 펼치고, 몇백 미터일지 모를 아래쪽 바위밭을 향해 가속도가 붙은 채 쭉쭉 떨어져간다.

"으……."

영상을 보면서 공안부의 다쓰미 경정이 조바심을 냈다. 몇 초 후면 저 여성은 바로 아래에 있는 바위밭을 들이받고 산산조각이 날 게 뻔하다. 이건 자살자를 촬영한 영상인가?

그러나 다쓰미 경정이 그렇게 생각한 순간, 여성의 몸이 허공에 둥실 떠오르고, 글라이더 아니, 날다람쥐처럼 수평으로 활공하는가 싶더니 그대로 완만하게 경사진 산의 표면 위를 맹렬한 속도로 날아가버렸다.

사와다가 입을 열었다.

"서양에서 인기 있는 경기인, 윙슈트를 이용한 베이스 점핑입니다. 이 옷은 1990년대 중반, 프랑스인 스카이다이버 패트릭 가야르돈Patrick de Gayardon이 고안한 활공 전용 슈트로서, 공기저항에 의한 양력을 발생시킵니다. 이 경기를 하려면 적어도 200회 이상의 스카이다이빙 체험이 필요하다고 합니다."

화면이 바뀌고 다른 방향의 카메라에 잡힌 영상이 나타났다. 붉은 윙슈트를 입고 활공하는 점퍼 뒤에서 다른 한 명의 점퍼가 촬영한 영상이다. 주위의 바위며 관목들이 엄청나게 빠른 속도로 뒤로 흘러간다. 적어도 시속 100km 이상은 되지 싶다.

"인간이, 하늘을, 날고 있어……."

다쓰미 경정이 멍하니 중얼거렸다.

초반에 멀리 보이는 영상에서 까만 단발머리로 보였던 것은 점퍼가 쓴 전투기 조종사용 헬멧이었다. 그리고 붉은 기모노로 보였던 것은, 양 겨드랑이와 두 다리 사이가 지느러미와 같은 막으로 이어진 붉은 윙슈트였다.

"범인은 가와호리 데쓰지를 살해한 후, 윙슈트를 이용해 고층 빌딩 옥상에서 탈출했다. 이것이 가부라기 선배의 가설입니다."

사와다가 설명을 계속했다.

"피해자를 불에 태워 죽이는 방법을 범인이 선택한 까닭은, 만에 하나 목격자가 있었을 경우, 불이 나는 쪽으로 주의를 끌어 옥상에서 뛰어내리는 자신의 모습을 은폐하기 위해서라는 말입니다."

모토야마 의원 뒤에서 가부라기가 목소리를 냈다.

"그럼, 다음 사진을 보여주지 않겠나, 사와다."

사와다가 리모컨을 조작하자 스크린에 한 장의 컬러 사진이 투사되었다.

그것은 청년 셋이 콘크리트 바닥 위에 나란히 서서 웃고 있는 사진이었다. 그 뒤로는 소형 비행기가 서 있다. 아마도 작은 비행장 같았다. 세 사람 중 둘은 목에 고글을 걸고 화학섬유 재질의 점프 슈트를 입고 있었다.

"노부세 다다시와 아마노 와타루, 그리고 모토야마 이치로 선생, 당신이야. 아마도 고에이 대학 1학년 무렵에 찍은 사진이 아닌가 싶은데. 노부세와 아마노는 현재 국제 수배 중이지만, 두 사람의 본가에 남아 있던 앨범에 같은 사진이 한 장씩 들어 있었어. 노부세와 아마노의 지문을 채취하러 갔다가 이런 재미있는 사진을 찾아냈다니까."

이번엔 마사키가 설명을 시작했다.

"여기는 다마 지방에 있는 쬐그만한 비행장인데, 소형 프로펠러기 전용 시설이지. 노부세 다다시와 아마노 와타루는 이곳을 이용하는 스카이다이빙 클럽 '도쿄 스카이 하이'에 다녔어. 그리고 두 사람은 이 클럽에서 알게 되어 의기투합한 끝에 환경보호 활동 동아리 '민들레 모임'을 결성했다 그 말이지."

마사키는 스크린의 사진을 흘깃 보았다.

"당신, 꽤나 오래전부터 스카이다이빙을 했다지? 이백 시간은 거뜬히 넘을 거라고 클럽 경영자가 그러던데. 보통은 낙하산으로 착지하는 모양인데 낙하산을 이용하지 않고 바다나 호수에 착수하는 방법도 있다지, 아마."

"이상이 제가 머리를 쥐어짠 결과, 다다른 가설입니다."

가부라기가 모토야마 의원의 등 뒤에서 말을 받았다.

"열흘쯤 전, 어느 여성이 퀴즈를 냈지요. '기모노의 커다란 소매는 무엇 때문에 있을까?'라는. 그때는 전혀 감이 안 잡혔지만, 당신이 스카이다이빙 경험자라기에 관련 서적을 읽어가며 조사하던 중에 기모노와 꼭 닮은 옷을 입고 비행하는 경기를 발견했지요. 윙슈트입니다. 이거라면 빌딩 옥상에서 뛰어내려도 밤의 어둠을 틈타 아무에게도 들키지 않고 날아갈 수가 있을 것 같더군요."

탐색하듯이 가부라기가 모토야마에게 물었다.

"어떻습니까? 이것이, 당신이 가와호리 씨를 죽인 방법 아닙니까?"

모토야마는 천천히 가부라기를 돌아보고, 느닷없이 폭소를 터뜨렸다.

"아하하하하!"

인적 없는 넓은 홀에 모토야마의 웃음소리가 울려 퍼졌다.

"아이고, 미안합니다! 가부라기 씨, 당신 재미있는 사람이야! 이렇게 재미있는 이야기는 난생처음 들었어요! 내가 하늘을 날아 고층 빌딩 옥상에서 도망쳤다니!"

이후로도 한동안 더 웃고 난 후, 모토야마 의원은 간신히 숨을 고르고 이야기를 재개했다.

"좋습니다? 인정하죠! 나는 가와호리를 죽인 후에 37층 건물 옥상에서 윙슈트로 하늘을 날아 도망쳤습니다. 그리고 도쿄만에 착수하여 헤엄을 쳐서 시오도메까지 돌아왔고, 다시 호텔 방으로 들어왔습니다. 자, 어서 잡아가세요!"

너무 웃는 바람에 흘러나온 눈물을 손가락으로 닦아가며 모토야마 의원이 계속했다.

"그 대신, 사건 직후에 경찰이 호텔 방에 찾아왔을 때 내가 그곳에 있었던 이유를 설명해주셔야 하겠지만요. 어떻게 도쿄 만에서 5분도 채 되지 않아 돌아올 수 있었는지, 그 방법 말입니다. 조금 어렵겠지만, 이만큼 유니크한 생각을 하실 수 있으니 분명 가부라기 씨라면 묘안을 생각해내지 않을까요."

"가, 가부라기 씨!"

다쓰미가 조바심을 얼굴에 드러내며 가부라기를 보았다.

그러자 마사키가 땅이 꺼져라 한숨을 내쉬었다.

"가부, 씨알도 안 먹히잖아."

마사키는 입을 삐죽이면서 책망하는 눈빛으로 가부라기를 보았다.

"그래서 내가 그만두자고 그렇게 말렸는데. 도대체가 말을 들어 먹어야지."

가부라기도 마찬가지로 큰 한숨을 내쉬고 머리를 긁적였다.

"역시 안 되나. 하지만 만에 하나라는 것도 있고, 생각난 이상 일단 확인해보고 싶어져서 말이야. 그렇다면 사와다, 이제 네 가설을 부탁한다."

"알겠습니다."

사와다가 고개를 끄덕였다.

"뭐, 뭐라고?"

모토야마의 얼굴에 갑자기 불안한 빛이 번지기 시작했다.

"우선, 가부라기 선배의 가설이 생겨난 원인은 시오도메 사건에 앞서 히노하라 촌의 폐목장에서 발견된, 흡사 하늘을 날고 있는 것처럼 보이는 시신이었습니다. 이 때문에 '하늘을 나는 인간'이라는 이미지가 우리 머릿속에 단단히 자리 잡혀버렸고, 이번 사건에서도 범인이 하늘을 날아서 탈출했다는 가능성에서 우리는 좀처럼 빠져나오지 못했던 겁니다."

사와다 말에 마사키가 가부라기를 보았다.

"이 녀석은 늘 화가 날 정도로 냉정하다니까. 뭐, 속은 히메와 다를 바 없이 뜨겁다고 난 의심하고 있지만 말이야."

사와다는 차분한 목소리로 설명을 계속했다.

"히메노는 이번 살인 사건을 '개방형 밀실'이라고 불렀습니다. '개방'이라는 단어와 '밀실'이라는 단어는 모순되지만, 그 옥상은 출입구가 완전히 차단된 상태였기 때문에 그 옥상에서 살인이 일어났다면 아닌 게 아니라 밀실 살인이라고 부르기에 걸맞은 상황이었습니다. 하지만 그것은 밀실 살인 따위는 아니었습니다."

다쓰미 경정이 무심코 끼어들었다.

"그럼, 그 옥상에는 어딘가 빠져나갈 길이 있었던 건가?"

사와다가 다쓰미를 보았다.

"아뇨. 그럴만한 곳은 없습니다. 다만, 가와호리가 살해당했을 때 범인은 그 옥상에 없었습니다. 다른 장소에 있었던 겁니다."

"그럴 리 없어!"

다쓰미가 반론했다.

"가와호리는 피살되기 직전에 '지금, 콩코드 도쿄 옥상이야, 날 죽이려고 해'라고 자신의 휴대전화로 110 신고를 했어. 발신자 위치 정보도 콩코드 도쿄와 일치했어. 즉각 우리 경찰이 콩코드 도쿄에 연락했고, 모든 엘리베이터를 정지시키고 옥상으로 가는 출입구를 완전히 봉쇄했어. 그리고 콩코드 도쿄로 급히 가서, 옥상에서 가와호리의 시신과 휴대전화를 발견했어."

다쓰미는 그렇게 말하면서 사와다에게 다가갔다.

"다시 말해 범인은, 그 옥상에서 가와호리를 살해한 거야. 범인이 다른 장소에 있었다면 어떻게 가와호리를 살해했다는 거지?"

사와다는 고개를 내저었다.

"그 110 신고자는 가와호리가 아닙니다. 범인이 다른 곳에서 가와호리를 흉내 내어 전화를 건 겁니다."

사와다가 리모컨을 조작하자 스크린 중앙에 귀퉁이가 떨어져 나간 우표 크기의 플라스틱 조각 사진이 비쳤다.

"심^{SIM}카드입니다. 휴대전화 정보는 거의 이 안에 들어 있습니다. 새 단말기를 구입하더라도 이것만 바꿔 끼우면 바로 예전과 같은 설정으로 전화나 문자가 가능합니다."

모토야마는 스크린을 응시했다. 순식간에 그 이마에 땀이 배어 나왔다.

"도와 줘, 날 죽이려고 해, 지금 '콩코드 도쿄' 옥상이야—. 발신지 위치 정보도 '콩코드 도쿄'와 일치했습니다. 옥상에서는 가와호리의 휴대전화가 시신 옆에서 발견되었습니다. 그래서 우리는 가와호리가 정말로 옥상에서 신고한 것인 줄로만 알고 있었습니다."

사와다는 모토야마를 흘끗 보고 나서 이야기를 계속했다.

"그런데 휴대전화의 위치 정보는 어디까지나 2차원 좌표입니다. 위도와 경도는 표시되지만, 고도는 표시되지 않는 거죠. 즉 옥상에서 걸어도, 1층에서 걸어도, 29층에 있는 방에서 걸어도 위치 정보는 동일합니다. 표고^{標高}는 지도와 조합하면 알아낼 수 있지만, 건물 내에서는 몇 층에 있는지 알 수 없습니다. 이 사실을 우리는 간과하고 있었습니다."

"그럼, 그 110 신고는 옥상에서 한 게 아니었다?"

다쓰미 경정이 허탈한 목소리로 물었다. 사와다가 고개를 끄덕였다.

"지극히 초보적인 위장이었던 겁니다. 피해자를 전기 충격기나 약물로 기절시킨다든가 한 뒤, 휴대전화에서 심카드를 빼내고 대신 새로운 카드를 끼워 넣어둡니다. 이어서 피해자의 몸과 휴대전화에 휘발유를 붓고, 담배나 선향 따위에 불을 붙인 다음 불에 잘 타는 것으로 감싸서 몸 위에 놓아둡니다. 시한 발화장치인 셈이죠."

모토야마 이치로는 말이 없었다. 하지만 그 손은 가늘게 부들부들 떨리고 있었다.

"그사이 범인은 아래층으로 이동하여, 피해자의 심카드를 끼운 휴대전화로 피해자인 척 110으로 신고를 합니다. 그때쯤 휘발유가 발화하여 피해자의 몸은 불타오릅니다. 휴대전화에 끼워 넣은 심카드도 불에 타서 녹고, 안에 든 정보도 알 수 없게 됩니다. 그저 이것뿐입니다."

사와다는 차가운 시선으로 모토야마 의원을 응시했다.

"이 점을 염두에 두고 다시 한 번 피해자의 시신을 조사하면 시한 발화 장치의 흔적이 발견될 테지요. 그리고 110번으로 신고한 음성도 녹음되어 있었기에 조금 전 과경연의 정보과학 제3과에 연설 중인 당신의 목소리를 녹음하여 음성 파일로 보냈습니다. 현재 성문聲紋을 대조 중입니다."

"증거가 어디 있어!"

모토야마 의원이 버럭 소리를 질렀다.

"그렇게 하면 내가 가와호리를 죽일 수 있었을지 모르겠지만, 내가 죽였다는 증거가 어디 있는데? 성문 따위는 증거가 안 된다는 걸 내가 모를 줄 알고? 애당초 내가 왜 오랜 세월 함께한 비서를 죽여야 하는데! 그 동기를 말해봐!"

"그래요. 문제는, 당신이 가와호리를 죽인 동기입니다."

가부라기가 모토야마 의원의 등을 향해 말했다.

"그건 아마도, 앞서 거론한 16년 전 사건에서부터 시작되었을 겁니다. 마사키?"

사진이 바뀌었다. 하얀 종이 위에 올려진 네 개의 파란 물체.

"16년 전, 신주쿠 구에 위치한 도쿄 중공업이 습격당했을 때 건물 앞에 떨어져 있던 페트병 뚜껑이야. 이 뚜껑에 묻어 있던 지문과, 아까 본 비행장 사진에 남아 있던 지문을 대조한 결과, 뚜껑 네 개 중 두 개는 노부세, 아마노의 지문과 일치했어. 남은 두 개 중하나는 가와호리의 자택에서 채취한 지문과 일치했고."

마사키가 담담하게 설명을 시작했다.

"그리고 남은 하나의 뚜껑에 남아 있던 지문은, 어떤 물건에서 채취된 히나타 에미의 지문과 일치했어. 즉, 도쿄 중공업을 습격한 건 노부세와 아마노와 가와호리, 그리고 히나타 에미란 거야."

바닥에 시선을 떨구고 마사키는 한숨을 내쉬었다.

"당신은 히나타 에미에게 이 회사를 경비하던 히메노 씨가 사는 연립주택으로 이사하도록 명령했어. 도쿄 중공업의 경비 상황을 알아내기 위해서지. 그리고 네 사람이 습격했을 때, 거기엔 비번이었어야 할 히메노 씨가 있었어. 그러자 정체가 발각된 걸 눈치챈 가와호리가 패닉에 빠져 숨겨 가지고 왔던 아미 나이프로 히메노 씨를 찔렀어."

고개를 든 마사키가 모토야마 의원의 얼굴을 노려보면서 이를 아드득 갈았다.

"전부 당신이 조종한 일이야. 당신이 경비원 히메노 씨를 죽인 거나 마찬가지라고. 가와호리는 이 16년 전 사건을 자백하고 당신을 사회적으로 매장시키겠다고 말했어. 그래서 당신은 가와호리를 죽인 거고. 그렇지 않나?"

"당신들 지금 무슨 소리를 하는 거야! 머리가 어떻게 된 거 아냐?"

모토야마 의원이 세 사람을 매섭게 노려본 후, 마사키에게 따지고 들었다.

"마치 보고 온 것처럼 무슨 그 따위 거짓말을 하나! 습격 상황을 지켜보고 있던 자가 있을 리도 없잖아!"

"있지요."

가부라기가 모토야마 의원의 등을 물끄러미 보면서 나직이 말했다.

"뭐, 뭐라고?"

돌아본 모토야마 의원에게 가부라기가 말을 이었다.

"16년 전 도쿄 중공업 습격 사건, 그 습격 현장의 자초지종을 그 자리에서 계속 보고 있던 인물이 한 사람 더 있지요. 저는 그 인물에게 전화를 했고, 모든 진실을 들었습니다."

모토야마 의원이 격분하여 소리치기 시작했다.

"그런 인물이 있을 리가 없어! 습격한 건 네 명이었다며? 노부세와 아마노는 해외 도피 중일 텐데! 가와호리는 죽었어! 히나타 에미는 시신으로 발견됐고! 그리고 경비원도 죽었어! 그들 말고 달리 그 현장을 보고 있던 인물 따위가 있을 리 없잖아!"

"가부라기 씨, 미안하지만, 저도 통 모르겠습니다!"

다쓰미 경정이 혼란스러운 얼굴로 고개를 내저었다.

"습격 현장에 있던 사람은 '민들레 모임'의 네 사람, 그리고 죽은 경비원뿐이었을 겁니다. 감시 카메라도 꺼져 있었지요? 그럼, 달리 누가 그 자리에 있었고, 자초지종을 목격했다는 말입니까?"

다쓰미의 얼굴을 보며 가부라기가 말했다.

"거듭 말하지만, 있어요. 그리고 그 인물은 모토야마 의원이 '민들레 모임' 회합에 참가하여 도쿄 중공업 습격을 명령했을 때에도, 그 자리에서 모든 것을 보고, 들었습니다. 그래서 우리는 의원님이 '지가연'에 있었다는 사실을 알았지요. 그리고 바로 오늘, 그 사람은 증인이 되어주기로 했습니다."

가부라기는 손목시계를 보았다.

"지금 그 인물은 히메노의 차로 경시청을 향해가고 있습니다. 앞으로 30분 정도면 도착할 겁니다. 자, 우리도 가볼까요."

그리고 가부라기는 모토야마 의원을 향해 말했다.

"오늘 방문객과의 약속은 전부 취소해주시죠. 국회 회기 중이 아니어서 다행이군요. 의원님에 대한 체포 영장 발행을 법원에 요청 중입니다. 혐의는 가와호리 데쓰지 살인, 도쿄 중공업 습격의 공동 정범에 의한 강도치사죄, 그리고……."

가부라기는 다짐을 놓듯 천천히 고했다.

"야기 유리카 사망에 관한 감금 및 살인 교사입니다."

모토야마 의원은 놀란 나머지 입을 쩍 벌렸다.

"야, 야기 유리카, 라니? 누군데 그게? 난 그런 여자 몰라!"

다쓰미 경정도 너무나 혼란스러운 나머지 이제는 완전히 말을 잃고 있었다.

야기 유리카.

지금껏 사건 어디에도 등장한 적 없는, 처음 듣는 여성의 이름이었다.

가부라기는 한숨을 쉰 후 다쓰미 경정에게 말했다.

"솔직하게 말씀드리자면, 이 야기 유리카라는 여성의 존재를 저희도 전혀 몰랐습니다. 하지만 도쿄 중공업 습격 사건을 조사하던 중, 생각지도 못한 곳에서 그녀의 존재가 떠오르더군요. 그때까지는 이런 여성이 사건 뒤에 숨어 있으리라곤 전혀 상상도 하지 못했습니다."

그리고 가부라기는 이렇게 덧붙였다.

"그리고 또 한 사람, 모든 사건의 증인이 될 인물이 줄곧 숨어 있었다는 사실도 말입니다."

21
1998년 9월 단델라이언

지금으로부터 16년 전, 1998년 9월 6일.

어둠 속, 거센 바람이 불고 있다.

밤. 세차게 불어닥치는 바람을 정면으로 맞으며 나는 한 손에 손전등을 움켜쥔 채 발치에 펼쳐진 풀숲을 비추면서 필사적으로 앞을 향해 걷고 있었다.

부츠컷 청바지 자락이 펄럭펄럭 소리를 내며 두 다리에 휘감기고, 소매를 걷어 올린 하얀 면 셔츠는 등에 바람을 가득 품고 팽팽하게 부풀어 올라 내 걸음을 도로 끌어당기려 했다. 마치 내가 목적지에 다가가는 것을 어떻게해서든 단념시키려는 듯이.

그러나 나는 폭풍우 치는 바다를 건너는 돛단배처럼 거센 바람에 온몸을 내맡긴 채 그저 앞을 향해 밤의 풀숲을 걷고 또 걸었다. 원래대로라면 지금쯤 요란스러우리만치 울어대고 있을 가을벌레들도 어째선지 오늘은 고요히 침묵을 지키고 있었다. 그 대신 바람이 풀숲을 수런수런 휘젓는 소리만이 내 주위를 끊임없이 맴돌고 있었다.

문득 누군가가 지켜보고 있다는 느낌이 들었다. 나는 등에 오싹한 한기를 느꼈다. 내가 여기에 있다는 건 아무도 모를 텐데. 그 시선은 어딘가 높은 곳에서 나를 내려다보고 있는 것 같았다. 나도 모르게 멈춰 서서 위를 보았다.

칠흑 같은 하늘 속, 옅은 구름이 흐르는 저편에 하얗고 둥근 달이 교교하게 빛나고 있었다. 그 달이 나를 물끄러미 바라보고 있었다. 구름에 가려 윤곽이 어렴풋하게 드러나 보이는 그 모습은 마치 거대한 민들레 홀씨 같았다.

커다란 구름이 흘러와 둥근 달을 서서히 뒤덮기 시작했다. 정신을 차려보니 등이 땀으로 흠뻑 젖어 있었다. 얼른 달에서 눈을 돌리고 나는 다시 불안한 발걸음을 내딛기 시작했다.

점차 어둠에 눈이 익어가기 시작했다. 멀리 이어지는 산들의 윤곽이 검은 하늘 속에서 더욱 검게 보였다. 수묵화와도 같은, 종이로 오려낸 듯한 모노크롬의 세계를 나는 거센 바람에 쓰러질 듯 휘청거리며 걷고 있었다. 전방에 검게 떠오른 작은 원주형 탑을 향해……

그래, 나는 사일로를 향해 밤의 목장을 걷고 있었다. 아니, 여기는 이미 목장이 아니었다. 우리들은 진즉에 소도 닭도 염소도 모두 처분해버렸다. 이곳은 이미 그 아름다웠던 목장은 아니고, 더구나 유토피아일 리도 없는 그저 황무지일 뿐이다.

어디로든 몰고 가서 버려줘. 노부세가 그렇게 말하며 남기고 간 작은 빨간 차로 나는 다시 이곳에 왔다. 차는 내일이라도 어딘가 고물상에 줘버릴 생각이다.

그 전에 나는 해야만 하는 일이 있었다. 그 때문에 나는 사일로에 갇혀 있는 또 하나의 나를 만나러 온 것이다.

그리고 나는 불과 반년 전 일을 먼 기억처럼 되돌아보고 있었다.

"그럼, 내가 가줄 게! 너 대신!"

야기 유리카가 나를 향해 바싹 다가앉았다.

나는 놀라서 유리카에게 물었다.

"유리카 네가? 설마 진심은 아니지?"

"당연히 진심이지! 어디 이런 기회가 또 있을라고. 응? 부탁이야!"

유리카는 두 손을 모으려다 드링크 바에서 방금 만들어준 카시스 소다를 반투명 셔츠에 흘릴 뻔하고, 황급히 유리잔을 테이블 가장자리로 치워놓았다.

"나 있지, 전부터 여대생이란 거 동경했거든! 더구나 고에이 대학이면 아오야마에 있는 거지? 괜찮은 집안 여자애들 천지라 남자들한테도 인기 짱이잖아? 다른 유명 대학 남학생이며 일류 기업 회사원들과 날마다 미팅도 하고 놀러도 다니고. 아 진짜, 꿈만 같다!"

"하지만, 유리카……."

나는 유리카 맞은편 자리에 앉아 망설이면서, 설탕을 살짝 넣은 카페오레를 스푼으로 휘젓고 있었다. 실은 핫 밀크를 마시고 싶지만, 그래도 열여덟 살이나 되었는데 너무 어린애 같다는 생각에 남들 앞에서는 카페오레를 마시기로 하고 있었다.

불과 반년 전인 3월 26일, 밤 8시가 지날 무렵.

우리가 와 있는 곳은 JR구니타치 역 근처 패밀리 레스토랑이었다.

한 시간쯤 전. 유리카한테서 심심한데 차 마시러 가자는 전화가 걸려 왔고, 나는 늘 오는 이 가게로 왔다. 아무려나 좋은 이야기를 나누다, 나는 무심코 동아리와 학과 공부의 양립 때문에 고민하고 있다는 사실을 털어놓았다. 그랬더니 유리카가 놀랍게도 나 대신 대학에 다녀주겠다는 말을 꺼낸 것이다.

"너 이미 입학금이고 학비고 전부 냈을 거 아냐? 그래놓고 안 다니면 아깝잖아."

나는 한숨을 내쉬었다.

"누가 아니래. 그렇잖아도 아르바이트 때문에 바쁠 거 뻔히 알면서 어쩌다 동아리에까지 들어버리고. 빼먹지 않고 강의나 제대로 들을 수 있을지 걱정이야. 하지만 대학을 제때 졸업하지 못하면 엄마가 실망할 테고. 우리 엄마, 아파서 입원 중이거든. 게다가 학교 장학금과 시에서 나오는 지원금도 결정나버렸으니."

"흐음, 엄마 입원 중이시구나."

유리카는 내게 동정의 눈빛을 보냈다.

"그럼 망설일 거 없어! 내가 대학에 가줄게! 그러면 에미 너는 아르바이트 없는 시간에 마음껏 동아리 활동을 할 수 있잖아?"

유리카는 더더욱 필사적으로 나를 설득했다.

"봐, 너랑 나는 체형도 거의 같고, 얼굴도 왠지 모르게 닮았잖아? 내가 화장이 좀 더 진한 편이긴 하지만 학교에 나갈 때는 에미 너한테 맞춰서 수수하게 할게. 다음은 머리색이랑 모양만 똑같이 하면 아무도 모른다니까! 대학은 4월 1일부터 개강이니까 동기들이고 교수고 전부 처음 보는 걸 거잖아?"

"그야 그렇지만……."

나는 아직 망설이고 있었다. 어찌 됐든 아직 안 지 얼마 되지도 않은 유리카에게 가짜 대학생이 되어달라고 하는 것이다. 하지만 한편으로 노부세의 얼굴도 언뜻 뇌리를 스쳤다.

갑자기 유리카가 걱정스레 말했다.

"아! 혹시 에미, 너네 언니한테 부탁할 생각인 거야? 너, 쌍둥이 언니 있다고 했잖아. 유메라고 했지?"

나는 고개를 설레설레 흔들었다.

"그건 무리야. 유메는 언젠가 중고 기모노 가게를 시작할 거라면서 아침부터 밤까지 열심히 일하고 있으니까. 그걸 그만두라고 할 순 없어."

그러자 유리카는 기쁜 듯이 생긋 웃었다.

"그럼 됐네! 아, 옷 같은 건 적당히 좀 빌려주라? 명문 사립대 여대생다운 고급스러운 옷, 나한테는 없으니까!"

"그 대신, 절대 아무에게도 말하지 마? 네가 사실은 야기 유리카이고, 히나타 에미는 따로 있다는 거."

내가 다짐을 놓자 유리카가 쓴웃음을 지었다.

"알았다니까! 이래 봬도 나, 입은 무겁다고!"

"그리고, 선택과목에 '민속학 개론'이라는 게 있으니까 꼭 신청해야 해? 그 과목만큼은 내가 직접 들을 거야."

"네네! 그렇게 하죠!"

그리고 유리카는 "잠깐 화장실 좀!" 하고 자리를 떴다.

콧노래를 부르며 화장실을 향해 걸어가는 유리카의 뒷모습을 나는 어이없는 심정으로 지켜보았다. 반투명 셔츠 너머로 얼핏 파란 것이 보인다. 유리카가 마음에 들어 하는 장미 타투. 고등학생 때는 조금 엇나갔던 적도 있었던 것 같지만, 실은 단순하고 마음씨 고운 아이라는 걸 나는 알고 있다.

뭐, 괜찮겠지. 나는 피식 웃고 말았다.

유리카가 나 대신 대학에 다녀주면 내게 도움이 되는 건 확실하다. 어떻게든 듣고 싶은 강의가 있을 때는 학생증을 잊어버렸다는 등 핑계를 대고 청강하면 되고, 도서관도 입관증이 별도로 있으니까 자유롭게 이용할 수 있다. 나는 민담 공부를 할 수 있으면 되는 거고, 외국어나 다른 학과목까지 전부 수강할 필요는 없으니까.

두 사람 다 앞일 같은 것은 전혀 생각하지 않았다. 나는 아르바이트를 계속하면서 대학을 자퇴하지 않고 동아리 모임에 나갈 수 있으면 만족했다. 유리카는 여대생이라는 들뜬 이미지를 동경하여 대학이라는 곳에 잠시 다녀보고 싶을 뿐이었다.

유리카와 알게 되어 다행이다. 이제 모든 게 잘될 거야.

그때 나는 그렇게 생각했었다.

"도와줘! 에미! 다행이야, 네가 와줘서!"

내가 사일로 문을 두드리자, 야기 유리카는 머리카락을 흩뜨리며 정신없이 문 앞으로 달려왔다. 사일로 안에 닷새 동안이나 갇혀 있던 탓에 유리카는 눈에 띄게 수척해져 있었지만, 그래도 문에 나 있는 투시 창에 얼굴을 눌러 붙인 채 내게 도움을 청하며 필사적으로 외쳤다.

거센 바람은 지상 3미터와 5미터 높이에 뚫려 있는 두 쌍의 작은 창구멍을 통해 사일로 안으로도 윙윙 들이치고 있었다. 하지만 유리카가 있는 사일로 바닥은 바람이 살짝 살랑거리는 정도였다.

"생전 처음 보는 남자 둘이 날 여기에 가둬놨어! 벌써 며칠째 아무것도 못 먹고 물 한 모금 못 마셨어! 얼른 여기서 꺼내줘!"

그 두 남자란, 노부세 다다시와 아마노 와타루임을 나는 알고 있었다.

도쿄 중공업을 습격해서 경비원 히메노 씨를 죽게 만든 날로부터 사흘 후.

나는 노부세와 아마노와 셋이서, 늘 가는 카페 2층에 모여 어떻게 해야 좋을지 의논했다. 가와호리 데쓰지와는 연락이 닿지 않았다고 노부세는 말했다.

나는 떨리는 목소리로 두 사람에게 호소했다.

"실은 자수하고 죗값을 치러야 한다는 건 알고 있어요. 하지만 그럴 수가 없어요. 나한테는 요양 시설에 계신 엄마가 있어요. 내가 교도소에 들어가면 엄마를 돌봐줄 사람이 없어져버려요."

노부세와 아마노는 얼굴을 마주 보고, 서로 고개를 끄덕였다.

"에미가 자수할 수 없다면 우리도 자수할 수 없어. 우리가 습격범이라는 걸 알면, 너와의 관계도 곧 밝혀지게 될 테니까."

노부세는 각오한 듯 말했다.

"에미를 이런 일에 끌어들인 건 우리야. 나와 아마노는 대학을 그만두고 어딘가에 몸을 숨기기로 할게. 그러면 너에게는 더 이상 피해 갈 일도 없을 거야. 부모님한테는 청년 해외 협력대에 참가하겠다는 식으로 이야기할 거야. 그러니까 오늘로서 에미 너하곤 안녕이야."

노부세는 자기 자신을 설득하는 듯이 그렇게 말했다. 타인의 인생을 빼앗아버린 이상, 자신들도 평온한 생활을 버리고 떠나는 것이 죽은 사람에 대한 속죄라고……

나는 아무 말도 못 했다. 그저 눈물만 두 눈에서 흘러내렸다.

하지만 어쩔 수 없는 일이었다. 사람을 죽이고 만 이상, 자수하지 않는다면 도망자가 되는 길 외에 다른 방법이 있으리라고는 생각할 수 없었다. 살인을 저지른 과거를 숨기고 노부세와 아마노가 지금까지처럼 평범하고 편안하게 대학 생활을 지속해낼 수 있을 것 같지도 않았다.

"그보다 에미, 문제가 하나 있어."

노부세는 상상도 못 했던 무서운 말을 입에 올렸다.

"네가 경찰의 스파이라고, '지가연'의 모토야마가 말했어. 정말이니? 네가 공안에 있는 남자와 만나는 모습을 '지가연'의 누군가가 봤다는데."

나는 영문을 알 수 없었다. 경찰 공안부의 스파이라고? 내가, 그런 짓을 할 리가…….

그리고 나는 알았다. 야기 유리카다. 분명 경찰은 유리카를 나라고 생각하고 '민들레 모임'을 경유해 '지가연'을 정탐하려고 유리카에게 접근한 것이다. 그 외에는 생각할 수가 없었다.

나는 도리 없이 야기 유리카가 나 대신 대학에 다니고 있다는 사실을 털어놓고, 경찰의 스파이 짓을 하고 있는 건 유리카일 거라고 말했다. 그리고 유리카에게는 이번 습격에 대해서도, '민들레 나라'에 대해서도 일절 말하지 않았음을 역설했다.

"그럼, 그 야기라는 여자를 죽이는 수밖에 없겠네."

노부세는 간단하게 말했다.

"그러지 않으면 그 여자가 '지가연'에 자신은 히나타 에미가 아니라고 떠들어버릴 테니까. 그러면, 그다음은 에미 네가 표적이 될 거야."

마치 쓸모없는 물건이라도 버리자는 투로 노부세는 말했다.

"그 여자를 죽이면 히나타 에미라는 인간도 죽는 거야. 그러면 너는 '지가연'에서 벗어날 수 있어. 게다가 이번 습격 사건과도 완전히 연이 끊기게 될 테고, 두 번 다시 어느 누구에게도 쫓길 일은 없어. 너는 히나타 에미가 아닌 다른 누군가로 살아가면 돼."

그리고 노부세는 옆에 앉은 아마노를 보았다.

"우리는 당장 내일이라도 그 여자를 유괴해서, 그래, 그 사일로에 가둬서 굶겨 죽이기로 하자. 더 이상 피를 보는 건 싫으니까. '지가연'에는 사람들 눈에 띄지 않는 장소에서 히나타 에미를 처리했다, 장소는 모르는 편이 나을 거라고 말해둘게. 그리고 그대로 우리는 어디론가 행방을 감추기로 하자."

아마노도 옆에서 공허한 목소리를 냈다.

"어차피 마찬가지야, 한 사람 더 죽인대도. 우린 이미 살인자가 돼버렸으니까. 어차피 인생 종쳤으니까. ……그래도 말야."

아마노가 노부세에게 말했다.

"세상 어딘가에서, 이번에야말로 진짜 유토피아를 만들 수 있을지도 모르잖아?"

"그래. 우리들의 꿈은 아직 끝나지 않았어."

노부세가 고개를 끄덕였다.

유토피아 같은 건 어디에도 없는데.

'행복한 마을' 따위 언젠가는 사라져버리는데.

나는 그렇게 생각하면서 두 사람의 대화를 듣고 있었다.

노부세와 아마노의 눈은 여전히 반짝반짝 빛나고 있었다. 하지만 그것은 흡사 일그러진 유리구슬 같은 광채였다. 그리고 나는 알았다. 무슨 수를 써도 멈출 수 없을 만큼 가속도가 붙은 채 우리가 비탈길을 굴러 떨어지고 있다는 것을.

"이젠, 만날 수 없는 건가요?"

나는 안간힘을 다해 눈물을 참으며 노부세에게 물었다.

"아마도."

노부세는 부드럽게 미소 지었다. 처음 만났을 때와 똑같이.

왜 이렇게 돼버렸을까?

그저 페트병 뚜껑을 주워 모아 세상에 도움이 되려고 했을 뿐인데. 어린아이가 비밀 기지를 만들어 노는 것처럼, 목장을 빌려 유토피아 놀이를 하려고 했던 것뿐인데.

그런데 왜, 히메노 씨를 속이고, 강도 짓을 하고, 죽이고, 게다가 유리카까지 죽여야 하는 지경에 이르게 됐을까? 나는 대체 무슨 죄를 지었기에 이런 벌을 받게 되었을까?

내게 죄가 있다면 '꿈을 꾼 죄'밖에 없는데. 이건 분명, 아무것도 할 수 없는 스무 살 안팎의 학생이, 아무것도 할 수 없는 주제에 놀이 삼아 꿈을 꾼 죄에 대한 벌인 거다.

꿈을 꾸는 것은 죄다.

꿈을 꾼 자에게는 벌이 내려진다.

꿈에서 나갈 수 없게 된다는 벌이…….

그리고 죄란, 아무리 후회해도, 그 어떤 벌을 받는대도, 영원히 용서받을 수 없는 것이다.

"기다려, 유리카. 지금 구해줄 테니까."

나는 유리카를 죽게 내버려둘 수가 없었다. 그래서 노부세가 남기고 간 작은 빨간 차를 타고, 사일로에 갇혀 있는 유리카를 구하러 온 것이다.

하지만 사일로의 문을 열려던 나는 내 어리석음에 혀를 찼다. 사일로 문에는 크고 튼튼해 보이는 자물쇠가 걸려 있었다. 어쩌지? 나한테는 열쇠가 없다. 쇠붙이를 부수거나 문을 부술 만한 공구도 없다.

"에미, 넌 속고 있는 거야!"

그때, 유리카가 외쳤다.

"나, 다쓰미라는 경찰한테 다 들었어! 네가 가입한 동아리. 위험한 단체랑 얽혀 있다면서? 절반 과장일 거라 여겼는데 진짜였구나! 나까지 이런 꼴로 만들다니 생각도 못 했어!"

역시 유리카는 경찰의 스파이가 되어 있었다.

"유리카, 너, 나인 척했다는 것도 경찰한테 말해버렸니?"

내가 떨리는 목소리로 묻자 유리카는 거세게 도리질을 쳤다.

"말 안 했어! 동아리에 대해 이야기해 주면 뭐든지 갖고 싶은 걸 사주겠다고 해서, 너인 척하고 적당히 둘러댔을 뿐이야! 그러니까 다쓰미 씨는 지금도 내가 넌 줄 알고 있어!"

나는 안도했지만, 유리카는 뒤이어 이렇게 말했다.

"나, 여길 나가면, 이런 꼴을 당했던 걸 반드시 경찰한테 말할 거야! 그리고 그놈들을 전부 잡아넣을 거야! 에미, 너 당장 그 동아리 그만둬! 더 늦기 전에!"

나는 발치의 땅이 무너져 내리는 듯한 절망감을 느꼈다.

이미 늦었어, 유리카…….

나, 사람을 죽였어. 히메노 씨라는 아무 죄 없는 사람을. 그러니까 네가 경찰에게 달려가면, 나도 살인죄로 잡혀가게 돼.

하지만 나, 잡혀서는 안 돼. 엄마가 있으니까. 내가 없어지면, 엄마를 돌봐줄 사람이 없어지니까.

그러니까 널 여기서 구해낼 수는 없어. 그리고 경찰은 틀림없이 널 찾고 있을 거야. 이러고 있는 동안에도 경찰이 너를 구하러 올지 몰라.

그렇다면…….

미안해, 유리카. 정말 미안해.

나는 너를, 여기서 살아 돌아가게 할 수 없어. 너는 지금 여기서 죽어야만 해. 더는 아무에게도 아무 말도 할 수 없게.

하지만 어떻게 하면 되지? 문에는 튼튼한 자물쇠가 걸려 있다. 사일로 벽에 나 있는 위아래 두 쌍의 작은 창구멍은 도저히 사람이 드나들 수 있을 만한 크기가 아니다. 천창은 지상 7미터, 내려갈 수 있는 높이가 아니다. 그럼, 어떻게 해야 유리카를…….

나는 온몸에 진땀을 흘리며 머리가 아플 정도로 필사적으로 생각했다.

그리고……. 드디어 한 가지 방법을 생각해냈다.

"괜찮니? 유리카, 잘 들어봐."

나는 투시 창 너머로 사일로 안의 유리카에게 말을 걸었다.

"그놈들이 좀 있으면 다시 이리로 올 거야. 유리카를 난 줄 알고 여기에 가둔 그 두 사람이. 나를 죽이기 위해. 다시 말해, 유리카 너를 죽이기 위해."

물론 그건 거짓말이었다. 여기 올 사람은 아무도 없다. 유리카가 비명 같은 소리를 질렀다.

"에미, 너 대체 뭘 한 거야? 누가, 왜 죽이려고 하는데? 으응, 하지만 그건 나랑은 상관없어! 난 네가 아닌걸! 죽을 이유 같은 거 없단 말이야! 빨리 여기서 꺼내줘!"

"잘 들어봐. 그놈들이 돌아가고 나면 바로 유리카를 구해내줄 테니까."

나는 유리카를 속이기 위해 필사적으로 이야기를 계속했다.

나는 사일로 문의 열쇠를 갖고 있지 않다. 그러니 문을 부수지 않으면 열 수 없다. 그러려면 상당한 시간이 걸린다. 하지만 이제 곧 그놈들이 이리로 올 것이다. 그러니까 유리카는 몸을 숨겨야 한다. 숨어 있으면 그놈들은 유리카가 도망갔다고 여기고 가버릴 테니까. 그러면 이 문을 부수고 유리카를 도망시켜 줄게, 라고.

"숨어 있으라니, 어디에 숨으면 되는데! 숨을 데라곤 눈 씻고 찾아봐도 없어!"

패닉 상태에 빠진 유리카에게 나는 설명했다.

"벽 위쪽에 뚫려 있는 작은 창구멍으로, 내가 쇠사슬을 늘어뜨려서 유리카를 공중으로 들어 올릴게. 3미터만 올라가면 네 모습은 이 문에 나 있는 유리창으로는 보이지 않게 될 거야. 그렇게 하면 그놈들은 네가 도망쳤다고 생각하고 다른 곳으로 찾으러 가버릴 거야. 그러면 여기서 나가게 해줄게. 알겠지? 달리 방법이 없어."

달리 방법이 없어. 내가 그렇게 딱 잘라 말하자, 유리카는 침을 꿀꺽 삼키더니 마치 어린아이처럼 고개를 끄덕거렸다. 오랫동안 갇혀 있던 유리카는 피로와 굶주림과 공포로 인해 더 이상 생각할 힘도 남아 있지 않았던 것이리라.

이때 유리카는 문 안쪽에 빗장을 지른 모양이었다. 자신을 죽이러 올 놈들이 자물쇠를 열고 안으로 들어올까 봐 두려웠던 것이리라. 그것은 나에게는 아무래도 상관없는 일이었다.

나는 사일로 뒤쪽으로 돌아갔다. 거기에는 계곡이 흐르고 있다. 그 계곡과 사일로 사이에 이런저런 잡동사니들이 버려져 있고, 그 중에 아주 기다란 쇠사슬이 있다는 것을 나는 알고 있었다. 이건 계곡 옆 벼랑길을 건너올 때 난간 대신 설치하기 위해 준비해두었던 쇠사슬이다.

나는 그 쇠사슬의 한쪽 끝을 허리에 감고 사일로 벽 바깥에 달려 있는 사다리를 오르기 시작했다. 강풍에 날려가지 않도록 나는 쇠사슬을 잡아당기면서 조심조심 사다리를 계속 올라갔다. 그리고 드디어, 지상 3미터와 5미터에 나 있는 작은 창구멍들 가운데 위에 있는 창구멍까지 오르는 데 성공했다.

바람이 윙윙 휘몰아치는 가운데 나는 손이 미끄러지지 않도록 신경 쓰면서 허리의 쇠사슬을 풀고, 그 작은 창구멍 사이로 사일로 안을 향해 쇠사슬을 조금씩 밀어 넣었다. 쇠사슬은 찰랑거리는 소리를 내면서 사일로 바닥에 있는 유리카를 향해 내려가고 사일로 바닥에 똬리를 틀기 시작한다.

"에미, 네 힘으로 쇠사슬째 나를 들어 올릴 수 있어? 나 꽤 무거운데?"

유리카가 사일로 바닥에서 나를 올려다보며 불안한 듯 소리쳤다.

"문제없어! 그보다 쇠사슬 끝에 작은 고리 보이지? 그 안에 한쪽 발끝을 넣고 쇠사슬을 두 손으로 꽉 잡고 있어!"

그리고 나는 일단 사다리를 딛고 다시 지면으로 내려와, 쇠사슬의 다른 한쪽 끝을 계곡 바닥을 향해 내던졌다. 쇠사슬은 절벽을 따라 스르르 미끄러져 골짜기 밑 개울로 떨어져간다. 그러자 사일로에 던져 넣은 부분도 작은 창구멍을 향해 척척 올라간다. 쇠사슬이 팽팽하게 당겨졌다.

동시에 사일로 안에서 유리카의 환호성이 들렸다.

"올라가고 있어! 엄청난 힘이야! 에미, 네가 끌어당기는 거야?"

사이펀의 쇠사슬 모델. 이공학부인 노부세 다다시는 그렇게 말했었다.

높은 곳에 놓여 있는 컵에 긴 쇠사슬을 넣는다. 그것을 낮은 곳에 놓여 있는 컵으로 옮길 경우, 한쪽 사슬 끝을 아래쪽 컵에 넣어두면 그다음부터는 사슬이 저절로 아래쪽 컵을 향해 미끄러져 떨어진다.

 ―이 현상은 지금껏 대기압에 의한 것이라고 알려져왔지만, 내 생각엔 그게 아니라 중력 때문이 아닐까 싶어. 왜냐면 사이펀 현상은 물이 아니라 쇠사슬을 써도 일어난다는 사실을 알고 있거든.

 사이펀 현상이 중력에 의한 것임을 증명할 수 있다면 아마도 전 세계의 사전과 백과사전을 다시 쓰게 될 거야. 그렇게 되면 재미있을 것 같지 않아?―

 원리는 전혀 이해하지 못했지만, 요컨대 쇠사슬로도 사이펀 현상을 일으킬 수 있다는 건 알았다. 그리고 나는 노부세의 그 이야기와 함께 사일로 뒤쪽에 놓아둔 암벽 설치용 쇠사슬이 생각났던 것이다.

 유리카의 몸은 쇠사슬에 이끌려 위로 들어 올려지다가 지상에서 약 3미터 되는 공중에서 멈췄다. 그곳은 지상 3미터에 나 있는 작은 창구멍 바로 옆이다. 그 위치에 쇠사슬이 멎도록 사슬 중간에 매듭을 지어놓았던 것이다.

 "유리카, 조금 있으면 그놈들이 올 거야! 그대로 꼼짝 말고 조용히 있어!"

 나는 작은 소리로 유리카에게 명령하고 나서 지면에 놓아두었던 쇠파이프를 주워 들었다. 가와호리 데쓰지가 호신용이라고 했던, 끝을 죽창처럼 사선으로 날카롭게 절단한 쇠파이프. 아마도 '지가연'에서 있을 투쟁에 대비해 만들고 우리들의 유토피아에 숨겨두었던, 조잡하지만 충분히 살상 능력이 있는 수제 창.

나는 그 창을 옆구리에 끼고서 사일로 벽에 달려 있는 사다리를 다시 오르기 시작했다.

미안해, 유리카. 정말 미안해.

하지만, 네가 나빴던 거거든?

네가, 내가 되고 싶어 했던 게 잘못이었던 거야.

네가, 경찰의 스파이 같은 게 돼서 그런 거야.

네가 있으면, 모든 게 끝장나버려.

너는 마지막까지 내 대역을 해주어야만 해.

나인 척하던 유리카가 죽으면 히나타 에미는 죽은 것이 된다. 그러면 나는, 히나타 에미가 아닌 다른 인간으로서 살아갈 수 있다. 나는 이제 와서 죽을 수도, 도망칠 수도 없다.

왜냐면 엄마를 돌보아야만 하니까. 우리를 낳아준 엄마를. 우리를 낳는 바람에 마음이 완전히 망가져버려서, 우리가 없으면 살아갈 수 없는 가여운 엄마를……

나는 쇠파이프를 옆구리에 낀 채 강풍에 밀려 몇 번이고 손이 미끄러질 뻔하면서 한 단 한 단 사다리를 올라갔다.

그때 갑자기 한 단어가 머릿속에 떠올랐다.

단델라이언.

영어로 민들레를 가리키는 단어. 그 의미는 사자의 이빨 또는 사자의 송곳니. 그렇게 귀여운 꽃에 이토록 무시무시한, 사납기 그지

없는 이름이 붙어 있다니. 나는 그 사실을 알았을 때 민들레가 가엾게 느껴졌다.

하지만 지금의 나는 이 단어의 의미를 모순 없이 받아들일 수 있다. 제아무리 나약한 생물일지라도 무언가 한 가지가 어긋나버리면 마음속에 숨겨져 있던 흉포한 송곳니를 맹수처럼 드러낼 때가 오고야 마는 것이다.

그래, 지금의 나처럼…….

정신을 차려보니 바람이 멎어 있었다.

나는 사다리를 붙잡고서 작은 창구멍 너머 사일로 안을 멍하니 보고 있었다.

날고 있다……?

나는 내 눈을 의심했다.

희미한 달빛 속, 내 눈 앞에 '하늘을 나는 소녀'가 있었다.

그리고 나는 그제야 내가 무슨 짓을 했는지 기억해냈다.

쇠사슬에 의지한 채 공중에 매달려 있는 유리카를 향해, 나는 아래쪽의 작은 창구멍 안으로 쇠파이프를 있는 힘껏 찔러 넣었다. 끝을 사선으로 날카롭게 절단한 쇠파이프는 눈앞에 있는 유리카의 부드러운 복부를 주삿바늘처럼 관통했다.

유리카가 어떤 소리를 냈는지, 악몽의 한복판에 있던 나에게는 전혀 들리지 않았다. 그럼에도 나는 무서워서, 유리카의 몸이 조금이라도 나에게서 멀어지도록 있는 힘을 다해 쇠파이프를 꾹 밀어 넣었다. 이윽고 쇠파이프 끝은 맞은편의 작은 창구멍을 지나 사일로 바깥으로 밀려 나갔다.

그리고 내가 가만히 쇠파이프를 놓자, 유리카는 마치 빨랫대에 걸린 세탁물처럼 사일로 안에 매달렸다. 그때 무언가가 사일로 바닥에 있는 사료 더미 위로 툭 하고 떨어진 듯한 느낌이 들었다.

겁이 난 나는 허겁지겁 사다리를 타고 내려와 위아래로 뚫린 두 쌍의 창구멍을 올려다보았다. 위쪽 창구멍으로는 검은 쇠사슬이 아래로 드리워지고, 아래쪽 창구멍에는 쇠파이프 끝이 튀어나와 있었다.

그러자, 힘이 다한 유리카가 쇠사슬에서 손을 놓았으리라. 유리카라는 무게를 잃은 긴 사슬은 위쪽 창구멍에서 사일로 바깥으로 주르르 흘러나와 그대로 사일로 옆을 흐르는 계곡으로 미끄러져 떨어졌다. 마치 시커먼 큰 뱀처럼……. 이윽고 쇠사슬은 시야에서 완전히 사라졌다. 아마도 계곡 깊은 밑바닥으로 가라앉아 버렸으리라.

나는 다시 사다리를 타고 올라가 아래쪽 창구멍으로 사일로 안을 흠칫흠칫 들여다보았다.

움직임이 완전히 멎은 유리카는 사일로 안의 지상 3미터 공중에 떠 있었다. 그 몸에서 한동안 피가 방울방울 떨어졌지만, 이윽고 그마저도 멎고 말았다.

그리고 유리카의 시간은 정지했다. 유리카가 높은 하늘을 향해 날아오르려는 순간, 시간의 여신이 하던 일을 갑자기 내팽개쳐 버리기라도 한 것처럼 유리카는 그대로 허공에서 딱 정지해버린 것이다.

허공에 떠 있는 유리카의 모습을 보고 나는 깊은 감동에 사로잡혔다. 유리카의 모습은 우리가 좋아했던 옛날이야기 속 '하늘을 나는 소녀' 그 자체였다.

저곳을 날고 있는 건, 나다.

하늘을 날고 있는 건, 히나타 에미다.

히나타 에미는 드디어 하늘을 나는 꿈을 이루었다.

그리고 히나타 에미는 어려서부터 꿈꾸었던 대로 하늘을 날면서 죽었다.

이리하여 나, 히나타 에미는 열아홉 나이에 죽은 것이다.

22
두 번째 드라이브

4월 19일 토요일, 오후 3시 30분.

히메노 히로미는 나리타 국제공항 제2터미널의 도착 로비에 서 있었다.

세관 검사를 방금 마친 승객들이 은색 카트에 슈트 케이스며 손가방을 싣고 차례차례 출구에서 쏟아져 나온다. 히메노가 기다리는 사람도 오늘은 일반 승객과 같은 출구에서 나타나기로 되어 있었다. 오늘은 코트는 안 입고 있을지도 모르겠네, 하고 히메노는 상상했다. 그때에 비해 요 며칠은 여름에 성큼 다가서 있었다.

그리고 출구에 그녀가 나타났다.

지난번에 만났을 때와 마찬가지로 모서리에 가죽을 덧댄 작은 오렌지색 여행 가방을 끌고 있었다. 그 여성의 복장이 눈에 들어온 순간, 다가가려던 히메노의 발이 멎었다. 히메노는 그 자리에 멍하니 선 채 자신을 향해 걸어오는 여성의 모습을 바라보았다.

서른다섯 살의 그 여성은 하얀 면 셔츠를 입고 소매를 팔꿈치까지 쓱쓱 걷어 올린 모습이었다. 그 안에는 검정 티셔츠, 아래는 물 빠진 청바지. 그리고 맨발에 보트슈즈를 신고 있었다.

"에미 누나……."

히메노는 자신도 모르게 그 여성을 그 이름으로 불렀다.

히메노를 알아챈 여성은 그 자리에 멈춰 서서 깊이 허리 숙여 인사했다. 그 양옆을, 귀국한 승객들이 즐겁게 담소를 나누며 차례차례 지나쳐갔다.

이윽고 얼굴을 든 여성의 두 눈이 새빨갛게 부어 있었다. 입을 열고 무언가를 히메노에게 말하려 했지만, 입술만 가늘게 떨 뿐 아무 말도 하지 못했다.

히메노가 맞이하러 온 사람은 16년 전 강도살인 사건의 용의자이자, 모토야마 이치로 의원의 범행 관련 증인이기도 한 히나타 유메일 터였다. 그러나 지금 히메노의 눈앞에 있는 여성의 모습은, 16년 전 히메노 일가가 살던 연립주택에 홀연히 나타났다가 단 몇 개월 만에 다시 사라져버린 여성, 히나타 에미 그 자체였다.

쾌청한 하늘 아래 검은 유선형 4도어 세단이 고속도로를 미끄러지듯 달리고 있다. 히메노가 운전하는 알파로메오 159ti다. 평소에는 우측 추월 차선을 벗어나는 일이 없는 히메노가 오늘은 3차선 중앙의 일반 주행 차선을 규정 속도대로 흘러가고 있었다. 그리고 그 조수석에는 히나타 유메―혹은 히나타 에미―가 앉아 있었다.

"멋진 차네."

히메노 왼편, 조수석에 앉은 여성이 조용히 말했다.

"알파로메오라고 합니다. 에미 누나가 타던 피아트 판다와 같은 이탈리아 차예요."

히메노는 앞 유리 너머 전방을 주시한 채 대답했다.

"또다시 히로미와 둘이서 드라이브할 날이 오다니, 상상도 못 했어."

조수석의 여성도 앞을 향한 채 혼잣말처럼 말했다.

"더구나, 운전하는 사람이 히로미고 조수석에 앉은 사람이 나라니."

히로미의 뇌리에 그날 아침의 광경이 되살아났다.

어느 초여름 일요일.

열한 살 히메노는 창틀에 두 팔을 얹은 채 연립주택 앞 도로를 보고 있었다. 그러자 작고 네모난 모양의 빨간 차가 부릉부릉 하고 용맹스러운 엔진 소리를 울리며 다가오더니 도로 반대편에 멈춰 섰다.

파워 윈도우가 아니었는지 왼쪽 창유리가 부들거리며 조금씩 내려가고, 안에서 젊은 여성이 환하게 웃는 얼굴을 내밀었다. 그리고 히메노를 향해 손을 흔들며 외쳤다.

"히로미! 오래 기다렸지? 날씨 좋다! 자, 드라이브 가자!"

히나타 에미였다.

야간 근무를 마치고 돌아와 자고 있는 아버지를 깨우지 않으려고 히메노는 살금살금 걸어서 현관 밖으로 나갔다. 문을 조용히 잠그고, 아끼는 운동화를 신은 발로 계단을 뛰어 내려가 도로를 건너 작고 네모난 빨간 차, 피아트 판다의 조수석으로 미끄러지듯 들어갔다.

"굉장하다! 이거, 에미 누나 차야?"

"그래, 귀엽지. 판다라고 한다?"

안전벨트를 채워주는 동안에도 히메노는 신이 나서 어쩔 줄을 몰랐다. 난생처음 하는 드라이브. 처음 앉아보는 조수석. 뒷좌석에는 맛있는 도시락 냄새. 그리고 옆에는 자신보다 한참 연상의, 무척 상냥한, 아주 예쁜 여인.

히메노는 문득 떠올렸다. 그날, 빨간 판다에 탔을 때도 히메노는 오늘처럼 우측 좌석에 있었고, 히나타 에미도 오늘과 똑같이 자신의 왼쪽 자리에 있었다. 그 빨간 판다는 좌측 핸들 방식이었던 것이다.

히메노는 히나타 에미의 빨간 차가 무척 마음에 들었다. 하지만 그 차는 사실 히나타 에미의 차가 아니라 노부세 다다시의 차였다. 히메노는 그날, 자신이 히나타 에미를 독점하고 있다고 여겼다. 허나 그날도 히나타 에미의 마음은 노부세 다다시의 것이었다.

그리고 히나타 에미는 노부세 다다시를 한없이 믿고 있었다. 이 세상의 상식도, 사회 규범도, 선악의 판단조차도 내던져버리고 따라갈 만큼.

"그럼 됐지? 출발!"

차는 눈부신 아침 햇살 속을 달리기 시작했다. 행선지는 가르쳐주지 않았다.

이제부터 우리는 어디로 가는 걸까? 히메노는 들뜬 기분을 억누르지 못한 채, 상하좌우로 흔들리는 차의 조수석에서 두 사람의 행선지가 어디일지 이것저것 상상하고 있었다.

이제부터 우리는 어디로 가는 걸까?

히메노가 작은 차 안에서 그런 생각으로 가슴 설레었던 날로부터 16년이 흘렀다.

그리고 우리는 어디로 온 걸까?

16년이라는 시간이 흐른 지금, 히메노와 그 여성은 또다시 그날처럼 차 안에 나란히 앉아 있었다. 그러나 행선지는 민들레가 흐드러져 피는 깊은 산중의 목장이 아니었다. 같은 건물에 사는 성인 여성과, 그 여성을 남몰래 동경하는 초등학생 남자아이. 두 사람은 이제 그런 관계가 아니기 때문이다.

오늘 두 사람의 관계는 범죄를 쫓는 형사와, 죄를 저지른 용의자였다. 그리고 두 사람이 향하고 있는 곳은 도심에 있는 경시청 본부 청사였다.

"어디서부터 이야기하면 좋을까."

조수석의 여성이 앞을 향한 채 불쑥 말했다.

"……아니, 난 어디서부터 너에게 사과해야 할까. 히로미."

히메노는 잠시 말이 없다가 이윽고 결심한 듯 입을 열었다.

"저도, 가르쳐주셨으면 합니다."

히메노는 조수석에 앉아 있는 여성을 보았다.

"저는 당신을, 뭐라고 불러야 할까요? 유메 씨? 아니면 에미 씨? 어느 쪽이 진짜 당신인가요?"

가부라기 이하 수사반 전원이 저지른 커다란 실수……. 그것은 히나타 유메와 히나타 에미가 쌍둥이 자매라고 믿어 의심치 않았다는 것이었다. 히나타 유메와 히나타 에미는 동일 인물이었다. 태어날 때부터 한 사람뿐이었던 것이다.

"나도, 모르겠어."

히나타 유메 혹은 히나타 에미가 중얼거렸다.

"나는 누구일까? 히나타 유메? 아니면 히나타 에미? 아니면 둘 다? 그 어느 쪽도 아닌, 그저 껍데기일 뿐인가?"

그리고 여성은 앞 유리 저편을 바라보면서 말했다.

"그래도, 히로미와 같이 있을 때의 나는 틀림없는 히나타 에미일 거야. 나는 네 아버지를 죽인 히나타 에미야."

히메노는 입을 다문 채 핸들을 꽉 움켜쥐었다.

"철이 들었을 때 이미 어머니는 나를 두 개의 이름으로 부르고 있었어."

조수석의 여성—히나타 에미는 기억을 더듬어가며 이야기하기 시작했다.

어머니는 나를 그때그때 다른 이름으로 불렀다.

저기, 유메, 엄마 좀 도와줄래?

이런, 에미, 언제까지 자고 있을 거니?

그것을 나는 딱히 이상하다고 생각하진 않았다. 나는 에미이고 동시에 유메이기도 했을 뿐이었다. 그런데 점차 성장하면서 어머니와 대화를 나누는 중에 유메와 에미라는 여자아이가 어떻게 다른지 이해하기 시작했다.

유메는 건강하고 똑부러지는 아이. 오렌지 주스를 좋아한다.

에미는 병약하고 까불까불한 성격에 우유를 좋아한다.

그것은 우리 두 사람에게 어머니가 바라던 인격이었다. 그래서 나는 그때그때 어머니가 부르는 그 인물이 되어 어머니를 대했다.

그리고 나는 혼자 있을 때도 늘 유메와 에미 양쪽이 되어 대화를 했다. 오른편에 오렌지 주스 컵을 놓고, 왼편에는 우유가 든 머그잔을 놓고, 그 두 가지를 번갈아 마시면서 둘이서 수다를 떨며 놀곤 했다.

아마도 내가 대여섯 살이었을 어느 날. 멀리 사는 외할머니가 갑자기 우리 집에 놀러 왔다. 전화 정도는 하고 오세요, 그렇게 말하며 어머니가 차를 준비하고 있는 동안, 외할머니는 사랑스럽게 나를 바라보면서 말을 걸었다.

"그러니까, 네가 유메냐? 아니면 에미인가?"

난감해하는 외할머니에게 나는 이렇게 대답했다.

"에미야. 유메는 바깥에 놀러 갔어."

유메는 늘 활기차고 에미는 몸이 약하다. 그러니까 집에 홀로 있는 지금의 나는 에미다. 나는 그렇게 생각했고, 그래서 그렇게 대답했다.

"그래, 에미구나. 엄마가 너희 사진을 이따금 보내주곤 하는데, 너희 엄마도 세심하지 못한 구석이 있어서 둘이 나란히 찍은 사진은 한 장도 없지 뭐니. 그래서 늘 누가 누구인지를 모르겠구나. 그래도 둘 다 건강하게 자라서 정말 다행이다."

그리고 외할머니는 목소리를 낮춰 속삭였다.

"너희들, 실은 한쪽이 위험했단다? 태어나기 몇 달도 전에 의사선생님이, 배 속의 쌍둥이를 둘 다 낳기는 어려울 거라고 했어. 그게, 병명이 뭐였더라? ……그래, 내 기억엔 '쌍태아 수혈 증후군'이라고 한 것 같은데."

나는 이 병명을 훨씬 나중에 성장하고 나서 알아보았다. 두 태아가 하나의 태반을 공유하게 되면서 태아의 혈류에 심각한 문제가 생기는 병이었다.

"그 무렵, 나도 요통으로 입원 중이어서 너희 엄마 곁에 있어주질 못했단다. 그래서 너희 엄마한테서 둘 다 무사히 태어났다는 연락을 받고 얼마나 마음이 놓이던지."

그 이야기가 계기가 되어 나는 차츰차츰 깨달아갔다.

우리는 어머니 배 속에 있을 때 일란성 쌍둥이였다.

하지만 살아서 태어날 수 있었던 건 한 사람뿐이었다.

우리 중 하나는 이미 어머니 배 속에서 죽고 말았다.

즉, 하나가 죽은 덕분에 다른 하나가 살아남은 것이다.

어머니는 '둘 다 태어났다'고 하기로 했다.

그리고 내게 유메와 에미라는 두 개의 이름을 붙여주었다.

어느새 어머니 스스로도 쌍둥이 딸을 낳았다고 믿게 되었다.

마음이 약했던 어머니는 견딜 수가 없었던 것이다. 우리 둘 중 누구 하나가 자신 때문에 세상에 태어나지도 못하고 배 속에서 죽어버렸다는 현실을.

그 무렵, 다른 문제도 어머니의 마음을 좀먹고 있었다. 내 아버지는 어머니가 나를 임신했을 때 바깥에 다른 여자를 만들었고, 결국 어머니를 버리고 집을 나가버렸다. 기가 약한 어머니는 그게 다 자기 자신이 모자란 탓이라 여기고 끊임없이 자책했을 게 뻔하다. 그러니, 더더군다나 자기 탓으로 소중한 딸이 죽었다는 현실을 도저히 인정할 수 없었을 것이다.

아버지가 사라진 일은 어머니에게는 경제적으로도 심각한 고민거리였다. 아버지는 위자료를 주겠노라 말하고 나갔지만, 좀체 주려 하지 않았다. 그래서 나를 낳았을 때 생활이 말도 못 하게 쪼들렸다.

그래서 우리가 두 사람이 된 진짜 이유가, 출산 시 시에서 지급되는―아이 한 명당 420,000엔에 달하는―출산 장려금이었다 해도 나는 어머니를 탓할 수 없다.

나중에 얼핏 들은 바로는, 어머니는 나를 산부인과 병원이 아닌 조산 시설에서 낳았던 것 같다. 아마도 그곳의 조산사는 절박한 처지였던 어머니를 가엾게 여겨 두 장의 출생 신고서에 도장을 찍어 주었으리라. 그리고 어머니가 그 거짓말에 끝없이 매달리게 되리라고는 전혀 상상도 하지 못했을 것이다.

그러므로 나는 유메이기도 하고 에미이기도 했다.

어느 하나가 다른 하나인 척했던 것이 아니다.

히나타 유메와 히나타 에미, 둘 다 틀림없이 나였다.

"내가 어렸을 때 우리 집은 국가나 시에서 한부모 가정에 지급하는 지원금이라든지 보조금으로 살았어. 한마디로 찢어지게 가난했지. 그래도 어느 날인가 어머니가 그림책 한 권을 우리에게 주었어."

히나타 에미는 작은 목소리로 더듬더듬 이야기를 계속했다.

"어느 틈에 어디론가 사라져버렸지만, 이제 와 생각하면 그건 참 조잡하게 만들어진 책이었어. 아마도 어머니가 직접 쓰고 손수 철해서 만들어준 책이었겠지. 그래도 그때는 어머니가 사준 책이라고 믿었고, 수도 없이 읽고 또 읽었어. 우리 둘이서, 함께, 사이좋게."

히메노는 사와다가 했던 말을 떠올렸다.

쌍둥이 딸을 위해 썼는데 왜 그런지 주인공이 한 사람뿐인 이야기…….

무슨 까닭인지 커다란 검은 뱀이 나오는 이야기…….

자신의 딸이 쌍둥이라고 굳게 믿고 있었다 해도 모친인 미쓰코는 어딘가 마음 깊은 곳에선 실은 한 아이뿐이라는 사실을 인지하고 있었던 걸까.

뱀이란 '생명'과 '죽음'과 '악'의 상징이라고 사와다는 말했다. 딸이 이 세상에 태어나 생명을 얻은 것에 대한 기쁨. 딸들 중 하나가 죽어버린 슬픔. 그리고 현실을 속인 채 살고 있다는 죄의식……. 그러한 것들이 스스로 지어낸 이야기 속에 뱀의 형상을 하고 나타났던 걸까.

그리고 그 이야기를 읽음으로써 히나타 에미는 민담의 세계에 흥미를 갖게 되었고, 히나타 유메는 기모노의 세계에 매료되었다. 같은 인물이지만 각기 다른 인격이 각기 다른 세계에 흥미를 가지게 된 것이다. 히메노는 그렇게 생각하는 수밖에 없었다.

"에미 누나는, 아니 그때 당신은 유메 씨였지만, 가부라기 선배와 셋이서 기모노 이야기를 나눌 때 이렇게 말씀하셨죠?"

—어째서 일본의 기모노에만 커다란 사각 소매가 달려 있을까요? 여러모로 연구한 결과, 저는 두 가지 꿈이 있는 가설에 도달했습니다.—

히메노의 말에 히나타 에미는 고개를 끄덕였다.

"응. 첫 번째 가설은, 침구이기도 한 커다란 소매를 보임으로써 사랑하는 사람을 잠자리로 부른다는 것. 그리고 두 번째 가설에 대해서는, 그때 나는…… 히나타 유메는 결국 이야기하지 않았어. 하지만 히로미는 그걸 알아차렸구나."

"제가 아닙니다."

히메노가 고개를 가로저었다.

"노부세와 아마노와 모토야마가 스카이다이빙 클럽에서 알게 되었다는 사실이 밝혀졌을 때, 가부라기 선배가 어쩌면 범인은 윙슈트를 입고 고층 빌딩 옥상에서 뛰어내린 게 아닐까, 그런 말을 꺼냈지요. 진짜, 그분의 상상력은 따라갈 수가 없다니까요."

훗, 하고 히메노는 살짝 쓴웃음을 지었다.

"그리고 저는 윙슈트 사진을 보고, 에미 누나…… 유메 씨가 말했던 기모노 소매가 커다란 장방형인 것과 관련하여 또 하나의 꿈이 있는 가설이 무엇인지 알았던 거죠. 윙슈트 모양이, 저희 고모가 집에서 빨랫대에 펼쳐놓았던 기모노와 꼭 닮았었거든요."

히나타 에미는 살짝 고개를 끄덕였다.

"옛날 사람들은 기모노 소매를 펼쳐서 하늘을 날았는지도 모른다. 그것이 내가 다다른, 꿈같은 기모노의 비밀이었어. 과학적인 계산 아래 만들어진 윙슈트와, 고대로부터 일본에 전해 내려오는 기모노가 왜 그리 닮았는지, 그건 양쪽 모두 하늘을 날기 위해서, 라고밖에 생각할 수가 없었어. 우습지."

히나타 에미는 요양 시설에 있는 어머니에 대해 이야기했다.

기모노 소매는 하늘을 날기 위한 것이었다―. 나는 이 깨달음이 너무 기뻐서 어머니를 보러 요양 시설에 갔을 때 어머니에게도 이 이야기를 들려주었다.

"엄마, 나 있지, 하늘을 나는 방법을 발견했어. 다음에 엄마한테도 하늘을 나는 모습을 보여줄 테니까. 그때까지 건강하게 오래 살아야 해."

그러자 항상 인형처럼 휠체어에 앉아만 있던 어머니가 불쑥 얼굴을 들더니 눈을 빛내며 나를 보았다.

"에미, 하늘을 날 수 있어? 나한테도 나는 모습을 보여줄 거야?"

그때 비로소 나는 알았다.

분명 어머니도 하늘을 동경했던 것이다.

남편에게 버림받고, 배 속의 딸을 죽이고 말았다는 받아들이기 어려운 현실을 벗어나 아무것도 없는 자유로운 하늘을 향해 날아오르고 싶었던 것이다. 그래서 '하늘을 나는 소녀'가 나오는 이야기를 쓴 것이다. 분명 그 소녀는, 어머니가 바라는 어머니 자신의 모습이었던 것이다.

아 진짜, 엄마 또 틀렸어. 난 에미가 아니야, 유메야.

그렇게 말하려던 생각을 접고 나는 묵묵히 어머니를 향해 미소 지었다.

"모토야마 이치로에게 살해 예고 메일을 보낸 사람이 당신인가요?"

히메노가 묻자 히나타 에미는 아니, 하고 고개를 내저었다.

"'배신자에게는 죽음을, 사자의 송곳니……' 이 말은 16년 전에 사용할 예정이었던 범행 성명 문구야. 민들레는 영어로 단델라이언, 즉 사자의 송곳니……. 그 습격 사건이 무사히 끝나고 나면 다음 날 신문사에 이 범행 성명을 보낼 예정이었어. 모토야마에게도 사전에 보여주었고. 하지만, 결국 보내진 못했어."

보내지 못한 이유는 히메노도 알고 있다. 물론, 의도치 않게 히메노의 아버지를 살해하고 말았기 때문이다.

운전석의 히메노가 고개를 끄덕이면서 말했다.

"모토야마는 그 범행 성명 문구를 기억하고 있었고, 가공의 살인 예고 메일을 이용하여 자기 자신에게 직접 보낸 거로군요. 잘만 되면 가와호리 살해 용의자로 '민들레 모임'의 노부세와 아마노에게 수사의 초점이 맞춰질 거라 기대했을지도 모르겠네요."

"우리는 끝까지 모토야마에게 이용당하고 말았구나."

조수석의 하나타 에미가 자학적으로 중얼거렸다.

그리고 오른편에 앉아 있는 히메노를 보았다.

"히로미, 어릴 때부터 넌 참 똑똑한 아이였지. 그래도 설마하니, 유리카를 매달아 올린 방법까지 알아낼 줄이야. 도저히 믿어지지가 않았어."

이 말에 히메노는 머쓱한 듯 어깨를 살짝 들었다 내렸다.

"2010년, 오스트레일리아의 물리학자 스티븐 휴즈가 전 세계의 사전 및 백과사전에 수록된 사이펀에 대한 설명은 오류임을 지적했습니다. 대기압이 아니라 중력에 의한 현상으로 봐야 한다고. 이를 받아들여 옥스퍼드 영어사전은 개정판에서 약 100년 만에 이 지적을 반영하겠다고 발표했습니다. 저는 이 뉴스를 기억하고 있었을 뿐입니다."

"2010년……."

히나타 에미는 망연한 표정을 지었다.

"그럼, 그 1998년이나, 적어도 몇 년 후에 노부세가 발표했더라면, 온 세계의 사전을 노부세가 먼저 고쳐 썼을지도 모르겠네."

그러나 노부세는 이 연구를 계속할 수 없었다. 그리고 지금은 아마도 아마노와 둘이 세계 어딘가에서 도피 생활을 이어가고 있을 것이다.

히나타 에미는 계속해서 히메노에게 물었다.

"유리카가 나인 척했던 건 어떻게 알았어? 대학 동기들이고 경찰 공안부 사람들이고 아무도 눈치채지 못했는데."

"계기는 시신의 손가락에 끼워져 있던 반지입니다."

핸들을 쥔 채 히메노는 담담하게 설명했다.

"반지에는 '0125'라는 숫자가 새겨져 있었죠. 처음엔 다들 다이아몬드 캐럿 숫자일 거라고 믿어 의심치 않았습니다. 하지만 마사키라는 선배 형사가 그 반지를 판매한 가게를 찾아내어, 공안부의 다쓰미 씨가 협력자에 대한 대가로서 선물한 것임을 알게 됐죠. 그리고 다쓰미 씨는 그 숫자를 히나타 에미가 부탁해서 새겼다고 말했습니다."

무슨 숫자냐고 묻자, 히나타 에미는 본인만의 행운의 숫자라고 대답했다…… 다쓰미 경정은 그렇게 말했었다.

"저는, 역시 이 네 자리 숫자는 어떤 날짜이고, 그렇다면 생일이 아닐까 생각했습니다. 다쓰미 씨와 만난 건 4월이니 그 기념일도 아닐 테고, 독신 여성이라는 점에서 다른 숫자는 고려하기 어려웠으니까요. 하지만 학생증에 있는 에미 누나의 생일은 4월 11일이었습니다. 그래서 저는 생각했습니다."

히메노는 고속도로 전방을 주시한 채 말을 이었다.

"시신으로 발견된 이 사람은, 에미 누나가 아닌 게 아닐까. 이 여성은 1월 25일 생인 다른 사람이 아닐까, 라고……."

히나타 에미는 아무 말 없이 잠자코 히메노의 이야기를 듣고 있었다.

"제가 그런 생각을 하게 된 이유가 뭘까요. 초동수사 결과, 모든 정황이 그 시신이 에미 누나임을 가리키고 있었습니다. 하지만 그럼에도 저는 에미 누나가 죽었다는 사실이 도무지 와 닿지 않았습니다. 나로서도 납득하기 어려운 일이었지요. 그리고 모든 사실이 밝혀지고 나서야 그 이유를 알았습니다."

히메노는 조용히 말을 이었다.

"첫째, 값비싼 액세서리와 등에 새겨진 타투가, 도저히 내가 알고 있는 에미 누나와 부합되지 않았기 때문입니다. 에미 누나는 그런 사람이 아니었어요. 좀 더 소박하고 귀여운, 마치 들판에 피어 있는 민들레 같은 사람이었습니다. 또 하나는."

히메노는 히나타 에미를 보았다.

"히나타 유메 씨를 만났기 때문입니다. 일란성 쌍둥이 언니라는 말은 들었지만, 만나보니 당신은 아무리 봐도 제가 알고 있는 에미 누나였습니다. 그러자 점점 더 그 시신이 에미 누나가 아닐지도 모른다는 생각이 짙어지더군요."

창밖은 변함없이 쾌청했다.

히메노는 실내 온도가 조금 오른 것 같아 대시보드에 왼손을 뻗어 풀 오토 에어컨의 설정 온도를 운전석 쪽만 1도 내렸다.

"그래서 생일이 1월 25일인 여성을 실종자 리스트에서 찾아보았습니다. 그랬더니 야기 유리카 씨가 나온 거죠. 실종된 것은 16년 전 9월, 거주하던 곳은 도쿄 도 구니타치 시, 당시 나이 열아홉, 지방에서 홀로 상경하여 자취 중이었고, 일정한 직장이 없는 이른바 프리터, 등에 파란 장미 문양 타투⋯⋯. 모든 특징이 일치했습니다."

히메노는 조수석의 히나타 에미를 보았다.

"저와 가부라기 선배가 히나타 유메 씨, 즉 당신과 만났을 때 제가 당신에게 손수건과 볼펜을 빌려드렸었지요? 기억하십니까?"

히나타 에미는 말없이 고개를 끄덕였다.

"그때는 별 뜻 없이 한 행동이었는데 나중에서야 손수건에는 당신의 피부 세포, 볼펜에는 지문이 남아 있다는 사실을 깨달았습니다. 그래서 저는 감식과의 다키무라 선배에게 유메 씨와 사일로에서 발견된 에미 누나의 DNA 대조를 부탁드렸습니다. 유메 씨와 에미 누나는 일란성 쌍둥이니까, DNA도 완전히 일치할 테지요."

"하지만 일치하지 않았어. 그러므로 사일로의 시신은 히나타 에미가 아니다……."

히나타 에미의 말에 히메노는 고개를 끄덕였다.

"가부라기 선배가 페트병 뚜껑이 떨어져 있던 사실을 두고, 어쩌면 도쿄 중공업을 습격한 건 '민들레 모임'이 아닐까, 하는 말을 꺼냈습니다. 즉, 노부세 다다시와 아마노 와타루와 가와호리 데쓰지, 그리고 에미 누나까지 네 사람이 아니겠냐고. 에미 누나는 그 사전 조사를 위해 제가 살던 연립주택으로 이사해 온 것이 아니겠냐고."

히메노는 천천히 도리질을 했다.

"저는 그 모든 것이 믿어지지 않았습니다. 내 아버지를 죽인 범인 중에 에미 누나가 있다니……."

히나타 에미는 입을 다문 채 꼼짝도 하지 않았다.

"그런 일이 있을 리 없다. 절대로 에미 누나가 아니다. 저는 에미 누나의 무죄를 증명하기 위해, 뚜껑에서 채취한 네 개의 지문과 유메 씨에게 빌려드렸던 볼펜의 지문을 대조했습니다. 그랬는데……."

히메노는 입술을 꾹 깨물고, 간신히 목소리를 짜냈다.

"완전히 일치하고 말았던 겁니다. 도쿄 중공업 사건 때 남겨진 지문과, 당신의 지문이……. 일란성 쌍둥이는 원래는 하나의 난자입니다. 그러니 같은 인간인 거죠. 외모나 목소리는 물론, 혈액형도 똑같고 DNA까지 완전히 동일합니다. 하지만 단 한 가지, 일란성 쌍둥이라도 전혀 다른 점이 있죠."

히나타 에미는 꼼짝 않고 히메노의 말을 듣고만 있었다.

"그건 '지문'입니다. 설령 같은 유전자를 가지고 태어난 일란성 쌍둥이라 할지라도, 지문만은 다릅니다. 그러므로 지문이 일치한 이상, 당신과 에미 누나가 쌍둥이 자매가 아니라, 동일 인물이라는 사실을 알게 되었습니다."

히나타 에미가 작게 숨을 들이마시는 소리가 히메노에게도 들렸다.

"여기까지 이르자, 저도 사실을 받아들이지 않을 수 없었습니다. 당신은 아버지에게서 도쿄 중공업의 경비 상황을 알아내기 위해 우리가 살던 연립주택으로 이사해 왔다는 것을. 그리고 어린아이였던 내게 먹을 것을 만들어주고, 드라이브에 데려가주고, 다정하게 대해주었던 것도 전부 아버지에게 접근하기 위해서."

"아니야!"

히나타 에미가 소리쳤다.

"아니야……. 정말로 히로미가, 혼자 있던 히로미가 가여웠어. 그리고 아버님도 어머님도 정말로 좋은 분들이셨고. 그래서 난, 반드시 아버님이 안 계실 때 해야 한다고 생각해서, 그래서 그 날짜에 하자고 말했는데. 그랬는데…… 어째서…….."

히나타 에미는 입술을 떨면서 필사적으로 말을 이었다.

"그때, 히메노 씨…… 너의 아버님은 나를 도와주려고 하셨어. 잘못된 길에 발을 디디려 하는 바보 같은 나를, 어떻게해서든 도와주려고 하셨어."

　그 불길하기 짝이 없던, 도쿄 중공업을 습격하던 날 밤.

　터져버릴 것만 같은 심장을 억누르며 내가 셔터 앞에서 망을 보고 있는데 계단 위에서 작은 목소리가 들려왔다.

　"에미, 있니? 2층으로 올라와줄래?"

　그, 어쩐지 체념한 듯한 목소리의 주인은 노부세였다.

　대체 무슨 일이 일어났기에……? 나는 영문도 모른 채 그래도 부르는 대로 계단을 올라 건물 2층으로 향했다.

　노부세, 아마노, 가와호리의 등이 보였다. 세 사람은 사무실 안쪽을 보면서 망연자실한 듯 멈춰 서 있었다. 그리고 나는, 세 사람의 시선이 머문 곳에 제복 차림의 경비원이 이쪽을 향해 서 있다는 것을 깨달았다. 그 경비원의 얼굴을 본 순간, 나는 온몸이 얼어붙었다.

　"히메노, 씨……?"

　그곳에 서 있던 사람은, 내가 같은 연립주택으로 이사해 경비 정보를 빼냈던, 히메노 히로시 씨였다.

　왜? 어째서? 나는 극도의 혼란에 빠졌다. 히메노 씨는 오늘 쉰다고 했는데. 그래서 일부러 오늘 밤을 습격일로 고른 건데. 그런데 어째서, 히메노 씨가 여기에 있는 거지?

　"역시 너였구나, 에미 양."

　히메노 씨는 온화한 목소리로 내게 말했다.

"에미 양, 괜찮아. 감시 카메라는 꺼두었어. 너희 모습이 찍힌 테이프도 삭제했어. 그러니 안심해."

어리석은 우리들은 몰랐다. 건물 앞에는 눈에 띄지 않게 적외선 감시 카메라가 달려 있었던 것이다. 그 영상을 지켜보고 있던 히메노 씨는 건물에 침입하려는 4인조를 발견했다. 신고하려던 그때, 네 명 중 한 여자가 자신이 알고 있는 히나타 에미라는 여대생과 많이 닮은 것을 깨달았다.

히메노 씨는 급히 감시 카메라를 정지시키고 테이프를 되감아 재생했다. 그리고 틀림없이 나라는 사실을 확인하고는 그 영상을 삭제했다. 내가 넘어서는 안 되는 선을 넘기 전에, 발을 내디디려 하고 있는 잘못된 길에서 되돌아오게…….

히메노 씨는 나머지 세 사람을 보았다.

"너희들도 안심하렴. 나는 경찰이 아니라, 그저 경비원이야. 자, 총도 가지고 있지 않아. 그러니까 너희들이 도망치려고 한다면 지금 당장이라도 도망칠 수 있어."

그리고 히메노 씨는 다시 나를 향해 열심히 이야기했다.

"에미 양, 무슨 사정이 있는지는 모르겠어. 하지만 도둑질 같은 어리석은 짓을 저질러선 안 돼. 지금 당장 이 사람들과 함께 돌아가요. 그리고 오늘 일은 잊어요. 나도 오늘 밤 일은 아무에게도 말하지 않을 테니까. 알겠지?"

히메노 씨는 여느 때처럼 진지했고, 여느 때처럼 성실했고, 여느 때처럼 다정했다. 나는 아무 말도 할 수 없었다. 오로지 깊은 후회만이 내 가슴에 소용돌이치고 있었다.

"에미 양, 지금이라면 늦지 않았어. 되돌릴 수 있어. 에미 양은 아직 아무런 죄를 저지르지 않았어. 에미 양이 죄를 지으면 어머니께서 슬퍼하시지 않겠어? 게다가, 에미 양이 예뻐해준 우리 히로미도."

히로미……. 나의 뇌리에 히로미의 모습이 떠올랐다. 민들레 솜털이 춤추는 목장을 신이 나서 뛰어다니던 히로미의 모습이.

"히로미는 에미 양을 정말 많이 좋아해. 마음속 깊이 따르고 있어. 그러니까, 히로미를 슬프게 하지 않기 위해서라도 이런 짓은 그만두어 주지 않겠어? 응? 에미 양."

나는 바닥만 내려다본 채 얼굴을 들지 못했다.

죄송해요, 히메노 씨. 그리고 미안해, 히로미…….

우리들은 하마터면 어리석은 짓을 저지를 뻔했다. 하지만 히메노 씨 덕택에 아직은 시간이 있었다. 우리들은 되돌아갈 수 있다. 내 두 눈에서 뜨거운 눈물이 주르르 흘러내리기 시작했다. 그것은 안도의 눈물이었다. 눈물은 쉼 없이 내 뺨을 타고 흘러 턱 끝에서 바닥으로, 부연 시야 속을 방울져 떨어졌다.

그래서 그때 가와호리가 숨겨왔던 아미 나이프를 몰래 꺼내드는 것을, 나는 알아채지 못했다.

가와호리는 두려웠던 것이다. 이대로 도망친 후, 히메노 씨가 역시 우리를 경찰에 신고해버리지는 않을지. 그리고 경찰에 체포되어 '지가연'에 의한 기업 습격 계획이 백일하에 드러나고, 20대라는 두 번 다시 오지 않을 빛나는 나날을 교도소에서 보내게 되는 건 아닐지.

그리고 나도, 결국 자수하는 일은 없었다……

조수석에 앉아 있는 히나타 에미의 뺨도 눈물로 젖어 있었다. 히나타 에미는 흐느껴 우는 일도 없이 그저 눈물만 하염없이 흘리고 있었다. 되돌릴 길 없는 죄에 대한, 자기 자신의 어리석음에 대한 깊은 후회의 눈물. 그것은 흡사 황폐해질 대로 황폐해진 마음에서 흘러나오는 피와 같은 눈물이었다.

"이제야, 알았습니다. 어떻게 아버지가 돌아가셨는지."

히메노가 중얼거렸다. 그 목소리에는 어쩐지 안도하는 듯한 울림이 있었다.

그리고 히메노는 조수석의 히나타 에미를 보고 미소 지었다.

"이야기해 주셔서 고맙습니다. 역시 아버지는, 제가 믿었던 대로 훌륭한 사람이었어요."

그렇게 말한 순간, 히메노의 얼굴이 일그러졌다. 그럼에도 히메노는 목에서 소리를 짜냈다.

"그렇지요? 에미 누나……"

히나타 에미는 두 손으로 얼굴을 덮었다.

"미안해, 히로미. 미안해. 정말 미안해……"

두 사람이 있는 차 안은 고요한 정적에 감싸였다.

그대로, 끝이 보이지 않을 것 같은 길고 긴 시간이 흘러갔다. 두 사람을 태운 차는 한없이 조용하게, 아스팔트가 깔린 고속도로 위를 미끄러지듯 계속 달렸다.

"에미 누나."

얼마나 시간이 흘렀을까. 먼저 입을 연 것은 히메노였다.

"유메 씨가 진짜 에미 누나라는 걸 알았을 때, 저, 기뻤습니다. 죽은 줄 알았던 에미 누나가 살아 있었다, 그 사실이 기뻤어요. 아버지와 그리고 야기 유리카 씨, 두 사람이나 돌아가셨는데 정말 심한 이야기죠. 하지만 그건, 아버지가 살해당하고 나서 16년이라는 시간이 지났기 때문이라고 생각합니다."

히메노는 가만히 그리고 천천히 고개를 저었다.

"저, 이제 더 이상 누군가를 미워하는 건 싫습니다. 그래서 이렇게 생각하게 됐죠. 죄를 저지른 사람이 나쁜 게 아니다. 인간 속에는, 살아남기 위해 기르고 있는 악마가 있는 거다, 때때로 인간은 그 악마에게 자기 자신이 먹혀버리기도 한다, 그러니까, 인간이 그 악마와 결별하는 날이 올 때까지 우리들은 형사로서 살아가는 거라고."

그렇지요? 가부라기 선배.

저, 틀리지 않은 거죠?

지금쯤 모토야마 이치로 의원을 연행하여 마찬가지로 경시청으로 향하고 있을 가부라기에게 히메노는 마음속으로 말을 걸어보았다.

경시청 지하 주차장에 들어선 후, 히메노는 차를 엘리베이터 승강장 앞에 세웠다. 그곳에는 히메노가 도착하길 기다리는 세 남자가 있었다. 가부라기 데쓰오와 마사키 마사야, 그리고 사와다 도키오였다.

히메노가 운전석 문을 열고 내리자, 마사키가 조수석 쪽으로 돌아가 바깥에서 문을 열었다. 히나타 에미는 차에서 내려 마사키와 가부라기와 사와다를 향해 차례대로 인사했다.

그리고 돌아서서 히메노와 눈이 마주친 순간, 울 것 같은 얼굴이 되었다. 그러나 이내 아무 말 없이 앞을 바라보고, 마사키가 이끄는 대로 엘리베이터를 향해 걷기 시작했다.

"에미 누나!"

히메노가 소리쳤다.

히나타 에미는 걸음을 멈췄다.

"어째서, 노부세 다다시 같은 사람을 따라간 거죠?"

물어볼 생각은 없었다. 하지만 히메노는 물어보지 않고선 견딜 수가 없었다.

"어째서 노부세 같은, 꿈같은 일만 생각하고, 다른 사람까지 끌어들이고, 그리고 나쁜 놈에게 그리 쉽게 속아 넘어가서 범죄에 손을 대고, 외국으로 도망쳐야만 해서 평생을 헛되게 만들어버리는, 그런 남자를 따라간 거죠? 그런 대책 없는 남자를, 왜 따라간 거예요?"

히나타 에미의 두 눈에서 눈물이 소리 없이 흘렀다. 그래도 히나타 에미는 애써 웃는 얼굴을 지었다.

히메노를 향해 울면서, 그리고 미소 지으면서 히나타 에미는 이렇게 말했다.

"어린애들은 몰라, 히로미."

결말

"모토야마 놈이 실토한 모양이야. 아까 공안 1과 과장한테서 전화가 왔어."

모토하라 요시히코 과장이 듣기에 따라 시시하다는 듯이 느껴지는 목소리로 나직이 말했다.

"모토야마의 비서 가와호리는 모토야마 의원의 민생당 입당, 즉 보수 전향에 대해 격하게 분노했다더군. 극좌 그룹 '지가연'의 전 멤버였던 남자니까. 모토야마의 배신을 용서할 수 없었던 가와호리는, 죽어도 민생당을 탈당하지 않겠다면, 16년 전 불의의 사망자가 나온 도쿄 중공업 습격 사건에 대해 자수하러 가겠다고 했던 모양이야."

4월 21일 월요일, 오전 11시.

모토야마 이치로 참의원 의원에게 가와호리 데쓰지 살해 중요 참고인으로서 임의동행을 요구한 다다음 날. 가부라기 데쓰오는 수사 1과 과장 모토하라 요시히코에게 불려갔다.

"그래서 가와호리의 입을 막기 위해 죽인 거로군요."

모토하라의 책상 앞에서 가부라기 데쓰오가 선 채로 고개를 끄덕였다.

모토야마는 가와호리의 시신에서 지문을 없앨 필요가 있다고 판단했다. 가와호리의 지문은 도쿄 중공업 습격범으로서 경찰의 지문 데이터베이스에 등록되어 있다. 만에 하나 경찰이 시신의 지문을 조회하게 된다면 가와호리가 범인 중 하나임을 알고, 지난 16년간 행동을 함께해온 모토야마의 과거도 캐고 들 것이다. 그래서 모토야마는 지문을 없애기 위해 가와호리를 불에 태웠다.

시신을 태우려면 주위에 다른 인화성 물질이 없고 사람들 눈에 띄지 않을 장소가 필요했다. 그래서 모토야마는 의원 연수차 묵게 된 호텔 옥상을 골랐다. 어쩌면 약물을 사용하여 가와호리의 신체의 자유를 빼앗고 나서 운반했을지도 모른다. 그 여부를 알려면 부검 결과를 기다리는 수밖에 없다.

"그놈, 옥상에 가는 방법은 당당하게 호텔 종업원에게 물어봤다더군. 정말 웃기지도 않은 놈이야."

모토하라 과장이 얼굴에 혐오감을 드러냈다.

"호텔의 방범 방재 설비 상황을 알고 싶다면서 비상계단은 어떻게 되어 있는지, 옥상으로는 피난할 수 있는지, 헬기는 착륙할 수 있는지, 방범 카메라는 있는지 따위를 여러 종업원들에게 조금씩 물어본 모양이야. 종업원들도 어쨌든 상대가 국회의원 양반이니 있는 그대로 가르쳐준 거지."

가부라기는 다시 고개를 끄덕였다. 조금씩 물어보았기에 한 사람 한 사람은 그 질문을 이상하게 여기지 않았으리라.

"그나저나……."

모토하라 요시히코 과장이 한숨 섞인 낮은 목소리로 중얼거렸다.

"그 천방지축 망아지 같은 녀석이 꼬맹이 적에 그런 일을 다 겪었다니."

모토하라가 말하고 있는 대상은 물론 가부라기 데쓰오의 부하, 히메노 히로미였다.

경찰관은 채용 시 신원 조회를 받는다. 부모 형제는 물론 사촌 등에 이르기까지 범죄 이력을 조사하지만, 히메노의 부친은 강도 용의는 있으나 사망으로 불기소 처리되었고 그 때문에 신원 조회에는 걸리지 않았던 것이다. 애당초 채용에 앞서 문제가 되는 것은 극좌나 사이비 종교, 폭력 단체 등 반정부 조직과의 연관성이다.

"그래서, 히메는 괜찮나? 타격이 꽤 크지 싶은데."

책상 앞에 서 있는 가부라기가 대답했다.

"걱정 없어 보입니다. 오늘도 아침 일찍 출근해서 마사키, 사와다와 함께 공안부로 파견 나가 보고서 작성을 돕고 있으니까요. 신경 써주셔서 감사합니다."

"그래?"

모토하라는 몇 차례 작게 고개를 끄덕이더니 옅은 선글라스 너머로 가부라기를 올려다보았다.

"아, 그리고 가부. 좀 전에 다타리가 나한테 인사하러 왔더라."

"사이키 관리관이오?"

가부라기가 놀라자 모토하라는 어깨를 으쓱여 보였다.

"알다시피 다타리는 경찰청 채용 커리어조지만, 우리 형사부로 오기 전에 공안부로 파견을 나간 적이 있어. 그때 다타리의 지도 담당이 다쓰미였다나 봐. 다타리 녀석, 콧대가 제대로 꺾였는지 지금도 꼼짝 못 하는 눈치야."

"아는 사이였던 겁니까."

가부라기가 납득한 듯 연거푸 고개를 끄덕였다.

"사일로에서 시신이 발견됐을 때, 다타리가 수사 지휘를 맡았다는 이야기를 듣고 다쓰미가 직접 담판하러 왔다더군. 죽은 협력자의 원수를 어떡해서든 자기 손으로 갚아주고 싶다, 그렇게 하지 않으면 시신을 볼 면목이 없다, 죽어도 죽을 수가 없다, 그랬다지. 다타리 녀석, 그런 다쓰미의 각오에 마음이 움직여서 사일로 사건을 햄 녀석들한테 넘기기로 했던 거야."

그래서 사이키 관리관이 컬트니 뭐니 하면서 얼토당토않은 이유를……

어이없어진 가부라기는 저도 모르게 머리를 절레절레 흔들었다.

사이키 다카시 관리관은 처음부터 히나타 에미 살인 사건의 수사를―실제로는 야기 유리카라는 여성이 피해자였지만―공안부의 다쓰미에게 맡길 작정이었던 것이다. 물론 최근 일어난 살인 사건이 아니라 16년 전의 시신이라는 이유도 있었겠지만.

초동수사도 그렇지만 아무래도 힘을 빌려야만 하는 감식과는 형사부의 일부다. 그래서 감식 결과가 나올 때까지는 형사부에 수사를 맡기고, 그 후 공안부에게 넘기는 방법을 사이키 관리관은 선택했던 것이다.

"진짜, 대단한 의리파 녀석들이라니까. 다쓰미라는 사내도, 다타리도."

모토하라 과장은 입가를 추켜올렸다.

그 말을 들으며 가부라기는 어젯밤 늦게 다쓰미 경정에게서 걸려 왔던 전화를 떠올렸다.

새벽 1시가 넘었을 무렵이었다. 집으로 돌아온 가부라기의 휴대전화가 울리고 액정 화면에 다쓰미 경정의 전화번호가 표시되었다.

"가부라기 씨, 덕분에 히나타 에미, 아니 야기 유리카의 원통함을 풀어줄 수 있을 것 같습니다. 다시금 감사 말씀 드립니다."

"예, 다행히. 다쓰미 씨, 앞으로는 제가 잘 부탁드립니다."

가부라기가 그렇게 말하자 다쓰미는 마치 딴사람처럼 부드러운 목소리로 말했다.

"이로써 저도 미련 없이 경찰을 떠날 수 있게 됐습니다."

가부라기가 놀랐다.

"사직할 생각입니까?"

"네. 아무리 미숙한 시절의 이야기라 해도, 경찰관으로서 수사에 협력해준 민간인을 죽게 만든 책임은 막중합니다. 그것이 판명된 이상, 이대로 태평하게 현직을 지속할 수는 없습니다. 부하들볼 낯도 없습니다. 사건이 전부 해결되는 대로 사표를 제출할 겁니다."

다쓰미는 협력자였던 여성의 시신이 발견되었을 때 이미 사건이 마무리되면 경찰을 그만둘 각오를 굳히고 있었던 모양이었다.

"다쓰미 씨."

"네."

"당신에게 이번 사건은 견디기 어려울 만큼 괴로운 일이었으리라 짐작합니다. 책임을 지고 깨끗이 사직하려는 각오도 훌륭합니다. 하지만, 그만두는 것만이 책임을 지는 방식은 아니라는 생각이드는군요."

다쓰미는 말이 없었다.

"당신은, 앞으로 수사를 통해 이번에 겪은 쓰디쓴 경험을 공안부의 젊은 수사관들에게 전달해나갈 수 있습니다. 그것은 큰 실패를겪어본 당신만이 할 수 있는 일입니다. 그렇게 생각해주실 수는 없습니까? 사직보다 더 힘든 일일지도 모르겠지만."

다쓰미가 어렵게 입을 열었다.

"제게, 공안에 남아 수모를 당하라는 말씀이신지?"

"에, 아, 그게……."

가부라기는 머뭇거리던 끝에 이렇게 말했다.

"만약 제가 다쓰미 씨라면, 이대로 그만둬버리면 평생 후회할 것 같은 기분이 들어서요. 저어, 잘 표현은 못 하겠습니다만."

그러자 전화 너머에서 다쓰미가 희미하게 웃은 것 같았다.

"지독한 사람이군요. 가부라기 씨는."

"미안합니다. 주제넘은 말을 해버렸습니다."

가부라기가 사과하자 다쓰미는 잠시 말이 없었다. 그러나 이윽고 입을 열어 재차 가부라기에게 감사를 표했다.

"이번에는 정말 큰 신세를 졌습니다, 가부라기 씨."

그리고 다쓰미는 이렇게 덧붙였다.

"아, 이 휴대전화 번호는 이제 쓰지 않을 겁니다. 공안부원의 개인 정보가 누출되는 건 수사상 좋지 않으니까요. 그럼 이만."

그 말을 끝으로 다쓰미의 전화는 끊겼다.

모토하라 과장이 혼잣말처럼 중얼거렸다.

"듣자하니, 다쓰미란 자도 재미있는 친구더군. 고집 세고, 협조성 없고, 집념 강하고. 공안에 두기엔 아까워. 어차피 그 친구도 그쪽에 있는 게 괴로울 텐데 말이지."

가부라기는 내심 쓴웃음을 지었다. 엎어치나 메치나 칭찬하는 말로는 들리지 않았지만, 그 말투는 마치 남의 것을 탐내는 어린아이 같은 말투였다. 어쩌면 진심으로 그를 형사부로 빼내 오려고 생각하고 있는지도 몰랐다.

"하지만 다쓰미 경정은 공안부에 남을 거라고 봅니다. 틀림없이."

"그래?"

미심쩍어하는 모토하라 과장에게 가부라기는 고개를 끄덕이고, 목례를 하고서 물러났다.

6층 계단을 내려가면서 가부라기는 생각에 잠겼다.

가와호리 데쓰지는 모토야마의 보수 전향을 도저히 용납할 수 없었다. 그 때문에 지난날 자신들이 저질렀던 범죄를 자백해서라도 모토야마에게 제재를 가하려 했다. 그것이 가와호리가 살해당한 이유였다.

그러나 이렇게 생각할 수는 없을까. 히노하라 촌의 사일로에서 기묘한 시신이 16년이 지나 발견된 것에 가와호리 데쓰지는 본능적인 공포를 느꼈다고.

시신 발견 보도를 보고 가와호리는 뼈저리게 느꼈을 것이다. 아무리 덮어 감추려 해도 죄를 저지른 사실은 영원히 사라지지 않는다. 몇 년이 걸리든 진실은 언젠가는 반드시 밝혀진다는 것을……. 말하자면, 허공에 떠 있던 야기 유리카의 시신은 히나타 에미가 의도치 않게 장치한 '시간을 뛰어넘은 덫'이었던 것이다.

거기까지 생각하다 가부라기는 문득 멈춰 섰다.

그 여성은 지금 히나타 에미일까? 아니면 히나타 유메일까?

태어나서부터 줄곧 그녀는 히나타 에미이자 히나타 유메이기도 했다. 그러나 재판에서는 아마도 어느 한쪽의 인격이 다른 한쪽을

1인 2역으로 연기하고 있었노라고 해석되지 않을까. 현재는 히나타 에미와 히나타 유메 두 사람의 호적이 존재한다. 그렇다면 어느 한쪽의 호적을 허위로 보고 말소시켜야 한다.

지금의 그 여성은 아마도 히나타 유메일 것이다. 히나타 에미의 호적을 말소하고 히나타 유메로서 살아가는 길을 선택할 것이다. 가부라기는 그렇게 생각했다. 16년 전, 히나타 에미를 연기했던 야기 유리카의 목숨을 빼앗은 그때, 그녀 안에서 히나타 에미는 죽은 게 아닐까.

……아니야.

어쩌면 히나타 유메는 자기 안에 있는 히나타 에미를 없애버리기 위해 야기 유리카를 죽인 건 아닌지. 두 사람의 서로 다른 인간으로서 살아가는 데 지친 나머지 한쪽과 결별하고 싶었던 건 아닌지. 그리고 야기 유리카를 죽임으로써 간신히 그녀는 히나타 유메라는 한 사람의 인간이 될 수 있었던 게 아닐까.

다시 말해, 그녀가 죽인 것은 야기 유리카가 아니라 히나타 에미였던 것이다.

가부라기는 그렇게 결론지었다.

히나타 유메는 재판에서 어느 정도의 형량을 받게 될까. 야기 유리카를 제 손으로 죽인 살인죄, 도쿄 중공업을 습격한 강도치사죄, 대학 장학금이며 국가 보조금을 부당하게 취득한 사기죄, 달리 또 있을지도 모르겠다. 형이 가볍진 않을 것이다.

그러나 모든 것을 자백하고 경찰 수사에 협조하고 있는 데다 모토야마 이치로 체포에도 공헌했다고 할 수 있다. 재판에서도 어느 정도 정상참작은 될 것이다. 하루빨리 죗값을 치르고, 이후로는 히나타 유메로서 모친과 함께 안온하게 살기를 바란다.

민들레의 꽃말은 '풀기 어려운 수수께끼'…….

히메노가 가르쳐준 그 꽃말이 문득 가부라기의 뇌리에 떠올랐다.

그리고 기구한 운명 아래 태어난 여성이 죗값을 치르고 언젠가 당당하게 다시 태어나기를 가부라기는 진심으로 기원했다.

유메와 에미

5월 16일 금요일.

도쿄 지방법원, 426호 법정.

"피고인, 앞으로."

그 목소리에 검정 슈트 차림의 나는 자리에서 일어나 법정 중앙에 있는 합판으로 된 연단을 향해 홀로 걷기 시작했다. 재판관 입장 후에 수갑과 포승에선 풀려난 상태였다.

나는 잠시 걸어 나가 오른쪽을 향해 연단 앞에 섰다. 왼쪽에는 화상 카메라, 정면에는 터치펜이 구비된 액정 태블릿이 놓여 있다.

나는 법정 안을 둘러보았다.

창문 없는 하얀 벽뿐인 방. 천장에는 곳곳에 설치된 네모난 형광

등 조명이 하얀 빛을 떨구고 있다. 양쪽 벽에는 커다란 액정 모니터가 걸려 있다.

정면 안쪽 한 단 높은 곳에 긴 테이블이 놓여 있다. 중앙에는 검은 법복을 입은 세 명의 재판관, 그 양쪽으로 세 명씩, 도합 여섯 명의 배심원. 긴 테이블 바로 앞, 조금 낮은 곳에 서기관석. 우측이 검사석, 좌측이 변호인석. 내 뒤로는 철제 격자가 있고, 그 너머가 방청석.

많은 이들의 시선을 받으며 오롯이 홀로 법정 한가운데에 서 있자니, 나는 갑자기 불안해졌다.

나도 모르게 변호사 선생님을 보자, 노령의 남성 변호사는 살짝 고개를 끄덕였다. 모든 것을 솔직하게 인정하세요, 그리고 당신이 진심으로 후회하고 반성하고 있다는 것을 분명하게 전달하세요…… 변호사 선생님은 그렇게 말씀하셨다. 그리고 나도, 그럴 생각이었다.

재판 개시가 선고되었다. 재판장이 나를 보고 인정신문을 시작했다.

"피고인의 성명은 히나타 유메. 생년월일 1979년 4월 11일, 35세. 기모노 회사 경영. 주소, 도쿄 도 구니타치 시 히가시잇초메 ×번 × 호 501. ……이상 틀림없습니까?"

"네."

내가 대답한 그때였다.

(있잖아, 유메?)

머릿속에서 내가 잘 아는 누군가의 목소리가 났다.

잊을 리 없는 목소리. 16년 만에 듣는 너무도 그리운 목소리.

(왜에? 에미.)

나는 너무 기뻐서 바로 그렇게 대답했다.

(이 사람, 틀렸잖아? 난 에미인데.)

외톨이라고 생각했던 법정에서, 나는 혼자가 아니었다. 에미는, 히나타 에미는 어김없이 함께 있어준 것이다.

그로부터 16년 동안 나는…… 히나타 유메는 줄곧 혼자였다. 내가 그때, 야기 유리카와 함께 에미를 죽이고 말았을 때부터. 그런 줄 알았는데, 에미는 사라지지 않았던 것이다.

이 법정에 나 혼자 서야 한다는 게 너무 불안해서였을까? 16년 만에 히로미를 다시 만났기 때문일까? 아니면, 어느 틈에 내 귀에 민들레 솜털이 들어가 귀에 이상이 생겨버린 걸까? 하지만 그건 아무래도 좋은 일이었다.

나는 에미에게 말한다.

(안 틀렸는데? 난 유메인걸. 하지만 누가 됐든 상관없잖아?)

에미도 내게 말한다.

(응. 누가 됐든 상관없어. 왜냐면 우리는 함께 태어나고 함께 자랐으니까, 언제나 둘이서 똑같이 행동하고 똑같이 생각하는걸.)

나는 마음속으로 고개를 끄덕인다.

(그래, 맞아. 항상 함께야.)

에미도 고개를 끄덕인다.

(우린, 쌍둥이인걸.)

기소장을 낭독하는 재판관의 목소리가 법정에 흐르기 시작했다.

우리는 어떠한 벌이든 달게 받을 각오가 되어 있었다.

그리고 편안한 마음으로 가만히 그 목소리에 귀를 기울였다.

단델라이언

초판 1쇄 2017년 7월 7일
초판 2쇄 2017년 7월 20일

지은이 / 가와이 간지
옮긴이 / 신유희
펴낸이 / 박진숙
펴낸곳 / 작가정신
편집 / 김종숙 황민지
디자인 / 정인호
마케팅 / 김미숙
홍보 / 박중혁
디지털콘텐츠 / 김영란
관리 / 윤선미
인쇄 및 제본 / 한영문화사

주소 (10881) 경기도 파주시 문발로 207
대표전화 031-955-6230 팩스 031-944-2858
이메일 editor@jakka.co.kr 블로그 blog.naver.com/jakkapub
페이스북 facebook.com/jakkajungsin 인스타그램 instagram.com/jakkajungsin

출판등록 제406-2012-000021호

ISBN 979-11-6026-051-9 03830

이 도서의 국립중앙도서관 출판시도서목록(CIP)은 서지정보유통지원시스템 홈페이지(http://seoji.nl.go.
kr)와 국가자료공동목록시스템(http://www.nl.go.kr/kolisnet)에서 이용하실 수 있습니다.
(CIP제어번호 : CIP2017014558)